Les yeux de velours

Du même auteur
aux Éditions J'ai lu

Un teint de velours, *J'ai lu* 3003
Une mélodie de velours, *J'ai lu* 3049
Un ange de velours, *J'ai lu* 3127
Kidnappée par erreur, *J'ai lu* 3180
La fiancée délaissée, *J'ai lu* 3181
Mariage forcé, *J'ai lu* 3182
Le pays enchanté, *J'ai lu* 3372
Duels de femmes, *J'ai lu* 3447
L'homme au masque, *J'ai lu* 3523
Entre ses mains, *J'ai lu* 3544
Les entraves de l'amour, *J'ai lu* 3643
La duchesse infidèle, *J'ai lu* 3683
Un mari par procuration, *J'ai lu* 3794
La patience récompensée, *J'ai lu* 3843
La tentatrice, *J'ai lu* 3889
Accords parfaits, *J'ai lu* 3942
L'éveil d'Amanda, *J'ai lu* 4045
Princesse sans trône, *J'ai lu* 4105
La brute apprivoisée, *J'ai lu* 4274
Troublante écuyère, *J'ai lu* 4450
La fausse héritière, *J'ai lu* 4635
Echange de bons procédés, *J'ai lu* 5665
Une coupable idéale, *J'ai lu* 5960

Jude Deveraux

Les yeux de velours

Traduit de l'américain
par Isabelle Tolila

J'AI LU

A Jennifer

Titre original :

THE VELVET PROMISE
Première publication par Pocket Books, a division of Simon & Schuster Inc., 1981

Prologue

Judith était en compagnie de sa mère, Helen, quand son père entra dans la bibliothèque. Levant les yeux du registre qu'elle étudiait, elle le regarda. Elle n'avait pas peur de lui. Pourtant, au fil des années, il n'avait pas ménagé ses efforts pour lui inspirer respect et terreur. Ce jour-là, son visage défait et de profonds cernes témoignaient de sa douleur : il venait de perdre ses deux fils bien-aimés ; deux garçons ignorants et cruels, exactes répliques de lui-même.

Un vague sentiment de curiosité s'empara de Judith. D'ordinaire, Robert Revedoune ne se préoccupait pas de son unique fille. Il considérait les femmes comme des objets inutiles, depuis que sa première épouse était morte et que la seconde, un être faible et soumis, lui avait seulement donné un rejeton femelle.

– Que voulez-vous ? demanda-t-elle calmement.

Robert l'examina, comme s'il la voyait pour la première fois. Judith avait de fait été gardée au secret toute sa vie, retirée avec sa mère dans leurs appartements, au milieu des livres et des manuscrits. Il nota avec satisfaction sa ressemblance avec Helen. Les mêmes yeux singulièrement dorés, qui plongeaient certains hommes dans l'extase, mais qu'il trouvait quant à lui déroutants. Une chevelure auburn flamboyante, un front haut et fier, un menton et un nez parfaitement dessinés, une bouche généreuse... Oui, elle ferait l'affaire, pensa-t-il. Sa beauté servirait ses intérêts.

– Puisqu'il ne me reste que vous, dit-il d'un ton empli de dégoût, vous allez vous marier et me donner des petits-fils.

Les yeux de Judith s'agrandirent de surprise. Depuis toujours, Helen l'avait préparée à son entrée dans un couvent. Non pas par une simple éducation pieuse, faite de chants et de prières, mais par un apprentissage de haute qualité, conduisant à une carrière digne de son rang. Avant l'âge de trente ans, elle aurait atteint le grade de mère supérieure. Un titre auquel une femme moyenne n'aurait osé prétendre, de même qu'un serf ne pouvait imaginer devenir roi. Une prieure avait sous son contrôle des terres, des domaines, des villages, des chevaliers ; elle achetait et vendait selon son gré ; chacun s'en remettait à sa sagesse. Une mère supérieure dirigeait tout et ne recevait d'ordre de personne.

Judith était capable de tenir les registres d'un grand domaine, de régler justement les litiges, de gérer les rendements agricoles selon les besoins. Elle savait lire et écrire, organiser une réception pour un roi, administrer un hôpital. Toutes les connaissances que sa future position exigeait, elle les avait acquises.

Et maintenant, on s'attendait à ce qu'elle renonce à tout cela pour se mettre au service d'un homme ?

– Je refuse, déclara-t-elle d'une voix posée mais déterminée.

Pendant un moment, Robert Revedoune fut désorienté. Aucune représentante du sexe faible ne l'avait jamais défié avec autant d'assurance. S'il n'avait pas su qu'elle était une femme, il aurait pu croire que ce regard plein de bravade émanait d'un homme. Se ressaisissant, il la frappa de toutes ses forces, l'envoyant au milieu de la petite pièce. Même ainsi, à terre, un filet de sang coulant au coin de sa bouche, elle continua de le fixer. Ses yeux ne reflétaient toujours pas la peur ; simplement un mélange de dégoût et de haine. Il en eut le souffle coupé. En un sens, sa propre fille l'effrayait presque.

Helen s'empressa de rejoindre Judith et sortit le couteau dont elle se servait pour manger.

Robert retrouva alors tous ses moyens. Sa femme ne l'impressionnait pas. Sous ses airs d'animal en colère, il reconnaissait les signes de sa faiblesse et de sa crainte. D'un geste vif, il fit voler le couteau à l'autre bout de la bibliothèque. Puis, tout en souriant à Judith, il tint le bras de Helen entre ses mains puissantes et le brisa, comme on rompt une brindille.

Sans un cri, Helen s'effondra à ses pieds.

Robert dirigea à nouveau son attention vers sa fille qui, cette fois, avait manifestement du mal à accuser le choc.

– Et maintenant, quelle est votre réponse ? demanda-t-il. Vous marierez-vous, ou non ?

Judith hocha brièvement la tête avant d'aller porter secours à sa mère inconsciente.

1

La lune projetait de larges ombres sur la vieille tour qui, du haut de ses trois étages, paraissait se pencher d'un air renfrogné et las vers ses remparts délabrés. Elle avait été construite deux cents ans avant cette nuit humide d'avril 1501. À présent, par ces temps de paix, une forteresse de pierre n'avait plus aucune utilité; mais elle n'était pas la demeure d'un homme travailleur. L'arrière-grand-père de ce dernier y avait vécu, à l'époque où de telles fortifications étaient nécessaires, et Nicolas Valence pensait – quand il dessoûlait assez longtemps pour pouvoir penser – que ce logis était bien suffisant pour lui et les générations à venir.

Devant le massif corps de garde, l'unique sentinelle dormait, une outre de vin à moitié vide sous le bras. Au rez-de-chaussée de la tour, le sol était jonché de chiens et de chevaliers assoupis. Les armures rouillées, entassées pêle-mêle contre les murs, traînaient dans la paille crasseuse recouvrant le plancher de chêne.

Tel était le domaine Valence; un misérable château vieillot et mal famé, qui faisait la risée de toute l'Angleterre. D'aucuns disaient que si les fortifications étaient aussi puissantes que le vin, Nicolas Valence pourrait repousser n'importe quel agresseur. Mais personne n'attaquait. Il n'y avait plus rien à défendre. Bien des années auparavant, de jeunes chevaliers sans le sou, poussés par la nécessité et pleins d'ardeur, avaient ravi la plus grande partie des terres de Nicolas. Ne restait plus que cette ancienne tour qui, de l'avis de tous, aurait dû être détruite depuis longtemps, et quelques fermes subvenant aux besoins de la famille Valence.

La fenêtre du dernier étage était éclairée. À l'intérieur, la chambre était froide et humide – une humidité qui ne quittait jamais les murs, même durant les étés les plus secs. La mousse s'insinuait dans les lézardes de la pierre et de petites choses rampantes détalaient constamment sur le sol. Mais dans cette pièce, toute la richesse du château était assise devant un miroir.

Penchée en avant, Alice Valence appliquait sur ses cils pâles et courts un cosmétique importé de France. Elle se recula et s'étudia d'un œil critique. Parfaitement objective quant à son apparence, elle savait comment l'utiliser au mieux.

Elle voyait un visage ovale aux traits harmonieux ; une bouche aussi délicate qu'un bouton de rose, un nez droit et fin. Ses yeux en amande, d'un bleu lumineux, étaient son plus bel atout. Sa chevelure blonde, qu'elle avait coutume de rincer avec du vinaigre et du citron, brillait d'un éclat doré. Ela, sa camériste, déposa un bandeau jaune pâle sur son front, puis mit en place la capeline. Une coiffe à la mode française, en lourd brocart bordé de larges revers de velours orange.

Alice entrouvrit les lèvres pour regarder encore une fois ses dents irrégulières et légèrement protubérantes. Au fil des années, elle avait appris à dissimuler ce défaut, souriant la bouche fermée, s'exprimant d'une voix douce et effacée, la tête insensiblement baissée. Auprès des hommes, ces manières étaient un avantage. Ils s'imaginaient avoir affaire à une fleur timide, inconsciente de sa beauté, et qu'ils se chargeraient volontiers d'éveiller aux plaisirs de ce monde.

La jeune femme se leva et lissa sa robe sur ses formes longilignes. De petits seins hauts et fermes, des hanches à peine dessinées sous une taille de guêpe... Elle aimait son corps. Il paraissait plus sain et plus net que celui des autres femmes.

Ses vêtements luxueux semblaient déplacés dans cette chambre misérable. Par-dessus une fine chemise de lin, elle portait une robe magnifique, coupée dans le même brocart que la coiffe. Le corsage, largement échancré en carré, moulait son buste délicat. La jupe s'évasait en une gracieuse corolle. L'étoffe bleue était agrémentée, au bas de la robe et à l'extrémité des manches, d'une bordure de fourrure blanche. Une ceinture de cuir bleu, incrustée de grenats, d'émeraudes et de rubis, soulignait la taille.

Alice continuait de s'examiner tandis qu'Ela plaçait un manteau sur ses épaules.

– Vous ne pouvez pas le rejoindre, milady. Pas alors que vous...

– ... que je vais en épouser un autre ? demanda Alice tout en ajustant le manteau.

Elle tourna sur elle-même pour se regarder, satisfaite du résultat. Cet orange et ce bleu vifs ne la feraient pas passer inaperçue.

– Quel rapport y a-t-il entre mon mariage et ce que je fais en ce moment ? poursuivit-elle.

– Vous savez que c'est un péché. Vous ne devez pas rencontrer un homme qui n'est pas votre mari.

Alice éclata d'un rire bref et sarcastique.

– Préférerais-tu que je me précipite dans les bras de mon fiancé ? Ce cher Edmund ?

Sans attendre de réponse, elle déclara :

– Il n'est pas nécessaire que tu m'accompagnes. Je connais le chemin et, pour ce que Gavin et moi allons faire, nous n'avons besoin de personne.

Ela servait sa maîtresse depuis trop longtemps pour être choquée. Alice agissait toujours comme bon lui semblait.

– J'irai avec vous, dit-elle. Mais seulement pour m'assurer qu'il ne vous arrive rien de mal.

Alice, comme à son habitude, ignora les propos

de la vieille femme. Prenant une bougie du chandelier en argent posé près de son lit, elle se dirigea vers la lourde porte de chêne.

– Silence, maintenant, ordonna-t-elle en ouvrant le battant aux gonds parfaitement huilés.

Elle ne put s'empêcher de penser que dans quelques semaines elle quitterait cet endroit en ruine pour aller vivre dans une vraie demeure, protégée par de hauts et solides remparts.

– Attention ! souffla-t-elle en pressant Ela contre le mur humide de l'obscure cage d'escalier.

L'un des gardes de son père passa lourdement sur le palier inférieur, resserra son haut-de-chausse et retourna vers sa paillasse. Alice moucha rapidement la bougie, espérant que l'homme n'avait pas entendu le petit cri craintif d'Ela.

– Viens, murmura-t-elle, n'ayant ni le temps ni l'envie d'entendre les protestations de sa camériste.

Au-dehors, la nuit était claire et douce et, comme prévu, deux chevaux les attendaient. Alice monta en souriant sur l'étalon noir. Plus tard, elle récompenserait le garçon d'écurie qui prenait si bien soin de sa lady.

– Milady ! geignit Ela d'un ton désespéré.

Mais Alice ne se retourna pas. Elle savait qu'Ela était trop grosse pour se débrouiller seule, mais n'avait pas l'intention de perdre une de ses précieuses minutes pour une vieille femme inutile. Pas quand Gavin l'attendait...

La porte du côté de la rivière avait été ouverte pour elle. Il avait plu et le sol était encore mouillé, mais l'air charriait des effluves de printemps. Comme une promesse de passion...

Quand elle fut assurée que les bruits de sabots ne s'entendraient pas, Alice se pencha vers son cheval et lui souffla :

– Va, mon diable noir. Emmène-moi vers mon amant.

L'étalon leva les deux pattes avant pour lui montrer qu'il avait compris et se mit au galop. Il connaissait le chemin.

Visage au vent, elle s'en remit tout entière au pouvoir et à la force du magnifique animal. Gavin, Gavin, Gavin, semblait scander le rythme de sa course sur la route caillouteuse. Par bien des points, les muscles de l'étalon entre ses cuisses lui rappelaient Gavin. Ses mains puissantes sur son corps, sa virilité qui la rendait folle de désir. Son visage aux pommettes hautes se découpant sous la lueur de la lune, ses yeux brillants, même dans la nuit la plus obscure.

– Ho ! mon doux, prudence maintenant, dit-elle en tirant sur les rênes.

À présent qu'elle approchait du lieu du rendez-vous, ce qu'elle avait soigneusement tenté d'oublier lui revenait en mémoire. Cette fois, Gavin aurait entendu parler de son mariage imminent et serait furieux contre elle.

Elle tourna la tête face au vent et cligna des paupières jusqu'à ce que des larmes se forment. Les larmes l'aideraient. Gavin avait toujours détesté les pleurs ; aussi s'en était-elle servie avec parcimonie durant ces deux dernières années, ne les utilisant que lorsqu'elle voulait absolument obtenir quelque chose.

Alice soupira. Pourquoi ne pouvait-elle pas parler franchement à Gavin ? Pourquoi fallait-il toujours prendre tant de précautions avec les hommes ? Il l'aimait, et devrait donc tout accepter d'elle, même si cela lui était désagréable. Mais cet espoir était insensé. Dire la vérité à Gavin équivaudrait à le perdre. Ensuite, où trouverait-elle un autre amant ?

Le souvenir de son corps dur et exigeant l'enivra. Oh oui, elle utiliserait les larmes, ou n'importe quel moyen nécessaire pour garder Gavin Montgomery, un chevalier de renom, un combattant sans égal… et qui était à elle, tout à elle !

Soudain, elle se rappela les questions insistantes d'Ela. Si elle voulait Gavin, pourquoi s'était-elle promise à Edmund Chatworth, un homme au teint blanchâtre, aux mains boudinées et lisses, à l'affreuse petite bouche en forme de cercle parfait ?

Parce qu'il était comte. Il possédait des terres dans chaque région du royaume, des domaines en Irlande, au pays de Galles, en Écosse et même, selon la rumeur, en France. Bien sûr, Alice ne pouvait pas connaître exactement l'étendue de sa richesse, mais cela viendrait. Oh oui, quand elle serait sa femme, elle saurait. Edmund était aussi faible de caractère que de corps et elle ne mettrait pas longtemps à le contrôler, lui et tous ses biens. Elle ferait son bonheur par l'intermédiaire de quelques gueuses et se chargerait seule des domaines, sans avoir à subir les ordres d'un homme.

Sa passion pour le beau Gavin ne faussait pas son jugement. Qui était Gavin Montgomery ? Un petit baron désargenté. Un brillant combattant, solide et de belle allure, mais sans fortune – à l'inverse d'Edmund. Et que serait la vie avec lui ? Les nuits seraient pleines d'amour et d'extase, mais aucune femme ne tiendrait jamais Gavin sous son pouvoir. Si elle l'épousait, il s'attendrait à ce qu'elle reste à la maison et se consacre à des travaux féminins. Non, personne ne parviendrait à dominer Gavin. Il serait un époux aussi intraitable qu'il était un amant exigeant.

Un sourire triomphant aux lèvres, elle donna un coup d'étrier à son étalon. Elle aurait tout : la fortune, la position d'Edmund, et l'amour de Gavin. Car il l'aimait – elle en était sûre – et elle saurait le garder. Aucune femme ne pouvait rivaliser avec elle en beauté.

Elle cligna à nouveau des paupières. Les larmes lui feraient comprendre qu'elle agissait contre sa volonté, ne pouvait pas passer outre à l'arrangement de son père avec Edmund. Oui, si elle s'y prenait bien, tout lui reviendrait : Gavin pour les nuits, et la richesse d'Edmund pour le jour.

Totalement immobile, Gavin attendait. Seule une contraction brève agitait par intermittence le muscle de sa joue. Les rayons argentés de la lune découpaient les lignes de son visage comme autant de lames tranchantes. Sa bouche était serrée en un pli sévère et ses yeux gris, assombris par la colère, paraissaient aussi noirs que ses cheveux.

Des années d'entraînement intensif en tant que chevalier lui avaient appris à se contrôler parfaitement. Mais il bouillait de l'intérieur. La femme qu'il aimait allait se marier avec un autre homme, partager son lit et lui donner des enfants. Quand il avait eu vent de la nouvelle, le matin même, sa première impulsion avait été de se rendre au domaine Valence et d'ordonner à Alice de démentir la rumeur. Sa fierté l'avait retenu et il s'était forcé à patienter jusqu'au moment de leur rendez-vous. Là, il la prendrait dans ses bras, et ses douces lèvres lui diraient ce qu'il voulait entendre. Elle n'épouserait personne d'autre que lui. Il en était sûr.

Il scrutait les ténèbres, attentif au moindre bruit. Mais la campagne n'était qu'une masse d'ombres profondes et muettes. Un chien rôdait sous le couvert des arbres, observant avec méfiance cet homme imperturbable et silencieux. Gavin se souvint de la première fois où Alice et lui s'étaient retrouvés ici. De jour, on pouvait chevaucher sans même apercevoir cette minuscule clairière ouverte sur le ciel ; mais de nuit, elle se transformait en un écrin de velours noir, juste assez grand pour contenir leur amour.

Gavin avait rencontré Alice au mariage d'une des sœurs de cette dernière. Bien que les Montgomery et les Valence fussent voisins, ils se fréquentaient peu. Le père d'Alice était un ivrogne qui laissait ses domaines à l'abandon et obligeait sa femme et ses cinq filles à vivre aussi pauvrement que des serfs. Seul le sens du devoir avait poussé Gavin à représenter sa famille à ces noces, ses trois frères ayant refusé de s'y rendre.

Et, tel un joyau au milieu de la fange, il avait vu Alice – sa belle et innocente Alice. Il n'avait pu tout d'abord croire qu'elle était du même sang que ces gens obèses et vulgaires. Ses vêtements somptueux, ses manières délicates et raffinées, sa beauté... Tout la différenciait d'eux.

Il s'était assis et l'avait contemplée, comme la plupart des jeunes hommes présents. Elle était parfaite; blonde, des yeux bleus, une bouche exquise. Avant même de lui avoir adressé la parole, il s'était épris d'elle. Puis, il avait écarté sa cour de soupirants pour l'approcher. Sa violence avait paru la choquer, et ses yeux baissés et sa voix douce avaient achevé de le conquérir. Elle était si timide qu'elle avait à peine pu répondre à ses questions. Alice représentait plus que tout ce qu'il avait jamais espéré – si virginale et si femme à la fois.

Ce soir-là, il lui avait proposé le mariage. Elle l'avait regardé, ses yeux écarquillés brillant comme des saphirs, et avait murmuré quelque chose à propos de la permission qu'elle devait obtenir de son père.

Le lendemain, Gavin était allé faire sa demande à Nicolas Valence, qui lui avait rétorqué que sa femme avait besoin de garder Alice près d'elle. Il avait parlé d'une manière bizarrement lente, comme s'il se remémorait des mots appris par cœur. Et l'insistance de Gavin avait été vaine.

Dégoûté et furieux, il avait fini par partir. Il n'avait pas chevauché longtemps avant de voir Alice qui l'attendait, anxieuse de connaître la réponse de son père. Ses cheveux scintillaient sous le soleil et sa robe de velours bleu accentuait la délicieuse blancheur de sa peau. D'un ton excédé, Gavin lui avait appris ce qu'il en était, et avait aperçu ses larmes. Descendant aussitôt à terre, il l'avait prise dans ses bras pour la réconforter. Et puis, tout s'était déroulé très vite, si vite qu'il ne se souvenait plus comment. L'instant d'avant, il la consolait, l'instant d'après, ils s'étaient retrouvés nus dans le secret de cette clairière, embrasés par les feux de la passion. Ensuite, Gavin n'avait pas su s'il devait s'excuser ou se réjouir. La douce Alice n'était pas une serve dont on pouvait abuser à son gré. Elle était une lady destinée à devenir sa femme. De plus, elle était vierge ; il en avait eu la preuve.

Deux ans ! Deux années s'étaient écoulées depuis. S'il n'avait pas passé la plupart de son temps en patrouilles aux frontières de l'Écosse, il aurait exigé la main d'Alice. Et c'était justement ce qu'il comptait faire maintenant. S'il le fallait, il irait même déposer sa requête auprès du roi. Valence était trop fou pour qu'on prenne la peine de discuter avec lui. Alice avait tenté de le convaincre, plaidant et implorant, mais s'était heurtée à son incompréhension et même à sa violence. Quand elle avait montré à Gavin les marques qu'avait laissées la brutalité de son père, il était entré dans une rage aveugle, prêt à aller tuer ce monstre. Mais Alice s'était accrochée à lui pour le retenir, pleurant à chaudes larmes et le suppliant de n'en rien faire. Devant ses larmes, Gavin abdiquait toujours. Il rangea son épée et promit de patienter encore. Alice était sûre que son père entendrait un jour raison.

Ils avaient donc continué de se voir en secret, comme des enfants rebelles. Gavin supportait mal cette situation, mais Alice lui avait demandé de ne pas essayer de parler à son père et de la laisser s'en charger.

Il changea de place et tendit à nouveau l'oreille. Toujours le silence. Il avait appris ce matin qu'Alice était sur le point d'épouser Edmund Chatworth. Chatworth... une espèce de chose visqueuse qui payait une taxe énorme au roi pour éviter d'être appelé à combattre. Il ne méritait ni le titre d'homme ni celui de comte. Qu'Alice se marie à cette larve dépassait son imagination.

Soudain, tous les sens de Gavin furent en alerte : il venait d'entendre les sons étouffés d'un galop sur la terre humide. Bientôt, Alice fut là et se jeta dans ses bras.

– Gavin, murmura-t-elle. Mon doux Gavin.

Elle se blottit contre lui, comme si quelque chose la terrifiait. Il aurait voulu voir son visage, mais elle s'accrochait si désespérément à lui qu'il n'osa pas bouger. Il sentit des larmes couler sur son cou et toute sa colère accumulée depuis le matin s'évanouit en une seconde. Caressant tendrement ses cheveux, il demanda :

– Dites-moi ce qui se passe. Qu'est-ce qui vous a tant blessée ?

Elle se détacha de lui pour le regarder, sûre qu'à la faveur de la nuit il ne se rendrait pas compte qu'elle ne pleurait pas vraiment.

– C'est trop horrible, dit-elle d'une petite voix déchirée. Je ne le supporterai pas.

Gavin se raidit en repensant à la nouvelle de son mariage.

– C'est donc vrai ?

Elle essuya délicatement une larme et leva les yeux vers lui.

– Mon père reste intraitable. J'ai même essayé de refuser de manger pour le faire changer d'avis, mais il a ordonné à une des servantes de... Oh, je ne peux pas vous raconter ce qu'ils m'ont fait. Il a dit qu'il... Oh, Gavin, je ne peux même pas vous répéter ce qu'il a dit. C'est trop affreux.

Gavin se tendit comme un arc.

– Je vais aller le voir et...

– Non ! s'exclama Alice en agrippant ses bras. Vous ne pouvez pas ! Je veux dire...

Elle le lâcha et baissa la tête.

– C'est trop tard, reprit-elle. La promesse de mariage a été signée et attestée devant témoins. Il n'y a plus aucun recours. Si mon père se rétractait maintenant, il devrait tout de même payer ma dot à Chatworth.

– Je la paierai, tonna Gavin.

Alice le regarda avec surprise, puis ses larmes redoublèrent.

– Cela ne changerait rien. Mon père ne me permettra pas de vous épouser. Vous le savez. Oh, Gavin, que vais-je devenir ? Comment pourrai-je épouser un homme que je n'aime pas ?

Elle semblait si désespérée que Gavin la prit tout contre lui.

– Je ne supporterai pas de vous perdre, mon amour, murmura-t-elle dans le creux de son cou. Vous êtes tout pour moi. Sans vous, je... je mourrais.

– Ne dites pas cela ! Comment pourriez-vous me perdre ? Vous savez bien que je ressens la même chose pour vous.

Elle se détacha à nouveau de lui pour le regarder, l'air soudain heureux.

– Alors vous m'aimez vraiment ? Et même si notre amour est mis à l'épreuve, je pourrai toujours être sûre de vous ?

– Mis à l'épreuve ? répéta Gavin en fronçant les sourcils.

Alice lui sourit.

– Si j'épouse Edmund, vous m'aimerez encore, n'est-ce pas ?

– Vous songez donc à l'épouser ! explosa-t-il en la repoussant.

– Ai-je le choix ?

Gavin ne la quitta pas du regard tandis qu'elle baissait les yeux d'un air résigné. Un silence de mort les enveloppa.

– Je vais m'en aller, dit-elle enfin. Je ne vous infligerai pas plus longtemps ma présence.

Elle était presque remontée en selle quand il réagit. L'empoignant avec violence, il s'empara de sa bouche et l'embrassa jusqu'à la meurtrir. Les mots étaient inutiles à présent. Le langage de leurs corps suffisait. Disparue la timide Alice. À sa place, resurgissait la femme passionnée que Gavin avait si bien appris à connaître. Avec une impatience presque sauvage, elle le fit se dévêtir.

Quand il fut nu devant elle, un rire de plaisir s'échappa de sa gorge. Elle adorait ses muscles puissants et déliés, ses larges épaules, sa poitrine et son ventre lisses et durs. Reculant un peu, elle savoura des yeux le spectacle de ce corps magnifique qui lui appartenait tout entier. Puis elle tendit les mains pour le toucher.

Gavin l'attira à lui et reprit ses lèvres. Le contact de sa robe contre sa peau l'excitait. Il embrassa son visage, descendit lentement vers son cou. La nuit était à eux, et il avait bien l'intention de la passer à lui faire l'amour.

– Non ! dit Alice en s'arrachant de ses bras pour ôter plus vite son manteau.

Elle repoussa ses mains quand il voulut défaire sa ceinture.

– Vous êtes trop lent.

Gavin en prit tout d'abord ombrage. Puis, au fur et à mesure que les vêtements d'Alice tombaient au sol, ses sens reprirent le dessus. Elle le désirait autant qu'il la désirait. Sinon, pourquoi montrerait-elle tant d'impatience ?

Il avait envie de goûter chaque parcelle de son corps, mais elle l'attira dans l'herbe et le guida immédiatement en elle. Gavin ne pensa alors plus à de lascifs préliminaires. Alice était sous lui, exigeante, impérieuse. Ses mains le dirigeaient à un rythme de plus en plus violent, au point qu'il eut peur de lui faire mal. Mais cette puissance sauvage semblait la plonger dans l'extase.

– Maintenant ! cria-t-elle.

C'était presque un ordre. Et quand il lui obéit, elle poussa un gémissement de plaisir triomphant.

Puis, très vite, elle se dégagea de lui. Alice se comportait toujours ainsi après l'amour. Une fois l'acte accompli, la conscience aiguë de son péché l'envahissait, lui avait-elle expliqué maintes fois. Il aurait tout de même voulu la garder plus longtemps dans ses bras, et peut-être lui refaire l'amour. Lentement, avec tendresse...

– Je dois m'en aller, dit-elle en s'asseyant et en commençant à se rhabiller.

Gavin adorait regarder ses longues jambes quand elle les glissait dans ses bas. Ce plaisir atténuait un peu sa frustration. Puis, de manière inattendue, il songea qu'un autre homme aurait bientôt le droit de toucher Alice. Il eut soudain envie de la blesser, tout comme elle le blessait.

– J'ai moi aussi une offre de mariage, déclara-t-il.

Elle se figea instantanément et le regarda, attendant qu'il en dise plus.

– La fille de Robert Revedoune.

– Il a seulement deux fils mariés, affirma-t-elle aussitôt.

Robert Revedoune était un des comtes attachés au roi, et sa fortune dépassait incomparablement celle d'Edmund. Alice y avait mis du temps, mais elle avait enquêté sur tous les nobles – et tous les hommes riches d'Angleterre – avant de conclure qu'Edmund serait la meilleure prise.

– Ne savez-vous pas que ses fils sont morts de maladie, voilà deux mois ?

Les yeux d'Alice s'agrandirent de surprise.

– Mais je n'ai jamais entendu parler de sa fille.

– Elle s'appelle Judith. On raconte que sa mère l'a préparée à une vie religieuse et qu'elle ne sort jamais.

– Et l'on vous propose cette Judith en mariage ? Elle est à présent seule héritière de son père et sera une femme très riche... Pourquoi Revedoune ferait-il une telle offre à...

Elle s'interrompit, se rendant compte qu'elle était allée un peu trop loin.

Gavin tourna la tête. La lune faisait briller son torse encore couvert de sueur.

– Pourquoi ferait-il ce cadeau à un Montgomery ? termina-t-il à sa place.

Son ton était glacial. Il fut un temps où les Montgomery avaient été assez puissants pour provoquer l'envie du roi Henri IV. Celui-ci les avait brisés en les déclarant traîtres. Il s'y était si bien pris que seulement maintenant, un siècle plus tard, la famille commençait à récupérer ce qu'elle avait perdu. Mais les Montgomery ne manquaient pas de mémoire et aucun d'entre eux n'avait besoin qu'on lui rappelle le passé.

– Pour mon bras droit, et celui de mes frères, reprit Gavin après un moment. Les terres de Revedoune bordent les nôtres au nord, et il redoute les Écossais. S'il s'allie à nous, ses domaines seront protégés. En outre, les Montgomery ont toujours donné des fils vigoureux. Revedoune m'offre sa fille parce qu'il pense que je lui ferai des enfants mâles.

Alice, presque entièrement vêtue maintenant, le regarda.

– Le titre se transmettra par la fille, n'est-ce pas ? Donc, votre fils aîné sera comte, et vous de même, quand Robert Revedoune mourra.

Gavin se retourna brusquement. Il n'avait pas pensé à cela, ne s'en souciait même pas. Il était étrange qu'Alice, si détachée des considérations matérielles, y ait songé la première.

– L'épouserez-vous ? demanda-t-elle tandis qu'il se rhabillait en hâte.

– Je n'ai pas encore pris de décision. La proposition date de deux jours, et je pensais alors...

– L'avez-vous vue ? l'interrompit-elle.

– Vue ? Vous parlez de l'héritière ?

Alice serra les dents. Les hommes se montraient si obtus parfois. Mais elle se ressaisit rapidement.

– Elle est certainement belle, dit-elle d'une voix larmoyante. Et dès que vous l'aurez épousée, vous m'oublierez.

Gavin se leva, ne sachant pas s'il devait être en colère ou non. Alice évoquait leurs mariages respectifs comme si cela n'avait aucune importance dans leur relation.

– Je ne l'ai pas rencontrée, déclara-t-il calmement.

La nuit sembla soudain se faire plus dense autour de lui. Il avait voulu entendre Alice lui jurer qu'elle n'en épouserait pas un autre, et voilà qu'il lui parlait d'une inconnue. Il avait envie de partir, de fuir la complexité des femmes pour retrouver le silence et la logique de ses frères.

– J'ignore ce qui se passera.

Alice se renfrogna tandis qu'il la conduisait vers son cheval.

– Je vous aime, Gavin. Quoi qu'il arrive, je vous aimerai et vous désirerai toujours.

Il la hissa rapidement sur la selle.

– Rentrez chez vous avant qu'on ne découvre votre absence. Nous ne voulons pas risquer que le noble et brave Chatworth ait vent de cette histoire, n'est-ce pas ?

– Vous êtes cruel, l'accusa-t-elle d'un ton où ne perçait cependant aucune émotion. Dois-je être punie pour quelque chose dont le contrôle m'échappe ?

Gavin garda le silence. Elle se pencha pour l'embrasser, et fut effrayée de sentir qu'il n'était déjà plus avec elle. Tirant vivement sur les rênes, elle s'en alla.

2

Il était très tard quand Gavin atteignit les abords du château Montgomery. Malgré tous les biens dont la cupidité d'un roi les avait dépossédés, ces murs appartenaient toujours aux Montgomery. Ils vivaient ici depuis quatre cents ans – époque où William avait conquis l'Angleterre, amenant avec lui la déjà riche et puissante famille normande.

Au fil des siècles, le domaine avait été agrandi et comprenait à présent plus de trois acres de terres. La propriété se divisait en deux parties : les quartiers extérieurs, où étaient installés les domestiques, la garnison de chevaliers et les centaines de gens et d'animaux nécessaires à la maintenance; les quartiers intérieurs, abritant les quatre frères Montgomery et leur suite. L'ensemble se trouvait au sommet d'une colline surplombant une rivière. Aucun arbre n'était planté à moins d'un mile du château, pour ne pas permettre à l'ennemi d'avancer en terrain couvert.

Pendant quatre siècles, les Montgomery avaient préservé leur forteresse contre un roi envieux et les guerres seigneuriales. Gavin regarda avec fierté les imposants remparts. Il traversa la rivière, puis descendit de cheval pour le conduire dans l'étroit passage donnant sur l'entrée arrière. De nuit, la herse de la porte principale était baissée et les gardes auraient dû réveiller au moins cinq hommes pour les aider à la relever. Gavin avait donc choisi d'emprunter le petit accès secret ménagé dans une longue muraille de huit pieds de haut. Au sommet de celle-ci des sentinelles patrouillaient. Gavin répondit à leur qui-vive avant d'entrer.

Sous le règne du roi actuel, de nombreux châteaux étaient tombés dans le déclin. Aussitôt après son couronnement, seize ans plus tôt, Henri VII avait brisé le pouvoir des grands barons en interdisant les armées privées et en donnant au gouvernement le monopole de la poudre à canon. N'ayant plus la possibilité de tirer profit des guerres, les barons s'étaient considérablement appauvris. Une à une, les forteresses, dont l'entretien coûtait très cher, avaient été remplacées par des demeures plus fonctionnelles.

Cependant, grâce à une bonne gestion et à un travail acharné, certains avaient su garder leur héritage ancestral. Les Montgomery étaient de ceux-là, et jouissaient de ce fait du respect de toute l'Angleterre. Le père de Gavin avait construit une confortable gentilhommière pour ses cinq enfants, mais elle avait été bâtie dans l'enceinte de l'ancienne structure.

Une intense activité régnait au château.

– Que se passe-t-il ? demanda Gavin au garçon d'écurie qui s'occupait de son cheval.

– Le maître vient juste de rentrer du village. Il y a eu un incendie.

– Beaucoup de dégâts ?

– Non, seigneur, seulement quelques maisons de marchands. Le maître n'avait pas besoin d'y aller, marmonna-t-il, comme pour signifier que cela ne concernait pas les nobles.

Gavin le laissa et pénétra dans la grande maison bâtie contre l'ancienne tour de pierre qui servait désormais d'entrepôt. Plusieurs chevaliers s'étaient installés pour dormir et Gavin les salua tout en grimpant les marches de chêne jusqu'à ses appartements, au troisième étage.

– Voilà notre vagabond de frère, s'écria Raine d'un ton gentiment moqueur. Miles, te rends-tu compte qu'il chevauche de nuit dans la campagne et néglige ses responsabilités ? Tout le village aurait pu brûler si nous agissions comme lui.

Raine, le troisième des frères Montgomery, était aussi le plus petit et le plus massif. C'était un puissant et redoutable combattant mais, la plupart du temps, comme à ce moment-là, ses yeux bleus pétillaient de malice et de larges fossettes creusaient ses joues.

Gavin regardait ses frères sans sourire.

Miles, les vêtements noirs de suie, remplit une coupe de vin et la lui tendit.

– Mauvaises nouvelles ? demanda-t-il.

Miles était le cadet. Rien n'échappait à ses yeux gris perçants et il souriait rarement.

– Quelque chose ne va pas ? s'inquiéta immédiatement Raine.

Gavin prit le vin et s'assit lourdement sur une chaise en noyer ciselé, face à la cheminée. C'était une grande et agréable pièce, au plancher recouvert de tapis d'Orient. Des tapisseries de laine, représentant des scènes de chasse et de Croisades, décoraient les murs. Devant la baie vitrée à meneaux exposée plein sud étaient disposés des sièges revêtus d'étoffe rouge. Avec son plafond aux grosses poutres apparentes et ses lourds meubles de bois, c'était indubitablement la chambre d'un homme.

Les trois frères portaient des vêtements simples, de couleurs sombres. Sur leur chemise de lin moulante et froncée à l'encolure, ils avaient enfilé un pourpoint de laine et une grosse veste s'arrêtant à la taille. Un haut-de-chausse noir gainait leurs jambes, soulignant le galbe puissant de leurs muscles. Gavin portait de lourdes bottes montant jusqu'aux genoux ; son épée, dans son fourreau serti de pierres précieuses, était suspendue à sa hanche.

Gavin but le vin à longs traits et observa Miles en silence, tandis que celui-ci le resservait. Il ne pouvait pas partager son malheur – même pas avec ses frères.

Comme il ne parlait toujours pas, Miles et Raine échangèrent un regard. Ils savaient où Gavin était allé et devinaient les raisons qui le rendaient si ténébreux. Pour faire plaisir à son frère, Raine avait accepté de rencontrer Alice, et sa froideur ne lui avait pas plu. Mais aux yeux énamourés de Gavin elle était la perfection même. Et, quelle que fût son opinion sur Alice, Raine compatissait.

Ce n'était pas le cas de Miles, qui était complètement insensible aux sentiments amoureux. Pour lui, une femme en valait bien une autre.

– Robert Revedoune a encore envoyé un messager aujourd'hui, déclara ce dernier. Il semble avoir peur que sa fille ne meure sans lui laisser un héritier.

– Est-elle d'une santé fragile ? s'enquit Raine.

Il était le plus humain des trois, et se sentait concerné par le malheur des autres, même quand il s'agissait d'une jument blessée ou d'un serf malade.

– Pas à ma connaissance, répondit Miles. Mais Revedoune est fou de douleur depuis que ses fils sont morts et qu'il ne lui reste plus qu'une fille chétive. Il paraît qu'il bat régulièrement sa femme pour la punir de ne pas lui avoir donné davantage de fils.

Raine fronça les sourcils. Il trouvait indigne de battre une femme.

– Vas-tu accepter son offre ? demanda Miles à Gavin qui se taisait toujours.

– L'un de vous me remplacera, déclara-t-il. Faisons revenir Stephen d'Écosse. Ou bien toi, Raine. Tu as besoin d'une épouse.

– Revedoune veut l'aîné d'entre nous pour gendre, dit Raine en lui adressant un sourire narquois. Sinon, j'aurais volontiers été preneur.

– Pourquoi tant de manières ? s'exaspéra Miles. Tu as vingt-sept ans et il te faut une femme. Cette Judith Revedoune est riche – elle apporte un comté en dot. Par elle, notre famille retrouvera peut-être la prospérité.

Gavin avait perdu Alice. Le plus tôt il l'admettrait, le mieux ce serait.

– Très bien, dit-il. Je consens à ce mariage.

Ses deux frères poussèrent un soupir de soulagement.

– J'avais demandé au messager d'attendre, annonça Miles en se levant. J'espérais que tu te déciderais.

Tandis qu'il quittait la pièce, Raine lança avec humour :

– Il paraît qu'elle n'est pas plus grande que ça. (Il mit sa main à la hauteur de sa taille.) Et qu'elle a des dents de cheval. En plus...

Le vent s'engouffrait dans les crevasses de la vieille tour. Le papier huilé calfeutrant les fenêtres repoussait à peine le froid.

Alice dormait, entièrement nue sous un duvet de plumes d'oie.

– Milady, souffla Ela. Il est ici.

Somnolente, Alice se retourna.

– Comment oses-tu me réveiller ? soupira-t-elle avec exaspération. Qui est ici ?

– L'homme de la maison Revedoune. Il...

– Revedoune ! s'écria Alice en se redressant vivement. Donne-moi ma robe et fais-le venir.

– Ici ? s'étonna Ela. Il ne faut pas, milady. Quelqu'un pourrait vous entendre.

– Tu as raison. C'est trop risqué. Va lui dire de m'attendre sous l'orme, dans le jardin de la cuisine.

– En pleine nuit ? Mais...

– Va, maintenant ! Je ne serai pas longue.

Elle enfila en hâte sa robe de chambre en velours pourpre bordée de fourrure d'écureuil gris, l'attacha avec une large ceinture et glissa ses pieds dans des pantoufles de cuir souple et doré.

Gavin n'avait pas donné signe de vie depuis près d'un mois. Mais, quelques jours après leur dernier rendez-vous, Alice avait entendu parler de son prochain mariage avec l'héritière Revedoune. On annonçait de par toute l'Angleterre le tournoi qui célébrerait cette alliance. Tous les chevaliers, quelle que soit leur compétence, étaient invités à y participer et chaque gentilhomme était évidemment le bienvenu. La nouvelle avait empli Alice de jalousie. Elle aurait tant aimé être assise aux côtés d'un mari comme Gavin pour assister à un tournoi en l'honneur de ses noces. Rien de tel n'avait été prévu pour son mariage avec Edmund.

Les rumeurs ne lui en avaient cependant pas appris plus sur Judith Revedoune. Cette fille n'était qu'un nom sans visage. Alice avait donc eu l'idée de recourir à un espion. Elle voulait savoir à quoi ressemblait la mystérieuse Judith, et avait donné l'ordre à Ela de la prévenir quand l'homme se présenterait, quelle que fût l'heure.

Le cœur battant, elle se précipita dans le jardin. Cette Judith était certainement aussi répugnante qu'un crapaud, se dit-elle. Il fallait qu'il en soit ainsi.

– Votre beauté éclipse la lune par sa splendeur, milady, déclara l'espion d'un ton doucereux.

Il prit sa main et la baisa.

Il la dégoûtait, mais elle n'avait pu trouver personne d'autre ayant accès à la famille Revedoune. Elle avait payé très cher ses services ! Cet homme maigre et mielleux n'était heureusement pas un trop mauvais amant.

– Quelles sont les nouvelles ? demanda-t-elle avec impatience en dégageant sa main. L'avez-vous vue ?

– Pas... de près.

– Comment cela ? L'avez-vous vue ou pas ? exigea-t-elle de savoir en le regardant droit dans les yeux.

– Oui, répondit-il fermement. Mais elle est très bien gardée.

Désireux de plaire à cette beauté blonde, il préféra lui cacher la vérité. Il avait aperçu Judith Revedoune à distance, alors qu'elle quittait le manoir à cheval, en compagnie de ses dames. Il n'aurait même pas su dire laquelle d'entre elles était l'héritière.

– Pourquoi est-elle si bien surveillée ? Aurait-elle l'esprit dérangé pour qu'on ne la laisse pas aller et venir à sa guise ?

Il fut soudain effrayé par cette femme aux yeux de glace qui l'interrogeait si durement.

– On raconte que personne ne la voit jamais et qu'elle a été préparée pour entrer au couvent.

– Au couvent ?

Alice se détendit un peu. Il était d'usage dans les familles riches de confier les enfants retardés aux bons soins des nonnes.

– Pensez-vous qu'elle pourrait être faible d'esprit ou avoir une malformation quelconque ? voulut-elle s'assurer.

– Tout semble l'indiquer. Robert Revedoune est un homme dur. Il ne tiendrait pas à montrer qu'il a un monstre en guise de fille.

– Mais vous n'êtes pas sûr que c'est pour cela qu'il la cache ?

Il sourit, se sentant tiré d'affaire.

– Quelle autre raison pourrait-il avoir ? Si elle

était normale, ne l'aurait-il pas offerte en mariage avant que la mort de ses deux fils ne l'y oblige? Quel père consentirait à ce que sa fille unique entre dans un couvent? Un homme n'accepte cela que lorsqu'il a plusieurs filles.

Alice regardait fixement devant elle, l'air absent. Son silence le rendit plus audacieux. Se rapprochant d'elle, il murmura à son oreille :

– Ne vous inquiétez pas, milady. Aucune femme n'est assez belle pour détourner de vous le seigneur Gavin.

Alice se figea. Ainsi, même le plus commun des hommes était au courant de sa liaison avec Gavin? Avec un remarquable talent d'actrice, elle se tourna vers l'espion et lui sourit.

– Vous avez été parfait et vous serez... récompensé comme il se doit, déclara-t-elle, ne laissant pas le moindre doute sur ce que cela sous-entendait.

Il se pencha pour l'embrasser dans le cou.

Dissimulant sa répulsion, elle se déroba.

– Non, non, murmura-t-elle d'un ton complice. Pas ce soir. Demain, je m'arrangerai pour que nous ayons plus de temps.

Elle fit courir sa main le long de sa cuisse et lui adressa un regard séducteur.

– Je dois partir, dit-elle en faisant mine de le regretter profondément.

Dès qu'elle eut tourné le dos, son visage se durcit. Elle avait encore une chose à régler avant d'aller se coucher. Personne n'avait le droit de parler librement de sa relation avec Gavin... et cet espion paierait pour les mots qu'il avait prononcés.

– Bonjour, père, dit affectueusement Alice en se penchant pour embrasser la joue du vieil homme noueux et sale.

Ils se trouvaient dans l'unique et immense pièce du second étage de la tour. Pendant la journée, elle servait de salle à manger et de salon; la nuit, les domestiques y dormaient.

Remarquant la chope vide de son père, Alice héla un serviteur.

– Hé, toi. Apporte encore de la bière.

Nicolas Valence prit la main de sa fille et leva les yeux vers elle avec gratitude.

– Tu es la seule à t'en soucier, ma jolie Alice. Tous les autres – en particulier ta mère et tes sœurs – essaient de me priver de boisson. Toi, tu comprends à quel point la bière me réconforte.

Elle s'écarta de lui, dissimulant la répulsion qu'elle éprouvait quand il la touchait.

– C'est parce que je suis la seule à vous aimer, père chéri, déclara-t-elle en souriant avec douceur.

Nicolas s'émerveillait encore devant la beauté de sa fille. Comment lui et son hideuse femme avaient-ils pu procréer un être aussi parfait ? De plus, cet ange au teint diaphane lui fournissait de l'alcool en cachette, alors que les autres faisaient tout pour l'empêcher de boire. Oui, elle l'aimait vraiment. Et lui aussi l'aimait. Ne lui donnait-il pas le peu d'argent qu'il possédait pour qu'elle puisse se vêtir à son goût ? Sa jolie Alice portait de la soie, tandis que ses sœurs se contentaient de la toile fabriquée par les domestiques. Il ferait n'importe quoi pour elle. N'avait-il pas déclaré à Gavin Montgomery qu'elle ne pourrait pas l'épouser, juste comme elle le lui avait demandé ? Évidemment, il n'avait pas compris pourquoi sa fille refusait cette alliance. Gavin était un homme solide et riche. Mais maintenant, il se rendait compte qu'elle avait eu raison : elle allait se marier à un comte. Edmund Chatworth n'avait bien sûr pas la prestance et la beauté de ces Montgomery, mais Alice agissait toujours pour le mieux.

– J'ai une faveur à vous demander, poursuivit-elle d'un ton câlin.

Nicolas vida sa chope de moitié. Les désirs d'Alice n'étaient quelquefois pas faciles à satisfaire. Il préféra changer de sujet.

– Il paraît qu'un homme est tombé des remparts la nuit dernière. Un étranger. Personne ne semble savoir d'où il venait.

Le sourire d'Alice s'effaça. Le garçon d'écurie avait bien fait son travail : l'espion n'aurait désormais plus l'occasion d'alimenter les rumeurs. Elle chassa aussitôt ces pensées, nullement intéressée par la mort de cet homme.

– J'aimerais assister au mariage de Gavin et de l'héritière Revedoune, reprit-elle.

– Tu veux une invitation aux noces de la fille d'un comte ? s'étonna-t-il.

– Oui.

– Mais c'est impossible. Comment pourrais-je obtenir cela ?

Alice renvoya le serviteur et remplit elle-même la chope de son père.

– J'ai mon idée, déclara-t-elle en lui adressant son plus beau sourire.

3

La bâtisse du marchand était envahie par les flammes et le deuxième étage en bois menaçait de disparaître en cendres. Suffoquant dans l'air saturé de fumée, des hommes et des femmes se passaient des seaux d'eau à la chaîne. Leurs visages n'étaient plus que des taches noires où perçait la blancheur de leurs yeux et de leurs dents.

Torse nu, Gavin détachait à coups de hache le bâtiment mitoyen du magasin en feu. Son acharnement et sa vigueur ne laissaient pas supposer qu'il tenait ce rythme depuis deux jours entiers.

Ce village, situé au pied de la colline où se dressait le château, dépendait du domaine Montgomery et représentait une source nécessaire de revenus pour lui et ses frères. Les habitants leur versaient des impôts, en échange de quoi ils leur assuraient protection et défense.

– Gavin ! hurla Raine pour couvrir le rugissement des flammes. Écarte-toi ! Le feu est trop proche !

Gavin ignora l'avertissement, ne levant même pas le regard vers le mur qui risquait de s'écrouler sur lui d'un instant à l'autre. Il redoublait d'ardeur pour dégager les poutres afin qu'en bas les hommes puissent les arroser d'eau.

Raine savait qu'il était inutile d'insister. D'un geste las, il fit signe aux villageois de continuer de tirer les poutres du mur. Les limites de l'épuisement le gagnaient, et pourtant il avait dormi quatre heures – quatre de plus que Gavin. Mais il était sûr que ce dernier ne permettrait aucune relâche tant qu'il resterait la moindre parcelle de maison à sauver.

Retenant son souffle, il suivait des yeux le combat de Gavin contre le feu. À tout moment un accident mortel pouvait arriver et il ne souhaitait qu'une chose : que Gavin descende de cette échelle et se retrouve en sécurité sur la terre ferme. Les marchands et les serfs poussèrent des cris tandis que le mur en flammes se mettait à vaciller. Raine aurait aimé employer la force pour obliger Gavin à abandonner, mais sa puissance ne dépassait pas celle de son aîné.

Soudain, les poutres s'effondrèrent à l'intérieur des murs. Gavin descendit aussitôt. Il n'avait même pas touché le sol que Raine bondit sur lui pour l'entraîner hors de la zone dangereuse.

– Tu m'écrases ! rugit-il à l'oreille de son frère qui pesait sur lui de tout son poids. Pousse-toi de là !

Raine connaissait trop bien Gavin pour se sentir offensé. Il se releva lentement, les muscles rendus douloureux par les efforts de ces derniers jours.

– Tu pourrais me remercier de t'avoir sauvé la vie ! Pourquoi diable t'es-tu obstiné si longtemps ? Une seconde de plus et tu étais rôti.

Gavin se leva rapidement et tourna son visage

noir de suie vers le bâtiment. Le feu était maintenant prisonnier des murs de pierre et n'atteindrait pas la maison voisine. Satisfait, il regarda son frère.

– Je n'avais pas le choix, dit-il en faisant bouger son épaule.

Raine n'y était pas allé de main morte : la peau s'était écorchée sur les gravats et le sang coulait.

– Si l'incendie n'avait pas été stoppé, tout le village aurait pu y passer, reprit-il.

Raine le fixait d'un air effaré.

– Ta vie a pour moi plus de valeur que tous ces bâtiments réunis, déclara-t-il.

Gavin eut un large sourire.

– Merci. Mais je pense que j'aurais préféré y laisser un peu de ma chair plutôt que de perdre une autre maison.

Il fit volte-face pour donner des instructions aux hommes.

Raine s'éloigna en grommelant. Gavin dirigeait le domaine Montgomery depuis l'âge de seize ans et prenait ses responsabilités très au sérieux. Il se serait battu jusqu'à la mort pour défendre ce qui lui appartenait. Dès lors qu'ils faisaient partie de son fief, même le plus médiocre des serfs et le pire des voleurs étaient traités en toute équité.

Gavin ne rentra que tard dans la nuit et pénétra dans le salon d'hiver attenant au grand hall, où la famille prenait généralement ses dîners. D'épais tapis d'Antioche recouvraient le sol ; les murs étaient tapissés de larges pans de toile de lin ; les meubles en noyer avaient été ciselés de façon à rappeler le drapé de l'étoffe. Une énorme cheminée, sur le dessus de laquelle étaient sculptés des léopards, blason des Montgomery, dominait l'une des extrémités de la pièce.

Raine était déjà là. Il s'était lavé, changé, et trônait devant un immense plateau d'argent rempli de porc rôti, de grosses tranches de pain chaud et de pommes et de pêches tapées. Il avait visiblement l'intention d'avaler jusqu'à la dernière miette de ce festin. Avec un grognement, il désigna le grand baquet rempli d'eau chaude placé près du feu.

N'hésitant pas une seconde, Gavin ôta son haut-de-chausse, ses sous-vêtements et ses bottes, et se glissa dans le bain fumant. Des élancements parcoururent son corps couvert d'éraflures et d'entailles. Une jeune servante apparut et commença de lui laver le dos.

– Où est Miles? demanda Raine, la bouche pleine.

– Je l'ai envoyé chez les Revedoune pour me représenter. Il m'a rappelé que la demande en mariage avait lieu aujourd'hui.

Il se pencha en avant, laissant la fille le laver, et ne regarda même pas son frère.

Raine faillit s'étrangler sur un morceau de porc.

– Tu as quoi? s'écria-t-il, croyant avoir mal entendu.

Gavin leva les yeux, surpris de sa réaction.

– J'ai dit que j'ai délégué Miles pour la demande en mariage.

– Bon Dieu, n'as-tu donc aucune conscience? Tu ne peux pas envoyer quelqu'un d'autre, comme s'il s'agissait de l'achat d'une jument. C'est une femme!

– Je le sais parfaitement, dit Gavin d'un ton agacé. Si elle n'était pas une femme, je ne serais pas obligé de l'épouser.

– Obligé!

Incrédule, Raine s'adossa à sa chaise. Il était vrai que pendant que ses trois jeunes frères voyageaient librement dans tout le royaume, en France et même en Terre sainte, Gavin était resté cloué à ses responsabilités. Il avait vingt-sept ans et en onze années n'avait pas quitté le domaine, excepté pour sa récente expédition en Écosse. Cela expliquait son ignorance sur les dames de la noblesse.

– Gavin, reprit Raine avec patience, Judith Revedoune est une lady – la fille d'un comte. Elle est en droit d'attendre certaines choses de toi, telles que la courtoisie et le respect. Tu aurais dû aller lui dire en personne que tu désirais l'épouser.

Gavin leva le bras pour permettre à la servante de mieux le savonner. Le devant de sa robe de laine rugueuse était mouillé et collait à sa poitrine généreuse. Il la regarda dans les yeux et lui sourit, commençant à ressentir les premières montées du désir. Puis il revint à Raine.

– Mais je ne désire pas l'épouser, déclara-t-il. Elle n'est certainement pas assez stupide pour penser que je m'intéresse à autre chose qu'à ses terres.

– Tu ne peux pas lui dire ça ! Tu dois la courtiser et...

Gavin émergea du bain. Il resta debout tandis que la fille montait sur un tabouret et versait de l'eau chaude pour le rincer.

– Elle sera mienne et m'obéira, dit-il d'un ton catégorique. J'ai suffisamment vu de ladies pour savoir à quoi m'en tenir. Ces dames de haute naissance passent leur temps assises, à coudre, bavarder, manger et s'empâter. Leur vie facile les rend fainéantes et idiotes, et il n'est pas compliqué de les contenter. J'ai envoyé chercher à Londres de nouvelles tapisseries de Flandres – quelque chose de niais, comme des nymphettes cabriolant dans les bois. Je les accrocherai dans le salon, lui fournirai tous les fils de soie et aiguilles d'argent dont elle aura besoin, et elle sera satisfaite.

Raine songea à toutes les dames qu'il avait rencontrées durant ses voyages. La plupart correspondaient effectivement à cette description, mais il existait tout de même des femmes intelligentes et fortes de caractère qui étaient plus que des compagnes pour leur mari.

– Et si elle désirait participer à la gestion du domaine ? suggéra-t-il.

Gavin prit la serviette de coton que lui tendait la servante.

– Pas question qu'elle se mêle de mes affaires, décréta-t-il. Elle devra se tenir à sa place et m'obéir, ou elle s'en repentira.

4

Les rayons du soleil pénétraient à flots par les fenêtres, se déversant sur le sol couvert de nattes de paille et jouant avec les particules de poussière qui scintillaient comme de petits éclats d'or. C'était un premier mai magnifique. Une journée lumineuse et douce, comme seul le printemps peut en offrir.

L'immense pièce, exposée plein sud, occupait la moitié du quatrième étage et était presque entièrement dénudée. Robert Revedoune n'investissait jamais son argent dans des frivolités telles que des tapisseries ou autres ornements.

Ce matin-là, cependant, la grande salle avait un aspect différent. Toutes les chaises étaient parées de taches de couleur. Il y avait des vêtements partout. Taillés dans des étoffes luxueuses, ils étaient neufs et constituaient une partie de la dot de Judith Revedoune. Il y avait de la soie d'Italie, des velours d'Orient, des cachemires de Venise, des cotons de Tripoli. Des joyaux – émeraudes, perles, rubis, émaux – brillaient de toute leur splendeur sur les chaussures, les ceintures et les parements. L'ensemble reposait sur un tapis de fourrures : zibeline, hermine, castor, écureuil, agneau noir bouclé, lynx.

Judith était seule, assise au milieu de ce faste, si calme que quelqu'un entrant à ce moment-là aurait pu ne pas la remarquer. Mais le luxe de sa tenue n'aurait échappé à personne. Ses petits pieds étaient finement chaussés de cuir vert bordé d'hermine. Sa robe dorée au décolleté carré et profond moulait son buste et mettait en valeur sa poitrine aux rondeurs exquises. Les manches longues se prolongeaient en drapé à partir du poignet. La taille ajustée, soulignant la finesse de ses formes, était parée d'une ceinture de cuir doré incrusté d'émeraudes. La jupe s'évasait souplement, dansant avec grâce à chaque mouvement. Son front était ceint d'un cordon d'or sur lequel était suspendue une magnifique émeraude. Un manteau de taffetas vert ourlé d'hermine recouvrait ses épaules.

Sur une autre femme, ces vêtements scintillants de mille feux auraient paru écrasants. Mais aucune robe ne pouvait éclipser la beauté de Judith. Elle possédait un petit corps aux lignes parfaites, de longs cheveux auburn se terminant en boucles souples au niveau de la taille. Son visage aux traits délicats semblait porter toute la noblesse de son rang. Cependant, c'étaient ses yeux qui retenaient l'attention. Des yeux dorés, aussi éblouissants qu'un ardent soleil.

Elle tourna légèrement la tête pour regarder audehors. En d'autres circonstances, elle aurait profité de cette belle journée de printemps pour aller chevaucher dans la campagne, parmi les fleurs sauvages. Cependant, elle était là, osant à peine bouger dans cette robe trop luxueuse. Mais son immobilité était surtout due aux sombres pensées qui l'assaillaient. C'était le jour de son mariage – un jour qu'elle avait longtemps redouté et qui marquerait la fin de sa liberté et de son bonheur.

La porte s'ouvrit soudain et ses deux femmes de chambre entrèrent en coup de vent. Leurs visages roses prouvaient qu'elles avaient couru depuis l'église où elles s'étaient rendues en éclaireuses pour apercevoir le futur époux.

– Oh, milady ! s'exclama Maud. Il est si beau ! Grand, brun, des yeux gris, et des épaules...

Elle écarta les bras sur toute leur largeur et poussa un soupir dramatique.

– Je me demande comment il passe les portes.

Ses yeux pétillaient, mais la tristesse de sa maîtresse l'inquiétait.

– Et il marche comme ça, renchérit Joan en bombant le torse et en traversant la pièce à longues enjambées volontaires.

– Oui, reprit Maud. Il est fier. Comme tous les Montgomery. On dirait que le monde leur appartient.

– Si ça pouvait être vrai, glousse Joan en roulant des yeux en direction de Maud.

Mais cette dernière était préoccupée : depuis leur arrivée, Judith n'avait même pas eu l'ombre d'un sourire. D'un geste, elle fit signe à Joan de se taire.

– Désirez-vous quelque chose, milady ? demanda-t-elle d'un ton plus posé. Il vous reste du temps avant de partir pour l'église. Peut-être...

Judith secoua la tête.

– Je n'ai besoin de rien. Est-ce que ma mère va bien ?

– Oui. Elle se repose. Le chemin est long jusqu'à l'église et son bras...

Maud s'interrompit devant le visage soudain assombri de sa maîtresse. Judith se sentait responsable de ce qui était arrivé à Helen et se le reprochait bien assez pour qu'on le lui rappelle.

– Alors, vous êtes prête ? s'enquit-elle doucement.

– Mon corps l'est, mais pas mes pensées. Voudriez-vous aller auprès de ma mère ?

– Mais, milady...

– Je souhaite rester seule. Ce sont peut-être mes derniers moments de liberté avant longtemps. Qui sait ce que demain nous réserve ?

Elle tourna à nouveau son regard vers la fenêtre.

Joan s'apprêtait à intervenir, mais Maud l'arrêta. Joan ne pouvait pas comprendre que Judith soit malheureuse alors qu'elle était riche, que c'était le jour de son mariage et que son époux était un jeune et beau chevalier. Elle grommela en haussant les épaules tandis que Maud la poussait vers la porte.

Les préparatifs des noces de Judith avaient pris plusieurs semaines. La célébration serait somptueuse et coûterait à son père une année de revenus. Elle avait tenu les registres de tous les achats, notant les milliers d'aunes de drap nécessaires aux dais qui abriteraient les invités, inventoriant la nourriture qui serait servie : mille porcs, trois cents veaux, cent bœufs, quatre cents pâtés de chevreuil, trois cents tonneaux de bière. Et la liste ne s'arrêtait pas là...

Tout cela pour un mariage qu'elle ne souhaitait pas.

La plupart des jeunes filles étaient préparées à l'idée de se marier un jour, mais pas Judith. Dès sa naissance, elle avait été traitée différemment. Sa mère avait été usée par les fausses couches et les années passées avec un mari qui la battait sous le moindre prétexte. Quand finalement Judith était née, Helen avait donné toute son âme à cette petite chose aux cheveux rouges. Bien qu'elle n'eût jamais tenu tête à son époux, elle s'était sentie capable d'affronter l'enfer pour protéger sa fille. Elle voulait deux choses pour sa petite Judith : la préserver d'un père violent et lui éviter, sa vie durant, d'avoir affaire à une telle sorte d'homme.

Pour la première fois, elle avait fait face à son mari qu'elle craignait tant et lui avait demandé de destiner Judith au couvent. Aucun sujet n'aurait pu moins intéresser Robert. Une fille ne représentait rien pour lui. Il avait deux fils de son premier mariage et cette créature rampante et plaintive n'avait su lui donner que des enfants morts et un rejeton femelle sans aucune valeur. Éclatant de rire, il avait donné son accord pour que Judith entre chez les nonnes quand elle serait en âge. Mais pour montrer à cette créature larmoyante qui lui servait de femme ce qu'il pensait de ses demandes, il la jeta au bas des escaliers de pierre. Helen avait eu la jambe brisée et boitait encore depuis ce jour. Mais cela n'avait pas d'importance à ses yeux. Sa fille était sous son unique responsabilité, et c'était tout ce qui comptait. Cette victoire lui faisait même parfois oublier son horrible mariage. Elle se plaisait à s'imaginer veuve, seule avec sa jolie petite Judith.

Ce furent des années heureuses, entièrement consacrées à la future carrière religieuse de Judith.

Et maintenant, tout allait s'écrouler. Judith deviendrait une épouse; une femme sous le pouvoir de son mari et maître. Mais elle n'avait aucune notion du rôle qui l'attendait. Elle possédait de pauvres talents de couturière, ignorait tout du tricot et ne savait pas rester tranquillement assise pendant des heures en donnant des ordres aux servantes. Le pire était qu'elle ne connaissait même pas la signification du mot soumission. Une épouse devait garder les yeux baissés devant son mari, lui demander son avis pour tout; or, Judith avait été éduquée en vue de devenir mère supérieure, c'est-à-dire une femme totalement indépendante et libre. Judith avait toujours affronté directement le regard de son père et de ses frères, n'avait jamais baissé la tête, même devant la menace. La fierté peu commune de sa fille amusait Robert. Il avait rencontré bien des seigneurs ne possédant pas le quart de cet orgueil tenace.

Aucun homme ne tolérerait sa manière calme et assurée de discuter des relations du roi avec la France ou d'exposer ses opinions arrêtées sur la façon de traiter les serfs. Les femmes étaient supposées parler bijoux et ornements. Judith laissait volontiers ses domestiques choisir sa garde-robe; mais s'il manquait deux boisseaux de lentilles à la commande de provisions, elle entrait dans une colère folle.

Helen s'était donné beaucoup de mal pour cacher sa fille au monde extérieur. Ne supportant pas l'idée de leur séparation, elle n'avait pas voulu risquer qu'un homme voie Judith et demande sa main à Robert. Pour la garder, elle avait même reculé année après année le moment de son entrée au couvent.

Judith avait disposé de quelques mois pour se préparer à ce mariage et ne s'était pas souciée de rencontrer son promis. Elle le verrait bien assez quand elle serait son épouse. Son père et ses frères étant les seuls modèles masculins qu'elle connût, elle s'imaginait sa vie future auprès d'un monstre misogyne, brutal et trop ignorant pour utiliser autre chose que sa force. Fallait-il que ce genre d'existence fût la sienne? Dans dix ans, serait-elle comme sa mère : tremblante, toujours effrayée et sur le qui-vive?

Judith se leva, sa robe chatoyante tombant au sol avec un joli bruissement. Non! Jamais elle ne montrerait sa peur à cet homme; quels que soient ses sentiments, elle ne baisserait pas la tête et le regarderait droit dans les yeux.

L'espace d'une seconde, ses épaules s'affaissèrent. Cet étranger qui allait devenir son seigneur et maître l'effrayait. Ses servantes parlaient avec joie de leurs amants. Un mariage avec un lord ne pouvait-il pas être aussi source de bonheur? N'existait-il pas un homme capable d'amour et de tendresse? Elle le saurait bientôt. Se redressant, elle fit le serment silencieux de lui accorder une chance. Elle serait son miroir. S'il se montrait aimable, elle ferait de même. Mais s'il se révélait tel que son père, alors elle rendrait coup pour coup. Aucun homme ne la forcerait à se soumettre. Tel fut son second serment.

– Milady!

Joan, tout excitée, venait d'entrer dans la pièce.

– Sir Raine et son frère, sir Miles, sont là pour vous voir!

Devant le manque de réaction de sa maîtresse, l'exaspération la gagna.

– Ce sont les frères de votre mari, expliqua-t-elle. Sir Raine veut vous rencontrer avant le mariage.

Judith fit un signe d'acquiescement et se prépara à recevoir les visiteurs. Son futur époux ne manifestait aucun intérêt à son égard; la demande avait été faite par procuration et maintenant, ce n'était pas lui mais ses frères qui sollicitaient une entrevue. Elle inspira profondément et se força à ne pas trembler, se rendant compte à cet instant de la mesure de sa peur.

Raine et Miles descendaient côte à côte le large escalier en spirale de la maison Revedoune. Gavin avait repoussé le plus possible ses responsabilités. Raine avait bien sûr tenté de le convaincre de rencontrer sa promise, mais il avait refusé, rétorquant qu'il aurait tout le temps de la voir après le mariage.

Quand Miles eut accompli son devoir de délégué, Raine avait été le seul à le questionner sur l'héritière. Comme à son habitude, Miles était resté évasif, mais son frère avait compris qu'il lui cachait quelque chose. Maintenant qu'il avait vu Judith, il était fixé.

– Pourquoi n'as-tu rien dit à Gavin ? demanda-t-il. Tu savais qu'il redoutait son « affreuse héritière ».

Miles ne sourit pas, mais ses yeux pétillèrent au souvenir de la vision de sa belle-sœur.

– Je pensais que cela ne lui ferait pas de mal d'avoir tort, pour unc fois.

Raine réprima un fou rire. Gavin traitait parfois son plus jeune frère comme s'il était un enfant et non un jeune homme de vingt ans. Le silence de ce dernier au sujet de la beauté de Judith était une petite punition pour tous les ordres que Gavin se permettait encore de lui donner.

– Dire que Gavin me l'a offerte et que je n'ai même pas essayé ! s'exclama Raine. Si je l'avais vue, je me serais battu pour l'avoir. Crois-tu que ce soit trop tard ?

Si Miles répondit, Raine ne l'entendit pas. Ses pensées étaient tournées vers la première vision qu'il avait eue de sa belle-sœur. Il avait d'abord remarqué qu'elle lui arrivait à peine à l'épaule. Ensuite, quand il avait été assez près pour détailler son visage, il n'avait vu que ses yeux. Des yeux aussi purs et éclatants que de l'or. Elle avait levé vers lui un regard intelligent et serein, comme si elle le jaugeait et se considérait égale à lui. Il était resté sans voix devant ce regard doré qui semblait l'aspirer tout entier et Miles avait dû lui donner un coup de coude pour le faire réagir. Puis, Raine n'avait plus écouté ce qui se disait. Immobile, il n'avait cessé de contempler Judith, s'imaginant l'emporter loin de cette maison et la faire sienne. Il avait alors compris qu'il devait s'en aller très vite, avant que ses rêves indécents n'affaiblissent sa raison.

À présent, de larges fossettes creusaient ses joues, comme à chaque fois qu'il se retenait de rire à gorge déployée.

– Peut-être pouvons-nous nous venger tous les deux de l'exigence de notre vieux frère, déclara-t-il.

– Quel est ton plan ? demanda Miles, les yeux brillants d'intérêt.

– Si je me souviens bien, j'ai vu une peinture représentant une femme hideuse, avec des dents tordues et un derrière incroyablement gros.

Miles ébaucha un sourire. Ils avaient effectivement aperçu ce tableau dans la cage d'escalier.

– Je comprends. Nous ne devons pas mentir, mais nous ne sommes pas obligés de dire toute la vérité.

– C'est exactement cela.

Très tôt ce matin-là, Judith suivit ses femmes de chambre dans la grande salle. Le sol était recouvert de nouvelles nattes, les tapisseries avaient été sorties et accrochées, une allée de pétales de roses et de lis s'étendait de la porte à l'autre bout de la pièce. C'était sur ce tapis fleuri que Judith marcherait à son retour de l'église.

Maud avançait derrière sa maîtresse, tenant la longue traîne dorée. Juste avant de passer l'entrée de la maison, Judith s'arrêta pour inspirer et rassembler son courage.

Il lui fallut un moment pour s'accoutumer à l'éblouissante lumière du soleil et apercevoir l'impressionnante file de gens venus assister au mariage de la fille d'un comte. Elle ne s'attendait pas aux acclamations qui l'accueillirent : des hourras de bienvenue et de plaisir de voir une jeune femme si splendide.

Judith sourit en retour, saluant de la tête les innombrables invités ainsi que les serfs et les marchands venus aussi participer aux festivités.

La procession jusqu'à l'église serait une sorte de parade destinée à afficher la richesse et la puissance du comte Robert Revedoune. Plus tard, il pourrait se vanter du nombre de comtes et de barons l'ayant honoré de leur présence. Les jongleurs étaient placés en tête, ouvrant la route à la jolie mariée. Celle-ci fut hissée par son père sur un cheval blanc. Pour cette heureuse occasion, elle monterait en amazone ; une position inhabituelle qui la mettait mal à l'aise. Sa mère chevauchait derrière elle, flanquée de Miles et de Raine. La multitude d'invités suivait selon l'ordre d'importance.

Les jongleurs commencèrent à chanter en s'accompagnant de cymbales et le cortège s'ébranla. Ils avançaient lentement, au rythme de la marche de Robert Revedoune qui guidait le cheval de Judith.

Malgré les promesses qu'elle s'était faites, Judith se sentait de plus en plus nerveuse à chaque pas. À présent curieuse de voir son futur mari, ses yeux étaient rivés en direction de l'église. Deux silhouettes se tenaient sur le seuil : celle du prêtre et celle de l'étranger qu'elle allait épouser.

Gavin quant à lui n'était pas dévoré par la curiosité. La description de Raine n'avait réussi qu'à lui nouer l'estomac : Judith Revedoune semblait être aussi simple d'esprit que laide. Il essayait d'ignorer la procession qui approchait, mais la musique des jongleurs et les hourras de la foule le détournèrent de ses propres pensées. Malgré lui, son regard fut attiré par le cortège. Ils étaient presque arrivés ! Apercevant la merveilleuse créature aux cheveux flamboyants, Gavin mit un moment à comprendre qu'il s'agissait de sa promise. Elle rayonnait sous le soleil comme une déesse païenne descendue des cieux.

Il resta un instant bouche bée, puis ses lèvres s'incurvèrent en un sourire. Raine, bien sûr! Son frère ne s'était pas privé de lui faire une mauvaise farce. Gavin était si soulagé et heureux qu'il ne s'aperçut même pas qu'il dévalait les marches quatre à quatre. La coutume voulait que le fiancé attendît : conduire la jeune fille jusqu'à son nouveau maître était le rôle du père. Mais Gavin voulait mieux la voir. Sans se soucier des rires et des cris d'étonnement des invités, il dépassa son beau-père et enleva Judith par la taille.

De près, elle était encore plus saisissante. Gavin contempla la bouche adorablement douce et sensuelle, la peau blanche et pure, aussi fine que du satin. Son cœur manqua un battement quand il croisa finalement le regard doré, si intense qu'il en paraissait surnaturel.

Elle lui rendit son sourire, découvrant des dents blanches et régulières. Les hurlements de la foule le ramenèrent à la réalité. À contrecœur, il déposa Judith à terre et lui offrit son bras, la tenant fermement comme si elle risquait de s'échapper. Il avait bien l'intention de garder sa nouvelle possession.

Les spectateurs, visiblement ravis de l'impétuosité de Gavin, poussaient des cris de joie. Robert, qui s'était tout d'abord rembruni d'être ainsi écarté, se plia finalement à la gaieté générale.

Afin que tout le monde puisse y assister, la cérémonie eut lieu à l'extérieur de l'église. Le prêtre posa la question rituelle à Gavin. Celui-ci regarda Judith. Sa magnifique chevelure glissait en vagues soyeuses jusqu'à sa taille.

– Oui, je le veux, répondit-il.

Puis, ce fut au tour de Judith, qui détaillait ouvertement Gavin. Il était entièrement vêtu de gris. Le pourpoint et la veste bordée de vison noir étaient coupés dans un velours d'Italie. Il ne portait pas d'autre ornement que son épée, dont la garde était incrustée d'un énorme diamant scintillant sous le soleil.

Ses servantes lui avaient dit que Gavin était beau, mais elle ne s'était pas attendue à un homme dégageant une telle aura de puissance. Elle s'était imaginé un jeune seigneur blond et délicat. Au lieu de cela, elle voyait d'épais cheveux noirs retombant en boucles sur le cou, des lèvres pleines qui lui souriaient et des yeux qui firent soudain courir des frissons sur sa peau.

Au grand amusement de la foule, le prêtre dut répéter sa question. Se sentant rougir, Judith répondit « oui ».

Ils se promirent amour, fidélité et obéissance, et lorsque les anneaux furent échangés, les spectateurs momentanément silencieux se remirent à hurler leur joie. Judith et Gavin formaient un si beau couple qu'ils avaient gagné la faveur de tous. Ils lancèrent des pièces d'argent au peuple avant de suivre le prêtre dans l'intimité de l'église.

Installés à la place d'honneur du chœur, ils ressemblaient à deux enfants timides, se lançant des regards furtifs durant la longue et solennelle messe. Les invités les contemplaient avec adoration, enchantés par ce mariage aux allures de conte de fées.

Mais quelqu'un dans l'assistance ne participait pas à la liesse générale. Alice Valence, assise à côté de son gras et somnolent fiancé, Edmund Chatworth, fixait la mariée avec haine. Gavin s'était ridiculisé ! Même les serfs avaient ri de lui quand il s'était précipité vers cette femme comme un enfant qui découvre son premier cheval.

Comment pouvait-on trouver belle cette garce aux cheveux rouges qui était certainement couverte de taches de rousseur ?

Son regard se porta sur Gavin. Il l'avait mise hors d'elle en se comportant comme un idiot ébloui, mais elle le connaissait mieux qu'il ne se connaissait lui-même. Ses sentiments étaient profonds. Quand il lui avait dit qu'il l'aimait, c'était vrai, et elle ne permettrait pas qu'il l'oublie à cause de ce démon aux cheveux rouges.

Alice regarda ses mains et sourit. La bague était à son doigt... Plus confiante, elle leva à nouveau les yeux vers les mariés tandis qu'un plan se forgeait dans son esprit.

Elle vit Gavin prendre la main de Judith et la baiser, malgré le signe de Raine lui rappelant qu'ils se trouvaient dans une église. Alice secoua la tête. Cette stupide femme ne savait même pas comment réagir. Au lieu de baisser les paupières et de rougir, elle détaillait ouvertement chaque mouvement de Gavin. Absolument pas féminine, conclut Alice.

Elle ne se doutait pas que Raine l'observait. Il avait noté avec surprise le pli soucieux qui barrait son beau front. Alice, d'ordinaire si habile à cacher ses sentiments, n'y parvenait pas, cette fois.

Le feu et la glace, pensa-t-il. La beauté de Judith était aussi brûlante que la blondeur d'Alice était froide. Il sourit en songeant que le feu avait le pouvoir de faire fondre la glace, mais se souvint aussitôt que tout dépendait de l'intensité des flammes et de l'importance du bloc de glace. Son frère était un homme sensé et rationnel – excepté en ce qui concernait Alice Valence. Il l'adorait et entrait dans une rage folle si l'on faisait la moindre allusion à ses défauts. Sa jeune épouse l'attirait, mais pour combien de temps? Pourrait-elle supplanter Alice dans le cœur de Gavin? Raine l'espérait. En regardant les deux femmes tour à tour, il avait compris qu'Alice était peut-être digne d'adoration, mais que Judith était digne d'*amour*.

5

Une fois la longue messe terminée, Gavin prit sa femme par la main et la conduisit jusqu'à l'autel où ils s'agenouillèrent pour recevoir la bénédiction. Le prêtre donna ensuite le baiser de paix à Gavin qui le transmit à Judith. Et, très vite, ce qui aurait dû être un chaste et rapide baiser se transforma en une sensation délicieuse que Gavin prolongea à plaisir. Agréablement surprise, Judith ne put qu'ouvrir de grands yeux étonnés tandis que les lèvres de Gavin s'attardaient sur les siennes.

Avec un sourire heureux, il l'entraîna presque en courant hors de l'église. Là, acclamé par la foule, il la hissa sur son cheval, appréciant à nouveau la finesse de sa taille. Il aurait aimé l'emmener sur sa propre monture, mais se dit qu'une extravagance suffisait pour un jour comme celui-ci. Judith ne le laissa pas prendre ses rênes et dirigea seule son cheval. Il en fut ravi : son épouse se devait d'être une bonne cavalière.

Ils devancèrent la procession jusqu'à la demeure Revedoune et pénétrèrent main dans la main dans le grand hall. Judith regarda les pétales de roses et de lis répandus au sol. Seulement quelques heures auparavant, ces fleurs lui avaient paru être un présage de l'horrible chose qui allait lui arriver. À présent, levant les yeux vers Gavin qui lui souriait, l'idée d'être son épouse ne lui déplaisait pas du tout.

– Je donnerais beaucoup pour connaître vos pensées, murmura-t-il tout près de son oreille.

– Je me disais que le mariage n'était pas une chose aussi détestable que je l'avais imaginé.

Le moment de stupeur passé, Gavin éclata de rire. Judith ne s'était pas rendu compte qu'elle venait à la fois de l'insulter et de le complimenter. Une tout autre jeune lady n'aurait jamais admis que l'idée de se marier la répugnait.

– Eh bien, vous m'en voyez enchanté, dit-il, les yeux brillants de plaisir.

Tels furent les premiers mots qu'ils échangèrent. Puis il n'y eut plus de place pour la discussion : les invités arrivaient et les jeunes mariés se préparèrent à recevoir leurs félicitations.

Judith se tenait tranquillement aux côtés de son

époux, souriant à chacun des hôtes. Ayant jusqu'à présent vécu en retrait, elle savait peu de chose sur ces gentilshommes et gentes dames pourtant très réputés. Son père, qui craignait qu'elle ne commît une bévue, la surveillait du regard. Il ne serait sûr d'être débarrassé d'elle que lorsque cette union serait consommée.

Judith s'était inquiétée de la trop grande richesse de sa tenue. Mais, comparés à ceux des invités, ses vêtements restaient tout à fait dans la norme et paraissaient même discrets à côté des étoffes luxueuses aux couleurs vives et des parures de bijoux qu'affichaient les dames.

Raine souleva soudain Judith par la taille et déposa deux baisers sonores sur ses joues.

– Bienvenue dans le clan Montgomery, petite sœur, dit-il en souriant gentiment.

Judith aimait sa franchise et sa spontanéité. Miles venait après lui. Elle se souvenait encore du regard d'aigle qu'il avait posé sur elle lors de leur première rencontre.

Il la fixait à nouveau, de ce même air étrange et pénétrant. Mal à l'aise, elle leva les yeux vers son mari qui semblait faire des reproches à Raine au sujet d'une plaisanterie sur une femme laide. Plus petit que Gavin, Raine portait une veste de velours noir ourlé d'argent. C'était un homme séduisant, avec ses larges fossettes et ses yeux bleus rieurs. Miles était aussi grand que Gavin, mais d'une carrure moins puissante. Il arborait des vêtements plus rutilants que ceux de ses frères : un pourpoint vert sombre, une veste du même ton, bordée de zibeline noire, et taillée dans une étoffe chatoyante. Ses hanches étroites étaient soulignées par une large ceinture de cuir sertie d'émeraudes.

Ils étaient tous trois de belle prestance, mais Gavin semblait éclipser ses cadets. Du moins aux yeux de Judith. Sentant qu'elle l'observait, il se tourna vers elle et s'empara de sa main pour baiser le bout de ses doigts. Le cœur de la jeune femme battit plus vite quand il emprisonna l'un d'eux entre ses lèvres.

– Je pense que tu devrais attendre un peu, frère, bien que je comprenne la raison de ton impatience, le taquina Raine. Si tu m'en disais plus sur les grosses héritières trop bien nourries ?

Gavin libéra sa femme à contrecœur.

– Vous pouvez rire de moi tant que vous voudrez – mais c'est à moi qu'elle appartient et c'est donc moi qui rirai le dernier. Pour autant que le mot « rire » soit approprié aux circonstances...

Raine poussa un grognement amusé et donna un coup de coude à Miles.

– Allons voir s'il y a par ici d'autres déesses aux yeux d'or. Embrasse ta nouvelle belle-sœur et viens.

Sans détacher son regard du sien, Miles déposa un baiser appuyé sur la main de Judith.

– Je réserve les embrassades pour un moment plus intime, déclara-t-il avant de suivre son frère.

Gavin entoura possessivement les épaules de Judith.

– Ne vous inquiétez pas. Ils ne font que plaisanter.

– J'aime bien leurs plaisanteries.

Gavin lui sourit, puis s'écarta subitement d'elle. Ce simple contact l'avait presque enflammé et plusieurs heures se passeraient avant qu'ils ne se retrouvent seuls dans leur chambre. S'il voulait survivre à cette journée, il avait intérêt à éviter de la toucher.

Plus tard, tandis que Judith acceptait le baiser d'une comtesse en robe de satin rouge, elle sentit Gavin se raidir à ses côtés. Suivant la direction de son regard, elle aperçut une femme splendide qui attirait visiblement l'attention de tous les hommes présents. Lorsqu'elle arriva à sa hauteur, Judith recula devant ces yeux bleus brûlants de haine et fut presque tentée de se signer pour se protéger. Des petits rires étouffés parcoururent l'assistance : le spectacle de ce face-à-face était visiblement apprécié.

La blonde inconnue dépassa rapidement Gavin, évitant ostensiblement son regard. Judith vit la douleur figer les traits de son mari, mais ne trouva aucune explication à cet énigmatique incident.

Quand tous les invités eurent félicité les mariés et que le père de Judith leur eut donné à chacun un cadeau personnalisé, le son des trompettes annonça le début du festin.

Les tables, dressées dans la grande salle, étaient couvertes de victuailles : toutes sortes de viandes, gibiers, volailles; au moins vingt espèces de poissons; des légumes en abondance, assaisonnés d'épices orientales. On servirait les premières fraises de la saison, ainsi que les très rares et coûteuses grenades.

Les plus importants invités, installés sur une estrade en léger surplomb, disposaient de couverts d'or et d'argent. Judith et Gavin avaient deux coupes semblables : hautes et fines, en argent, et aux pieds finement travaillés d'or.

Au centre de la salle, un espace avait été réservé aux spectacles de jongleurs, chanteurs, danseurs et acrobates, ainsi qu'à la prestation d'une troupe de théâtre itinérante. L'ensemble emplissait l'espace d'un bruit assourdissant.

– Vous ne mangez pas beaucoup, remarqua Gavin, presque obligé de crier au milieu de ce vacarme.

– Non, répondit-elle simplement.

L'idée que cet étranger soit son mari hantait son esprit.

– Venez, dit-il en lui prenant la main.

Des sifflements et des plaisanteries à la limite de l'obscénité jaillirent de l'assemblée tandis que Gavin entraînait Judith au-dehors. Ils flânèrent dans la campagne couverte de fleurs printanières. À leur droite, se dressaient les tentes du tournoi du lendemain. Au sommet de chacune d'elles flottait une banderole identifiant son occupant. La bannière des Montgomery était présente partout : trois léopards dorés marchant en ligne sur un tapis vert émeraude.

– Ce sont tous des parents à vous ? demanda Judith.

– Des cousins et des oncles. Raine n'exagérait pas quand il parlait de clan.

– Vous entendez-vous bien avec eux ?

– Bien m'entendre avec eux ? répéta-t-il en haussant les épaules. Ce sont des Montgomery.

Cela semblait tout vouloir dire pour lui.

Ils s'arrêtèrent sur une petite colline surplombant le campement. Gavin tint la main de Judith tandis qu'elle rassemblait ses jupes et s'asseyait, puis il s'allongea, les mains derrière la tête.

Judith lui tournait le dos et pouvait voir le galbe parfait de ses jambes musclées. Chacune de ses cuisses devait être aussi grosse que sa taille. Cette constatation la fit frissonner.

– Avez-vous froid ? s'inquiéta aussitôt Gavin en se redressant sur les coudes.

Elle secoua la tête.

– J'espère que je ne vous ai pas embarrassée en vous faisant quitter le banquet, reprit-il. Mes manières doivent vous sembler cavalières. Mais il y avait trop de bruit et j'avais envie d'être seul avec vous.

– Moi aussi, dit-elle franchement en se tournant vers lui.

Il s'empara d'une boucle de ses cheveux, la regardant s'enrouler d'elle-même autour de son poignet.

– J'ai été surpris quand je vous ai vue. J'avais entendu dire que vous étiez laide.

Ses yeux brillaient tandis qu'il faisait glisser la boucle sur ses doigts.

– Où avez-vous entendu cela ?

– Un peu partout. Une rumeur racontait que Revedoune cachait sa fille parce qu'elle était affreuse.

– En réalité, c'était de *lui* qu'on me cachait.

Elle n'en dit pas plus, mais Gavin comprit parfaitement. Il avait toujours eu une médiocre opinion des hommes qui battaient les plus faibles et rampaient devant les plus forts.

– Je suis satisfait de cette union, déclara-t-il en souriant. Vous êtes plus que ce qu'un homme peut espérer.

Judith se rappela soudain le baiser qu'il lui avait donné à l'église. Comment serait-ce quand il l'embrasserait à nouveau, dans l'intimité ? Elle avait si peu d'expérience en ce domaine...

Gavin retint sa respiration en voyant le regard de Judith posé sur sa bouche. Il ne l'aurait pas à lui tout seul avant plusieurs heures et ne voulait pas commencer quelque chose qu'il ne pourrait pas finir.

– Il faut retourner au banquet, dit-il d'un ton brusque. Nous avons déjà suffisamment fait pour alimenter les ragots de plusieurs années.

Il l'aida à se relever et, comme elle se tenait debout tout près de lui, il pencha la tête vers sa chevelure, respirant son délicieux parfum. Il allait y déposer un chaste baiser, mais Judith leva au même instant le visage et lui sourit. En une seconde, ils furent dans les bras l'un de l'autre.

Tout ce que Judith savait de l'amour lui venait de ses servantes. Celles-ci en parlaient librement, comparant avec de petits rires les performances de leurs amants. Judith ne réagit donc pas en lady timide et réticente, mais avec tout l'enthousiasme que le baiser de Gavin insufflait en elle.

Elle laissa sa bouche s'ouvrir sous la caresse de ses lèvres et se pressa contre lui. Comme il était fort ! Les muscles de son torse étaient durs, ses cuisses paraissaient être taillées dans de l'acier. Elle aimait son corps et l'odeur de sa peau. Instinctivement, ses bras le serrèrent un peu plus.

Soudain, Gavin s'écarta, le souffle court.

– Vous ne vous comportez pas en novice, dit-il avec colère. Combien d'hommes vous ont embrassée avant moi ?

Judith, encore sous l'enchantement de ces nouvelles sensations, ne s'inquiéta pas de son courroux.

– Vous êtes le premier, déclara-t-elle. Mes servantes m'avaient dit que c'était agréable, mais je n'imaginais pas à quel point.

Gavin la dévisagea avec étonnement. À n'en pas douter, Judith disait la vérité.

– Allons-y maintenant, et prions pour que la nuit tombe vite.

En silence, ils retournèrent lentement au château. Gavin suivait du regard l'installation d'une nouvelle tente sur l'aire du tournoi. S'il n'avait pas tenu fermement sa main, Judith aurait pu croire qu'il l'avait oubliée.

Les yeux tournés dans la direction opposée, Gavin ne vit pas Robert Revedoune sur le seuil de sa demeure. Mais Judith le vit et reconnut la rage coutumière sur ses traits.

– Espèce de petite coureuse ! gronda-t-il. Tu te colles à lui comme une chienne en chaleur. Je ne permettrai pas que toute l'Angleterre rie de nous !

Il leva la main et gifla Judith de toutes ses forces.

Ne s'attendant pas à ce qu'un père pût battre sa fille, Gavin mit un moment à réagir. Mais quand il le fit, son poing heurta si violemment le visage de Revedoune que ce dernier s'effondra, complètement étourdi.

– Ne vous avisez plus de toucher ce qui m'appartient, menaça-t-il d'une voix dangereusement basse.

Il s'apprêtait à le frapper à nouveau, mais Judith s'accrocha à son bras.

– Non, je vous en prie, dit-elle. Je ne suis pas blessée et vous l'avez déjà assez puni pour une simple gifle.

Gavin s'immobilisa. Comprenant qu'il n'avait pas intérêt à prononcer un seul mot, Robert Revedoune se leva et s'en alla.

Judith tira la manche de son mari.

– Ne le laissez pas gâcher cette journée, plaida-t-elle. Il ne sait employer que la force.

Ses pensées tourbillonnaient. Les quelques hommes qu'elle avait rencontrés auraient trouvé l'attitude de son père légitime. Gavin ne l'avait peut-être défendue que parce qu'il la considérait comme sa propriété. Mais quelque chose dans le ton de sa voix lui avait donné l'impression d'être protégée, presque aimée.

– Faites-moi voir votre joue, dit-il, encore tendu de colère.

Il fit courir un doigt sur ses lèvres, s'assurant qu'il n'y avait aucune trace de blessure. Judith détailla les lignes dures de son visage et ne put s'empêcher de toucher la fossette qui creusait son menton. Gavin accrocha son regard et ils restèrent un long moment ainsi, sans dire un mot, les yeux dans les yeux.

– Nous devons rentrer, déclara-t-il finalement avec regret.

Ils s'étaient absentés plus longtemps qu'ils ne l'avaient pensé. Les tables avaient été débarrassées, démontées et rangées contre un mur. Les musiciens accordaient leurs instruments en vue du bal.

– Gavin, lança quelqu'un, tu l'auras à toi tout seul pour la vie entière! Tu pourrais nous la laisser un peu.

Judith se blottit contre Gavin, mais fut rapidement entraînée par un groupe d'énergiques danseurs. Forcée de suivre leur rythme endiablé, elle tenta cependant de ne pas perdre son mari de vue.

Le rire d'un homme attira son attention. C'était Raine.

– Accordez-nous un regard de temps en temps, petite sœur, la taquina-t-il.

Elle lui sourit, juste avant que des bras puissants la soulèvent et la fassent virevolter.

– Comment pourrais-je ignorer des hommes aussi charmants que mes beaux-frères? déclara-t-elle quand elle fut à nouveau à ses côtés.

– Bien dit. Mais si vos yeux ne mentent pas, Gavin est le seul à allumer des étoiles dans ces petites pépites d'or.

Judith fut à nouveau emportée et, tandis que le

danseur la soulevait, elle vit Gavin sourire à une jolie femme en robe de taffetas pourpre et verte. Tout en lui parlant, l'inconnue posa naturellement sa main sur la poitrine de Gavin.

– Où est passé votre sourire ? s'inquiéta Raine quand Judith fut posée à terre.

Il se tourna pour regarder son frère.

– La trouvez-vous jolie ? demanda Judith.

Raine se retint d'éclater de rire.

– Elle est affreuse ! Gavin n'en voudrait pour rien au monde. Allons, venez avec moi prendre un peu de cidre.

Il l'entraîna du côté opposé où se trouvait Gavin.

Judith se tenait tranquillement dans l'ombre de Raine, observant le manège de son mari qui venait d'inviter la jeune femme brune à danser. Son cœur se serrait à chaque fois qu'il la touchait. Raine étant absorbé dans une discussion avec un autre homme, elle en profita pour poser sa coupe et quitter discrètement la salle.

Derrière la demeure s'étendait un petit jardin entouré de murs. Judith avait l'habitude de s'y réfugier quand elle ressentait le besoin d'être seule. L'image de Gavin tenant une inconnue dans ses bras dansait devant ses yeux comme une flamme dévorante. Cependant, pourquoi s'en soucierait-elle ? Elle le connaissait à peine et devrait se moquer de le voir toucher une autre femme.

Elle s'assit à l'écart, sur un banc de pierre. Serait-elle jalouse ? Ce sentiment lui était jusqu'à présent inconnu, mais une chose était certaine : elle voulait que son époux ne regarde et ne touche qu'elle.

– Je pensais bien te trouver ici.

Judith leva les yeux sur sa mère et les rebaissa aussitôt.

– Quelque chose ne va pas ? demanda Helen en s'asseyant à ses côtés. A-t-il été méchant avec toi ?

– Gavin ? dit doucement Judith. Non. Il est plus que gentil avec moi.

Helen n'aimait pas ce qu'elle décelait sur le visage

de sa fille. Elle aussi, à une époque, avait eu cette expression-là.

– Tu dois m'écouter, dit-elle en la prenant par les épaules pour la forcer à la regarder. J'ai prié en vain chaque jour pour que ce mariage n'ait pas lieu. Alors garde toujours à l'esprit ce que je vais te dire : jamais, au grand jamais, ne fais l'erreur d'accorder ta confiance à un homme.

– Mais Gavin est un chevalier honorable, rétorqua Judith d'un ton obstiné.

Helen laissa retomber ses mains.

– Oh oui, les lords se conduisent honorablement – avec les gens de leur suite ou même avec leurs chevaux. Mais à leurs yeux, une femme vaut bien moins qu'un cheval. Elle est facilement remplaçable. Un homme serait honnête envers le plus médiocre de ses serfs, mais n'hésiterait pas à raconter les plus odieux mensonges à son épouse. Qu'a-t-il à perdre ? Qu'est-ce qu'une femme ?

– Je ne peux pas croire qu'ils soient tous ainsi.

– Alors tu auras comme moi une longue vie malheureuse. Si j'avais appris ceci à ton âge, tout aurait été différent. Je croyais être amoureuse de ton père. Je le lui ai même dit, et il a éclaté de rire. Imagines-tu ce que j'ai pu ressentir à ce moment-là ?

– Mais les hommes apprécient les femmes...

– Oui. Pour les mettre dans leur lit et en changer à leur gré. Une épouse n'a de pouvoir sur son mari qu'au début de leur union, quand ce dernier est encore avide de la posséder. Une fois l'époque de la découverte terminée, il n'est plus question d'« amour ».

Judith se leva, tournant le dos à sa mère.

– Ce n'est pas possible. Gavin est...

Les mots s'étranglèrent dans sa gorge.

Alarmée, Helen vint se placer devant elle.

– Ne me dis pas que tu es amoureuse de lui ! Oh, Judith, ma douce Judith, vivre pendant dix-sept ans dans cette maison ne t'a donc pas servi de leçon ?

Cela peut te paraître incroyable, mais ton père aussi a été beau, et charmant envers moi. Voilà pourquoi je te parle ainsi. Crois-tu que je prenne plaisir à te dire toutes ces choses ? Je t'en conjure, écoute mes conseils. Affirme ta position dès le début et ne montre jamais ta peur. Sinon, tu seras perdue. Il t'aura sous son contrôle et un jour il y aura une autre femme...

– Non ! s'écria Judith.

Helen la regarda tristement. Sauver sa fille n'était plus en son pouvoir.

– Je dois retourner auprès des invités. Tu m'accompagnes ?

– Non, dit Judith à voix basse. J'ai encore besoin de rester seule.

Helen haussa les épaules et quitta le jardin par la petite porte latérale.

Judith s'assit à nouveau. Rassemblant ses genoux sous son menton, elle réfléchit aux paroles de sa mère. Non, Gavin ne correspondait pas à cette description. Elle avait déjà mille raisons de ne pas le comparer à son cruel et ignorant père.

Un bruit de pas interrompit ses pensées. La femme qui venait d'entrer était vêtue de manière qu'on la remarque et Judith la reconnut immédiatement. De cet endroit retiré, elle pouvait l'observer à son aise. Alice Valence ne lui parut pas aussi belle qu'à leur première confrontation. Son menton était baissé, sa bouche serrée, comme si elle craignait de la montrer. Ses yeux ne possédaient aucune chaleur. Judith entendit les pas plus appuyés d'un homme et commença à se diriger vers la porte qu'avait empruntée sa mère. Elle souhaitait respecter l'intimité de cette femme et de son amant, mais les premiers mots la figèrent. Cette voix n'était que trop reconnaissable.

– Pourquoi avez-vous demandé à me rencontrer ici ? s'enquit durement Gavin.

– Oh, Gavin, vous êtes si froid avec moi, se plaignit Alice en se rapprochant de lui. Votre amour pour cette nouvelle épouse est-il si fort que vous m'ayez déjà oubliée ?

Gavin ne la toucha pas, mais ne s'écarta pas non plus.

– Est-ce vous qui me parlez d'amour ? Je vous ai suppliée de m'épouser. Je vous ai offert de vous prendre sans dot, de rembourser à votre père ce qu'il avait donné à Chatworth. Et vous avez refusé.

– Vous m'en voulez encore ? Je vous ai pourtant montré les preuves de la brutalité de mon père. Ne vous ai-je pas raconté combien de fois il m'avait enfermée, me privant de nourriture et d'eau ? Que pouvais-je faire ? Je vous rencontrais dès que cela m'était possible. Je me suis donnée tout entière à vous, et voilà ma récompense. Vous en aimez une autre. Soyez franc, Gavin, m'avez-vous jamais aimée ?

– Pourquoi évoquer mon amour pour une autre ? Je n'ai jamais prétendu l'aimer. Je l'ai épousée parce qu'elle possède un titre, des terres et des biens, comme vous me l'avez vous-même si justement fait remarquer.

– Mais quand vous l'avez vue...

– Je suis un homme. Il est normal que sa beauté ne me laisse pas indifférent.

Judith voulait partir, mais son corps semblait s'être pétrifié et elle était incapable de faire le moindre mouvement. Chacun des mots de Gavin pénétrait son cœur comme un coup de poignard. Il avait supplié Alice Valence de l'épouser et ne s'était marié avec elle qu'en désespoir de cause, et pour sa fortune. Quelle idiote elle avait été de croire que ses baisers et ses caresses étaient inspirés par un doux sentiment !

– Alors vous ne l'aimez pas ? persista Alice.

– Comment le pourrais-je ? J'ai passé moins d'une journée avec elle.

– Mais vous *pourriez* l'aimer, dit-elle d'une voix sans timbre.

Elle tourna la tête. Quand elle le regarda à nouveau, ses yeux étaient emplis de larmes.

– Me jureriez-vous que vous ne l'aimerez jamais ?

Gavin garda le silence.

Alice poussa un profond soupir et sourit faiblement à travers ses larmes.

– J'espérais que nous pourrions nous rencontrer ici, dit-elle. Je nous ai fait servir du vin.

– Je dois retourner là-bas.

– Ce ne sera pas long, insista-t-elle doucement en l'entraînant sur un banc accolé au mur de pierre.

Judith était fascinée par le parfait jeu d'actrice d'Alice. Elle l'avait vue tourner la tête et presser le coin de ses yeux pour y provoquer les indispensables larmes. Sa voix avait des accents mélodramatiques. Elle s'assit avec précaution, prenant garde à ne pas froisser sa robe, et remplit deux coupes de vin. D'un geste lent et étudié, elle ôta une grosse bague de son doigt, en fit pivoter le couvercle et versa une poudre blanche dans sa boisson.

Comme elle portait la coupe à ses lèvres, Gavin le lui arracha des mains, l'envoyant à l'autre bout du jardin.

– Qu'est-ce que cela signifie ? demanda-t-il.

Elle s'adossa d'un air languissant contre le mur.

– Ainsi tout s'arrêterait, mon amour. Je peux tout supporter pour vous, même votre mariage avec une autre, mais il me faut votre amour. Sans lui, je ne suis rien.

Ses paupières se fermèrent lentement, et son visage était si paisible qu'on aurait pu déjà la croire aux côtés de Dieu.

– Alice, comment avez-vous pu songer faire une telle chose ? dit Gavin en la prenant dans ses bras.

– Mon doux Gavin, vous ne comprenez pas ce que votre amour représente pour moi. Sans lui, je suis comme morte. Pourquoi prolonger mon agonie ?

– Comment pouvez-vous dire que vous n'êtes pas aimée ?

– M'aimez-vous, Gavin ? Moi et moi seule ?

– Bien sûr.

Il se pencha pour s'emparer de sa bouche.

– Jurez-le ! demanda-t-elle avec fermeté. Jurez que vous n'aimerez jamais que moi.

Cela semblait un bien faible prix à payer pour l'empêcher de se tuer.

– Je le jure.

Alice se redressa aussitôt.

– Je dois rejoindre les autres, avant qu'on ne s'inquiète de mon absence.

Elle paraissait avoir récupéré tous ses moyens.

– Vous ne m'oublierez pas ? Même pas cette nuit ? murmura-t-elle tout près des lèvres de Gavin, ses mains caressant suggestivement son torse.

Sans attendre de réponse, elle se dégagea de son étreinte et s'en alla.

Un bruit d'applaudissements fit pivoter Gavin. Judith était là, sa robe et ses yeux scintillant sous les derniers rayons du soleil.

– Excellente performance, dit-elle en abaissant les mains. Je ne m'étais pas autant amusée depuis des années. Cette femme devrait essayer de se produire à Londres. Il paraît qu'on y cherche de bons acteurs.

Gavin vint se planter devant elle, le visage crispé de rage.

– Espèce de petit serpent venimeux ! Qui vous a permis de m'espionner ?

– Espionner ! gronda-t-elle. J'avais juste l'intention de prendre l'air, après que mon *mari* eut trouvé mieux à faire que s'occuper de moi. Et que vois-je ? Ce même mari rampant aux pieds d'une femme au visage terreux, qui le tient entre ses doigts comme une pelote de laine.

Gavin leva la main et la gifla. Pourtant, une heure plus tôt, il aurait juré que rien ne pourrait le pousser à battre une femme.

Judith heurta violemment le sol. La masse de ses cheveux et de l'étoffe d'or répandus autour d'elle flamboyait comme une torche.

Gavin regretta aussitôt son geste et s'agenouilla

pour l'aider à se relever. Mais elle ne le laissa pas la toucher. Ses yeux étaient remplis de haine.

– Ainsi, vous ne vouliez pas m'épouser. Seule ma fortune vous intéressait.

Sa voix était si monocorde et basse qu'il pouvait à peine l'entendre.

– Eh bien, moi non plus je ne souhaitais pas vous épouser. J'ai refusé, jusqu'à ce que mon père m'y oblige en brisant le bras de ma mère devant mes yeux. Je n'ai aucun respect pour lui – mais j'en ai encore moins pour vous. Il est honnête. Il n'a pas juré devant l'autel un amour éternel à ma mère pour, quelques heures plus tard, déclarer la même dévotion à une autre. Vous n'êtes pas un homme, Gavin Montgomery. Vous êtes plus vil que le serpent du jardin d'Éden et je maudis ce jour qui m'a unie à vous. Vous avez fait un serment à votre maîtresse, et j'ai moi aussi un serment pour vous. Je jure devant Dieu que vous regretterez de m'avoir épousée. Vous jouirez peut-être de ma fortune, mais jamais vous ne me posséderez.

Gavin s'écarta d'elle comme on fuit un poison. Son expérience des femmes se limitait à des prostituées et à quelques relations amicales avec des ladies de la cour. Elles étaient réservées, comme Alice. De quel droit Judith lui parlait-elle sur ce ton, le maudissant et jurant devant Dieu ? Un mari était maître de son épouse, et il était grand temps qu'elle l'apprenne.

La saisissant par les cheveux, il l'attira à lui.

– Je prendrai ce que je voudrai, quand je le voudrai. Et si c'est de vous que je le prends, vous m'en serez reconnaissante.

Il la repoussa au sol.

– Maintenant levez-vous et préparez-vous à être mienne.

– Je vous hais, dit-elle, le souffle court.

– Que m'importe ? Ce n'est pas de l'amour que j'attends de vous.

Leurs regards s'affrontèrent – de l'acier gris

contre de l'or. Ni l'un ni l'autre ne céda, jusqu'à ce que les servantes viennent préparer Judith pour sa nuit de noces.

6

Une pièce avait été aménagée en chambre pour les jeunes mariés. Près de la cheminée, trônait un immense lit aux draps de lin. Des pétales de roses avaient été répandus sur le couvre-lit en écureuil gris bordé de soie pourpre.

Les servantes de Judith et plusieurs invitées aidaient la jeune femme à se déshabiller. Quand elle fut nue, on lui ouvrit le lit pour qu'elle s'y installe. Judith s'exécuta, mais son esprit était ailleurs. Quelle idiote elle avait été ! En l'espace de quelques heures, elle avait oublié les dix-sept années qui lui avaient appris la vérité sur les hommes. Comment avait-elle pu croire l'un d'eux capable de bonté, de compréhension – et même d'amour ? Gavin était bien comme les autres – peut-être même pire.

Se méprenant sur la cause de son silence, les femmes riaient d'un air entendu. Mais Helen savait que son comportement n'était pas seulement dû à la nervosité légitime d'une nouvelle mariée. Invoquant Dieu intérieurement, elle le pria de venir en aide à sa fille.

– Vous avez beaucoup de chance, murmura une vieille lady à l'oreille de Judith. Mon premier mari avait cinq ans de plus que mon père. Je me demande maintenant s'il n'a pas usé de quelque philtre magique pour accomplir ses devoirs conjugaux.

– Je parie que lord Gavin n'aura pas besoin d'aide, gloussa Maud.

– Ce sera peut-être le cas de lady Judith, et je lui offrirais volontiers mes... services, déclara malicieusement une autre servante

Judith ne les écoutait pas. La voix de son mari jurant son amour à Alice résonnait encore dans sa tête. Elle le revoyait la prendre dans ses bras et l'embrasser. On rabattit les draps juste au-dessus de sa poitrine et sa chevelure fut disposée de manière à cascader souplement de ses épaules nues à ses hanches.

À travers la porte de chêne, leur parvint le chahut des hommes amenant Gavin. Le transportant déjà à moitié dévêtu au-dessus de leurs épaules, ils le firent pénétrer dans la chambre les pieds devant, lançant de gaillardes plaisanteries et prenant des paris sur ses futures performances. Ils le posèrent et contemplèrent avec une fascination muette le spectacle qui s'offrait à leurs yeux. La mariée attendait dans le lit, sa peau encore plus blanche que les draps laissant entrevoir la naissance de ses seins. La lueur du chandelier projetait des ombres sur son visage grave, assombrissant son regard, comme si ses yeux étaient couverts de brume. Sa bouche semblait taillée dans un marbre vermeil.

– Qu'est-ce qu'on attend ? cria quelqu'un. C'est l'heureux époux que vous torturez, ou moi ?

Le charme était rompu. Gavin fut rapidement déshabillé et poussé vers le lit. Les hommes regardaient avec avidité tandis que Maud soulevait légèrement les draps, dévoilant une hanche et une cuisse nues.

– Et maintenant dehors ! ordonna une des femmes. Laissez-les tranquilles.

Helen adressa un dernier regard à sa fille, mais celle-ci, les yeux fixés sur ses mains, ne voyait personne.

Quand la lourde porte se referma, un étrange silence envahit la pièce et Judith fut d'autant plus consciente de la présence de l'homme à ses côtés. Il s'était assis et la regardait. La lueur des flammes de la cheminée toute proche faisait danser des reflets rouges dans ses cheveux et jouait avec les ombres des lignes délicates de son buste. À ce moment-là, il oublia tout de leur querelle. L'idée de l'amour ne l'effleura pas non plus. Il savait seulement qu'il était dans un lit avec une femme désirable. Il avança la main vers son épaule pour voir si la peau était aussi douce qu'elle le paraissait.

Judith se recula vivement.

– Ne me touchez pas, dit-elle entre ses dents serrées.

Il la fixa avec surprise. Ses yeux dorés emplis de haine et ses joues enflammées la rendaient encore plus belle. Jamais il n'avait désiré aussi violemment une femme. D'un doigt, il caressa la peau tendre de son cou.

– Vous êtes mon épouse, déclara-t-il d'une voix assourdie de désir. Vous m'appartenez.

Elle lui résista en vain de toutes ses forces. Aussi facilement que s'il maniait une poupée, il attira son visage près du sien.

– Je ne serai jamais à vous ! jeta-t-elle avant qu'il ne presse ses lèvres sur les siennes.

Gavin aurait préféré la traiter avec délicatesse, mais cette maudite créature le rendait enragé. Cependant, il voulait par-dessus tout la posséder. D'un mouvement brutal, il força sa bouche.

Judith tenta d'échapper à son étreinte. Il lui faisait mal, comme s'il avait décidé de la punir pour son indiscipline. Elle lui donna des coups de pied, mais les draps s'entortillèrent autour de ses jambes, l'empêchant de bouger.

– Je vais vous aider, dit-il en tirant les draps hors du lit.

Il la maintenait toujours par la nuque, mais relâcha sa prise devant le spectacle de sa nudité. Émerveillé, il contempla ses seins superbes, sa petite taille et ses hanches aux rondeurs exquises, puis regarda à nouveau son visage. Ses yeux étincelaient, sa bouche encore gonflée du baiser qu'il lui avait donné était irrésistiblement sensuelle. À cet instant-là, aucune puissance au monde n'aurait pu l'arrêter. Il la ferait sienne, coûte que coûte.

Il la plaqua sur le lit et Judith vit une étrange lueur dans son regard. Elle n'en comprenait pas la signification, mais la panique la gagna.

– Non ! murmura-t-elle en se débattant.

Gavin était un chevalier aguerri. Pour lui, Judith n'avait pas plus de force qu'un moustique – ni beaucoup plus d'intérêt. Il ne lui faisait pas l'amour mais utilisait son corps pour assouvir le désir qui le tenaillait. Se mouvant au-dessus d'elle, il força le barrage de ses jambes et l'embrassa à nouveau avec dureté.

Il fut un instant désorienté quand il sentit la fragile résistance de sa virginité, mais ne s'arrêta pas et étouffa le cri de Judith sous sa bouche.

Lorsque ce fut fini, il se dégagea d'elle et roula sur le côté, son bras lourd posé en travers de ses seins. Il était visiblement soulagé, mais Judith n'avait rien ressenti qui ressemblât à du plaisir.

Elle entendit bientôt le souffle régulier de sa respiration et comprit qu'il s'était endormi. Faisant glisser tout doucement son bras, elle quitta le lit. Le couvre-lit de fourrure gisait à terre. Elle le ramassa et s'y enveloppa. Elle ne devait pas pleurer, s'adjura-t-elle. Pourquoi verser des larmes ? Unie contre son gré à un homme qui, le jour du mariage, avait juré de ne jamais l'aimer. Un homme pour qui elle ne représentait rien. Quelle raison aurait-elle de pleurer alors que son avenir s'annonçait si plein de promesses ? Ne devait-elle pas se réjouir d'élever les enfants de Gavin, de rester bien sagement à la maison pendant qu'il parcourrait la campagne avec sa belle Alice ?

Pas question ! Elle mènerait sa vie comme elle l'entendrait et connaîtrait peut-être même l'amour. Quant à son mari, il occuperait le moins de place possible dans son existence.

Immobile devant le feu, elle luttait contre les larmes. Étrangement, la douceur des premiers baisers de Gavin semblait effacer le souvenir de sa récente brutalité.

Gavin s'étira et ouvrit les yeux, ne se rappelant tout d'abord pas où il était. Puis il vit la place vide à côté de lui. Elle était partie ! Une sensation de malaise l'envahit, jusqu'à ce qu'il aperçoive Judith devant la cheminée. Elle semblait plongée dans ses pensées et ne l'entendit pas se tourner sur le dos. Remarquant les draps tachés de sang, Gavin fronça les sourcils. Il savait qu'il lui avait fait mal.

Il tourna à nouveau son regard vers sa femme. Elle était si fragile, si seule. Pourquoi avait-il usé d'elle aussi durement ? Une pucelle ne méritait pas un tel traitement, même s'il ne ressentait aucun amour pour elle.

– Revenez au lit, dit-il doucement.

Il eut un léger sourire. En guise de pardon, il lui ferait l'amour avec plus de délicatesse.

Judith se raidit.

– Non, répondit-elle fermement.

Elle devait commencer par ne pas le laisser la commander.

Cette femme était impossible ! songea Gavin, agacé. Chacune de ses paroles prenait l'allure d'une révolte. Décidé à lui imposer sa volonté, il quitta le lit pour venir se placer devant elle.

Judith, qui ne l'avait encore pas vraiment vu nu, fut impressionnée par la puissante musculature de son torse.

– Ne vous ai-je pas dit que vous deviez obéir à mes ordres ?

Levant le menton, elle le regarda droit dans les yeux.

– Ne vous ai-je pas dit que je ne vous accorderais jamais rien librement ? contra-t-elle.

Gavin s'empara d'une mèche de ses cheveux et l'enroula autour de son poignet, forçant Judith à se rapprocher de lui. La couverture glissa de ses épaules et elle se retrouva nue, tout contre lui.

– Libre à vous d'utiliser la force pour obtenir ce que vous voulez, souffla-t-elle. Mais je finirai par gagner, car vous vous lasserez de lutter.

– Et qu'aurez-vous gagné? demanda-t-il, ses lèvres touchant presque les siennes.

– Être libérée d'un homme que je hais, une brute, un menteur, un...

Il la fit taire d'un baiser plein de douceur.

Judith ne voulut tout d'abord pas réagir, mais ses mains se posèrent instinctivement sur ses bras musclés. Sa peau était brûlante.

Lâchant sa chevelure, il amena sa tête au creux de son épaule et l'enlaça tout en continuant de l'embrasser.

Judith abandonna toute idée de résistance. Perdue dans un monde magique de sensations, elle se pressa contre lui et fit courir ses doigts sur son dos. Il couvrit sa nuque de petits baisers et la sentit bientôt défaillir de plaisir entre ses bras. Sans quitter une seule seconde son cou, il la souleva et l'emmena sur le lit. Là, il embrassa chaque parcelle de son corps, l'amenant lentement au paroxysme du désir. Incapable de rester immobile plus longtemps, elle chercha sa bouche avec avidité, impatiente de se plonger à nouveau dans la saveur de ses lèvres.

Les sens de Gavin tournoyaient aussi dans un univers jusqu'alors inconnu. Il n'avait jamais eu le loisir d'aimer une femme de cette façon et ne se doutait pas que cela pût être si agréable. Malgré sa ferveur, Judith ne faisait rien pour précipiter les choses. Lorsqu'il fut au-dessus d'elle, elle le serra pour le maintenir plus près. Cette fois, il n'y eut pas de douleur. Judith était prête. Elle s'accorda à son rythme, d'abord doucement, puis avec de plus en plus d'exigence, jusqu'à ce qu'ils atteignent ensemble la jouissance.

Ensuite, Judith s'endormit très vite, ses jambes reposant sur celles de Gavin.

Mais ce dernier, intrigué par ses propres sensations, resta en éveil. Il avait l'étrange impression d'avoir fait l'amour pour la première fois. C'était évidemment une absurdité, car il n'aurait pas su compter le nombre de femmes ayant partagé son lit. Mais cette nuit, quelque chose de différent s'était passé. Aucune autre femme n'avait fait preuve d'autant de passion et de spontanéité dans ses bras. Judith donnait autant qu'elle recevait.

Levant devant ses yeux une mèche de ses longs cheveux, il contempla les reflets dansants sous la lueur du feu. Judith bougea et se serra contre lui. Même dans son sommeil, elle voulait être près de lui.

Les paupières de Gavin s'alourdirent. Du plus loin qu'il se souvienne, jamais il n'avait ressenti une telle plénitude. Le jour se levait, songea-t-il en souriant avant de glisser dans le sommeil.

Jocelin Laing rangea son luth et adressa un imperceptible signe de tête à la blonde lady qui quittait la pièce. Cette nuit-là, le plaisir n'avait pas été de reste dans la maison Revedoune. L'atmosphère générale d'excitation – et spécialement la vue des jeunes mariés nus dans un lit – avait facilité les intrigues amoureuses.

Le troubadour, un homme brun, aux pommettes hautes et aux yeux aussi noirs que l'ébène, était particulièrement séduisant.

– Occupé, cette nuit? lança son camarade en riant.

Jocelin sourit en fermant l'étui de son luth, mais ne répondit pas.

– J'envie celui qui a une telle épouse, reprit son compagnon en désignant l'escalier de la tête.

– Elle est belle, lui accorda Jocelin. Mais il y en a d'autres.

– Pas comme celle-là.

Il se rapprocha de Jocelin.

– Une rencontre est prévue avec certaines de ses servantes. Seras-tu des nôtres?

– Non. Je ne peux pas.

Son ami lui adressa un regard espiègle, prit son psaltérion et quitta la grande salle.

Une fois seul, Jocelin se dirigea vers les étages, se

demandant comment la femme qu'il allait voir avait obtenu une chambre privée. Alice Valence n'était pas riche et, bien que sa beauté eût attiré les faveurs d'un comte, elle ne faisait pas partie des invités les mieux nés. En cette nuit d'affluence exceptionnelle, seuls les mariés avaient bénéficié d'une totale intimité. Quant aux hôtes, des lits avaient été disposés un peu partout à leur intention, isolés les uns des autres par de lourdes tentures.

Jocelin n'eut aucun mal à pénétrer dans la chambre d'Alice Valence : plusieurs hommes lui avaient ouvert le chemin. Dès qu'il l'aperçut, couchée sur le lit aux draps défaits, il se précipita à ses côtés. Tendant les bras, elle l'attira avec toute l'urgence de son désir, presque avec violence, ne s'embarrassant pas de préliminaires. Son tempérament passionné était aussi saisissant qu'un soudain orage.

Lorsque ce fut fini, elle s'écarta de Jocelin, refusant qu'il la touche. Il respecta sa volonté et réajusta ses vêtements à peine défaits. Alice, contrairement aux autres femmes, ne souhaitait pas qu'on la prenne dans ses bras après l'amour.

– Je serai mariée dans un mois, déclara-t-elle. Tu viendras alors au château de mon époux.

Il ne fit aucun commentaire. Tous deux savaient qu'il y serait. Il se demanda seulement à combien d'hommes elle avait fait la même requête.

Un unique rayon de soleil pénétrait par la fenêtre, chatouillant le nez de Judith. Tout ensommeillée, elle tenta de le chasser d'un geste puis tourna la tête, mais quelque chose la retenait par les cheveux. Elle ouvrit les yeux et rougit violemment en se rappelant où elle était.

Gavin dormait encore. Dans son sommeil, les lignes de son visage paraissaient moins dures. Une barbe naissante envahissait ses joues. Il se tourna sur le côté, face à Judith. Elle contempla son torse couvert d'une toison brune, ses bras musclés, son ventre dur et plat. Ce ne fut qu'au bout d'un moment qu'elle descendit plus bas. Ce qu'elle vit ne semblait pas si impressionnant, mais tandis qu'elle le détaillait le membre viril commença à grossir.

Elle sursauta et releva les yeux. Gavin s'était réveillé et la fixait d'un regard brûlant de désir. Elle tenta de quitter le lit, mais il la retint par les cheveux. Le pire était qu'elle ne voulait pas vraiment lui résister. Judith se rappelait qu'elle le haïssait, mais le souvenir de leur nuit d'amour éclipsait tout autre sentiment.

– Judith, murmura-t-il d'un ton qui la troublait déjà.

Les mains plaquées sur ses épaules, elle le repoussa quand il embrassa les coins de sa bouche. Mais ce seul contact suffit à la faire abdiquer. Fermant les yeux, elle savoura les baisers de Gavin sur son visage, puis sentit son cœur battre plus fort quand ses lèvres se posèrent sur les siennes. Sa langue toucha doucement le bout de la sienne. Elle se déroba, les yeux écarquillés, et il lui sourit, comme pour lui faire savoir qu'il comprenait. La nuit dernière, Judith avait cru tout apprendre sur l'amour, mais elle se rendait compte à présent de l'ampleur de son ignorance.

Il l'attira à nouveau à lui et fit courir sa langue sur ses lèvres. L'imitant aussitôt, elle goûta sa bouche à la fois fraîche et chaude, ferme et douce. Elle rendait instinctivement ce qu'elle recevait, sans aucune timidité.

Il descendit sur son cou et elle renversa la tête en arrière pour mieux s'offrir. Sa respiration s'accéléra tandis qu'il glissait jusqu'à ses seins et elle poussa un cri, effrayée par l'intensité de cette délicieuse torture. Elle voulut ramener son visage près du sien, mais il résista, laissant échapper un rire profond qui la fit frissonner. Cet homme la possédait.

Tandis qu'elle pensait être en train de perdre son âme, il se mouvait au-dessus d'elle, caressant l'intérieur de ses cuisses au point de la faire trembler de désir. Elle cria encore quand il la pénétra et serra ses jambes autour de sa taille, l'appelant en elle de tout son corps. Gavin la maintenait si fort qu'elle pouvait à peine respirer quand ils atteignirent ensemble le paroxysme du plaisir. Mais à ce moment-là, même perdre le souffle à jamais lui aurait été égal.

Une heure plus tard, les servantes venues habiller Judith surprirent le couple endormi. Réveillée en sursaut, la jeune femme fut soudain cruellement consciente de son corps nu dans les bras de Gavin. Les draps froissés étaient éparpillés par terre, la couverture de fourrure gisait près de la cheminée... Elle eut affreusement honte d'offrir le spectacle de son abandon à Maud et à Joan.

Ces dernières la tirèrent du lit et l'aidèrent à faire sa toilette. Paresseusement allongé, Gavin suivait chacun de ses mouvements.

Judith, profondément mal à l'aise, ne pouvait se résoudre à le regarder. Elle détestait cet homme. Il représentait tout ce qu'elle haïssait : l'injustice, le mensonge, l'avidité. Et pourtant, en dépit du serment qu'elle avait fait devant Dieu, elle s'était totalement et volontairement livrée à lui.

Elle se rendit à peine compte que ses servantes la revêtaient d'une fine chemise de lin et d'une robe de velours vert sombre brodé d'or. Le devant ouvert de la jupe, ainsi que les fentes des manches bouffantes, laissaient entrevoir des pans de soie d'un vert plus clair.

– Et maintenant, milady... déclara Maud en lui tendant un coffret en ivoire.

Quand elle l'eut ouvert, Judith regarda sa femme de chambre d'un air interloqué. Sur un lit de velours noir, s'étendait un large collier d'or travaillé en filigrane. Le tour de cou était bordé d'émeraudes pas plus grosses que des gouttes de pluie.

– Il est magnifique, murmura-t-elle. Comment ma mère a-t-elle...

– C'est un cadeau de mariage de votre époux, dit Maud, les yeux brillants.

Judith sentait le regard de Gavin dans son dos. Elle se retourna, et la vue de son corps bronzé étendu sur les draps blancs fit battre son cœur plus vite.

– Merci, Monseigneur, dit-elle en faisant une révérence.

Sa froideur crispa Gavin. Comment pouvait-elle être si passionnée au lit et se montrer ensuite à ce point glaciale et hautaine ?

Maud termina d'attacher les boutons de la robe et Joan tressa la chevelure de sa maîtresse, y entremêlant des rubans d'or. Gavin leur ordonna de quitter la chambre. Tandis qu'il se rasait et revêtait rapidement un pourpoint et un haut-de-chausse marron foncé, ainsi qu'une veste fauve bordée de lynx doré, Judith ne leva pas une seule fois les yeux sur lui.

Elle dut se forcer à respirer calmement quand il s'approcha d'elle. Lui offrant son bras, il la conduisit auprès des invités qui les attendaient pour assister à la messe.

Cette fois, il n'y eut ni regards furtifs ni baisemain. L'office se déroula dans une totale solennité.

7

L'atmosphère était chargée d'excitation autour du château Revedoune. Des bannières aux couleurs vives flottaient au-dessus des tribunes et des tentes. Les étoffes scintillaient sous le soleil comme autant de bijoux. Les enfants chahutaient, courant d'un groupe de gens à un autre. Des marchands, leurs paniers suspendus au cou, vendaient à la criée, proposant aussi bien des fruits et des tartes que de saintes reliques.

Les lices s'étendaient sur un terrain recouvert de sable, d'une longueur de cent yards et bordé de barrières de bois. Derrière les barrières internes, seulement hautes de trois pieds, se tenaient les écuyers et les chevaux des participants. Les barrières externes, bien plus élevées, séparaient la piste de la foule de villageois et de serfs venus assister aux joutes.

Les ladies et les chevaliers ne prenant pas part au tournoi, installés sur des gradins surplombant les lices, jouissaient d'une vue panoramique.

Le spectacle commença par le défilé des chevaliers. La qualité de leur équipement dépendait de leur degré de richesse, et l'on pouvait voir les anciennes armures en maille ainsi que celles de fabrication plus récente, en plaques de métal cousues sur du cuir. Les plus fortunés arboraient l'armure Maximilien, venant de Germanie. Recouvrant le chevalier de la tête aux pieds, elle constituait une protection totale et pesait plus de cent pounds. Des plumes aux couleurs du combattant étaient fixées au sommet du heaume.

Tandis que Judith et Gavin se dirigeaient vers les tribunes, la jeune femme était comme fascinée par l'agitation qui régnait autour d'eux. Tout ceci était tellement nouveau et excitant pour elle ! Gavin quant à lui était plongé dans des pensées contradictoires. La nuit dernière avait été une révélation. Jamais il n'avait pris autant de plaisir avec une femme. Ses rencontres clandestines avec Alice s'étaient trop souvent déroulées sous le signe de la précipitation et, par conséquent, de la frustration. Par contre, bien qu'il n'aimât pas son épouse, il avait trouvé dans ses bras tout ce qu'on peut attendre d'une vraie passion.

Raine, vêtu d'une armure gravée de petites fleurs de lys en or, vint au-devant d'eux. Il tenait son heaume sous le bras et marchait comme s'il était écrasé par l'énorme poids de son équipement. Et il l'était effectivement.

Sans même s'en rendre compte, Judith lâcha le bras de Gavin quand elle reconnut son beau-frère. Ce dernier lui adressa son sourire si particulier : un sourire qui avait dû tourner la tête à bien des femmes.

– Bonjour, petite sœur, dit-il en penchant légèrement la tête. Ce matin, j'ai pensé que j'avais dû rêver une telle apparition, mais vous êtes encore plus belle que dans mon souvenir.

– Grâce à vous, cette journée sera plus radieuse, répondit-elle, enchantée. Participez-vous aux joutes ?

– Oui. Ainsi que Miles.

Ils discutaient sans prêter attention à Gavin qui les observait, les sourcils froncés.

– Et ces rubans que les hommes portent ? demanda Judith. Que signifient-ils ?

– Chaque lady doit élire un chevalier et lui donner une faveur.

– Alors, je pourrais vous en donner une ? déduisit-elle en souriant.

Raine posa aussitôt un genou à terre, son armure retentissant de bruits métalliques.

– J'en serais honoré.

Judith souleva le voile transparent qui recouvrait sa chevelure et ôta un de ses rubans d'or. Ses servantes devaient être au courant de cette coutume, songea-t-elle.

Tout sourire, Raine attendit que Judith attache le ruban autour de son avant-bras. Entre-temps, Miles les rejoignit et s'agenouilla aussi.

– Vous ne favoriserez pas un frère aux dépens de l'autre, n'est-ce pas ?

Aujourd'hui, en posant les yeux sur Miles, elle comprit ce que les autres femmes avaient vu en lui dès qu'il avait été en âge de les courtiser. La nuit dernière avait été pleine d'enseignements et elle saisissait à présent la signification de son intense regard. Rougissant légèrement, elle tira un autre ruban de sa coiffure et le noua au bras de Miles.

Remarquant sa gêne, Raine éclata de rire.

– Ne la fixe pas ainsi, dit-il à Miles.

L'attitude de Miles envers le beau sexe était un constant sujet de plaisanterie chez les Montgomery. Stephen s'était un jour plaint que son jeune frère ait, à dix-sept ans, engrossé la moitié de leurs serves, et à dix-huit l'autre moitié.

– Ne vois-tu pas que Gavin nous surveille ? reprit Raine.

– Je constate surtout que vous vous ridiculisez, gronda celui-ci. Il ne manque pas de femmes ici. Alors, cherchez-en une autre pour faire votre imbécile numéro de parade.

Laissant à peine le temps à Judith de finir d'attacher le ruban, il empoigna durement son bras.

– Vous me faites mal ! dit-elle en essayant vainement de se libérer.

– Je ferai plus que vous blesser si vous vous pavanez encore devant des hommes.

– Me pavaner ! s'exclama-t-elle.

Elle tira brusquement son bras, mais ne réussit qu'à resserrer la prise de Gavin. Tout autour d'eux, des chevaliers s'agenouillaient devant les ladies, recevant des rubans, des ceintures, des morceaux d'étoffe et même des bijoux... et Gavin l'accusait de se pavaner.

– Les personnes malhonnêtes voient le mal partout, siffla-t-elle. Peut-être cherchez-vous à m'incriminer de vos propres fautes.

Il la toisa d'un regard noir.

– Je dénonce seulement ce qui est vrai. Vous aimez les hommes, mais je ne vous permettrai pas de jouer ce jeu-là avec mes frères. Maintenant, restez ici et ne semez plus la zizanie parmi nous.

Il tourna les talons et s'en alla, laissant Judith seule dans la tribune réservée aux Montgomery.

Pendant un moment, la jeune femme n'entendit ni ne vit plus rien. Gavin avait non seulement été injuste mais lui avait renvoyé à la face ce qu'ils avaient fait dans l'intimité. Cela, elle ne pouvait le lui pardonner. Avait-elle eu tort de répondre à ses exigences ? Si oui, existait-il un moyen de résister ? Les événements de la nuit dernière n'étaient plus pour elle qu'un souvenir imprécis ; comme un délicieux brouillard de velours rouge enveloppant sa raison. Les mains de Gavin avaient noyé son corps dans des vagues de plaisir ; ensuite, elle ne se rappelait plus rien. Et il la traitait maintenant comme s'il mettait sa pureté en doute. Elle avait raison de le haïr, songea-t-elle en ravalant ses larmes.

Elle gravit les marches accédant aux sièges et releva la tête, refusant de montrer son désarroi à quiconque.

– Lady Judith.

Une douce voix venait de pénétrer son cauchemar. Se retournant, elle vit une femme vêtue du sombre habit de nonne.

– Je voudrais me présenter. Nous nous sommes rencontrées hier, mais je ne suis pas sûre que vous vous souveniez de moi. Je suis la sœur de Gavin, Mary.

Mary regardait Gavin s'éloigner. Cela ne lui ressemblait pas de délaisser ainsi une femme. Chacun de ses frères était d'une courtoisie exemplaire. Cependant, Gavin n'avait pas une seule fois souri à son épouse et, bien qu'il ne prît pas part au tournoi, il se dirigeait à présent vers les tentes. Que se passait-il donc ?

Gavin traversa la foule jusqu'à l'extrémité des lices, saluant plusieurs personnes au passage et recevant des claques amicales dans le dos. Plus il se rapprochait des tentes, plus le cliquetis des armures s'intensifiait. Il espérait que l'ambiance familière et saine qui régnait entre les chevaliers parviendrait à le calmer.

Il ramena les épaules en arrière, les yeux fixés droit devant lui. Personne ne devait deviner la rage qui le dévorait. C'était une garce ! Une garce consciente de son pouvoir ! Il l'avait observée tandis qu'elle adressait des sourires tout miel à ses frères. Et lui ne recevait que des regards méprisants, comme s'il était un être abject.

La manière dont elle s'était donnée à lui l'obsédait. Elle l'avait embrassé avec avidité, serré dans ses bras avec une ferveur inattendue, mais seulement après qu'il l'eut violentée. Pour la posséder, il lui avait fallu tout d'abord, et à chaque fois, employer la force. Cependant, elle plaisantait avec ses frères et leur offrait des rubans dorés. Si elle se comportait si passionnément avec lui – alors qu'elle prétendait le haïr –, comment réagirait-elle avec un homme qui lui plaisait ? Tout à l'heure, il avait imaginé Raine et Miles la touchant, l'embrassant... et avait soudain eu envie de la battre, de lui faire mal. Il l'avait fait, en retirant un certain soulagement, mais aucun plaisir. En vérité, c'était l'expression de son visage qui l'avait rendu furieux. Cette maudite femme n'avait pas le droit de le défier si froidement.

Il écarta d'un geste rageur le battant de la tente de Miles. Ce dernier étant sur le terrain, l'endroit aurait dû être vide, mais il ne l'était pas. Alice s'y trouvait, les yeux baissés. Tout en elle respirait la soumission et Gavin en fut satisfait. Ces dernières vingt-quatre heures, il avait eu plus que son content de la réticence d'une épouse qui l'avait ensuite rendu fou avec son corps. Alice était telle qu'une femme devait être – calme et subordonnée à un homme. Sans réfléchir, il l'attira à lui et l'embrassa avec violence, heureux de ne sentir aucune résistance en elle.

Alice n'avait jamais vu Gavin dans un tel état et bénit la personne – qui qu'elle fût – qui en était responsable. Cependant, en dépit de son désir, elle restait parfaitement consciente des réalités. Un tournoi était un événement bien trop public pour prendre des risques.

– Gavin, murmura-t-elle contre ses lèvres, ce n'est ni l'endroit ni l'heure.

Il s'écarta immédiatement d'elle, incapable de supporter à nouveau la réticence d'une femme.

– Ne vous inquiétez pas; je m'en vais, gronda-t-il en quittant la tente.

Un pli soucieux barra le joli front d'Alice. Visiblement, sa nuit de noces ne l'avait pas détourné d'elle, comme elle l'avait craint. Mais il n'était plus le Gavin qu'elle connaissait.

Walter Demari ne pouvait détacher ses yeux de Judith. Tranquillement assise, elle écoutait avec attention ses nouveaux parents qui lui souhaitaient la bienvenue dans leur famille. Depuis qu'il l'avait vue sortir de chez elle pour se rendre à l'église, il n'avait cessé de l'observer. Il l'avait même surprise, la veille au soir, en train de se faufiler dans le jardin, et avait remarqué à son retour le changement d'expression de son visage. Il avait l'impression de la connaître déjà et même davantage... Car il l'aimait. Il aimait sa façon de se mouvoir, de tenir sa tête haute, comme si elle était prête à affronter le monde entier. Il aimait ses yeux, son petit nez... Toute la nuit, il avait pensé à elle, s'imaginant la posséder.

Maintenant, il commençait à se demander pourquoi elle n'était pas sienne. Sa famille était aussi puissante que celle des Montgomery. Il fréquentait depuis longtemps la maison Revedoune et était un ami des frères de Judith.

Assis un peu plus loin, Robert Revedoune venait juste d'acheter un plein cornet de beignets et une chope de jus de raisin. Walter le rejoignit et n'hésita pas à aborder le sujet qui le tourmentait.

– Pourquoi ne m'avez-vous pas offert votre fille? demanda-t-il.

Robert leva les yeux avec surprise.

– Êtes-vous souffrant, mon garçon? Vous devriez être sur le terrain, avec les autres.

Walter s'assit et passa la main dans ses cheveux. Il n'était pas vilain, mais pas beau non plus. Ses yeux étaient d'un bleu commun et son nez trop proéminent. Ses lèvres minces et droites pouvaient facilement paraître cruelles. Sa chevelure, d'un blond fade, bouclait en un rouleau serré au bas de sa nuque.

– Votre fille, répéta-t-il. Pourquoi ne me l'avez-vous pas donnée ? J'ai assez passé de temps avec vos fils. Mes domaines rivalisent avec ceux de Gavin Montgomery.

Robert haussa les épaules et mordit dans un beignet à pleines dents.

– Il y a d'autres femmes riches à épouser, fit-il observer sans trop se compromettre.

– Mais pas comme elle ! répondit Walter avec véhémence.

Robert lui adressa un regard étonné.

– Ne voyez-vous pas à quel point elle est belle ? poursuivit le jeune homme.

Les yeux de Robert glissèrent vers l'endroit où se tenait sa fille.

– Elle est belle, en effet, dit-il d'un air dégoûté. Mais qu'est-ce que la beauté ? Sa mère aussi l'était, et vous la voyez maintenant...

Walter ignora sa remarque et ne tourna même pas la tête vers la femme nerveuse et chétive, se tenant raide sur le bord de son siège, comme si elle craignait que son mari ne la batte d'un instant à l'autre.

– Pourquoi la gardiez-vous cachée ? Quel besoin aviez-vous de la dissimuler au monde ?

– C'était une idée de sa mère... Les joutes vont commencer. Pourquoi me poser toutes ces questions maintenant ?

Walter lui agrippa le bras.

– Parce que je la veux et que je n'ai jamais vu de femme aussi désirable. Elle aurait dû me revenir ! Mes terres auraient été unies aux vôtres. J'étais le parti idéal pour elle.

Robert dégagea son bras.

– Vous ! Un parti idéal ? ricana-t-il. Regardez les Montgomery qui entourent Judith. Il y a Thomas.

Près de soixante ans et six fils, tous vivants, et ayant eux-mêmes des enfants mâles. À côté de lui, c'est Ralph, son cousin. Il a cinq fils. Et Hugh...

– Quel rapport avec votre fille ? s'emporta Walter.

– Des fils ! rugit Robert à son oreille. Les Montgomery produisent plus de garçons que n'importe quelle autre famille d'Angleterre. Et quels fils ! Voyez l'entourage direct de Judith. Le plus jeune, Miles, a fait ses preuves sur les champs de bataille avant l'âge de dix-huit ans et a déjà trois fils de ses serves. Raine a passé trois ans à parcourir le pays, allant d'un tournoi à un autre et restant invaincu. Il ne doit sa fortune qu'à lui seul. Stephen est en ce moment même en Écosse, à la tête d'une des armées du roi. Pourtant, il n'a que vingt-cinq ans. Quant à l'aîné, à seize ans il dirigeait seul le domaine Montgomery et s'occupait de ses frères. Personne n'était à ses côtés pour lui apprendre le métier d'homme. Croyez-vous que beaucoup s'en seraient sortis aussi bien que lui ?

Il regarda à nouveau Walter.

– Et vous me demandez pourquoi j'ai donné Judith à cet homme ? Si je ne peux pas produire de fils assez forts pour survivre, j'aurai au moins des petits-fils.

Walter était furieux. Il avait perdu Judith, simplement parce que ce vieillard rêvait de petits-fils !

– Je suis capable de lui donner des fils ! grinça-t-il entre ses dents serrées.

– Vous ! s'esclaffa Robert. Combien de sœurs avez-vous ? Cinq ? Six ? On ne les compte plus. Et qu'avez-vous accompli, à part chasser et courir la gueuse ? Alors maintenant, cessez de pleurnicher à mes oreilles. J'avais une belle jument ; je l'ai donnée au meilleur étalon. Et cela restera ainsi.

Il se détourna pour suivre le début du tournoi, effaçant Walter de son esprit.

Mais Walter Demari n'abdiquait pas aussi facilement. Tout ce qu'avait dit Robert était vrai. Sa courte vie avait été jusqu'à présent peu méritante, mais seulement parce que aucun événement ne l'avait forcé à prouver sa valeur. Si, comme les Montgomery, il avait prématurément perdu son père, il en aurait sans nul doute fait autant, si ce n'est plus, que ceux-ci.

C'est un homme changé qui quitta la tribune Revedoune. Quelque chose avait pénétré en lui et ne cessait de croître. Son regard s'arrêta sur les lices où les jeux commençaient. La bannière des Montgomery était omniprésente, les trois léopards d'or semblant le narguer de tous leurs feux et se matérialisant peu à peu en ennemis. Il voulait prouver à Robert et aux Montgomery – mais surtout à lui-même – que sa valeur atteignait bien la leur. Plus il fixait les emblèmes aux scintillantes couleurs, plus sa haine grandissait. Qu'avaient fait les Montgomery pour mériter les terres et les richesses de Revedoune ? Pourquoi posséderaient-ils ce qui aurait dû lui appartenir ? Pendant des années, il avait supporté la compagnie des frères de Judith, sans jamais rien exiger en retour. Et maintenant qu'il désirait quelque chose et aurait dû l'avoir, il se le voyait refuser à cause des Montgomery.

Walter lâcha la barrière et se dirigea vers la tribune Montgomery. Sa rage croissante devant l'injustice lui donnait du courage. Il parlerait à Judith, passerait du temps avec elle. Après tout, ne lui revenait-elle pas de droit ?

8

Judith claqua si violemment la porte de sa chambre que les murs de pierre parurent trembler. Ce jour de mariage qui s'achevait avait été le plus affreux de sa vie. Il aurait pourtant dû être heureux, plein d'amour et de rires – mais pas avec un mari tel que le sien ! Gavin n'avait pas raté une seule occasion de l'humilier.

Le matin, il l'avait accusée de vouloir séduire ses frères, puis l'avait abandonnée au milieu de gens inconnus. Elle avait finalement engagé la conversation avec eux et il y avait même eu un homme assez gentil pour lui expliquer les règles du tournoi, Walter Demari. Grâce à lui, elle avait commencé à se détendre, se surprenant même à rire. Walter avait le don de repérer le ridicule et possédait un grand sens de l'humour.

Mais Gavin était soudain réapparu, lui ordonnant de le suivre. Judith avait évité de provoquer un scandale en public, mais dans l'intimité de la tente de Raine, elle lui avait dit ce qu'elle pensait de sa conduite. Pourquoi la délaissait-il pour lui reprocher ensuite de se divertir sans lui ? N'était-il qu'un enfant capricieux voulant jalousement posséder un jouet ? Gavin lui avait adressé un sourire narquois, mais n'avait visiblement pas su quoi répondre.

L'irruption de Raine et de Miles avait coupé court à leur querelle et Judith était retournée aux tribunes, accompagnée de Miles. C'était à ce moment-là que Gavin lui avait infligé la plus grande humiliation. Dès qu'Alice Valence était apparue, il s'était précipité vers elle, les yeux emplis d'un désir flagrant et de cette sorte de respect inconditionnel que l'on porte aux saintes. Le regard de triomphe que lui avait lancé Alice n'avait pas échappé à Judith, mais elle avait continué son chemin, la tête haute.

Pendant le dîner, bien qu'assis à ses côtés à la table d'honneur, Gavin l'avait totalement ignorée. Elle avait fait mine de s'amuser des spectacles et d'être satisfaite des chansons composées par de beaux troubadours en l'honneur de ses charmes. En vérité, elle avait à peine vu et entendu ce qui se passait autour d'elle. La proximité de Gavin l'avait rendue trop nerveuse pour apprécier quoi que ce fût.

Une fois le repas terminé, les tables avaient été démontées pour dégager une piste de bal. Passé la première danse, qu'il lui avait accordée par pur principe, Gavin n'avait cessé d'inviter d'autres femmes. Judith n'avait pas manqué de sollicitations, mais avait invoqué la fatigue pour se dérober et s'était finalement retirée dans l'intimité de sa chambre.

– Un bain bien chaud, avait-elle ordonné à Joan en la tirant du coin sombre où elle s'était réfugiée avec un jeune homme. Cela m'aidera peut-être à me laver un peu de la puanteur de cette journée.

Contrairement à ses certitudes, Gavin avait été très attentif à sa présence. Il n'y eut pas un seul instant où il ne sût où elle se trouvait et avec qui elle parlait. Son entretien avec cet inconnu durant le tournoi lui avait paru interminable. Elle riait à la moindre de ses paroles, levait les yeux vers lui en souriant, au point qu'il semblait complètement ensorcelé.

Gavin l'avait éloignée de cet homme pour la protéger. Il savait que Judith, ignorante du pouvoir de ses charmes, se comportait avec l'innocence d'une enfant. Mais son interlocuteur avait soupçonné des avances voilées derrière son franc-parler et ses rires. Gavin s'en était parfaitement rendu compte.

Il aurait voulu lui expliquer cela, mais quand elle l'avait attaqué, l'accusant et l'insultant, il aurait préféré mourir plutôt que de justifier ses actes. À ce moment-là, il s'était senti capable de l'étrangler. Heureusement, l'apparition d'Alice l'avait calmé, comme une boisson fraîche soulage un damné perdu dans les flammes de l'enfer.

Maintenant, les mains posées sur les maigres hanches d'une femme rien moins qu'attirante, il regardait Judith monter les escaliers. Il ne l'avait pas invitée à danser, de peur qu'elle n'en profite pour exiger de lui des excuses. S'excuser de quoi ? Il se le demandait bien. Il s'était montré courtois avec elle jusqu'à l'épisode du jardin, où elle s'était emportée comme une insensée, faisant des serments illégitimes. Il avait ensuite eu raison de l'éloigner de cet inconnu entreprenant, mais elle lui avait une fois de plus fait sentir ses reproches.

Il attendit un moment, accordant encore deux danses, mais Judith ne revint pas. Il grimpa alors les marches avec impatience, imaginant pendant ces quelques secondes toutes les choses qu'elle pouvait être en train de faire.

Il la trouva plongée dans un bain fumant, sa chevelure rassemblée au sommet de sa tête en une masse de boucles flamboyantes. Elle avait les yeux fermés, sa joue reposant sur le bord en bois. L'eau devait être très chaude, parce que son visage était recouvert d'un léger voile d'humidité. Gavin se figea devant ce spectacle. Au moment de ses plus folles rages, elle était toujours restée belle, mais à cet instant-là, elle semblait personnifier l'innocence même. Soudain, il comprit que c'était cette image qu'il voulait d'elle, que c'était ce dont il avait besoin. Quelle importance si elle le méprisait ? Elle était à lui, et à lui seul. Son cœur battait tandis qu'il refermait la porte derrière lui.

– Joan ? appela Judith d'une voix languissante.

N'obtenant pas de réponse, elle ouvrit les yeux. À l'expression de son visage, elle devina aussitôt les pensées de Gavin et son cœur s'affola malgré elle.

– Laissez-moi seule, se défendit-elle dans un murmure.

Il l'ignora, continuant d'avancer, ses yeux assombris de désir. Se penchant vers elle, il prit son menton d'une main. Elle tenta de se dégager, mais il attira son visage près du sien et l'embrassa, d'abord avec violence puis avec une douceur aussi délicieuse qu'insoutenable.

Judith se sentit défaillir. La chaleur de l'eau, la main de Gavin à présent sur sa joue, son baiser semblaient l'affaiblir tout entière. Il s'écarta légèrement d'elle pour regarder ses yeux dorés. Toute trace de haine en avait disparu. Il n'y avait plus que leurs deux corps, et la soif qu'ils avaient l'un de l'autre, si grande qu'elle annihilait l'hostilité et même l'idée de l'amour.

Gavin s'agenouilla tout en emprisonnant la nuque de Judith. Il l'embrassa encore, puis fit courir ses lèvres sur son cou. Elle était moite et chaude, sa peau dégageait un délicat parfum de rose. Retenant son impérieuse envie de la faire sienne, il prolongea le plaisir au point de le rendre douloureux.

Soudain, il voulut voir son corps et la souleva dans ses bras. Elle frissonnait tout contre lui et il l'enveloppa dans une serviette moelleuse avant de l'emmener près du feu. Là, il s'assit et plaça Judith entre ses jambes, comme si elle était une enfant. De peur de rompre le charme, la jeune femme gardait le silence.

Peu de temps auparavant, Judith eût nié que Gavin pût se montrer si délicat et tendre. Sa brutalité avait fait place à une douceur enivrante et elle ne ressentit aucune gêne lorsqu'il commença à la sécher, seulement émerveillée par la magie de ce moment.

– Tournez-vous, ordonna-t-il.

Il termina de l'essuyer, puis laissa tomber la serviette par terre. Judith retint son souffle quand il fit courir ses doigts de sa nuque au bas de ses reins. De délicieux frissons l'envahirent.

– Vous êtes si belle, souffla-t-il d'une voix rauque en posant les mains sur ses hanches.

Il baisa à nouveau son cou, tout en caressant son ventre, remontant lentement sur ses seins tendus de désir. Dans un mouvement d'abandon, elle s'allongea contre lui, la tête reposant sur son épaule. Il continua d'explorer chaque parcelle de son corps, jusqu'à la sentir totalement dépendante de ses sensations.

Alors il l'emporta sur le lit et se déshabilla rapidement, revenant aussitôt à ses côtés. Elle l'attira à lui, cherchant sa bouche avec avidité. Son impatience le fit rire, mais il n'y avait dans ses yeux gris aucune trace d'ironie, seulement le reflet du plaisir qu'il voulait encore prolonger. Mais Judith en décida autrement. Caressant son torse, elle descendit pour trouver ce qu'elle cherchait et vit le regard de Gavin passer du bonheur à une brûlante intensité.

Il la fit sienne, avec toute la force de son désir exacerbé. Peu après, ils atteignirent les rives de l'extase, se délivrant ensemble du poids de leur délicieux tourment.

Le corps de Judith semblait flotter et ne plus lui appartenir, tandis que Gavin se dégageait partiellement d'elle, emprisonnant ses jambes dans les siennes, un bras posé sur ses seins. Poussant un soupir de plaisir, elle sombra dans le sommeil.

Le lendemain matin, Judith s'éveilla et s'étira comme un chat au soleil. À la place de Gavin, son bras ne rencontra que du vide. Elle ouvrit brusquement les yeux. Gavin était parti et, à en juger à la clarté pénétrant par la fenêtre, la matinée était déjà bien avancée. Son premier réflexe fut de se lever, mais le souvenir de la nuit dernière la retint. Tournant la tête, elle toucha les draps où avait dormi Gavin et ramena son oreiller contre son visage. Son odeur y était encore. Elle l'aurait reconnue entre mille.

Un sourire rêveur étira ses lèvres tandis qu'elle revoyait les yeux de Gavin, sa bouche...

On frappa doucement à la porte et les battements de son cœur s'accélérèrent, mais elle se calma quand elle vit Joan entrer.

– Vous étiez réveillée ? demanda celle-ci avec un sourire entendu.

Judith était de trop bonne humeur pour s'offenser de sa familiarité.

– Lord Gavin s'est levé tôt. Il a fait préparer son armure.

– Son armure ! s'écria Judith en se redressant.

– Il veut seulement participer au tournoi, la rassura Joan. D'ailleurs, je ne comprends pas pourquoi. En tant que nouveau marié, il n'était pas obligé de concourir.

Judith comprenait. Ce matin, elle se sentait débordante de vitalité. Si Gavin était dans le même état, les joutes seraient un excellent moyen de dépenser son énergie.

Repoussant les couvertures, elle sauta du lit.

– Il est tard ! Crois-tu que nous l'avons manqué ?

– Non, nous ne le manquerons pas, répondit Joan en riant.

Judith revêtit rapidement une robe de velours bleu doublée de soie. Une ceinture de cuir assortie, incrustée de perles, en ceignait la taille. Joan déposa méticuleusement un voile bleu transparent sur sa chevelure, le fixant à l'aide d'une couronne de perles.

– Je suis prête, dit Judith avec impatience.

Une fois dehors, elle se dirigea en hâte vers les gradins et y reprit sa place. Des pensées contradictoires tournoyaient dans sa tête. La nuit dernière avait-elle été réelle ou n'était-ce qu'un rêve ? Gavin l'avait aimée. Aucun autre mot ne décrirait plus justement ce qui s'était passé. Bien sûr, elle manquait d'expérience, mais un homme pouvait-il toucher ainsi une femme sans éprouver aucun sentiment pour elle ? Le jour lui parut soudain plus lumineux. C'était peut-être stupide de sa part, mais elle avait soudain envie d'essayer de faire de ce mariage une union digne de ce nom.

Tendant le cou, elle tenta d'apercevoir son mari à l'autre bout des lices, mais la foule et les chevaux lui barraient la vue. Elle quitta alors les gradins et se dirigea vers les tentes. Sans se soucier des gens qui l'entouraient, elle s'arrêta le long de la barrière, cherchant Gavin des yeux. Il lui fallut plusieurs minutes pour l'apercevoir et son cœur manqua un battement. Dans son armure guerrière, Gavin était encore plus impressionnant. Son cheval gris portait les riches couleurs des Montgomery. Il se hissa souplement en selle, ne paraissant nullement gêné par le poids de son équipement. Son écuyer lui tendit son heaume, son bouclier et finalement sa lance.

La gorge de Judith se serra subitement. Ces jeux étaient violents et dangereux ! Retenant son souffle, elle regarda Gavin foncer à la charge, la tête haute, le bras serré sur sa lance. Il heurta le bouclier de l'adversaire, juste au moment où son propre bouclier fut touché. Les lances se brisèrent et les deux chevaliers regagnèrent leur point de départ pour en prendre de nouvelles. Heureusement, ces dernières étant en bois, le danger était moins grand que dans une vraie bataille. Le but consistait à en briser trois sans perdre l'équilibre. Quand un participant lâchait les étriers, il devait ensuite payer à son concurrent la valeur de son cheval et de son armure – ce qui ne représentait pas une petite somme. C'était ainsi que Raine avait fait fortune.

Il y avait parfois des blessés, car les accidents étaient fréquents. Ce fut donc avec inquiétude que Judith vit Gavin repartir à l'attaque. Une fois de plus, personne ne tomba de cheval.

Non loin de Judith, une jeune femme gloussa. Judith ne lui prêta pas attention, jusqu'au moment où ses paroles lui parvinrent :

– Son mari est le seul à ne pas porter de faveur – pourtant elle a donné un ruban à ses frères. Ce ne sont pas des manières dignes d'une dame, ne trouvez-vous pas ?

La malicieuse inconnue avait manifestement voulu que Judith l'entende, mais lorsque cette dernière tourna la tête, elle fit mine de ne pas la remarquer. Portant à nouveau son regard sur les lices, elle s'aperçut que la femme avait raison : tous les chevaliers arboraient des faveurs attachées à leur heaume ou à leur lance.

Impulsivement, Judith passa la barrière et s'élança au-devant de Gavin qui s'apprêtait à charger pour la troisième fois. N'étant pas habituée aux tournois, elle n'avait pas conscience des risques qu'elle prenait. Ces puissants chevaux entraînés à la guerre pouvaient tuer un homme d'un seul coup de sabot.

Elle n'entendit pas la rumeur d'étonnement affolé, tandis que les chevaliers écartaient leur monture de son chemin. Elle ne vit pas non plus les gens se lever dans les tribunes et, le souffle coupé, suivre des yeux sa course insensée.

Gavin, sa nouvelle lance à la main, sentit que quelque chose d'anormal se passait et releva la tête. Apercevant aussitôt Judith, il comprit qu'il n'aurait pas le temps d'intervenir. Figé d'inquiétude, il attendit.

Tout en courant, Judith dégagea son voile et remit la couronne de perles sur sa chevelure. Arrivée à la hauteur de Gavin, elle tendit le bras vers lui.

– Pour mon favori, dit-elle avec un sourire hésitant.

Il resta un instant sans réaction, puis posa sa lance à terre pour qu'elle y attache le voile. Quand Judith eut terminé, elle releva les yeux vers lui. Il se pencha, plaça la main sur sa nuque et la souleva presque du sol pour l'embrasser. Ce fut un baiser sans douceur, accompagné du froid contact du métal, mais quand Gavin la lâcha Judith eut l'impression de flotter sur un nuage.

Elle ne se rendait pas compte de l'impressionnant silence de la foule. Mais Gavin en était tout à fait conscient. Sa femme venait de risquer sa vie pour lui. D'un geste de triomphe, il leva sa lance bien haut, le visage rayonnant de fierté.

Un grondement approbateur parcourut l'assistance.

Faisant volte-face et voyant que tout le monde l'observait, Judith rougit violemment et cacha son visage dans ses mains. Raine et Miles accoururent et l'entraînèrent en lieu sûr.

– Si Gavin n'avait pas tant apprécié votre geste, vous mériteriez une fessée, déclara Raine.

De nouvelles acclamations s'élevèrent lorsque Gavin désarçonna son adversaire. Atrocement gênée par l'hilarité générale qu'elle venait de provoquer, Judith courut se réfugier au château. Quelques minutes de solitude dans le jardin l'aideraient peut-être à retrouver contenance.

Alice pénétra vivement dans la tente aux parois de soie et aux tapis byzantins érigée pour le confort d'Edmund Chatworth.

– Un problème ? demanda une voix grave derrière elle.

Elle pivota pour regarder Roger Chatworth, le jeune frère d'Edmund. Assis sur un banc, torse nu, il passait avec précaution le fil de son épée sur une pierre à aiguiser qu'il faisait tourner entre ses pieds. Il était séduisant, avec ses cheveux blonds aux mèches éclaircies par le soleil, son nez aquilin et sa bouche bien dessinée et ferme. La profonde cicatrice près de son œil gauche n'enlevait rien à son charme.

Maintes fois, Alice avait souhaité que ce fût lui le comte et non Edmund. Elle s'apprêtait à répondre à sa question, mais se ravisa. Elle ne pouvait pas lui dire la rage qui l'avait saisie devant le spectacle de cette Judith courant au-devant de Gavin et lui offrant une faveur. Elle-même lui en avait proposé une, mais il avait refusé, arguant qu'ils avaient déjà assez alimenté les ragots.

– Savez-vous que vous jouez avec le feu ? dit Roger en faisant glisser son pouce sur la lame de l'épée.

Comme Alice gardait le silence, il poursuivit :

– Les Montgomery ne voient pas les choses à votre manière. Pour eux, il y a le vrai et le faux. Et rien entre les deux.

– Je crains de ne pas vous comprendre, dit Alice d'un ton hautain.

– Gavin ne sera pas ravi d'apprendre que vous lui avez menti.

– Je n'ai pas menti !

Roger leva un sourcil étonné.

– Vraiment ? Et comment avez-vous justifié votre mariage avec mon frère ?

Alice s'assit lourdement en face de lui.

– Vous n'imaginiez pas que l'héritière serait si belle, n'est-ce pas ? reprit Roger.

Alice leva vers lui des yeux flamboyants de haine.

– Elle n'est pas belle ! Ses cheveux sont rouges et elle doit être couverte de taches de rousseur.

Elle eut un sourire crispé.

– Il faudra que je demande quelle crème elle utilise pour les dissimuler. Quand Gavin les verra, il ne la trouvera plus aussi désirable...

– Je l'ai vue dans le lit conjugal, avant la nuit de noces, l'interrompit-il. Elle n'a aucune tache de rousseur. Inutile de vous bercer d'illusions. Croyez-vous vraiment qu'il pense à vous quand il est seul avec elle ?

Alice se leva et lui tourna le dos, soucieuse de ne pas lui montrer à quel point ses paroles la bouleversaient. Il *fallait* qu'elle garde Gavin, coûte que coûte. Il l'aimait, profondément et sincèrement, comme personne ne l'avait jamais aimée. Cet amour lui était nécessaire, autant que la fortune d'Edmund. Mais Roger ne devait pas le savoir. Elle avait depuis longtemps appris à cacher ses sentiments, surtout lorsqu'ils étaient douloureux. Née parmi des sœurs laides et maladives, sa beauté l'avait très tôt privée de l'affection de sa mère qui pensait que ses nurses et les invités du château s'occupaient bien assez d'elle. Alice avait donc reporté son amour sur son père. Mais ce dernier ne s'intéressait qu'à l'alcool. C'est ainsi qu'Alice s'habitua à prendre ce qui ne lui était pas donné. Elle manipula son père pour qu'il accédât à tous ses caprices, s'attirant encore davantage la haine de ses sœurs. En fait, mis à part Ela, sa plus vieille servante, personne ne l'aimait. Puis, Gavin arriva. Cependant, à cause de ces nombreuses années de lutte pour obtenir le moindre penny, elle recherchait autant la sécurité matérielle que l'amour. Et

Gavin n'était pas assez riche pour lui garantir cette sécurité.

Maintenant, la moitié de ce dont elle avait besoin était pris par une sorcière aux cheveux rouges. Mais Alice n'était pas du genre à laisser les événements décider pour elle. Elle se battrait pour parvenir à ses fins...

– Où est Edmund ? demanda-t-elle à Roger.

Il désigna du menton la tenture de séparation au fond de la tente.

– Il dort. Trop d'alcool et de nourriture, ajouta-t-il d'un air dégoûté. Allez le voir. Il aura besoin de quelqu'un pour lui tenir le front.

– Doucement, frère ! ordonna Raine à Miles. Sa tête est déjà assez mal en point pour la cogner contre un mât de tente.

Ils transportaient Gavin sur son bouclier, ses pieds traînant dans la poussière. Il venait juste de désarçonner son second adversaire quand la lance de ce dernier avait glissé vers le haut, traversant son heaume et le frappant violemment au-dessous de l'oreille. Soudain, tout était devenu noir et il n'avait plus entendu qu'un son strident à l'intérieur de sa tête. Réussissant à rester en selle, plus par sens inné de l'équilibre que par la force de sa volonté, il avait laissé son cheval le ramener à la ligne de départ. Là, baissant les yeux vers ses frères, il leur avait adressé un faible sourire et était lentement tombé dans leurs bras tendus.

À présent, l'installant sur une couchette, ils lui ôtèrent son heaume et disposèrent un oreiller sous sa tête.

– Je vais aller chercher un guérisseur, dit Raine à Miles. Et toi, fais venir son épouse. Il n'y a rien qu'une femme apprécie plus qu'un homme réduit à l'impuissance.

Gavin ne reprit conscience qu'au bout de plusieurs minutes. On pressait de l'eau froide sur son front. Des mains froides touchaient ses joues. Encore étourdi, la tête bourdonnante, il ne reconnut pas le visage penché au-dessus de lui.

– C'est moi, Alice, murmura-t-elle. Je suis là pour prendre soin de toi.

Souriant légèrement, il ferma à nouveau les yeux, avec l'impression que quelque chose d'important, dont il aurait dû se souvenir, lui échappait.

Alice vit qu'il tenait serré dans sa main droite le voile offert par Judith. Ainsi, même au bord de l'inconscience, il s'était arrangé pour le détacher de la lance... Elle n'aimait pas du tout ce que cela semblait signifier.

– Est-il gravement blessé ? demanda avec anxiété une femme à l'extérieur.

Alice se pencha et pressa ses lèvres sur la bouche inerte de Gavin, guidant son bras jusqu'à ce qu'il enserre sa taille.

La clarté pénétrant dans la tente et la pression sur ses lèvres forcèrent Gavin à rouvrir les yeux. Cette fois, il avait recouvré ses sens et vit sa femme, flanquée de ses frères, qui le regardait embrasser Alice. Il repoussa cette dernière et tenta de s'asseoir.

– Judith, murmura-t-il.

Dans son visage blême, ses yeux paraissaient noirs et immenses, et le fixaient avec haine. Puis ils ne brillèrent plus que d'une lueur glaciale.

Gavin avait fourni un effort trop violent pour se redresser. La douleur était intolérable. Heureusement, il sombra à nouveau dans l'inconscience.

Judith quitta rapidement la tente, suivie de près par Miles.

Le visage de Raine était sombre quand il se tourna vers son frère.

– Espèce de... commença-t-il avant de s'apercevoir que Gavin était évanoui.

Il regarda alors Alice, qui leva vers lui des yeux triomphants. L'empoignant par le bras, il la força à se mettre debout.

– Vous aviez tout prévu ! gronda-t-il. Mon Dieu, comment mon frère peut-il être aussi stupide ? Par votre faute, Judith a déjà suffisamment versé de pleurs, et pourtant vous valez bien moins qu'une seule de ses larmes.

Sa rage augmenta quand il vit un sourire étirer le coin de ses lèvres. Sans réfléchir, il la gifla, tenant toujours fermement son bras. Lorsqu'elle le regarda à nouveau, Raine ne put tout d'abord croire ce qu'il voyait. Alice n'était pas en colère, mais fixait sa bouche avec une indubitable expression de désir.

Choqué et dégoûté à l'extrême, il la poussa si violemment contre un des mâts de la tente qu'elle eut du mal à retrouver son souffle.

– Éloignez-vous de moi, dit-il froidement. Et craignez pour votre vie si nos chemins se croisent à l'avenir.

Une fois seul, il se retourna vers Gavin qui commençait à bouger. Le guérisseur se tenait debout dans un coin, tremblant de la tête aux pieds. La colère d'un Montgomery était un impressionnant spectacle.

– Occupe-toi de lui, ordonna Raine par-dessus son épaule. Et s'il existe un traitement qui puisse augmenter sa douleur, utilise-le.

Il faisait nuit quand Gavin émergea du lourd sommeil provoqué par les drogues du guérisseur. La tente déserte était plongée dans l'obscurité. Il bascula avec précaution ses jambes hors de la couchette et s'assit. Son crâne semblait avoir été incisé sur toute la largeur et être en train de se séparer en deux. Serrant sa tête dans ses mains, il ferma les yeux, essayant de chasser l'horrible douleur.

Les rouvrant graduellement, il trouva tout d'abord étrange d'avoir été laissé seul. Il aurait imaginé qu'au moins son écuyer ou ses frères seraient restés avec lui. Redressant le dos, il découvrit une nouvelle douleur. Il avait dormi plusieurs heures dans son armure et chacune de ses arêtes avait traversé le cuir pour s'incruster dans sa peau. Pourquoi son écuyer ne l'avait-il pas déshabillé ? D'ordinaire, il se montrait plus consciencieux.

Quelque chose sur le sol attira son regard, et il se pencha pour ramasser le voile bleu de Judith. Il sourit, se souvenant parfaitement comment elle le lui avait apporté, courant vers lui, ses cheveux flottant au vent. Jamais il n'avait été aussi fier qu'à cet instant. Levant le voile, il en effleura sa joue. Il pouvait presque sentir le parfum de sa chevelure. Il revit son expression quand il s'était penché vers elle. Oui, ce visage valait bien qu'on se batte pour lui...

Puis il crut voir une autre image, comme si l'expression de Judith changeait. Enfouissant à nouveau sa tête dans ses mains, il tenta de se rappeler. Mais le martèlement intolérable dans son crâne barrait ses souvenirs. Il pouvait voir une Judith différente – ni souriante, ni orageuse comme durant leur première nuit, mais qui le regardait d'un air absent. Luttant pour retrouver les éléments manquants, il parvint finalement à revoir l'accident et ensuite quelqu'un penché sur lui. Quelqu'un qui lui parlait...

Soudain, tout s'éclaira. Judith l'avait vu tenir Alice dans ses bras. Étrangement, il ne se souvenait pas avoir souhaité le réconfort d'Alice.

Se lever lui demanda un effort surhumain. Il devait enlever son armure et trouver Judith.

Deux heures plus tard, Gavin pénétra dans la grande salle, cherchant sa femme des yeux mais ne la voyant nulle part. La souffrance avait atteint un degré tel qu'il avait la sensation de défaillir à chaque pas. À travers un brouillard, il aperçut Helen qui apportait un plateau de boissons aux invités. Quand elle revint, il l'entraîna à l'écart.

– Où est-elle ? demanda-t-il dans un souffle rauque.

Les yeux de Helen étincelèrent.

– Ai-je bien entendu ? lança-t-elle d'un ton sarcastique. Vous l'avez blessée, comme seul un homme peut blesser une femme. J'ai essayé de lui éviter cela. Je l'ai avertie que vous étiez tous des démons indignes de confiance – mais elle n'a pas voulu m'entendre. Elle vous défendait, et qu'a-t-elle gagné ? J'ai vu sa bouche, le soir des noces. Vous l'avez battue avant même de la mettre dans votre lit. Et ce matin, tout le monde a vu votre frère renvoyer cette putain – votre putain – de votre tente. Plutôt mourir que de vous dire où est Judith ! Jamais je ne vous la livrerai !

Peut-être continua-t-elle, mais Gavin ne l'entendit plus. Il était déjà parti.

Il trouva Judith quelques minutes plus tard, assise aux côtés de Miles dans le jardin. Ignorant l'expression hostile de son frère, il s'approcha d'elle. Il n'avait pas envie d'argumenter avec Miles. Tout ce qu'il voulait, c'était se retrouver seul avec sa femme et la tenir dans ses bras comme la nuit dernière. Peut-être qu'alors son crâne cesserait de le tourmenter.

– Venez à l'intérieur, dit-il calmement.

– Oui, Monseigneur, répondit-elle en se levant immédiatement.

Fronçant les sourcils, il lui tendit le bras, mais elle sembla ne pas le voir. Il marcha lentement pour qu'elle se tienne à ses côtés, mais elle resta légèrement derrière lui, le suivant docilement.

Après l'agitation de la grande salle, la chambre fut pour lui un délicieux havre de paix. Se laissant tomber sur un banc rembourré, il enleva ses bottes. Judith était immobile, debout devant le lit.

– Pourquoi m'observez-vous ainsi ?

– J'attends vos ordres, Monseigneur.

– Mes ordres ?

Il fronça à nouveau les sourcils, le seul mouvement qui ne lui causait pas trop de douleur.

– Alors déshabillez-vous et mettez-vous au lit.

Il se sentait désorienté. Pourquoi ne se révoltait-elle pas ? Il aurait su quoi faire de sa colère.

– Oui, Monseigneur, répondit-elle d'une voix atone.

Une fois dévêtu, Gavin la rejoignit dans le lit. Les draps remontés jusqu'au cou, Judith était totalement immobile, les yeux fixés sur un point invisible. Il se rapprocha d'elle, appréciant la douceur de sa peau. Quand il commença à l'embrasser, ses yeux restèrent ouverts et ses lèvres inertes.

– Vous sentez-vous mal ? demanda-t-il.

– Me sentir mal, Monseigneur ? répéta-t-elle platement en le regardant droit dans les yeux. Je ne vois pas de quoi vous parlez. Je suis à votre disposition, comme vous le souhaitiez. Ordonnez et vous serez obéi. Souhaitez-vous vous accoupler avec moi ? Qu'à cela ne tienne.

Elle bougea ses cuisses contre les siennes et il mit un moment à se rendre compte qu'elle les avait écartées pour lui.

Il lui lança un regard agacé, sachant fort bien que cette grossièreté ne lui était pas naturelle.

– Judith, commença-t-il. Je voulais vous expliquer pour ce matin. Je...

– Expliquer, Monseigneur ? Qu'avez-vous à m'expliquer ? Vous justifiez-vous auprès de vos serfs ? Je vous appartiens, tout comme eux. Dites-moi seulement comment je dois vous obéir et je le ferai.

Gavin s'écarta d'elle. Il n'aimait pas sa manière de le regarder. Quand elle le haïssait, il y avait au moins de la vie dans ses yeux. À présent, ils étaient vides.

Avant même de comprendre ce qu'il faisait, il avait quitté le lit, s'était rhabillé et avait fui cette chambre glaciale.

9

Le château Montgomery était silencieux quand Judith quitta le grand lit vide et se glissa dans une robe de chambre de velours vert émeraude. À cette heure matinale, tout le monde dormait encore.

Sauf Judith. Depuis que Gavin l'avait emmenée dans sa demeure, elle avait du mal à trouver la paix d'un sommeil réparateur.

Quand Gavin avait exigé qu'ils partent pour son domaine, elle avait accepté sans protester. Et durant les deux jours de voyage, elle ne lui avait adressé la parole que pour dire le strict nécessaire.

L'arrivée au château l'avait impressionnée. Les gardes patrouillant au sommet des deux hautes tours, bien qu'ils aient vu flotter la bannière des Montgomery, leur avaient lancé le qui-vive. Le pont-levis avait été baissé sur les larges et profondes douves et la lourde herse avait été levée. Les dépendances étaient constituées d'un alignement de modestes maisons, de l'armurerie, de la fauconnerie, des écuries et des remises. Une autre porte bien gardée donnait sur les quartiers intérieurs, où résidaient Gavin et ses frères. La gentilhommière de quatre étages, construite autour d'une cour en brique, était magnifique. Depuis les baies vitrées du salon du dernier étage, Judith avait aperçu un jardin bordé d'arbres fruitiers en fleurs.

Elle aurait voulu féliciter Gavin sur la qualité de son intendance, mais il ne lui en avait pas laissé le loisir. Après avoir donné quelques directives, il l'avait abandonnée au milieu des bagages. Judith avait donc dû se présenter elle-même aux gens de la maison.

En une semaine, elle s'était parfaitement intégrée au château Montgomery, trouvant même un certain plaisir à y travailler. Les serviteurs n'ayant opposé aucune réticence, elle s'était lancée à corps perdu dans l'administration des tâches quotidiennes, essayant de ne pas penser à la liaison de Gavin avec Alice Valence. Elle y arrivait la plupart du temps, mais la nuit sa solitude venait la hanter.

Entendant du bruit dans la cour, elle se précipita à la fenêtre. Il était trop tôt pour que ce soient les domestiques et seul un Montgomery avait le droit de pénétrer par la petite porte de derrière. L'obscurité ne lui permit pas de voir qui descendait de cheval.

Elle dévala les escaliers jusqu'à la grande salle principale.

– Doucement, grondait Raine. Croyez-vous que je sois en acier pour me malmener ainsi ?

Judith se figea au pied des marches. Son beau-frère était transporté par des hommes, une jambe complètement bandée.

– Raine, que vous est-il arrivé ?

– C'est ce maudit cheval ! rugit-il entre ses dents. Même par le jour le plus lumineux, il ne serait pas capable de voir où il va.

Elle le rejoignit tandis que ses hommes l'installaient devant la cheminée éteinte.

– Dois-je comprendre que votre cheval est seul responsable ? sourit-elle.

Il cessa de froncer les sourcils et ses joues commencèrent à se creuser de fossettes.

– C'est peut-être aussi un peu ma faute, admit-il. Il a trébuché dans un trou et m'a désarçonné. Ma jambe n'a pas encaissé le choc.

Judith s'agenouilla et commença à défaire les bandages.

– Eh ! Que faites-vous ? Le guérisseur s'en est déjà occupé.

– Je n'ai pas confiance en lui. Si l'attelle n'est pas bien droite, vous resterez boiteux.

Raine la fixa d'un air interloqué puis appela ses hommes.

– Apportez-moi une coupe de vin. Je suis sûr que cette dame ne sera pas satisfaite avant de m'avoir causé encore plus de douleur. Et allez chercher mon frère. Pourquoi dormirait-il alors que nous sommes réveillés ?

– Il n'est pas là, dit calmement Judith.

– Qui n'est pas là ?

– Votre frère. Mon mari.

– Où est-il allé ?

– Je n'en sais rien. Il m'a déposée à l'entrée et est parti. Il ne me parle jamais de ses affaires.

Raine prit la coupe de vin qu'on lui tendait et regarda sa belle-sœur examiner sa jambe. Au moins, la douleur l'empêchait de donner libre cours à sa colère contre Gavin. Sans nul doute, cet imbécile avait laissé sa magnifique épouse pour rejoindre cette garce d'Alice. Ses dents se refermèrent sur le bord de la coupe quand Judith toucha la fracture.

– Ce n'est pas grave, déclara-t-elle. Tenez-lui les épaules pendant que je tire la jambe, ordonna-t-elle aux hommes de Raine.

La lourde tente était pleine d'humidité. Des gouttes de pluie traversaient la toile, mouillant aussi l'intérieur de l'habitacle.

Gavin jura en sentant de l'eau tomber sur son visage. Depuis qu'il avait quitté Judith, la pluie n'avait pratiquement pas cessé. Il n'y avait plus un seul endroit sec. Et pour couronner le tout, l'humeur des hommes était massacrante – encore plus noire que le ciel. Ils avaient parcouru la campagne pendant une semaine, campant chaque nuit dans un endroit différent. La nourriture était préparée à la hâte entre deux rafales et par conséquent toujours à moitié cuite. Quand John Bassett, le chef des hommes de Gavin, lui avait demandé le but de ce sinueux voyage, ce dernier avait explosé. Depuis, il évitait ses compagnons et leurs sarcasmes.

Il savait qu'ils étaient malheureux ; il l'était lui-même. Mais lui au moins connaissait la raison de cette expédition apparemment dénuée de sens. La nuit où Judith s'était montrée si froide, dans la maison de son père, il avait décidé de lui donner une leçon. Elle se sentait en sécurité et sûre d'elle dans la demeure où elle avait passé toute sa vie, entourée de sa famille et de ses amis. Mais garderait-elle son attitude bravache quand elle se retrouverait seule dans un environnement inconnu ?

Ses frères ayant en outre préféré quitter momentanément le château pour préserver l'intimité des nouveaux mariés, elle était totalement livrée à elle-même. Il sourit en imaginant des scènes cataclysmiques – par exemple, la cuisinière faisant brûler une marmite de haricots. Il pouvait voir Judith, folle de panique, lui envoyer un messager pour le supplier de rentrer. Mais aucun messager ne le retrouverait tant qu'il ne serait pas sur un de ses domaines. Bien des calamités pouvaient arriver entre-temps. Et à son retour, il découvrirait une Judith en larmes, repentante, qui se jetterait dans ses bras, heureuse de revoir enfin son sauveur.

Cette dure semaine sous la pluie méritait une récompense, songea-t-il avec un petit rire de plaisir. Il lui parlerait sévèrement et quand elle serait complètement contrite, il effacerait ses larmes d'un baiser et l'emporterait dans la chambre.

– Monseigneur ?

– Qu'y a-t-il ? demanda Gavin, mécontent d'être dérangé au moment où son imagination dérivait vers des scènes plus que délicieuses.

– Nous nous demandions quand nous allions rentrer et quitter cette maudite pluie.

Gavin allait répliquer que ce n'était pas leur affaire, mais se ravisa.

– Demain, dit-il en souriant.

Judith était restée seule pendant huit jours. Suffisamment pour apprendre la gratitude… et l'humilité.

– Je vous en prie, Judith, plaida Raine en la saisissant par le bras. Je suis ici depuis deux jours, et vous ne m'avez pas accordé une seule minute.

– C'est faux, rétorqua-t-elle en riant. Hier soir, nous avons joué aux échecs pendant une heure, et vous m'avez montré quelques accords de luth.

– Je le sais, dit-il d'un ton encore plaintif, s'empêchant visiblement de sourire. Mais c'est tellement horrible d'être abandonné ici. Je ne peux pas bouger à cause de cette satanée jambe et personne ne me tient compagnie.

– Vraiment ? Il y a au moins trois cents personnes ici. L'une d'elles…

Elle s'interrompit devant son regard désespéré et éclata de rire.

– D'accord, mais juste une partie. J'ai du travail.

Raine lui adressa un éclatant sourire tandis qu'elle s'installait en face de lui.

– Vous êtes la meilleure à ce jeu. Aucun de mes hommes ne pourrait me battre comme vous l'avez fait hier soir. En outre, vous avez bien droit à une pause. Que faites-vous donc toute la journée ?

– Je mets de l'ordre dans le château, répondit-elle simplement.

– Il m'a toujours semblé que tout était en ordre, déclara-t-il en avançant un pion. Les intendants…

– Les intendants ! répéta-t-elle d'un ton sec en attaquant avec son fou. Pourquoi se soucieraient-ils de bien gérer un domaine qui ne leur appartient pas ? Il faut surveiller leur travail, vérifier leurs comptes, lire leurs registres et…

– Lire ? Vous savez lire, Judith ?

La main en arrêt sur sa reine, elle le regarda avec surprise.

– Bien sûr. Pas vous ?

Raine haussa les épaules.

– Je n'ai jamais appris. Mes frères, oui, mais moi, cela ne m'intéressait pas. Je n'avais jamais rencontré de femme qui sache lire. Mon père disait qu'elles ne sont pas capables d'apprendre.

Judith mit son roi en échec avec sa reine.

– Sachez qu'une femme peut toujours faire mieux qu'un homme, même s'il s'agit d'un roi. Je crois que j'ai gagné.

Elle se leva.

Raine fixa le jeu avec stupeur.

– Vous n'avez pas pu gagner si vite ! Je n'ai rien vu venir ! Vous avez troublé ma concentration en me parlant.

Il lui adressa un regard en coin.

– Et ma jambe me fait tellement souffrir que j'ai du mal à réfléchir.

Tout d'abord compatissante, elle éclata bientôt de rire.

– Vous êtes un piètre menteur. Je dois partir maintenant.

– Non, Judith, dit-il en se penchant pour saisir sa main et la baiser. Judith, ne me laissez pas. En vérité, je crois que l'ennui va me rendre fou. Je vous en prie, faisons encore une partie.

D'un air théâtral, il commença à lui promettre un amour éternel et toute la gratitude du monde si elle consentait à rester une heure de plus. Au bord du fou rire, Judith posa une main faussement consolatrice sur ses cheveux.

Ce fut ainsi que Gavin les découvrit. Il avait presque oublié la beauté de sa femme. Elle était vêtue simplement, d'une robe de laine bleue moulante. Ses cheveux tressés étaient tirés en arrière. Dans ces modestes vêtements, elle paraissait encore plus innocente et plus belle.

Judith fut la première à remarquer la présence de son mari. Aussitôt, elle se raidit et son sourire s'évanouit.

Sentant la crispation de ses doigts, Raine leva vers elle des yeux interrogateurs. Il suivit la direction de son regard et le sombre visage de son frère lui apparut, ne laissant aucune équivoque sur les conclusions qu'il venait de tirer. Judith voulut dégager sa main, mais Raine la retint fermement, décidé à ne pas agir en coupable.

– J'essayais de persuader Judith de passer la matinée avec moi, déclara-t-il d'un ton léger. Je suis cloué ici depuis deux jours, et je n'ai pas pu la convaincre de m'accorder un peu de son temps.

– Nul doute que tu as employé tous les moyens de persuasion, railla durement Gavin en fixant Judith qui soutenait froidement son regard.

Elle se libéra vivement de Raine.

– Je dois retourner à mon travail, dit-elle sèchement avant de les quitter.

Raine devança l'attaque de Gavin.

– Où étais-tu passé ? demanda-t-il. À peine marié, et tu l'abandonnes seule au château.

– Elle semble avoir très bien maîtrisé la situation, déclara Gavin en se laissant tomber sur une chaise.

– Si tu fais allusion à une chose déshonorante...

– Je ne pense rien de tel, dit Gavin avec franchise.

Il connaissait bien ses frères et savait qu'il pouvait compter sur leur probité. Mais il avait reçu un choc après avoir imaginé... et espéré... que Judith l'attendrait avec impatience.

– Qu'est-il arrivé à ta jambe ?

Raine fut embarrassé d'avouer qu'il était tombé de cheval, mais Gavin ne se moqua pas de lui comme il l'aurait fait d'ordinaire. Il se leva d'un air las.

– Je dois me mettre au travail. Après ces quelques jours d'absence, le château n'est certainement pas loin de l'écroulement.

– Je ne le parierais pas, dit Raine, alors qu'il étudiait le jeu pour reconstituer mentalement les mouvements des pièces de Judith. Je n'ai jamais vu une femme travailler aussi dur.

– Bah ! fit Gavin avec condescendance. Qu'est-ce qu'une femme peut accomplir en une semaine ? Broder cinq aunes de vêtements ?

Raine regarda son frère avec surprise.

– Je n'ai pas dit qu'elle faisait de la couture, j'ai dit que je n'avais jamais vu une femme travailler aussi dur.

Gavin ne comprit pas, mais ne demanda pas non plus d'explication. Bien trop de tâches l'attendaient, comme à chaque fois qu'il rentrait de voyage.

– J'espère que tu trouveras de quoi t'occuper, lança Raine en riant tandis que Gavin quittait la pièce.

Le sens des paroles de son frère lui échappant totalement, Gavin les oublia dès qu'il fut dehors. Il ne pensait qu'à Judith et à sa froideur. Mais il y avait peut-être encore un espoir. Elle serait ravie de son retour quand elle le verrait résoudre tous les problèmes dus à son absence.

À son arrivée, il avait été si pressé de rejoindre son épouse éplorée qu'il n'avait remarqué aucun changement. Maintenant, il notait de subtiles modifications. Les maisons des dépendances paraissaient plus propres – presque neuves, en fait, comme si elles avaient été récemment blanchies à la chaux. Les gouttières courant derrière les bâtiments semblaient avoir été vidées.

Il s'arrêta devant la fauconnerie. Son fauconnier, debout devant un rapace attaché par la patte, agitait lentement un leurre.

– Est-ce un nouveau leurre, Simon? demanda Gavin.

– Oui, Monseigneur. Il est plus petit et plus facile à manier. Le faucon est obligé de voler plus vite et de mieux viser sa cible.

– C'est une excellente idée.

– Ce n'est pas la mienne, Monseigneur, mais celle de lady Judith.

Gavin le regarda d'un air interloqué.

– Lady Judith ?

– Oui, Monseigneur, dit Simon en souriant, révélant deux dents manquantes. Je ne suis pas assez vieux pour ne pas reconnaître une bonne trouvaille. Votre lady est aussi intelligente que belle. Le premier matin de son arrivée, elle est venue ici et m'a observé longuement. Ensuite, elle a fait quelques suggestions. Suivez-moi à l'intérieur, Monseigneur, et vous verrez les nouveaux perchoirs que j'ai fabriqués. Dame Judith a dit que les oiseaux étaient blessés aux pattes à cause du vieux bois. Elle a dit que de minuscules mites s'y nichaient et les piquaient.

Il commença à entrer dans le bâtiment, mais Gavin ne le suivit pas.

– Vous ne voulez pas voir ? dit tristement Simon.

Gavin n'arrivait pas à croire que son maître fauconnier avait suivi les conseils d'une femme. Il lui avait lui-même, comme son père avant lui, donné maints avis ; mais à sa connaissance, Simon n'avait jamais écouté personne que lui-même.

– Non, dit-il. Je verrai plus tard les transformations que ma femme a faites, ne put-il s'empêcher d'ajouter avec une pointe de sarcasme.

De quel droit Judith se mêlait-elle de ses faucons ? Les femmes aimaient évidemment les oiseaux de proie et Judith souhaitait sûrement en posséder un – mais leur dressage et leur entretien était une affaire d'hommes.

– Monseigneur ! l'interpella une serve.

Elle rougit devant son regard ardent, fit une révérence et lui tendit une chope.

– J'ai pensé que vous aimeriez un rafraîchissement.

Gavin lui sourit. Enfin une femme qui se comportait convenablement. Il ne la quitta pas des yeux tandis qu'il buvait ; puis son attention fut attirée par le breuvage. C'était délicieux !

– Qu'est-ce que c'est ? demanda-t-il.

– Des fraises avec le jus des pommes de l'an dernier, et un peu de cannelle.

– De la cannelle ?

– Oui, Monseigneur. Lady Judith en a apporté de chez elle.

Gavin rendit brusquement la chope vide à la fille et tourna les talons. Les bornes commençaient à être dépassées. Tout le monde était-il devenu fou ? Il se dirigea d'un pas vif vers l'armurerie, sûr que cet endroit serait épargné. La forge était bien trop chaude et inconfortable pour qu'aucune femme vienne y fourrer son nez.

Le spectacle qui l'attendait le figea. Son armurier, un homme énorme, aux muscles saillants, était tranquillement assis devant une fenêtre... en train de coudre !

– Que fais-tu ? s'emporta Gavin, déjà gagné par le soupçon.

L'homme sourit et lui montra deux petits morceaux de cuir. C'était un nouveau modèle de charnières pouvant être placées sur une armure.

– C'est beaucoup plus flexible ainsi. Malin, n'est-ce pas ?

Gavin serra les dents.

– Et qui t'a donné cette fabuleuse idée ?

– Lady Judith. Pourquoi ? demanda l'armurier, avant de hausser les épaules devant la sortie précipitée de Gavin.

Comment osait-elle ? Qui était-elle pour interférer dans ses affaires sans lui demander son accord ? Ce domaine était le *sien* ! Lui seul avait le droit d'y appliquer des changements.

Il trouva Judith dans le garde-manger, une vaste pièce attenante à la cuisine. Elle avait la tête et les épaules plongés dans un coffre à farine, mais ses inimitables cheveux auburn la trahissaient. Il s'approcha d'elle, la dominant de toute sa hauteur.

– Qu'avez-vous fait de ma demeure ? gronda-t-il.

Judith se redressa brusquement, manquant de peu se cogner contre le couvercle. La colère de Gavin ne l'impressionna pas. Avant son mariage, elle avait souvent eu à affronter la rage des hommes.

– Votre demeure ? répéta-t-elle d'une voix sans timbre. Et de grâce, qui suis-je ?

Elle leva ses bras couverts de farine.

– Une servante de cuisine ?

Effrayés, les domestiques s'étaient réfugiés contre les murs, mais n'auraient pour rien au monde raté une scène aussi fascinante.

– Vous savez fort bien qui vous êtes, mais je ne vous permets pas de vous mêler de mes affaires. Vous avez déjà assez fait de dégâts avec mon fauconnier et mon armurier, alors tenez-vous-en aux choses qui vous concernent.

Judith le regarda droit dans les yeux.

– Et que dois-je faire, je vous prie, si je ne peux

pas parler à votre fauconnier ou à quiconque d'autre ayant besoin de conseils ?

Gavin fut décontenancé.

– Eh bien... des activités de femme. Coudre. Surveiller les cuisines et le ménage et... fabriquer des crèmes pour le visage.

Cette dernière suggestion lui parut particulièrement bien inspirée.

Les yeux de Judith étincelèrent.

– Des crèmes pour le visage ! gronda-t-elle. Alors maintenant, je suis laide et j'ai besoin de crèmes pour le visage ! Peut-être devrais-je aussi préparer des cosmétiques pour assombrir mes cils et rosir mes joues pâles !

Gavin était dérouté.

– Je n'ai pas dit que vous étiez laide, mais seulement que vous ne deviez pas enseigner la couture à mon armurier.

– Très bien, dit-elle avec fermeté. J'attendrai que votre armure soit raide et inconfortable avant d'aller reparler à cet homme. Que puis-je faire d'autre pour vous plaire ?

Gavin n'appréciait pas du tout la tournure de cette conversation.

– La fauconnerie, dit-il d'une voix lasse.

– Je laisserai donc vos oiseaux mourir de leurs pattes affaiblies. Ce sera tout ?

Il resta muet, ne sachant plus quoi ajouter.

– Je suppose que nous nous sommes bien compris, Monseigneur, poursuivit Judith. Je ne m'occuperai pas de votre confort, je laisserai vos faucons mourir et je passerai mes journées à concocter des crèmes pour cacher ma laideur.

Gavin la saisit par le bras et la souleva à sa hauteur.

– Vous n'êtes pas laide ! Vous êtes la plus belle femme que j'aie jamais vue.

Il fixait sa bouche si proche de la sienne.

Le regard de Judith s'adoucit et elle déclara d'une voix aussi sucrée que le miel :

– Alors je peux utiliser mon petit cerveau à autre chose qu'à la fabrication de produits de beauté.

– Oui, souffla-t-il, vaincu par la proximité de son corps.

– Bien, dit-elle fermement. Il y a justement un nouveau modèle de flèche dont je voulais parler à l'armurier.

Gavin faillit s'étrangler de fureur et la reposa violemment à terre.

– Vous ne...

Il s'interrompit devant son regard de défi.

– Oui, Monseigneur ?

Gavin tourna les talons et sortit en trombe.

Assis à l'ombre d'un mur, sa jambe bandée allongée devant lui, Raine sirotait la nouvelle boisson à la cannelle et mangeait des petits pains encore tout chauds. De temps à autre, il étouffait un petit rire devant le spectacle qu'offrait son frère. Chacun des mouvements de Gavin trahissait sa colère. Il conduisait son cheval comme si un démon le poursuivait et enfonçait sa lance avec rage dans la quintaine représentant un adversaire imaginaire.

L'affrontement du garde-manger avait déjà été copieusement commenté et recommenté. Le lendemain, la rumeur serait à Londres, aux oreilles du roi. En dépit de son hilarité, Raine était désolé pour Gavin qui avait été publiquement défié – et vaincu – par une femme.

– Gavin, appela-t-il. Laisse ta bête se reposer un peu et viens t'asseoir un moment.

À contrecœur, Gavin suivit le conseil de son frère quand il s'aperçut que son cheval était couvert d'écume. Il tendit les rênes à son écuyer et rejoignit Raine.

– Tu veux boire ? proposa ce dernier.

Gavin s'apprêtait à prendre la chope, puis stoppa son geste.

– Sa nouvelle boisson ?

Raine hocha la tête.

– Oui. Judith l'a préparée.

Gavin se tourna vers son écuyer.

– Amène-moi de la bière, ordonna-t-il.

Raine allait parler, mais vit les yeux de son frère fixer quelque chose en direction de la cour. Judith se dirigeait vers la rangée de chevaux attachés à la barrière du champ d'entraînement. Le regard brûlant de Gavin la suivait, et quand elle s'arrêta devant les bêtes, il se redressa brusquement.

Raine agrippa son bras et le força à se rasseoir.

– Laisse-la. Tu ne feras que provoquer une autre querelle, dont tu sortiras encore perdant.

Gavin ouvrit la bouche pour parler, mais se tut quand son écuyer revint avec la bière demandée.

Une fois le garçon parti, Raine reprit la parole.

– Ne passes-tu donc ton temps qu'à rager contre elle ?

– Je ne rage pas... commença Gavin.

Il s'interrompit, avalant une large rasade de bière.

– Regarde-la et cite-moi une chose qui ne soit pas bien chez elle. Elle est belle à en faire pâlir le soleil. Elle travaille toute la journée pour tenir ta maison. Tout le monde, y compris Simon, est prêt à manger dans sa main. Même les chevaux de guerre acceptent les pommes qu'elle leur tend. Elle a beaucoup d'humour et est le meilleur joueur d'échecs d'Angleterre. Que te faut-il de plus ?

Gavin n'avait pas détaché ses yeux d'elle.

– Que sais-je de son humour? dit-il d'un ton morne. Elle ne m'a même jamais appelé par mon prénom.

– Et pourquoi l'aurait-elle fait? rétorqua Raine. Lui as-tu dit un seul mot gentil depuis votre mariage? Je ne te comprends pas, Gavin. Je t'ai souvent vu courtiser des serves avec mille fois plus d'ardeur. Une beauté comme Judith ne mérite-t-elle pas au moins autant d'attentions ?

Gavin se retourna brusquement.

– Je n'ai pas besoin de tes conseils sur la manière

de faire plaisir à une femme, s'emporta-t-il. J'étais déjà dans leur lit quand tu étais encore dans les bras de ta nurse.

Raine se tut, refrénant l'envie de lui rappeler qu'il y avait seulement quatre ans d'écart entre eux.

Gavin quitta son frère et rentra, ordonnant qu'on lui prépare un bain. Une fois plongé dans l'eau chaude, il réfléchit aux paroles de Raine et dut admettre que ce dernier avait raison. La froideur de Judith était peut-être légitime. Leur mariage avait très mal démarré : une nuit de noces qui avait davantage ressemblé à un combat qu'à de l'amour et ensuite ce fâcheux quiproquo dans la tente...

Gavin se souvint du serment de Judith et sourit. Elle avait juré de ne jamais s'offrir librement à lui, mais pourrait-elle longtemps réprimer les élans de sa nature passionnée? Raine avait raison sur un autre point : Gavin maîtrisait parfaitement l'art de courtiser une femme. Deux ans auparavant, ils avaient fait le pari de séduire une certaine comtesse, réputée pour sa froideur. Gavin avait accédé à son lit en un temps record. Aucune femme ne lui résistait s'il décidait d'employer toute son énergie à la conquérir. Ce serait un plaisir d'amener son hautaine épouse à ses pieds. Il serait doux avec elle, déploierait tous ses talents de séducteur, jusqu'à ce qu'elle le supplie de prendre son corps.

Alors, elle serait à lui. Il la posséderait et jamais plus elle n'interférerait dans ses affaires personnelles. Il aurait tout – Alice pour l'amour et Judith pour le plaisir.

Lavé et changé, Gavin se sentit un autre homme. De plus, la perspective d'essayer d'attirer sa jolie femme dans ses filets l'exaltait. Il la trouva aux écuries, perchée sur la palissade d'une stalle, parlant doucement à un cheval dont on était en train de nettoyer et tailler un sabot. Impulsivement, Gavin faillit la prévenir du danger, mais se ravisa. Judith savait très bien s'y prendre avec les chevaux.

– D'habitude, il n'est pas si docile, dit-il en s'approchant d'elle. Vous êtes douée, Judith.

Elle le regarda d'un air méfiant.

Sentant la tension de Judith, le cheval se cabra, manquant de peu envoyer un coup de sabot au maréchal-ferrant.

– Faites-le tenir tranquille, milady, dit l'homme sans se retourner. S'il bouge, je n'arriverai jamais à terminer.

Gavin faillit lui demander comment il osait parler sur ce ton à sa maîtresse, mais Judith n'avait pas du tout l'air offensé.

– Entendu, William, dit-elle en tenant fermement la bride. Vous n'allez pas lui faire mal, n'est-ce pas ?

– Non, répondit le maréchal d'un ton bourru. Voilà ! C'est fait.

Il se tourna vers Gavin.

– Souhaitiez-vous quelque chose, Monseigneur ?

– Vous poser une question : vous permettez-vous souvent de donner des ordres à votre maîtresse ?

William devint rouge de honte.

– Seulement quand c'est nécessaire, intervint sèchement Judith. Allez vous occuper des autres bêtes, William.

Quand ils furent seuls, Judith se prépara à affronter la colère de Gavin. Mais à la place du coup d'éclat qu'elle attendait, il lui sourit.

– Non, Judith, je ne suis pas venu pour me quereller avec vous, dit-il.

– J'ignorais qu'il pût se passer autre chose entre nous.

Il eut un léger tressaillement, puis se ressaisit et lui tendit la main pour l'aider à descendre.

– Je voulais savoir si vous accepteriez un présent, déclara-t-il. Vous voyez l'étalon dans la dernière stalle ?

– Le noir ? Oui, je le connais bien.

– Vous n'avez ramené aucun cheval de chez votre père.

– Il donnerait toute sa fortune plutôt qu'un seul

de ses chevaux, expliqua-t-elle en pensant à sa somptueuse dot.

Gavin s'adossa à la porte d'une stalle vide.

– Cet étalon a donné plusieurs belles juments qui sont gardées dans une de mes fermes. J'ai pensé que nous pourrions nous y rendre demain pour que vous en choisissiez une.

Judith ne comprenait pas sa soudaine gentillesse, et ne l'appréciait pas non plus.

– Les palefrois qui sont ici me suffisent, dit-elle.

Gavin l'observa longuement avant de demander :

– Me haïssez-vous à ce point, ou avez-vous peur de moi ?

– Je n'ai pas peur de vous ! affirma-t-elle en redressant le menton.

– Alors vous m'accompagnerez ?

Elle le regarda dans les yeux, puis hocha la tête, recevant en retour un sourire rayonnant et sincère, tel qu'il ne lui en avait plus adressé depuis la cérémonie du mariage.

J'attendrai demain avec impatience, dit-il avant de quitter l'écurie.

Judith fronça les sourcils. Que voulait-il d'elle en échange de ce cadeau ? Car elle ne doutait pas que son attitude fût intéressée. Elle ne s'attarda cependant pas sur cette énigme : elle avait encore beaucoup de travail. Le vivier avait en particulier besoin d'un bon nettoyage.

10

Les cheminées crépitaient dans la grande salle. Certains des plus valeureux hommes du château Montgomery s'y reposaient, jouant aux cartes, aux dés, aux échecs, ou nettoyant leurs armes. Judith et Raine étaient assis à l'écart, à l'autre extrémité de la pièce.

– S'il vous plaît, jouez pour moi, plaida Judith. Vous savez bien que je ne suis pas bonne musicienne. N'ai-je pas disputé une partie d'échecs avec vous ce matin, comme promis ?

– Voulez-vous que je sois équitable ? proposa-t-il malicieusement.

Il composa deux accords sur son luth.

– Voilà, j'ai joué aussi longtemps que vous ce matin aux échecs.

– Ce n'est pas ma faute si vous avez été battu si vite. Vous avancez vos pièces pour attaquer sans vous soucier de la défense.

Raine la regarda d'un air ébahi, puis éclata de rire.

– Est-ce une sage réflexion ou une insulte détournée ?

– C'est vous qui détournez la conversation. Je voudrais que vous jouiez pour moi.

Raine lui sourit, admirant les reflets des flammes dans sa chevelure et les lignes sensuelles que laissait deviner sa robe de laine. Mais sa beauté n'était pas ce qui le touchait le plus. Certaines serves étaient aussi très belles. Non, c'était sa personnalité qui le fascinait. Jamais il n'avait rencontré de femme aussi franche, logique et intelligente. Si elle était un homme... Dans ce cas, il ne serait pas en si grand danger de tomber désespérément amoureux, songea-t-il en souriant. Il savait qu'il devrait s'éloigner d'elle bientôt, même si sa jambe n'était qu'à moitié rétablie.

Relevant les yeux, il aperçut Gavin, appuyé contre le chambranle de la porte, qui observait Judith avec intensité.

– Hé ! Gavin ! l'appela-t-il. Viens jouer pour ton épouse. Moi j'ai trop mal à la jambe, et les leçons que j'ai données à Judith n'ont pas servi à grand-chose. Elle n'est vraiment pas douée.

Il lança une œillade pétillante à sa belle-sœur, mais celle-ci fixait ses mains croisées sur ses genoux.

Gavin avança vers eux.

– Je suis content d'apprendre qu'il y a au moins une chose qu'elle ne fasse pas à la perfection, remarqua-t-il gaiement. Sais-tu qu'aujourd'hui elle a nettoyé le vivier ?

Il s'immobilisa : Judith venait de se lever.

– Veuillez m'excuser, dit-elle calmement. Je suis plus fatiguée que je ne le pensais.

Sans un mot de plus, elle quitta la grande salle.

Le sourire s'effaça des lèvres de Gavin et il se laissa lourdement tomber sur une chaise.

Raine le regarda avec compassion.

– Je regagne mes terres demain, annonça-t-il.

Gavin ne parut même pas l'entendre.

Judith fit des yeux le tour de la chambre, comme si elle la voyait pour la première fois. Désormais, elle n'en était plus la seule occupante. Son mari était de retour et avait le droit de la partager avec elle. Le droit d'user de la chambre, du lit... et de son corps. Elle se déshabilla rapidement et se glissa sous les draps, gardant un long moment les yeux ouverts, malgré sa fatigue. Au bout d'un certain temps, des pas retentirent à l'extérieur. Des pas qui gravissaient les marches... Elle retint son souffle, mais soudain les pas semblèrent hésiter puis rebroussèrent chemin. Un mélange de soulagement et de tristesse envahit Judith. Pourquoi Gavin la voudrait-il ? songea-t-elle au bord des larmes. Après une semaine de passion dans les bras de sa bien-aimée Alice, que lui restait-il pour sa femme ? Rien.

En dépit de son tourment, l'épuisement la fit bientôt sombrer dans un profond sommeil.

Elle s'éveilla très tôt. La chambre était obscure et aucun bruit ne troublait la tranquillité du château encore endormi. Judith appréciait ce silence. Elle avait toujours aimé le moment presque intangible où la nuit fait place au jour.

Elle enfila rapidement une simple robe de laine bleue et descendit, se faufilant sans bruit parmi les hommes couchés dans la grande salle. Une fois dehors, ses yeux s'accoutumèrent peu à peu à la lumière grise de l'aube tandis qu'elle se dirigeait vers le jardin. Une grande variété de roses y poussaient, leur splendeur perçant çà et là le fouillis des buissons mal entretenus. Dans l'air frais du petit matin, leur parfum était entêtant. Judith sourit en se penchant vers l'un des rosiers pour le tailler. L'entretien d'une roseraie demandait beaucoup d'amour et de patience.

– Elles appartenaient à ma mère.

Judith sursauta, surprise de ne pas avoir entendu Gavin approcher.

– À chaque fois qu'elle voyageait, elle ramenait des boutures d'espèces différentes, poursuivit-il en posant un genou à terre pour toucher une fleur.

Cet endroit était empreint d'une telle quiétude que Judith oublia presque qu'elle haïssait Gavin.

– Votre mère est morte quand vous étiez enfant ? demanda-t-elle en continuant à tailler.

– Oui. Miles l'a à peine connue.

– Et votre père ne s'est pas remarié ?

– Il a passé le peu qui lui restait à vivre à la pleurer. Il est mort trois ans après elle. J'avais seulement seize ans.

Jamais elle ne l'avait entendu parler avec autant de tristesse.

– Vous étiez bien jeune pour assumer la responsabilité des domaines de votre père.

– J'avais un an de moins que vous, et vous vous débrouillez bien mieux que je ne l'ai fait.

Il y avait de l'admiration dans sa voix, mais aussi une pointe d'amour-propre blessé.

– J'ai été éduquée pour cela, expliqua-t-elle aussitôt. Ce n'était pas votre cas.

– Je croyais qu'on vous avait destinée à entrer au couvent, déclara-t-il avec surprise.

– En effet, dit-elle en se déplaçant vers un autre rosier. Ma mère voulait m'éviter de vivre ce qu'elle avait vécu. Elle avait gardé un très bon souvenir de son enfance chez les sœurs. Ce ne fut qu'après son mariage que...

Elle s'interrompit brusquement, soucieuse de ne pas aborder ce sujet trop brûlant.

– Je ne vois pas le rapport entre une carrière religieuse et tout ce que vous avez appris, nota Gavin. Ne passe-t-on pas la journée à prier dans un couvent ?

Il s'était assis sur le parterre de gravier et elle se retourna pour lui sourire. Le jour était à présent presque entièrement levé. On pouvait entendre au loin les domestiques qui commençaient à s'activer.

– La plupart des hommes pensent qu'une vie de nonne est le pire destin pour une femme. Je vous assure que leur existence n'est pas vide. Prenez l'exemple du domaine Sainte-Anne. Qui croyez-vous qui le dirige ?

– Je n'avais jamais pensé à cela.

– Les mères supérieures gèrent des propriétés qui rendraient jaloux un roi. Vos terres et les miennes réunies ne constitueraient qu'une petite partie de celles de Sainte-Anne. Ma mère m'a fait rencontrer la prieure l'an dernier et j'ai passé une semaine à ses côtés. C'est une femme constamment occupée, qui dirige le travail de milliers d'hommes sur des milliers d'acres de terres. Elle n'a pas de temps... (ses yeux brillèrent de malice) ...à consacrer à des activités féminines.

Gavin resta interdit un moment, puis éclata de rire.

– Un point pour vous, déclara-t-il en songeant à ce qu'avait dit Raine sur son sens de l'humour.

– Votre sœur vit dans un couvent. Ce sujet ne devrait donc pas vous être inconnu, s'étonna-t-elle.

À l'évocation de sa sœur, le visage de Gavin rayonna.

– Je ne peux pas imaginer Mary dirigeant un domaine, sourit-il. Même enfant, elle était si douce et timide qu'elle semblait appartenir à un autre monde.

– C'est pourquoi vous l'avez mise au couvent ?

– C'était son désir. Quand j'ai hérité de mon père, elle nous a quittés. Je lui ai proposé de rester avec nous et de ne pas se marier si elle ne le souhaitait pas, mais elle a préféré rejoindre les sœurs.

Il regarda sa femme, songeant qu'elle avait été bien près de passer sa vie dans un couvent. Le soleil faisait danser des reflets rouges dans ses cheveux ; elle était belle à couper le souffle.

Elle poussa un petit cri et retira vivement le doigt qu'elle venait d'accrocher à une épine.

– Laissez-moi voir, dit Gavin en prenant sa petite main.

Il essuya la goutte de sang qui perlait et porta le doigt à ses lèvres.

– Bonjour !

Ils levèrent ensemble la tête pour apercevoir Raine penché à sa fenêtre.

– Je m'excuse de vous déranger, mais mes hommes semblent m'avoir oublié, déclara-t-il. Et avec cette maudite jambe, je suis comme un prisonnier.

Judith rougit et dégagea vivement sa main.

– Je vais l'aider, soupira Gavin en se levant. Il m'a dit qu'il partait aujourd'hui. Peut-être arriverai-je à activer son départ... Viendrez-vous avec moi choisir une jument ?

Elle hocha la tête, mais évita de croiser son regard.

– J'ai vu que tu avais progressé avec ta femme, nota Raine tandis que Gavin l'aidait sans douceur à descendre les escaliers.

– J'aurais fait mieux si quelqu'un ne nous avait pas dérangés, remarqua Gavin d'un ton amer.

Curieusement, Raine n'éclata pas de rire. Il était de mauvaise humeur ce matin. Sa jambe était douloureuse et il redoutait le long voyage qui l'attendait.

– Tu n'as même pas dormi avec elle, lui rappela-t-il avec une pointe de reproche.

– En quoi cela te concerne-t-il ? Et depuis quand t'intéresses-tu à ce que je fais de mes nuits ?

– Depuis que j'ai rencontré Judith.

– Raine, si tu...

– Inutile d'en dire plus. Pourquoi crois-tu que je m'en vais aujourd'hui, alors que ma jambe n'est pas rétablie ?

Gavin sourit.

– Elle est adorable, n'est-ce pas ? Dans quelques jours, elle sera prête à tout accepter de moi ; et alors tu verras où je dormirai. Une femme, c'est comme un faucon. Pour en tirer le meilleur, il faut l'affamer au point qu'il vienne ensuite manger dans ta main.

Raine s'immobilisa.

– Tu es un imbécile, Gavin. Peut-être même le plus grand que la terre ait jamais porté. Ne sais-tu pas qu'un seigneur est le serviteur de son faucon ? N'as-tu pas vu qu'ils emmènent partout avec eux leur faucon favori, même à l'église ?

– Tu divagues, déclara sèchement Gavin. Et je déteste qu'on me traite d'imbécile.

– Judith en vaut deux comme toi et cent comme cette putain glaciale que tu crois aimer.

Gavin s'arrêta au bas des escaliers, lança un regard meurtrier à son frère et le lâcha si vite que Raine dut agripper le mur pour ne pas tomber.

– Que je ne t'entende plus jamais dire un mot sur Alice ! gronda-t-il d'un ton lourd de menaces.

– Pourquoi m'en priverais-je ? Il faut bien que quelqu'un t'ouvre les yeux. Elle est en train de ruiner ta vie et le bonheur de Judith. Pourtant, elle ne lui arrive pas à la cheville.

Gavin leva le poing, puis laissa retomber son bras.

– Heureusement que tu pars aujourd'hui. Je ne supporte plus tes jacasseries au sujet de mes femmes.

Il tourna les talons et s'éloigna.

– Tes femmes ! ironisa Raine. L'une détient ton

âme et l'autre te méprise. Comment peux-tu prétendre les *posséder* ?

11

Fascinée, Judith admirait les magnifiques chevaux.

– Puis-je vraiment en choisir un, Monseigneur ? demanda-t-elle en s'appuyant contre la barrière.

Elle n'osait pas croire à tant de gentillesse de la part de Gavin. Depuis leur rencontre matinale dans le jardin, il s'était montré exceptionnellement prévenant. Elle pouvait comprendre ses colères et sa brutalité, mais cette inhabituelle amabilité la déroutait.

Il lui prit la main pour l'aider alors qu'elle grimpait sur la clôture.

– Celui que vous voudrez, répondit-il en lui souriant. Ils sont tous bien dressés et très doux. En voyez-vous un qui vous plaise ?

Elle le regarda avec une pointe de méfiance, puis contempla à nouveau les chevaux.

– Ils sont tous beaux, déclara-t-elle. Mais j'ai peut-être une préférence pour le noir.

Gavin ne fut pas étonné par son choix. La jument désignée était aussi superbement altière que délicate.

– Elle est à vous, dit-il.

Avant qu'il ait eu le temps de l'aider à descendre, Judith avait sauté à terre et passé la porte de l'enclos. Aussitôt après qu'on l'eut sellée, elle se hissa sur sa monture.

À sa droite s'étendait la route menant au château ; à sa gauche, la forêt, zone de chasse des Montgomery. Les hêtres et les grands chênes semblaient tendre leurs branches vers elle pour l'inviter. Il y avait si longtemps qu'elle n'avait pas chevauché librement ! Sans réfléchir ni regarder en arrière, elle partit au galop vers les bois.

Elle mena sa monture à bride abattue pendant un moment, testant ses réflexes. Comme elle l'avait pressenti, la jument s'accordait parfaitement à elle.

– Tout doux, maintenant, chuchota-t-elle, une fois sous le couvert de la forêt.

Le cheval obéit, avançant au pas sur le tapis moelleux des feuilles mortes accumulées au fil des siècles. Judith inspira l'air pur empli de fraîcheur et se laissa guider.

Bientôt, le murmure d'un ruisseau attira son attention. Tournant la tête, elle aperçut le petit cours d'eau qui serpentait entre les arbres. Les rayons du soleil filtrant à travers les feuillages faisaient scintiller à sa surface des milliers d'éclats argentés. Judith mit pied à terre pour permettre à sa jument de se désaltérer tout à son aise. Arrachant une touffe d'herbe, elle s'en servit pour essuyer la sueur coulant sur les flancs de l'animal.

Elle était concentrée sur sa tâche, toute au plaisir de prendre soin de son nouveau cheval, quand ce dernier redressa soudain les oreilles et se cabra.

– Calme, dit-elle en lui caressant le cou.

La jument se cabra à nouveau en poussant un hennissement affolé. Judith voulut saisir les rênes, mais n'y parvint pas.

Ce fut alors qu'elle vit le sanglier. Il était blessé et approchait en reniflant l'air, les yeux rendus vitreux par la douleur. Elle tenta encore d'attraper les rênes, mais l'animal chargea au même instant, faisant fuir le cheval fou de panique. Judith se mit à courir, mais la bête sauvage était beaucoup plus rapide qu'elle. Apercevant une branche basse, elle l'agrippa et fit basculer ses jambes, juste au moment où le sanglier passait sous elle. Elle resta dans ce précaire équilibre, tandis que la bête enragée s'acharnait sur le tronc de l'arbre, redoublant de vigueur à chaque attaque.

Finalement, Judith réussit à se mettre debout,

s'accrochant à la branche supérieure. Baissant les yeux vers le sanglier, elle s'aperçut qu'elle était très haut. Son regard se figea de terreur.

– Séparons-nous, ordonna Gavin à John Bassett.

Il essayait de parler calmement, mais la colère le rongeait. Judith était partie au galop sur un cheval qu'elle ne connaissait pas, dans une forêt qui ne lui était pas plus familière ! Tant d'inconscience le mettait hors de lui ! Il l'avait regardée s'éloigner sans réagir, s'attendant à ce qu'elle rebrousse chemin dès qu'elle aurait atteint la lisière des arbres. Mais elle n'était pas revenue.

– John, tu iras au nord. Odo au sud. Et moi au centre.

Dans le profond silence, Gavin tentait de percevoir le moindre bruit pouvant signaler la présence de Judith. Il avait maintes fois parcouru cette forêt, en connaissait chaque recoin, et savait aussi que la jument avait certainement conduit Judith près du ruisseau qui coulait en son centre. Il appela à plusieurs reprises, mais n'obtint aucune réponse.

Son étalon sembla soudain sentir quelque chose.

– Qu'y a-t-il ? demanda Gavin, redoublant de vigilance.

Le cheval recula d'un pas, flairant l'air, comme lorsqu'il cherchait le gibier pendant la chasse.

– Ce n'est pas le moment, dit Gavin.

L'animal ne parut pas comprendre, mais tira sur les rênes pour forcer Gavin à se pencher. Ce dernier fronça les sourcils, baissa la tête et entendit le galop du sanglier avant de le voir. Il aurait laissé son cheval contourner la bête sauvage s'il n'avait pas soudain aperçu une tache bleue au milieu des arbres.

– Bon sang ! murmura-t-il en se rendant compte que c'était Judith. Judith ! l'appela-t-il. Ne vous inquiétez pas, je viens vous délivrer.

Aucune réponse ne lui parvint.

L'étalon se tint prêt à charger. Gavin dégaina son épée et, tandis qu'ils frôlaient presque leur cible, se déporta sur le côté pour enfoncer la lame dans le dos du sanglier. Ce dernier eut un ultime sursaut avant de mourir.

Gavin sauta à terre et rangea son épée. Levant les yeux vers Judith, il fut surpris de voir son visage encore figé de terreur.

– Tout va bien, maintenant, lui assura-t-il. Le danger est écarté.

Sa peur semblait démesurée. Le sanglier n'aurait pas pu l'atteindre là où elle était. Elle ne répondait toujours pas et se tenait aussi rigide qu'une statue, le regard fixé sur le sol.

– Judith ! cria-t-il presque. Êtes-vous blessée ?

Toujours aucune réaction.

– Ce n'est pas haut, fit-il remarquer en tendant les bras pour la recevoir. Lâchez la branche et je vous attraperai.

Elle ne bougea pas.

Les yeux de Gavin allèrent de la bête morte à sa femme terrifiée. Quelque chose d'autre que cette dépouille inoffensive l'horrifiait.

– Judith, reprit-il avec douceur tout en se déplaçant pour être dans son champ de vision. Est-ce la hauteur qui vous fait peur ?

Elle hocha presque imperceptiblement la tête. Gavin se hissa d'un mouvement souple à ses côtés et passa un bras autour de sa taille.

– Judith, écoutez-moi, dit-il d'un ton rassurant. Je vais vous aider à descendre. Vous devez me faire confiance et ne pas avoir peur.

S'emparant de ses mains, il la força à lâcher prise et elle s'accrocha à lui désespérément. L'instant d'après, il la déposait à terre et se dépêchait de la rejoindre pour la prendre dans ses bras.

Elle tremblait comme une enfant paniquée, blottie tout contre lui.

– Allons, murmura-t-il en caressant ses cheveux. Il n'y a plus de danger maintenant.

Mais ses tremblements persistèrent et ses jambes ne la soutenaient plus. Alors il la souleva et s'assit sur la souche d'un arbre, la serrant très fort dans ses bras. Il écarta une mèche de cheveux de son visage en sueur et sentit sa peau brûlante, comme sous l'effet d'une fièvre. Si on lui avait dit que se trouver à quelques pieds du sol pouvait causer une telle terreur, il aurait éclaté de rire, mais pour l'instant il n'avait pas du tout envie de rire. Judith semblait plongée dans un tel désarroi qu'il n'avait qu'une envie : lui faire comprendre qu'elle était sauve et ne risquait plus rien. Tout en la berçant, il commença à chantonner doucement, d'une voix profonde et harmonieuse. C'était un chant d'amour, l'histoire d'un homme retrouvant sa bien-aimée après des années de combats aux Croisades.

Peu à peu, Judith se détendit. Quand elle leva les yeux vers lui, il lui sourit et baisa tendrement son front. Elle voulut s'écarter un peu, mais il la retint fermement dans ses bras. Quoi qu'il ait pu prétendre par le passé sur les femmes et leur insupportable manie de se cramponner aux hommes, il appréciait que Judith ait besoin de lui et de son réconfort.

– Vous devez me trouver idiote, murmura-t-elle.

Il ne répondit pas.

– Je n'aime pas la hauteur, continua-t-elle.

Il se mit à rire et l'étreignit un peu plus fort.

– En effet, vous ne « l'aimez pas » ! Et qu'est-ce qui vous effraie tant en elle ?

Il s'inquiéta de sa soudaine raideur.

– Je n'ai rien dit de mal. Pourquoi vous mettre en colère ?

– Je ne le suis pas, dit-elle tristement en se détendant à nouveau. Je déteste penser à mon père – c'est tout.

– Racontez-moi, demanda-t-il sérieusement.

Judith garda le silence un moment, puis commença à parler d'une voix presque imperceptible.

– En fait, je ne me souviens pas de grand-chose – si ce n'est de la peur. Mais mes servantes m'ont raconté ce qui s'était passé. J'avais trois ans et quelque chose m'a réveillée en pleine nuit. J'ai quitté la chambre et suis allée dans la grande salle où mon père et ses amis étaient en train de festoyer. Ils étaient ivres.

Son ton était dénué de chaleur, comme si elle retraçait l'histoire de quelqu'un d'autre.

– En me voyant, mon père a eu l'idée d'un divertissement. Il a demandé une échelle et m'a emmenée sous son bras pour me placer sur le rebord d'une haute fenêtre. Comme je vous l'ai dit, je n'ai aucun souvenir de tout cela. Mais il paraît qu'ils se sont endormis, me laissant là une nuit durant. Les servantes m'ont cherchée longtemps avant de me trouver : elles m'appelaient, mais j'étais trop effrayée pour leur répondre.

Gavin caressa ses cheveux et recommença de la bercer. L'idée qu'un homme ait pu traiter ainsi une enfant de trois ans lui répugnait. Prenant Judith par les épaules, il la regarda dans les yeux.

– Mais vous êtes sauve, maintenant. Regardez : le sol est tout près.

Elle lui adressa un sourire hésitant.

– Vous avez été bon pour moi. Merci.

Ce remerciement attrista Gavin. Judith avait été maltraitée pendant tant d'années qu'un geste de tendresse représentait pour elle un cadeau inestimable.

– Vous ne connaissez pas mes bois. Que diriez-vous de rester un moment ici ?

– Mais du travail m'attend...

– Vous n'avez que ce mot à la bouche ! Ne vous divertissez-vous donc jamais ?

– On ne m'a pas appris à m'amuser, avoua-t-elle franchement.

– Eh bien, il est grand temps de commencer. Première leçon : cueillir des fleurs sauvages et regarder les oiseaux.

Il remua les sourcils d'un air comique et Judith eut un petit rire presque enfantin. Gavin était enchanté. Jamais il ne l'avait vue si naturelle et détendue en sa présence.

– Venez, dit-il en la posant à terre. Tout près d'ici, il y a un coteau couvert de fleurs et d'oiseaux extraordinaires.

La cheville de Judith se déroba sous elle et elle se retint au bras de Gavin.

– Vous êtes blessée, s'inquiéta-t-il en s'agenouillant pour l'examiner. Il faut mettre votre pied dans l'eau froide pour l'empêcher d'enfler.

Il la souleva dans ses bras.

– Je peux marcher si vous m'aidez, déclara-t-elle.

– Voudriez vous que je perde mon titre de chevalier en ne respectant pas les règles de l'amour courtois ? Elles sont très strictes en ce qui concerne une lady en détresse.

– Vous n'agissez donc ainsi que pour conserver votre statut ? demanda-t-elle sérieusement.

– Bien sûr. D'autant plus que vous n'êtes pas un petit fardeau. Vous devez peser aussi lourd que mon cheval.

– C'est faux ! protesta-t-elle avec véhémence avant de voir la lueur amusée dans ses yeux. Vous me taquinez, n'est-ce pas ?

– N'ai-je pas dit que cette journée serait consacrée au divertissement ?

Elle sourit et laissa aller sa tête contre son épaule. Elle se sentait si bien, blottie contre lui...

Gavin la fit asseoir au bord du ruisseau et lui ôta sa chaussure avec précaution.

– Il faut enlever votre bas, dit-il avec un sourire faussement désolé.

Il la regarda avec plaisir soulever la longue robe jusqu'à sa cuisse et défaire la jarretière.

– Si vous avez besoin d'aide... suggéra-t-il quand elle roula le voile de soie sur sa jambe.

Judith observa Gavin tandis qu'il baignait sa cheville dans l'eau fraîche. Qui était cet homme qui la traitait avec tant de délicatesse ? Ce ne pouvait pas être celui qui l'avait giflée, avait embrassé sa maîtresse devant elle et l'avait violentée lors de leur nuit de noces.

– Cela n'a pas l'air très grave, déclara-t-il en tournant la tête vers elle.

– Non, je ne crois pas, dit-elle calmement.

Une soudaine brise ramena une mèche de cheveux sur son visage. Gavin l'écarta avec douceur.

– Et si je faisais un feu pour rôtir l'ignoble sanglier? proposa-t-il.

– Cela me plairait assez, sourit-elle.

D'un mouvement impulsif il la souleva et la fit virevolter au-dessus de lui. Prise de vertige, elle s'agrippa à son cou.

– J'aime de plus en plus votre phobie des hauteurs, déclara-t-il en riant alors qu'elle se pressait contre lui.

Il l'emmena jusqu'à une petite colline effectivement couverte de fleurs sauvages et prépara un feu sous une saillie de rochers. Puis il la quitta et revint quelques minutes plus tard avec un quartier de sanglier qu'il mit à cuire. Ordonnant à Judith de ne pas bouger, il surveilla lui-même la cuisson et s'assura qu'il y avait assez de braise avant de s'éloigner à nouveau. Il réapparut bientôt, dissimulant visiblement quelque chose sous son tabard.

– Fermez les yeux.

Elle obéit et il déclara :

– Si vous n'allez pas à elles, elles viennent à vous.

Quand il lui permit de regarder, Judith découvrit des fleurs aux mille senteurs répandues tout autour d'elle.

– Merci, Monseigneur, dit-elle avec un sourire rayonnant de bonheur.

Il s'assit à côté d'elle, une main dissimulée derrière son dos.

– J'ai un autre cadeau, annonça-t-il en lui présentant trois fragiles ancolies.

Les délicates fleurs aux pétales bleus et blancs étaient magnifiques. Elle s'avança pour les saisir, mais il les éloigna.

– Elles ne sont pas gratuites, plaisanta-t-il.

Mais à son expression, il comprit qu'elle se méprenait sur ses intentions. Comme il avait dû la blesser par le passé pour qu'elle puisse à présent le regarder ainsi ! se reprocha-t-il. Ne s'était-il pas comporté aussi cruellement que son ignoble père ? Faisant courir un doigt le long de sa joue, il déclara :

– Mais le prix est modeste : je voudrais vous entendre dire mon prénom.

Les yeux de Judith s'éclairèrent à nouveau.

– Gavin, murmura-t-elle tandis qu'il lui donnait les fleurs. Merci Mon... Gavin.

Il soupira paresseusement et s'allongea sur l'herbe.

– Mon Gavin ! répéta-t-il d'un air comblé en tendant le bras pour saisir une mèche de ses cheveux.

Un sourire aux lèvres, il l'observa alors qu'elle entreprenait de rassembler en bouquet les fleurs éparpillées. Toujours très ordonnée, songea-t-il.

Il y avait bien longtemps qu'il n'avait pas goûté une telle paix sur ses propres terres, se rendit-il compte. D'ordinaire ses responsabilités le submergeaient. Mais en quelques jours, son épouse avait tellement bien géré ses affaires qu'il avait maintenant le loisir de s'allonger dans l'herbe, sans penser à autre chose qu'au bourdonnement des abeilles et à la soyeuse chevelure d'une magnifique femme.

– Étiez-vous vraiment en colère contre Simon ? demanda Judith.

Gavin avait presque oublié qui était Simon.

– Non, sourit-il. Seulement je n'aime pas qu'une femme accomplisse ce que je ne peux pas accomplir. Et puis, je ne suis pas sûr de l'efficacité de ce nouveau leurre.

Elle se retourna pour le regarder.

– Il est efficace ! Simon l'a tout de suite vu et...

Elle s'interrompit en comprenant qu'il se moquait encore d'elle.

– Vous êtes un homme vaniteux, reprit-elle.

– Moi ? s'étonna Gavin en se redressant sur les coudes. Pas du tout.

– N'avez-vous pas dit que vous ne supportiez pas qu'une femme fasse mieux que vous ?

– Oh, ce n'est pas pareil, fit-il négligemment en se rallongeant et en fermant les yeux. Un homme est toujours surpris quand une femme fait autre chose que coudre et s'occuper des enfants.

– Oh, vous ! s'écria Judith en arrachant une touffe d'herbe et en la lui envoyant au visage.

Il ouvrit les yeux et lui lança un regard menaçant.

– Vous allez me le payer, dit-il en s'approchant.

Elle se recula, réellement effrayée de ce qui l'attendait, mais il la saisit par sa cheville dénudée.

– Non ! cria-t-elle, avant qu'il remonte jusqu'à ses hanches et commence... à la chatouiller.

Elle se mit à rire, essayant d'échapper à la torture, mais il fut sans merci.

– Retirez-vous l'insulte ?

– Non, hoqueta-t-elle. Vous êtes vaniteux – un millier de fois plus vaniteux qu'une femme.

Il continua de plus belle.

– Je vous en prie, arrêtez, le supplia-t-elle, essoufflée. Je n'en peux plus.

Les mains de Gavin s'immobilisèrent et il approcha son visage tout près du sien.

– Vous avouez-vous vaincue ?

– Non, dit-elle avant d'ajouter rapidement : Mais vous n'êtes peut-être pas aussi vaniteux que je le pensais.

– Je considérerai cela comme une excuse.

– Arrachée sous la torture, lui rappela-t-elle.

Le soleil faisait jouer des reflets d'or sur sa peau ; ses cheveux s'étalaient autour d'elle comme des vagues flamboyantes.

– Qui êtes-vous ? murmura-t-il en la dévorant des yeux. Vous m'enragez et m'enchantez tour à tour. Vous me défiez au point de me donner envie de vous tuer, puis vous me souriez et votre charme m'ensorcelle. Je n'ai jamais connu de femme telle que vous. Je ne vous ai pas encore vue enfiler une aiguille, mais je vous ai surprise à genoux, nettoyant le vivier. Vous montez à cheval aussi bien qu'un homme et pourtant je vous trouve perchée sur un arbre, tremblante comme une enfant terrorisée. Qui êtes-vous donc pour changer aussi souvent de visage ?

– Je suis seulement moi-même. Et je ne saurais pas être quelqu'un d'autre.

Il se pencha pour effleurer ses lèvres. Elles étaient douces et chaudes... Brusquement, le ciel s'assombrit et une averse s'abattit sur eux.

Gavin proféra un juron inconnu de Judith et se leva.

– Courons sous la saillie ! dit-il avant de se rappeler sa cheville blessée.

Il la prit dans ses bras et la ramena près du feu où le morceau de sanglier continuait de cuire. Rendu irritable par cette pluie soudaine et fort malvenue, il le retourna d'un geste brusque. La viande était évidemment brûlée d'un côté et crue de l'autre.

– Vous êtes une bien piètre cuisinière, jeta-t-il.

– Je couds mieux que je ne cuisine, rétorqua-t-elle, piquée au vif.

Il la dévisagea, puis éclata de rire.

– Touché ! dit-il avant de lever les yeux vers le ciel. Je dois aller voir mon étalon. Il ne va pas apprécier de rester sous la pluie sans être dessellé.

– Vous auriez dû penser à lui plus tôt, ne put-elle s'empêcher de remarquer.

Il n'apprécia pas du tout son ton.

– Et pouvez-vous me dire, je vous prie, où est votre jument ? Vous souciez-vous si peu d'elle que vous ne vous demandez même pas ce qui lui est arrivé ?

– Je... commença-t-elle, confuse.

Gavin l'avait tellement captivée qu'elle n'avait pas pensé une seule seconde à sa jument.

– Jugez vos propres actes avant de me dicter les miens, reprit-il.

– Je ne vous donnais pas d'ordre.

– Vraiment ? Quel mot emploieriez-vous, alors ?

Judith se détourna de lui.
– Votre cheval vous attend, dit-elle.
Gavin s'apprêta à ajouter quelque chose, mais se ravisa et s'en alla sous la pluie.
Judith s'assit et massa pensivement sa cheville. Pourquoi finissait-elle toujours par l'irriter? se reprocha-t-elle. Puis elle se ressaisit. Quelle importance, puisqu'elle le haïssait? C'était un homme vil et malhonnête. Un jour de gentillesse ne pouvait effacer tout ce qu'il lui avait infligé...
– Monseigneur!
L'appel semblait venir de très loin.
– Lord Gavin! Lady Judith!
Les voix se rapprochaient.
Gavin jura en resserrant la sangle qu'il venait de défaire. Il avait oublié ses hommes. Quel sort lui avait jeté cette petite sorcière pour qu'il délaisse son cheval et – pire – qu'il oublie complètement ses compagnons qui se fatiguaient à les chercher? Maintenant, ils chevauchaient sous la pluie, avaient froid et étaient certainement en colère. Malgré l'envie qu'il avait eue de rester avec elle – et de peut-être passer la nuit dans ses bras – il n'aurait pas dû abandonner ses hommes.
Il fit traverser le ruisseau à son cheval et grimpa la colline. Ils avaient dû apercevoir le feu à présent.
– Tout va bien, Monseigneur? demanda Bassett quand ils se retrouvèrent.
– Oui, dit platement Gavin sans regarder sa femme appuyée contre la saillie de rochers. Nous avons été surpris par l'orage et Judith s'est blessée à la cheville...
Il s'interrompit. John venait de lever les yeux vers le ciel, comme pour signifier qu'une averse de printemps n'était pas un orage. De plus, Gavin et son épouse auraient pu monter ensemble sur un même cheval.
John, un homme âgé, ancien chevalier du père de Gavin, ne s'en laissait pas facilement conter.

– Je comprends, Monseigneur, déclara-t-il. Nous avons ramené la jument de lady Judith.

Gavin maudit intérieurement son épouse. Voilà que par sa faute il mentait à ses hommes ! Il se dirigea rageusement vers la jument et serra les sangles avec des gestes brusques.

Malgré sa cheville douloureuse, Judith le rejoignit rapidement.

– Ne soyez pas si brutal avec mon cheval, lui intima-t-elle.

Il se tourna vers elle.

– Ne soyez pas si brutale avec *moi*, Judith !

La pluie avait laissé de la fraîcheur dans l'air. Vêtue d'une robe de chambre bleue bordée de soie damassée et d'hermine, Judith regardait le ciel étoilé. Elle quitta à contrecœur la fenêtre pour son grand lit vide. Que lui arrivait-il ? se demanda-t-elle, bien qu'elle connût pertinemment la réponse. Quelle sorte de femme était-elle donc pour languir après les caresses d'un homme qu'elle méprisait ? En fermant les yeux, elle pouvait presque sentir ses mains et sa bouche sur son corps. Avait-elle perdu toute dignité ? Ôtant sa robe de chambre, elle se glissa nue entre les draps froids.

Son cœur bondit dans sa poitrine quand elle entendit les pas s'arrêter au seuil de la chambre. Tous les sens en alerte, elle attendit, mais au bout d'un moment les pas rebroussèrent chemin. Elle enfouit avec rage son visage dans l'oreiller et mit très longtemps à trouver le sommeil.

Gavin resta plusieurs minutes devant la porte de Judith avant de rejoindre sa propre chambre. Que lui arrivait-il ? D'où lui venait cette nouvelle timidité ? Judith était prête pour lui ; il l'avait vu dans ses yeux. Aujourd'hui, et pour la première fois, elle lui avait souri et l'avait appelé par son prénom. Mais s'il s'imposait dans son lit, risquait-il de perdre ce petit gain en ravivant sa haine ?

Mais quelle importance s'il la forçait à nouveau ?

N'avait-il pas aimé cela la première fois? Il se déshabilla rapidement et se coucha dans le lit vide. Non, il ne voulait plus la prendre de force. Il voulait qu'elle lui sourie, qu'elle l'appelle et lui tende les bras. Vaincre ses résistances ne l'intéressait plus. Il s'endormit, bercé par l'image de Judith blottie contre lui comme une enfant perdue.

12

Gavin s'éveilla très tôt après une nuit de sommeil agité et ses premières pensées furent pour Judith. Lui avait-elle vraiment souri, la veille? Il avait une folle envie de la voir.

Enfilant à la hâte une chemise de lin, un haut-de-chausse et un pourpoint de laine serré à la taille par une large ceinture, il dévala les escaliers et alla cueillir une rose dans le jardin. Ses pétales étaient encore humides de rosée.

La chambre de Judith était fermée. Il l'ouvrit tout doucement et découvrit sa femme endormie, une main entremêlée dans ses longs cheveux répandus sur ses épaules nues et sur l'oreiller à côté d'elle. Il déposa la rose près de son visage et déplaça avec délicatesse la mèche qui couvrait sa joue.

Judith ouvrit les yeux, se demandant si elle rêvait encore. Elle toucha le visage de Gavin, effleura la fossette de son menton et sentit la rugosité de sa barbe naissante. Il paraissait plus jeune quand ses traits n'étaient pas tirés par la colère ou le souci.

– J'avais l'impression que vous n'étiez pas réel, murmura-t-elle en le regardant dans les yeux.

Il recula légèrement la tête et lui donna une pichenette sur le doigt.

– Je suis bien réel. C'est vous qui ressemblez à un rêve.

Elle lui sourit d'un air espiègle.

– Alors nous sommes tous deux satisfaits de nos rêves, n'est-ce pas ?

Il se mit à rire et l'attira à lui. Enfouissant son visage dans son cou, il savoura ses cris de protestation tandis que ses joues rugueuses menaçaient d'irriter sa peau.

– Douce Judith, murmura-t-il en couvrant son oreille de petits baisers. Vous êtes une énigme pour moi. Je ne sais jamais si je vous suis agréable ou non.

– Et si c'était non, cela aurait-il tant d'importance ?

Il se recula pour la regarder.

– Je pense que oui.

– Milady !

Joan venait d'entrer en trombe.

– Mille pardons, milady, s'excusa-t-elle avec un petit rire. J'ignorais que vous étiez si bien occupée, mais il est tard et beaucoup de gens vous attendent.

– Dis-leur de patienter, s'irrita Gavin en retenant Judith dans ses bras.

– Non ! protesta celle-ci. Joan, qui me demande ?

– Le prêtre s'inquiète que vous ne manquiez la messe ; John Bassett vous fait dire que de nouveaux chevaux sont arrivés du Cheshire. Et il y a trois marchands de vêtements qui voudraient vous montrer leurs articles.

Gavin se raidit et lâcha Judith.

– Dis au prêtre que nous arrivons, et à Bassett que j'irai voir les chevaux après la messe. Et dis aux marchands que...

Il s'interrompit, dégoûté. Était-il oui ou non le maître de cette maison ? se demanda-t-il, excédé.

Judith posa une main sur son bras.

– Dis aux marchands de ranger leurs articles et d'assister à la messe avec nous, termina-t-elle à sa place. Je m'occuperai d'eux ensuite.

– Eh bien ? lança Gavin à la maigre servante. Qu'attends-tu encore ?

Elle ferma la porte derrière son dos.

– Je dois aider milady à s'habiller, déclara-t-elle.

Gavin commença à sourire.

– Je m'en chargerai. J'ai bien droit à un peu de plaisir avant le devoir.

Joan lança un regard espiègle à sa maîtresse et se glissa au-dehors.

– Je suis prêt à recevoir vos ordres, milady, déclara Gavin en se tournant vers Judith.

Les yeux de la jeune femme étincelèrent.

– Même si cela concerne vos chevaux ?

– C'était une querelle stupide, n'est-ce pas ? J'étais plus en colère contre la pluie que contre vous.

– Et pourquoi la pluie vous a-t-elle rendu furieux ? le taquina-t-elle.

Il s'allongea sur elle.

– Parce qu'elle m'a privé de mon sport favori.

Posant les deux mains sur sa poitrine, elle le repoussa.

– Avez-vous oublié que le prêtre nous attend ?

– Bien, soupira-t-il. Je vous aiderai donc à vous habiller. Si je ne peux pas vous savourer, j'aurai au moins le plaisir des yeux.

Judith resta rivée à son regard pendant un moment. Il ne lui avait pas fait l'amour depuis près de deux semaines. Peut-être l'avait-il quittée aussitôt après leur mariage pour rejoindre sa maîtresse, mais elle sentait qu'il était tout à elle en ce moment et qu'elle devait en profiter. Elle prenait habituellement pour de la flatterie les éloges sur sa beauté. En outre, elle savait que son corps n'était pas aussi mince et longiligne que celui d'Alice. Mais Gavin l'avait déjà désirée. Parviendrait-elle à rallumer ce désir ?

Elle souleva un coin de la couverture et, dévoilant ses jambes jusqu'à mi-cuisses, tendit les pieds devant elle.

– Ma cheville est guérie, ne croyez-vous pas ?

Elle tourna la tête et lui sourit d'un air innocent, mais il ne regardait pas son visage.

Très lentement, elle fit glisser la couverture, révélant ses hanches rondes et fermes, puis son ventre plat. Elle sortit ensuite du lit, se tenant debout devant Gavin, dans la douce lueur du matin.

Il la dévora littéralement des yeux, admirant ses longues jambes, sa fine taille et le galbe parfait de ses seins.

– Au diable le prêtre ! murmura-t-il en tendant la main pour caresser ses hanches.

– Ne blasphémez pas, Monseigneur, dit Judith très sérieusement.

Il la regarda avec surprise.

– Je ne comprends toujours pas que vous ayez souhaité cacher tout cela sous des habits de nonne, soupira-t-il. Je vous en prie, allez chercher vos vêtements. Je ne peux plus supporter cette torture. Une minute de plus et je serais capable de vous violer devant les yeux du prêtre.

Dissimulant un sourire, Judith se dirigea vers sa garde-robe et prit tout son temps pour s'habiller. Elle mit d'abord une fine chemise blanche brodée de petites licornes bleues puis, posant le pied sur le bord du banc où Gavin s'était assis, enfila lentement ses bas.

Elle se présenta ensuite à lui de dos, dans sa magnifique robe de cachemire brun de Venise. Des lions d'argent étaient brodés sur les revers du devant et de l'ourlet. Les mains de Gavin tremblaient tandis qu'il agrafait le vêtement jusqu'au bas des reins de Judith. Une ceinture d'argent en filigrane complétait le costume. La jeune femme batailla un moment avec la fermeture, mettant les nerfs de son époux à rude épreuve.

– Voilà, déclara-t-elle finalement.

Gavin respira plus librement.

– Vous feriez une parfaite femme de chambre, plaisanta-t-elle en tournoyant pour lui montrer le résultat.

– Je crois que je ne tiendrais pas plus d'une semaine, avoua-t-il franchement. Maintenant, suivez-moi et cessez de me taquiner.

– Oui, Monseigneur, répondit-elle d'un ton obéissant.

Mais ses yeux pétillaient de malice.

Aux abords de la gentilhommière s'étendait un long terrain couvert de sable. C'était là que les hommes du château s'entraînaient. Un mannequin de paille se balançait au bout de son gibet sous les attaques des chevaliers chargeant au galop. Une cloche attachée entre deux perches retentissait sous le choc des lances. Un homme, son épée empoignée à deux mains, tailladait à grands coups un énorme poteau profondément enfoncé dans la terre.

Gavin s'assit lourdement sur un banc en bordure du terrain. Enlevant son heaume, il passa une main dans ses cheveux en sueur et détendit ses épaules crispées de fatigue. Quatre jours s'étaient écoulés depuis cette fameuse matinée avec Judith. Depuis, il avait très peu dormi – et encore moins mangé – et chaque muscle de son corps était tendu.

Posant la tête contre le mur, il songea à ces derniers jours. Plusieurs maisons de serfs avaient pris feu et le vent avait propagé les flammes à une vitesse vertigineuse. Pendant deux jours ses hommes et lui avaient lutté pour maîtriser l'incendie, dormant là où ils s'effondraient d'épuisement. Il était aussi resté toute une nuit à l'écurie pour aider une jument à mettre bas. Judith l'avait assisté, lui passant avant même qu'il le lui demande les linges et onguents dont il avait besoin. Jamais il ne s'était senti aussi proche de quelqu'un que cette nuit-là. Finalement, fiers d'eux, ils avaient regardé le petit poulain esquisser ses premiers pas hésitants.

Cependant, malgré ce rapprochement, leurs corps étaient plus éloignés que jamais. Gavin avait l'impression de devenir fou à force de la désirer. Il essuya la sueur de son visage et aperçut Judith à travers le brouillard de sa fatigue. Venait-elle vers lui, ou était-ce un mirage ? Depuis quelque temps, il la voyait partout...

– Je vous ai apporté une boisson fraîche, dit-elle en lui tendant une chope.

Il la fixa intensément.

– Gavin, vous sentez-vous bien ? s'inquiéta-t-elle en posant la chope sur le banc et en passant une main fraîche sur son front.

La saisissant brusquement, il la renversa sur ses genoux et s'empara de ses lèvres, sans se soucier d'une éventuelle réticence. Il avait dépassé ce stade.

Elle mit les bras autour de son cou et répondit à son baiser avec la même ferveur. Peu leur importait la présence des autres ; ils étaient seuls au monde. Gavin commença à embrasser son cou, avide de goûter chaque parcelle de sa peau...

– Monseigneur ! dit quelqu'un avec impatience.

Judith ouvrit les yeux. Un jeune garçon se tenait devant eux, un rouleau de parchemin à la main. Elle reprit soudain ses esprits.

– Gavin, il y a un message pour vous.

Il ne quitta pas son cou et Judith dut se maîtriser pour accorder son attention au garçon.

– Monseigneur, insista ce dernier. C'est un message urgent.

Il était très jeune et ne comprenait visiblement pas que Gavin perde son temps à embrasser une femme.

– Donne-moi ça ! s'impatienta Gavin en lui arrachant le parchemin. Et maintenant, ne nous ennuie plus !

Il jeta le papier à terre et reprit les lèvres de Judith. Mais celle-ci avait à présent trop conscience de se trouver dans un lieu public.

– Gavin, dit-elle en luttant pour se dégager. Vous devez le lire.

Il la laissa se lever.

– Lisez-le, vous, déclara-t-il en prenant la chope, espérant que la boisson fraîche refroidirait aussi ses ardeurs.

Les sourcils froncés, Judith déroula le parchemin

et son visage devint livide au fur et à mesure de sa lecture.

– Mauvaises nouvelles ? s'inquiéta aussitôt Gavin.

Quand ses yeux se posèrent sur lui, il sentit son cœur bondir dans sa poitrine. Le regard qu'il détestait tant était à nouveau là. Un regard encore brûlant, mais seulement de haine.

– Quelle idiote j'ai été ! grinça-t-elle entre ses dents serrées avant de lui lancer le parchemin au visage et de tourner les talons.

Gavin s'empara du message.

Mon très cher, je vous envoie ce mot qui me permettra de vous parler librement. J'épouse demain Edmund Chatworth. Priez pour moi et pensez à moi, comme je le fais pour vous. Souvenez-vous toujours que ma vie vous appartient. Sans votre amour je ne suis rien. Je compte les jours qui me ramèneront enfin à vous.

Avec tout mon amour,

Alice

– Des ennuis, Monseigneur ? demanda John Bassett.

Gavin posa la missive.

– Plus que jamais. Dites-moi, John, vous qui avez l'expérience de l'âge, comprenez-vous quelque chose aux femmes ?

John eut un petit rire.

– Aucun homme ne les comprend, déclara-t-il.

– Peut-on donner son amour à une femme et en désirer une autre au point de devenir fou ?

John secoua la tête en suivant le regard de Gavin qui fixait la lointaine silhouette de Judith.

– Est-ce que cet homme désire aussi celle qu'il aime ?

– Bien sûr ! Mais peut-être pas... pas de la même manière.

– Je vois. Un sentiment sacré, comme pour la Vierge. Je suis quelqu'un de simple. Si j'avais à choisir, je prendrais les plaisirs de la terre. L'amour vient toujours quand une femme vous rend heureux au lit.

Gavin baissa la tête et l'enfouit dans ses mains.

– Elles ont été créées pour nous tenter, dit-il. Ce sont des créatures du diable.

John sourit.

– Si je rencontrais ce bon vieux Satan, je le remercierais pour ce travail-là.

Les trois jours suivants furent un véritable enfer pour Gavin. Judith ne lui adressa ni un regard ni un mot et l'évita autant que possible. Et plus elle se montrait hautaine envers lui, plus sa fureur augmentait.

– Restez ! lui avait-il ordonné un soir, alors qu'elle s'apprêtait à quitter la pièce à son entrée.

– Bien sûr, Monseigneur, avait-elle répondu en s'inclinant.

Puis elle avait gardé la tête baissée pour ne surtout pas croiser son regard.

Une autre fois, il avait remarqué ses yeux rougis et avait supposé qu'elle avait dû pleurer. Mais c'était un non-sens, évidemment. Quelle raison aurait-elle eue de pleurer ? C'était lui la victime et non elle. Il avait montré sa volonté d'être gentil et elle avait choisi de le mépriser. Il n'avait qu'à attendre qu'elle revienne à de meilleures dispositions, s'était-il dit.

Cependant, les jours passaient et Judith restait toujours aussi froide. Il entendait son rire, mais dès qu'il apparaissait la joie s'évanouissait de son visage. Il avait envie de la gifler, de la forcer à réagir ; même sa colère aurait été préférable à cette glaciale indifférence. Mais il ne pouvait se résoudre à employer la violence. Il la désirait, voulait la prendre dans ses bras et même lui présenter des excuses. Mais de quoi pourrait-il s'excuser ? Il avait beau passer ses journées à travailler et à s'entraîner sans relâche, la nuit venue, le sommeil le fuyait. Il se surprit même à inventer n'importe quel prétexte pour se retrouver près de Judith. Mon Dieu ! Était-il en train de perdre la raison ?

De son côté, Judith avait pleuré à s'en rendre malade. Comment avait-elle pu oublier que cet homme n'était qu'un vil menteur, un être malhonnête et sans scrupules ? Pourtant, malgré la douleur provoquée par cette lettre, elle devait se retenir pour ne pas s'élancer dans les bras de Gavin. Elle le haïssait, mais son corps brûlait de désir pour lui.

– Milady, dit doucement Joan.

Les serviteurs de Gavin et Judith avaient appris à les aborder avec précaution, de peur de déchaîner une soudaine saute d'humeur.

– Lord Gavin vous demande de le rejoindre dans la grande salle.

– Je n'irai pas ! répondit Judith sans hésitation.

– Il a dit que c'était urgent et que cela concernait vos parents.

– Ma mère ? s'inquiéta-t-elle aussitôt.

– Je ne sais pas. Il a seulement dit qu'il devait vous parler tout de suite.

Dès que Judith vit son mari, elle comprit qu'il se passait quelque chose de grave. Ses yeux étaient aussi noirs que l'ébène et ses lèvres serrées disparaissaient presque de son visage.

– Pourquoi m'avoir caché que vous étiez promise à quelqu'un d'autre avant moi ? explosa-t-il.

– Je vous ai dit que j'étais promise à l'Église, lui rappela-t-elle sans comprendre où il voulait en venir.

– Ne faites pas l'innocente ! Je veux parler de cet homme avec qui vous plaisantiez si gaiement pendant le tournoi. J'aurais dû comprendre à ce moment-là.

Judith se sentit blêmir.

– Vous auriez dû comprendre quoi ? Que n'importe quel homme aurait fait un meilleur mari que vous ?

Gavin s'avança d'un air menaçant, mais elle ne bougea pas.

– Walter Demari vous a revendiquée comme sienne, ainsi que vos terres. Et pour faire valoir ses droits, il a tué votre père et capturé votre mère.

Toute colère quitta instantanément Judith. Ses jambes se dérobèrent sous elle et elle dut se retenir à une chaise pour ne pas tomber.

– Tué ? Capturé ? murmura-t-elle.

Gavin retrouva un peu de son calme et posa une main sur son bras.

– Je ne voulais pas vous l'annoncer ainsi. Mais cet homme a fait main basse sur ce qui *m'appartient* !

– Ce qui vous appartient ? répéta Judith en le dévisageant. Mon père a été assassiné, ma mère est prisonnière, on s'est emparé de mes terres – et vous osez me parler de ce que vous avez perdu ?

Il s'éloigna d'elle.

– Parlons raisonnablement, reprit-il. Étiez-vous promise à Walter Demari ?

– Non.

– En êtes-vous sûre ?

Pour toute réponse, elle soutint son regard.

– Il dit qu'il libérera votre mère saine et sauve si vous allez à lui.

– Alors j'irai, dit-elle aussitôt en se tournant vers la porte.

Il la rattrapa et la força à s'asseoir.

– Vous n'irez nulle part ! s'écria-t-il. Vous êtes à moi !

Judith leva les yeux vers lui, l'esprit concentré sur la situation.

– Si je suis à vous et que mes terres soient aussi à vous, comment Demari compte-t-il vous déposséder ? demanda-t-elle, suivant son raisonnement logique. Il peut se battre avec vous, mais pas affronter toute votre famille.

– Il n'en a pas l'intention, déclara-t-il en sondant son regard. Il a appris que nous faisions chambre à part et compte demander l'annulation de notre mariage. Il suffit que vous déclariez devant le roi que vous avez du dégoût pour moi et que vous désirez Walter Demari.

– Et si je le fais, il libérera ma mère ?

– C'est ce qu'il prétend.

– Que se passera-t-il si je refuse ? Qu'arrivera-t-il à ma mère ?

Gavin hésita avant de répondre.

– Je l'ignore. Je ne peux pas dire ce qu'il adviendra d'elle.

Judith garda le silence un moment.

– Ainsi, je dois choisir entre mon mari et ma mère ? déclara-t-elle finalement.

– Non ! Vous n'aurez pas à choisir ! dit Gavin d'une voix qu'elle ne lui connaissait pas.

Une voix aussi dure et froide que l'acier.

– Nous nous sommes souvent querellés et je vous ai concédé beaucoup, poursuivit-il. Mais cette fois, vous n'interférerez pas dans ce qui me concerne. Que vous ayez été ou non promise à lui m'est complètement égal. Je me moquerais même que vous ayez passé toute votre enfance dans son lit. Cette affaire est une déclaration de guerre et je ne compte pas argumenter avec vous.

– Mais ma mère...

– J'essaierai de la sauver, si cela est possible.

– Laissez-moi aller à lui, plaida-t-elle. Laissez-moi tenter de le persuader.

Gavin demeura inflexible.

– Inutile d'insister. Je vais rassembler mes hommes. Nous partirons tôt demain matin.

Judith resta un long moment devant la fenêtre. Sa servante vint l'aider à se déshabiller et lui présenta une robe de chambre de velours vert. La jeune femme l'enfila d'un air absent. Sa mère était en danger, sous la menace d'un homme que Judith connaissait à peine. Elle se souvenait vaguement de Walter Demari, mais se rappelait très bien les accusations de Gavin après qu'elle eut parlé à ce sympathique inconnu.

Gavin. Ses pensées revenaient inexorablement à lui. Il lui avait imposé sa volonté. Sa mère serait peut-être sacrifiée à sa féroce possessivité.

Mais qu'aurait-elle fait si elle avait été libre de choisir ?

Ses yeux étincelèrent. De quel droit cet odieux Walter Demari se permettait-il d'interférer dans sa vie ? Se prenait-il pour le Tout-Puissant ? Comment osait-il demander aux autres de choisir entre deux choses qui ne lui appartenaient pas ? Lutter ! se dit Judith avec détermination. Sa mère ne lui avait pas appris à attendre sagement qu'on décide de son sort. Non, elle lui avait insufflé le sens de l'honneur et le courage de dire non à quiconque – plus particulièrement si c'était un homme – outrepassait ses droits.

Il fallait agir ! Elle se dirigea vers la porte, sans être sûre de sa destination, mais une idée germa soudain dans son esprit. Ainsi, parce que des espions avaient vu que Gavin et elle ne dormaient pas ensemble, leur mariage pouvait être annulé, songea-t-elle en marchant dans le couloir désert.

Ses convictions s'affaiblirent quand elle se retrouva devant la porte ouverte de la chambre de Gavin. Tourné vers la fenêtre, il semblait plongé dans ses pensées. Se vanter de son sens de l'honneur était une chose, affronter l'homme qui évitait chaque nuit son lit en était une autre... L'image de la beauté glaciale d'Alice Valence ressurgit devant ses yeux et elle se mordit les lèvres pour refouler la douleur et les larmes. Sa décision était prise ; elle devait s'y tenir, coûte que coûte.

Elle s'approcha de son mari, ses pieds nus silencieux sur le parquet couvert de nattes. Gavin sentit sa présence et se retourna, visiblement étonné... et fasciné de la voir. Dans la pénombre sa chevelure paraissait plus sombre, sa peau éclatait de blancheur sous le velours d'un vert profond. Incapable de prononcer un mot, il contempla ce visage si pur qu'il en semblait irréel. Soutenant son regard, Judith défit lentement la ceinture de sa robe de chambre et laissa glisser le vêtement à terre.

Il détailla son corps avec une expression déroutée, comme si une telle perfection le dépassait. Et quand il croisa à nouveau ses yeux, il ne comprit pas non plus l'inquiétude qui les assombrissait. Était-ce de la peur ? Craignait-elle qu'il la repousse ? L'idée lui sembla si absurde qu'il faillit éclater de rire.

– Gavin, murmura-t-elle.

Elle avait à peine prononcé son nom qu'il la prenait dans ses bras et, tout en l'emportant sur le lit, s'emparait de sa bouche avec avidité.

Il savait que Judith était autant effrayée par elle-même que par lui. Il pouvait le sentir tandis qu'il l'embrassait. Ces semaines à attendre qu'elle se décide enfin à venir vers lui lui avaient paru interminables. La patience avait été le prix à payer pour vaincre ses réticences, mais l'abdication de Judith ne lui procurait à présent aucun sentiment de triomphe.

– Qu'y a-t-il, ma douce ? demanda-t-il. Qu'est-ce qui vous tourmente ?

La tendresse de Gavin la rendait encore plus fragile. Elle se sentait au bord des larmes, mais ne pouvait lui confier sa douleur. Comment lui avouer qu'elle souffrait de ne pas être l'élue de son cœur ?

Contemplant à nouveau son corps offert, Gavin oublia tout ce qui n'était pas elle. Il se déshabilla en hâte, s'allongea à ses côtés et commença à caresser tendrement ses jambes, son ventre, ses seins... Il voulait explorer chaque parcelle de sa peau, comme pour graver à jamais en lui le souvenir de son ineffable douceur.

Mais bientôt son désir atteignit les limites du soutenable.

– Comme vous m'avez manqué ! souffla-t-il en la serrant contre lui.

Les lèvres de Judith se tendirent vers les siennes et le tourbillon de leurs sens les emporta. Ils avaient été séparés trop longtemps pour être patients. Judith agrippa le dos de Gavin avec une violence qui le fit sourire. Il caressa ses hanches, puis empoigna ses mains et les retint prisonnières au-dessus d'elle. Ses efforts pour se libérer furent vains. Elle poussa un petit cri quand il la pénétra, puis l'appela en elle de tout son être. Lâchant alors ses mains, il l'attira, la maintenant serrée contre lui. Ils firent l'amour rapidement, presque avec brutalité, pris par le même besoin impérieux d'étancher la soif qu'ils avaient l'un de l'autre. Finalement, Gavin s'abattit sur Judith, leurs deux corps toujours intimement mêlés.

Ils avaient dû s'assoupir, car Judith, plongée dans une brume de bien-être, sentit tout d'abord à peine les mouvements de Gavin. Instinctivement, elle s'accorda à son rythme, émergeant peu à peu du sommeil. Elle ne pensait pas, ignorait ce qu'elle voulait, mais savait que cette position ne lui convenait pas. Ignorant la protestation de Gavin, elle le poussa sur le côté sans se séparer de lui. Quand il fut sur le dos, elle recommença à bouger.

Gavin fit glisser ses mains de son ventre à ses seins. Elle s'arqua pour mieux s'offrir à ses caresses et la vue de sa peau blanche perçant l'obscurité l'enflamma encore davantage. Il saisit ses hanches, la guidant avec de plus en plus d'ardeur, jusqu'à ce qu'ils accèdent ensemble au plaisir, transportés dans un univers éclatant de mille feux.

Judith se laissa tomber sur Gavin et ils restèrent un long moment étroitement enlacés. Aucun d'eux ne mentionna ce à quoi ils pensaient : le lendemain, Gavin partirait au combat.

13

La demeure Chatworth, longue et étroite maison en brique de deux étages, était très agréable et éclairée par de nombreuses fenêtres, ainsi que par une baie vitrée teintée à chacune de ses extrémités. À l'arrière du bâtiment s'étendait une grande cour entourée de murs, donnant sur une pelouse qui menait elle-même à la forêt de chasse privée du comte.

Trois personnes venaient de passer la lisière des bois et traversaient la pelouse en direction de la gentilhommière. Jocelin Laing, son luth sous le bras, tenait par la taille deux servantes de cuisine, Gladys et Blanche. Ses yeux noirs pétillaient de plaisir : il venait de passer l'après-midi à satisfaire leurs exigences. Il se mettait volontiers au service des femmes, qu'il comparait à des perles, chacune possédant son propre éclat. En outre, la jalousie et la possessivité étaient des sentiments inconnus de lui.

Ce n'était hélas pas le cas de ces dames, qui avaient pour l'heure beaucoup de mal à se séparer de lui.

– C'est *elle* qui t'a fait venir ? demanda Gladys.

Jocelin tourna la tête et la fixa dans les yeux jusqu'à ce qu'elle en rougisse. Mais Blanche était moins craintive.

– C'est étonnant que lord Edmund ait accepté ta venue, nota-t-elle. Il traite lady Alice comme une prisonnière. Il ne lui permet même pas de se promener à cheval, sauf s'il l'accompagne.

– Et lord Edmund n'apprécie pas que son délicat derrière soit malmené par un cheval, intervint Gladys en riant.

Jocelin parut surpris.

– Je croyais que c'était un mariage d'amour, déclara-t-il. Une femme désargentée épousant un comte...

– L'amour ! railla Blanche. Lady Alice n'aime personne qu'elle-même. Elle pensait que lord Edmund serait un simple pion qu'elle manipulerait à sa guise. Mais elle se trompait lourdement. Nous sommes bien placées pour le savoir, hein, Gladys ?

– Oh oui, acquiesça cette dernière. Il brûlerait le château de fond en comble plutôt que de laisser lady Alice diriger quoi que ce soit.

Jocelin fronça les sourcils.

– Mais alors pourquoi l'a-t-il épousée ? Ce n'était pas le choix qui manquait et lady Alice n'a pas de terres à lui offrir.

– Elle est belle, répondit Blanche en haussant les épaules. Il aime les belles femmes.

Jocelin sourit.

– Je commence à apprécier cet homme. Nous avons des points communs.

Il regarda Gladys et Blanche de telle manière qu'elles rougirent et baissèrent les yeux.

– Il n'est pas comme toi, reprit Blanche.

– Oh non, renchérit Gladys en faisant courir une main sur la cuisse de Jocelin.

Blanche lui lança un regard noir.

– Lord Edmund apprécie la beauté des dames, mais il n'a aucune considération pour elles, reprit-elle à l'intention de Jocelin.

– Comme avec la pauvre Constance, ajouta Gladys.

– Constance ? répéta Jocelin. Je ne la connais pas.

Blanche éclata de rire.

– Regarde-le, Gladys. Deux femmes ne lui suffisent pas – il s'inquiète d'en avoir manqué une troisième.

– Peut-être les lui faut-il toutes ? suggéra malicieusement Gladys.

Jocelin prit sa tête à deux mains, d'un air faussement désespéré.

– Je suis démasqué ! s'écria-t-il.

Blanche rit à nouveau et le câlina.

– Dis-moi, mon doux Jocelin, as-tu jamais été fidèle à une femme ?

Il déposa de petits baisers sur son oreille, tout en murmurant :

– Je le suis avec toutes... pour un moment.

Ils plaisantaient encore quand ils atteignirent la maison.

– Où étais-tu passé ? demanda Alice dès qu'il entra dans la grande salle.

Gladys et Blanche s'empressèrent de disparaître.

Imperturbable, Jocelin s'assura qu'ils étaient seuls et lui baisa la main.

– Je vous ai manqué, milady ?

– Non, dit-elle franchement. Du moins, pas comme tu l'entends. Que faisais-tu tout l'après-midi avec ces friponnes pendant que moi j'étais ici, délaissée ?

– Vous êtes-vous sentie seule ? s'inquiéta-t-il aussitôt.

– Tu ne peux pas imaginer à quel point ! dit-elle en s'asseyant près d'une fenêtre.

Elle était aussi jolie que la première fois qu'il l'avait vue, au mariage de Montgomery, mais son visage semblait amaigri et son regard inquiet.

– Oui, souffla-t-elle d'une voix basse. Je suis seule et n'ai aucun ami ici.

– Comment est-ce possible ? Votre mari ne peut qu'aimer une beauté telle que vous.

– L'amour ! lança-t-elle avec un sourire cynique. Edmund ne connaît pas le sens de ce mot. Il me garde comme un oiseau en cage. Je ne parle à personne, je ne vois personne.

Elle désigna de la tête un coin de la pièce plongé dans l'ombre et ses yeux s'emplirent de haine.

– Sauf elle ! gronda-t-elle.

Jocelin scruta l'endroit indiqué, mais ne vit rien.

– Montre-toi, petite souillon, ricana Alice. Ne te cache pas comme un vautour. Aie au moins le courage de tes actes !

Une fragile silhouette avança, épaules et tête baissées.

– Regarde-moi, espèce de garce ! ordonna Alice.

Quand il vit les yeux de la jeune femme, Jocelin en eut le souffle coupé. Ils étaient d'un violet lumineux, mais semblaient contenir toute la misère du monde. Jamais personne ne lui avait paru plongé dans une telle détresse. Cependant, cette fille était jolie – pas autant qu'Alice ou Judith Revedoune, mais jolie tout de même.

– Elle me suit partout comme un chien, déclara Alice, captant à nouveau son attention. J'ai essayé de la tuer pour m'en débarrasser, mais Edmund l'a ranimée. Il m'a menacée de m'enfermer pendant un mois si je la touchais encore. Je...

Elle s'interrompit subitement : son mari venait d'entrer et se dirigeait vers elle.

Petit, gros, les joues rondes et le regard mort, Edmund Chatworth ne respirait pas la subtilité. Que pouvait-on s'attendre à trouver d'autre, derrière ces yeux perpétuellement ensommeillés, qu'un esprit lent et stupide ? Mais Alice avait découvert à ses dépens son intelligence rusée.

– Viens me voir cette nuit, souffla-t-elle à Jocelin avant qu'il ne salue brièvement Edmund et s'éclipse.

– Vos goûts ont changé, observa Edmund. Celui-ci n'a rien à voir avec Gavin Montgomery.

Alice se contenta de le regarder en silence. Parler n'aurait servi à rien. Comme à chaque fois qu'elle le voyait depuis un mois de mariage, le souvenir du premier jour lui revint. Elle avait passé seule sa nuit de noces et il l'avait fait appeler au matin.

Quelque chose en lui avait changé.

– Je suis sûr que vous avez parfaitement dormi, avait-il tranquillement déclaré en la scrutant de ses petits yeux bouffis.

Alice avait légèrement baissé la tête.

– J'étais... seule, Monseigneur.

– Cessez votre comédie, maintenant ! avait-il ordonné en quittant brusquement sa chaise. Vous pensiez me mener par le bout du nez et diriger mes domaines, n'est-ce pas ?

– Je... je ne vois pas de quoi vous parlez, avait bafouillé Alice, ses yeux bleus emplis d'innocence déroutée.

– Vous – et toute l'Angleterre – me prenez pour un imbécile. Ces chevaliers musclés avec qui vous frayez me traitent de couard parce que je ne risque pas ma vie en combattant pour le roi. Qu'ai-je à faire des guerres des autres ? Les miennes me suffisent.

Alice était restée sans voix.

– Alors, ma chère, où sont donc passées les minauderies que vous réservez aux hommes bavant à vos pieds ?

– Je ne comprends pas...

Edmund s'était dirigé vers un grand buffet pour se servir une coupe de vin. Ils se trouvaient dans la grande et belle pièce du dernier étage. Tous les meubles étaient en chêne ou en noyer ciselé et les chaises étaient recouvertes de peaux de loup et d'écureuil.

Il avait levé la coupe de cristal à la lumière du soleil. Sur la base en or étaient gravés des mots latins promettant chance et bonheur.

– Savez-vous pourquoi je vous ai épousée ? avait-il demandé sans attendre de réponse. Votre vanité vous a certainement laissée supposer que j'étais aveuglément amoureux de vous – comme ce Gavin Montgomery. Vous ne vous êtes sûrement pas demandé pourquoi un comte voulait se marier avec une catin sans le sou qui couche avec tous les hommes assez bien montés pour la satisfaire.

Alice s'était levée d'un bond.

– Je n'écouterai pas davantage vos insanités !

Il l'avait brutalement forcée à se rasseoir.

– Vous écouterez ce que je voudrai. Et je veux que vous compreniez ceci : je ne vous ai pas épousée par amour, ni à cause de votre prétendue beauté.

Il avait à nouveau rempli sa coupe.

– Votre beauté! avait-il ricané. Je ne vois pas ce que ce Montgomery pourrait encore vous trouver après avoir goûté à son épouse. Voilà une femme capable d'échauffer le sang d'un homme.

Elle avait tenté de l'attaquer en le griffant, mais il l'avait aisément repoussée.

– Je suis fatigué de ces jeux. Venons-en au fait : votre père possède deux cents acres de terre en plein cœur de mon domaine. Il était prêt à les vendre à l'ennemi héréditaire de ma famille, le comte de Weston. Savez-vous ce qui serait arrivé si Weston les avait achetées? Il aurait condamné la rivière qui y coule et j'aurais perdu des centaines d'acres de récolte, sans parler de mes serfs morts de soif. Votre père a été assez stupide pour ne pas comprendre que là était la seule raison de ma demande en mariage.

Alice en avait eu le souffle coupé. Pourquoi son père ne lui avait-il pas parlé de Weston?

– Mais Edmund... avait-elle commencé de sa plus douce voix.

– Taisez-vous! Je vous ai fait surveiller ces derniers mois. Je sais exactement combien d'hommes vous avez mis dans votre lit. Et ce Gavin Montgomery! Même le jour de son mariage, vous vous êtes débrouillée pour le rencontrer. Je suis au courant de ce qui s'est passé dans le jardin. Vous suicider? Vous? Laissez-moi rire! Et saviez-vous que sa femme a assisté à votre petite scène? Non, bien sûr. J'ai moi-même bu jusqu'à l'inconscience pour ne plus entendre les rires qui m'étaient destinés.

– Edmund...

– Je vous ai déjà ordonné de vous taire. Seules vos terres m'importent. Votre père a promis de me les céder quand je lui donnerais un petit-fils.

Alice s'était radossée à sa chaise, souriant presque. Un petit-fils! Enceinte à quatorze ans, elle était allée voir une sorcière au village. La vieille femme avait accompli son immonde tâche et Alice avait failli y laisser sa vie. Mais elle s'était sentie soulagée. Jamais plus son corps ne porterait le bâtard d'un homme. L'opération avait causé tant de dommages qu'elle l'avait rendue stérile. Depuis lors, elle avait pu courir d'aventure en aventure, heureuse et libre de son corps.

Mais cette époque était désormais révolue. Avec Edmund Chatworth, sa vie allait être un enfer.

Jocelin venait de quitter les filles de cuisine et longeait la grande salle. L'atmosphère au château était si tendue qu'elle atteignait l'insoutenable. La débandade et la fourberie régnaient parmi les servantes terrorisées par leurs maîtres et elles ne s'étaient pas fait prier pour raconter à Jocelin toutes les horreurs dont elles avaient été témoins. Dès les premiers jours de leur mariage, Edmund et Alice s'étaient violemment disputés. Puis Edmund avait écarté son épouse de toute relation, divertissement et – encore pire – de la jouissance de sa fortune.

Quand Jocelin leur avait demandé la raison d'une telle punition, elles avaient haussé les épaules. Cela avait quelque chose à voir avec le mariage de Judith Revedoune et Gavin Montgomery, car la colère de leur maître avait démarré ce jour-là. Elles l'avaient ensuite souvent entendu clamer qu'il ne se laisserait pas tourner en bourrique. De plus, il avait déjà tué trois hommes supposés avoir été les amants d'Alice.

Elles avaient éclaté de rire devant la soudaine pâleur de Jocelin. Et maintenant, ce dernier avait la ferme intention de partir dès le lendemain. Cet endroit devenait malsain.

Un léger bruit venant d'un des coins de la salle le fit sursauter. Forçant son cœur à reprendre un rythme normal, il se moqua de sa propre nervosité. N'était-il donc plus capable de reconnaître les petits reniflements d'une femme en train de pleurer? S'approchant de l'endroit plongé dans l'ombre, il reconnut Constance, la jeune servante qu'Alice détestait tant. À sa vue, elle recula comme un animal traqué.

– N'aie pas peur, dit-il de sa voix douce et profonde. Je ne te veux aucun mal.

Avec précaution, il avança la main pour toucher ses cheveux. Elle le regarda d'un air si effrayé qu'il sentit son cœur se serrer de compassion. Qui avait pu la terroriser à ce point ?

Elle tenait son bras contre sa poitrine, comme pour calmer une douleur.

– Laisse-moi voir, dit-il gentiment en lui prenant le poignet.

Non sans réticence, elle le laissa finalement l'examiner. Il n'y avait pas de fracture, comme il l'avait tout d'abord craint, mais la peau était rougie comme si on l'avait méchamment pincée.

Jocelin aurait voulu la tenir dans ses bras, la consoler. Mais elle tremblait de peur et il n'eut pas le courage de la tourmenter plus longtemps. Dès qu'il la lâcha, elle s'éclipsa rapidement. Il la suivit des yeux et resta pensif un long moment après qu'elle eut disparu.

La nuit était déjà bien avancée quand il se glissa dans la chambre d'Alice. Elle l'attendait, le regard brûlant de désir. Malgré sa grande expérience des femmes, Jocelin avait du mal à s'habituer aux violentes pulsions d'Alice. Dès qu'il fut dans ses bras, elle le serra à l'étouffer, griffant son dos, mordillant ses lèvres. Il eut un mouvement de recul.

– As-tu l'intention de me quitter ? demanda-t-elle d'un ton irrité. D'autres ont eu le malheur d'essayer.

Son expression la fit sourire.

– Je vois que tu es au courant, ajouta-t-elle en riant. Si tu m'es agréable, tu n'auras aucune raison de les rejoindre.

Jocelin détestait les menaces et fut tenté de s'en aller sur-le-champ. Mais le corps d'Alice s'offrait à lui dans toute sa splendeur. Elle était belle, aussi parfaite qu'une statue de marbre.

– Je serais idiot de partir, murmura-t-il en embrassant son cou.

Alice renversa la tête en arrière et l'attira sauvagement en elle, le forçant à la prendre avec brutalité. Il savait qu'il lui faisait mal, mais il savait aussi qu'elle aimait cela. Il ne retira aucun plaisir de cette étreinte. Alice lui ordonnait égoïstement de s'exécuter et il lui obéit, gardant à l'esprit sa détermination de partir le lendemain.

Quand ce fut fini, elle le repoussa.

– Laisse-moi, maintenant, exigea-t-elle en se détournant.

Jocelin se sentait désolé pour elle. Que valait une vie sans amour ? Alice n'en recevrait jamais, car elle n'en donnait jamais.

– C'était agréable, dit-elle tranquillement quand il franchit la porte.

Il se retourna et vit les traces rouges que ses mains avaient laissées sur son cou.

– Je te verrai demain, ajouta-t-elle.

Pas s'il avait une chance de s'échapper, songea Jocelin en longeant le corridor.

– Hé ! Toi ! lança Edmund Chatworth qui sortait de sa chambre, un chandelier à la main. Que fais-tu ici à cette heure de la nuit ?

Jocelin haussa les épaules d'un air gêné et réajusta son haut-de-chausse, comme s'il venait d'assouvir un besoin naturel.

Edmund le scruta, puis son regard glissa vers la chambre de sa femme. Sur le point de parler, il se ravisa, visiblement préoccupé par autre chose.

– Sais-tu tenir ta langue, mon garçon ? demanda-t-il.

– Oui, Monseigneur, répondit Jocelin avec méfiance.

– Ce n'est pas une affaire de petite importance, précisa Chatworth. Si tu restes discret, tu auras une bourse pleine de pièces d'or.

Ses yeux s'étrécirent.

– Et si tu parles, tu es un homme mort.

Il rentra dans sa chambre.

– Regarde, dit-il en se servant une coupe de vin. Qui aurait dit que quelques coups la tueraient ?

Jocelin se précipita vers le lit où Constance gisait, son visage tuméfié à peine reconnaissable, ses vêtements arrachés pendant en lambeaux. Sa peau couverte de bleus et d'entailles était enflée aux épaules et aux bras.

– Si jeune, murmura-t-il en tombant lourdement sur ses genoux.

Ses yeux étaient clos, ses cheveux se divisaient en mèches collées par le sang séché. La prenant doucement dans ses bras, il sentit la froideur de son corps. Tendrement, il écarta une mèche de son visage dénué de vie.

– Cette maudite garce m'a défié, dit Chatworth en se plantant à côté de Jocelin. Elle a prétendu préférer la mort à mon lit.

Il eut un ricanement cynique.

– En un sens, je l'ai satisfaite.

Il avala le vin d'un trait et s'en resservit.

Jocelin serra les dents pour contenir sa colère.

– Prends ça et débarrasse-moi d'elle, ordonna Chatworth en lui lançant une bourse de cuir. Tu n'as qu'à la lester et la jeter dans la rivière. Et surtout, pas un mot. Je dirai qu'elle est retournée dans sa famille.

Il but encore une longue gorgée.

– Cette petite traînée ne valait rien. Elle ne comprenait que les coups. Tant que je ne la frappais pas, elle restait sous moi aussi immobile que du bois mort.

– Alors pourquoi l'avez-vous gardée ? demanda Jocelin en enlevant son manteau pour en envelopper Constance.

– À cause de ses maudits yeux. Les plus beaux que j'aie jamais vus. Je l'avais aussi chargée de surveiller ma femme, mais elle n'était même pas capable de ça. Elle ne voulait rien me dire.

Il eut un petit gloussement.

– Je crois qu'Alice l'a corrigée pour être sûre qu'elle se taise, ajouta-t-il en se détournant. Bon. Tu as été payé, alors emporte-la et fais-en ce que tu veux.

– Le prêtre...

– Ce sac à vin ? railla Chatworth. Même l'ange Gabriel ne pourrait pas le réveiller. Fais une prière pour elle, si tu veux. Mais personne d'autre ne doit la voir. As-tu compris ? Personne.

Il dut se contenter du hochement de tête de Jocelin.

– Maintenant, va-t'en. J'en ai assez de la voir.

Sans le regarder ni dire un mot, Jocelin souleva le corps de Constance.

– Hé ! tu oublies l'or, remarqua Edmund avec surprise.

Il jeta la bourse sur le ventre de la morte. Jocelin dut faire appel à toute sa volonté pour garder les yeux baissés. Si le comte avait vu la haine qui y brûlait, il n'aurait pas donné cher de sa peau. En silence, il sortit le corps de la pièce, descendit les escaliers et se retrouva dans la nuit étoilée.

L'épouse du palefrenier, une vieille femme obèse et dépourvue de dents, qu'il avait traitée avec un respect teinté d'affection, lui avait donné une chambre au-dessus des écuries. Il était seul à en disposer et y dormait au chaud, au milieu des bottes de foin. Cet endroit retiré, dont peu de gens connaissaient l'existence, était le lieu idéal pour laver un corps avant de l'enterrer. Le lendemain, Jocelin transporterait Constance loin d'ici et lui offrirait une sépulture décente. Elle n'aurait peut-être pas droit à un office religieux, mais au moins ne reposerait-elle pas dans les terres de Chatworth.

Sa chambre n'était accessible que par une échelle posée contre le mur de l'écurie. Il cala avec précaution Constance sur ses épaules et monta. Une fois à l'intérieur, il la déposa doucement sur le lit de paille et alluma une bougie près d'elle. Son visage était horrible à voir. Trempant un linge dans de l'eau, il commença à essuyer les croûtes de sang séché. Puis il prit un couteau et déchira ce qui restait de ses vêtements pour pouvoir continuer à la laver.

– Si jeune, soupira-t-il. Et si belle.

Elle était – ou plutôt avait été – belle, en effet. Même dans la mort, son corps mince et ferme demeurait agréable à regarder.

– Je vous en prie.

Jocelin entendit à peine le presque imperceptible murmure. Tournant la tête, il vit qu'elle avait ouvert les yeux.

– De l'eau, souffla-t-elle à travers ses lèvres desséchées.

Tout d'abord muet de surprise, Jocelin laissa ensuite éclater sa joie.

– Vivante ! Elle est vivante !

Il s'empressa d'aller chercher de l'eau et, soutenant la tête de Constance, posa la coupe sur sa bouche.

– Doucement, dit-il en souriant tandis qu'elle buvait à en perdre haleine.

Elle se laissa aller contre lui, luttant pour reprendre sa respiration. Elle était complètement frigorifiée, se rendit-il compte. Voilà pourquoi il l'avait crue morte. Ne possédant qu'une couverture, il utilisa le seul moyen qu'il connût pour réchauffer une femme : il la serra sur son corps et rabattit la couverture sur eux. Être allongé avec une femme ne lui avait jamais procuré une telle sensation de bien-être.

Il se réveilla très tard, Constance toujours étroitement blottie dans ses bras. Elle s'étira et grimaça de douleur. Il se leva et posa un linge mouillé sur son front brûlant de fièvre.

À la faveur du jour, Jocelin commença à mesurer la gravité de la situation. Qu'allait-il faire de cette fille ? Il ne pouvait pas annoncer qu'elle était en vie. Chatworth s'empresserait de la reprendre dans ses filets dès qu'elle serait rétablie. Et il y avait peu de chances qu'elle survive à de nouvelles brutalités. En outre, si Chatworth ne la tuait pas, Alice s'en chargerait. Jocelin aurait pu le parier.

Il embrassa la chambre du regard. C'était un endroit sûr et difficile à atteindre. Avec de la chance et beaucoup de prudence, il pourrait cacher Constance ici jusqu'à son rétablissement. D'ici là, il aurait le temps de trouver une solution.

Il tenta de la faire boire, mais elle n'y parvint qu'à peine.

– Joss ! appela une femme en bas de l'échelle.

– Bon Dieu ! jura-t-il entre ses dents, maudissant pour la première fois de sa vie son succès auprès des femmes.

– Joss, nous savons que tu es là. Si tu ne descends pas, nous viendrons te chercher.

Il se dirigea vers la porte ouverte et sourit à Gladys et à Blanche.

– Belle journée, n'est-ce pas ? Que voulez-vous de moi, charmantes dames ?

Gladys gloussa.

– Devons-nous le crier par-dessus les toits ?

Il sourit à nouveau et, après un dernier coup d'œil derrière lui, les rejoignit.

– Si nous allions parler dans la cuisine ? proposa-t-il en les prenant par les épaules. Je suis affamé, ce matin.

Les quatre jours suivants furent un enfer pour Jocelin. Garder un secret exigeait des subterfuges épuisants. Et sans l'aide de l'épouse du palefrenier, il n'y serait pas arrivé.

– J'ignore ce que tu as caché là-haut, mais j'ai assez vécu pour que plus rien ne me surprenne, lui avait-elle dit. Je parierais que c'est une femme.

Elle avait éclaté de rire devant l'expression de son visage.

– J'ai touché juste, hein ? Maintenant, il me faut deviner pourquoi tu la caches...

Jocelin s'était apprêté à parler, mais elle avait levé la main pour l'arrêter.

– Ne me dis rien! J'adore les mystères. Laisse-moi le résoudre seule et je t'aiderai à tenir les autres femmes à l'écart de ta chambre. Et ce ne sera pas facile, vu leur nombre. Tu es une denrée rare, mon garçon. Il faudrait pas moins de trois hommes pour contenter toutes les femmes que tu satisfais à toi tout seul.

Jocelin s'était éloigné, exaspéré. Il était inquiet pour Constance et sa distraction n'échappait à personne. Sauf à Alice. Elle devenait de plus en plus exigeante, lui demandant sans cesse de jouer pour elle et ordonnant qu'il la rejoigne chaque nuit. Au lit, son ardeur augmentait chaque fois un peu plus et Jocelin devait ensuite l'écouter ressasser sa haine de Judith Revedoune et son projet de demander audience au roi Henri VII et d'attirer à nouveau Gavin à elle.

Il s'assura que personne ne l'observait avant de monter dans la petite chambre. Pour la première fois, Constance était réveillée. Elle se redressa, maintenant fébrilement la couverture sur sa nudité. Depuis qu'elle avait sombré dans la fièvre, Jocelin s'était constamment occupé d'elle et son corps n'avait plus de secrets pour lui. Il ne lui vint pas à l'idée qu'il était un étranger à ses yeux.

– Constance! s'écria-t-il joyeusement, inconscient de sa peur.

Il s'agenouilla près d'elle.

– Comme c'est bon de revoir enfin tes yeux.

Il saisit son menton d'une main et examina son visage. Les blessures avaient rapidement cicatrisé, grâce à la jeunesse de sa peau et aux soins attentifs qu'il lui avait prodigués. Il commença à faire glisser le manteau de ses épaules pour regarder les autres marques.

– Non, murmura-t-elle en rabattant le vêtement.

Il la fixa avec surprise.

– Qui êtes-vous? demanda-t-elle.

– Oh, ma douce, il ne faut pas avoir peur de moi.

Je suis Jocelin Laing. Tu m'as déjà vu en compagnie de lady Alice. Tu te souviens ?

À l'évocation d'Alice, la terreur emplit à nouveau ses yeux. Jocelin l'enveloppa dans le berceau de ses bras – un endroit où elle avait passé beaucoup de temps sans le savoir. Elle tenta de se dégager, mais elle était trop faible.

– Tout va bien, maintenant. Tu es sauvée. Tu es avec moi et je ne permettrai à personne de te faire du mal.

– Lord Edmund... souffla-t-elle contre son épaule.

– Il ne sait pas que tu es ici. Personne ne le sait. Chatworth croit que tu es morte.

– Morte ? Mais...

– Du calme, dit-il en lui caressant les cheveux. Nous parlerons de cela plus tard. Pour l'instant, il faut manger. Je t'ai apporté une soupe de carottes et lentilles. Penses-tu pouvoir mâcher ?

Un peu plus en confiance, elle hocha la tête.

– Peux-tu t'asseoir ? demanda-t-il en l'aidant à se soulever.

Elle hocha à nouveau la tête et il lui sourit, comme si elle venait d'accomplir un exploit.

Chaque jour, Jocelin avait rapporté de la nourriture en cachette, espérant que sa protégée mangerait. Personne n'avait remarqué qu'il rentrait, son luth dans une main et l'étui dans l'autre. C'était dans ce dernier qu'il cachait les provisions.

Il lui présenta le bol de soupe et elle prit la cuillère, mais elle tremblait trop pour la tenir. Alors il la fit manger comme une enfant. Finalement, épuisée par l'effort, elle ferma les yeux et serait tombée en arrière s'il ne l'avait pas retenue. Trop faible pour protester, elle s'endormit dans ses bras.

Constance était seule quand elle se réveilla et mit un moment à se rappeler où elle était. Le jeune homme aux yeux noirs qui avait dormi près d'elle ne pouvait pas être réel. Par contre, Edmund Chatworth s'acharnant sur elle, et Alice, employant n'importe quel moyen pour lui faire mal sans laisser de traces, existaient bel et bien.

Plusieurs heures plus tard, Jocelin revint et s'installa près d'elle sous la couverture. Ils restèrent tranquillement ainsi, blottis l'un contre l'autre. Jocelin ne s'inquiétait pas du temps qui passait. Pour la première fois de son existence, il n'était plus l'esclave de son désir de conquête. Car la totale dépendance de Constance avait éveillé en lui un sentiment inconnu jusqu'alors – les premiers frémissements de l'amour. Toutes les émotions ressenties auprès de ses maîtresses semblaient s'être concentrées dans une unique et brûlante passion.

Mais Jocelin n'était pas un homme libre. D'autres femmes le surveillaient de près.

14

La longue lanière de cuir cinglait le dos déjà zébré d'estafilades sanglantes. L'homme hurlait sous chaque coup de fouet et bougeait frénétiquement les mains, tentant de se libérer de ses liens.

John Bassett regarda Gavin qui lui fit signe d'arrêter. Lord Montgomery n'appréciait pas ce genre de spectacle mais avait encore moins de respect pour un chevalier pleurnichant comme une femmelette.

Bassett coupa les lanières et l'homme s'effondra. Personne ne fit un mouvement pour l'aider.

– Je le laisse là ? demanda John.

Gavin tourna les yeux vers le château, de l'autre côté de l'étroite vallée. Ils avaient mis deux semaines pour trouver Walter Demari. Ce petit malin semblait plus intéressé à jouer au chat et à la souris qu'à obtenir ce qu'il voulait. La deuxième semaine, Gavin avait campé aux abords de la forteresse et préparé son attaque. Quand il s'était présenté devant les murs pour provoquer les gardes, ceux-ci l'avaient complètement ignoré. Nul n'avait non plus réagi quand quatre de ses hommes avaient commencé à attaquer les vieilles murailles. Mais celles-ci étaient épaisses et solides. Il eût fallu creuser plusieurs jours pour les traverser et Gavin craignait que Demari, lassé d'attendre sa soumission, ne tue Helen.

Pour ajouter à ses problèmes, l'un de ses hommes – cette larve geignant à ses pieds – s'était imaginé qu'en tant que chevalier des Montgomery tout lui était permis. Après avoir chevauché de nuit jusqu'au village le plus proche, Humphrey Bohun avait violé la fille d'un marchand et était rentré au camp, fier d'avoir abusé d'une gamine de quatorze ans. Il avait ensuite été étonné de la rage de Gavin quand le père de la victime était venu se plaindre.

– Fais-en ce que tu veux, mais que je ne le voie plus pendant au moins une heure.

Il tira les lourds gants de cuir pendus à sa ceinture.

– Envoie chercher Odo.

– Odo ? s'inquiéta John. Vous ne pensez pas retourner en Écosse, Monseigneur ?

– Il nous faut du renfort. Regarde ce château ! On le croirait prêt à s'écrouler, mais il est indestructible. J'ai besoin de Stephen.

– Alors laissez-moi aller le chercher.

– Non. Il y a longtemps que tu ne t'es pas rendu en Écosse. Moi je saurai où le trouver. Je partirai demain matin avec quatre hommes.

– Une si petite escorte ?

– Nous irons plus vite ainsi. Et puis, la moitié de nos hommes étant restés avec Judith, si j'en emmène davantage que te restera-t-il ? Je ne veux pas te laisser sans protection. Espérons seulement que Demari ne se rendra pas compte que je suis parti.

Lord Gavin avait raison, mais John n'aimait pas l'idée de le voir s'en aller sans une bonne escorte.

Cependant, il savait depuis longtemps qu'il était inutile d'argumenter avec lui.

Le grognement de l'homme à leurs pieds attira leur attention.

– Éloigne-le d'ici ! gronda Gavin avant de se diriger vers l'endroit où l'on montait une catapulte.

John passa un bras sous les épaules du chevalier et le souleva.

– Tout ça à cause d'une petite garce ! siffla celui-ci, écumant de rage.

– Tais-toi ! ordonna John. S'il n'avait tenu qu'à moi, je t'aurais fait pendre !

Il le traîna jusqu'à la lisière du camp et le rejeta violemment à terre.

– Maintenant, va-t'en, et qu'on ne te revoie plus !

Humphrey Bohun suivit d'un regard haineux la silhouette de John qui s'éloignait.

– Oh, vous me reverrez, grinça-t-il entre ses dents. Et ce sera moi qui tiendrai le fouet.

Gavin n'avait parlé à personne d'autre qu'à John Bassett de son expédition en Écosse. Les hommes qui l'accompagnaient y avaient déjà été avec lui et connaissaient bien ce pays rude et sauvage. Ils voyageraient le plus prudemment possible, sans héraut les devançant avec la bannière des Montgomery. En outre, ils porteraient tous des vêtements sombres et discrets.

Ils se hissèrent silencieusement sur leur selle et quittèrent le camp endormi.

Mais ils avaient à peine parcouru dix miles qu'ils se retrouvèrent encerclés par une trentaine d'hommes arborant les couleurs de Demari.

Gavin tira son épée et se pencha vers Odo.

– Je vais attaquer pour t'ouvrir la voie. Échappe-toi et rejoins Stephen.

– Mais Monseigneur ! Ils vont vous tuer !

– Fais ce que je dis, ordonna-t-il.

Leurs assaillants s'approchaient lentement, rétrécissant le cercle autour d'eux. Gavin les scrutait, cherchant le point faible. Ils le regardaient avec morgue, d'ores et déjà certains de leur victoire. Et soudain, Gavin aperçut Humphrey Bohun. Il souriait, visiblement satisfait de voir son ancien maître pris au piège.

Gavin comprit aussitôt son erreur : il avait exposé son plan à John devant cette ordure. Faisant un signe de tête à Odo, il leva son épée à deux mains et chargea. Les hommes de Demari se figèrent de stupeur. Ils avaient reçu l'ordre de capturer Gavin et avaient imaginé, vu leur supériorité en nombre, que ce dernier se soumettrait docilement.

Ce moment de flottement coûta la vie à Humphrey Bohun et permit à Odo de s'échapper. Gavin faucha le traître, qui mourut avant même de pouvoir sortir son épée. D'autres tombèrent ensuite sous les coups de sa lame étincelante. Odo, tête baissée, s'accrocha à sa monture et l'éperonna. L'étalon parfaitement entraîné fonça vers les bois, passant parmi les cadavres et les chevaux affolés.

Gavin avait bien choisi ses hommes. Les trois qui restaient se battaient vaillamment et quand l'un d'eux tombait, il pouvait ressentir la douleur dans son corps. Ses compagnons lui étaient chers.

– Arrêtez ! ordonna une voix par-dessus le vacarme des épées entrechoquées et des cris de hargne.

Les hommes reculèrent rapidement et, dès que leurs yeux le leur permirent à nouveau, virent l'ampleur des dégâts. Au moins quinze des leurs étaient au sol, morts ou blessés.

Au centre, Gavin et ses chevaliers, couverts du sang de leurs ennemis, étaient toujours en selle, prêts à continuer.

Leurs adversaires les regardaient, rendant un silencieux hommage à ces combattants sans armures.

– Emparez-vous d'eux ! ordonna celui qui semblait être leur chef. Et ménagez Montgomery. Il me le faut vivant.

Gavin leva à nouveau son épée, mais il y eut soudain un sifflement aigu et ses mains furent immobilisées. La longue lanière d'un fouet l'enchaînait.

– Attachez-le.

Alors même qu'on le tirait de son cheval, Gavin lança violemment son pied dans la gorge d'un des hommes. Ceux-ci eurent un instant d'hésitation.

– Avez-vous peur de lui ? demanda leur chef. Si vous ne m'obéissez pas, vous mourrez de toute façon. Attachez-le à cet arbre. Je veux qu'il voie comment nous traitons nos prisonniers.

15

Les bras pleins de roses, Judith était agenouillée dans le jardin. Voilà un mois que Gavin était parti. Sans nouvelles de lui depuis dix jours, il ne se passait pas une heure sans qu'elle regardât au-dehors si un messager arrivait, partagée entre le désir et la crainte du retour de son mari. Elle était en effet effrayée du pouvoir qu'il avait désormais sur elle. Il ne le lui avait que trop prouvé, quand elle s'était rendue dans sa chambre, la nuit précédant son départ. En outre, elle savait pertinemment que ses sentiments à lui n'étaient pas aussi mitigés. À ses yeux, seule la blonde Alice comptait ; son épouse n'était qu'un jouet dont il usait pour se divertir.

Au bruit des chevaux pénétrant dans la cour, Judith se redressa, laissant les fleurs tomber à ses pieds. Relevant ses jupes, elle se précipita au-devant des hommes. Gavin n'était pas parmi eux. Elle reprit son souffle et se força à ralentir le pas.

John Bassett paraissait plus vieux que lors de son départ, seulement quelques semaines auparavant. Ses cheveux, déjà grisonnants aux tempes, avaient encore blanchi. Ses yeux enfoncés accusaient de larges cernes. La maille de son armure avait été déchirée sur un côté et les bords de l'entaille étaient couverts de sang séché. Ses compagnons, avec leurs visages hagards et leurs vêtements lacérés et souillés, n'avaient pas meilleure allure.

Judith resta immobile et silencieuse tandis qu'il mettait pied à terre.

– Occupe-toi des chevaux, ordonna-t-elle à un garçon d'écurie.

John la fixa un moment, puis s'apprêta avec résignation à s'agenouiller pour lui baiser la main.

– Non ! l'arrêta-t-elle.

Elle avait trop de sens pratique pour perdre du temps et de l'énergie à ce genre de courtoisie inutile. Passant un bras autour de la taille de John, elle lui offrit son appui.

Le vieux chevalier se raidit, tout d'abord choqué par la familiarité de sa maîtresse. Puis un sourire attendri incurva ses lèvres.

– Venez vous asseoir près de la fontaine, dit-elle en l'entraînant dans le petit jardin. Joan ! appela-t-elle. Fais venir les autres servantes et envoie quelqu'un chercher de la nourriture et du vin.

– Oui, milady.

Judith se retourna vers John.

– Je vais vous aider à enlever votre armure, déclara-t-elle avant qu'il ne puisse protester.

Des femmes arrivèrent du château et les quatre hommes furent bientôt torse nu, leurs armures emportées à la forge pour être réparées. Un moment plus tard, ils dévoraient à belles dents un épais ragoût.

– Vous ne me demandez pas les nouvelles ? remarqua John entre deux bouchées, le coude levé pour que Judith pût nettoyer et panser sa blessure.

– Si elles étaient bonnes, Gavin serait rentré avec vous, dit-elle sombrement.

John posa son assiette et la regarda.

– Est-il mort ? murmura-t-elle, les yeux baissés.

– Je ne sais pas, répondit-il calmement. Nous avons été trahis.

– Trahis ! s'écria-t-elle en se redressant.

Elle s'excusa aussitôt, se rendant compte qu'elle venait de heurter sa blessure.

– L'un des chevaliers de la garnison, un dénommé Bohun, a révélé nos plans à Demari. Gavin avait décidé d'aller chercher du renfort auprès de son frère, en Écosse. Il avait à peine quitté le camp avec une légère escorte qu'il fut piégé.

– Mais il n'a pas été tué ? s'inquiéta Judith.

– Je ne le pense pas. Nous n'avons pas retrouvé son corps.

Il recommença à manger.

– Trois des hommes qui l'accompagnaient ont été tués... poursuivit-il. D'une manière si horrible que ce souvenir me hante. Ce n'est pas un être humain qui a fait ça, mais un démon !

– Il n'y a pas eu de demande de rançon ou un message disant qu'il était prisonnier ?

– Non. Rien. Quand nous sommes arrivés sur les lieux du combat, quelques hommes de Demari y étaient encore. Nous avons lutté contre eux.

Elle noua le bandage et leva les yeux vers lui.

– Où sont les autres chevaliers ? Vous n'êtes pas les seuls survivants ?

– Ils sont restés en poste devant le château Demari. Nous quatre sommes partis chercher lord Miles et ses hommes. Lord Raine ne peut pas nous aider : sa jambe n'est pas rétablie.

– Pensez-vous que Miles parviendra à libérer Gavin ?

John ne répondit pas.

– Allons, dites-moi la vérité, insista-t-elle.

Il tourna le regard vers elle.

– C'est une forteresse solide, déclara-t-il. Sans renforts, le seul moyen de la prendre est de tenir un siège.

– Mais cela durerait des mois !

– Oui, milady.

– Dans ce cas, qu'adviendrait-il de Gavin et de ma mère ? Si les vivres viennent à manquer, ils seront les premiers à en pâtir.

John baissa la tête.

Judith se leva, les poings serrés.

– Il y a un autre moyen, dit-elle d'un ton ferme. J'irai voir Walter Demari.

John se redressa et haussa les sourcils.

– Et que pourriez-vous accomplir de plus que nos hommes ? demanda-t-il avec ironie.

– Tout ce que l'on attend de moi, répondit-elle calmement.

John la saisit vivement par le bras, sa main puissante la serrant à lui faire mal.

– Vous ne savez pas ce que vous dites ! s'emporta-t-il. Croyez-vous avoir affaire à un gentleman ? Vous imaginez-vous qu'il libérera lord Gavin et votre mère si vous lui donnez ce qu'il veut ? Si vous aviez vu les corps des compagnons de lord Gavin – ou du moins ce qui en restait –, vous n'envisageriez pas une seule seconde de vous rendre à Walter Demari. Une telle horreur était inutile, cependant il semble avoir pris plaisir à les torturer. S'il était un homme digne de ce nom, votre idée aurait pu être prise en compte. Mais il ne l'est pas.

Elle secoua le bras jusqu'à ce qu'il la lâche.

– C'est pourtant la seule solution, déclara-t-elle. Un siège causerait probablement leur mort, et vous dites que c'est l'unique moyen d'attaque. Si je m'introduis dans le château, peut-être pourrai-je les trouver et les aider à s'évader.

– Une évasion ! railla-t-il, oubliant le respect qu'il devait à sa maîtresse.

Pour l'instant, Judith n'était plus à ses yeux qu'une jeune femme sans expérience.

– Et comment sortirez-vous ? Il n'y a que deux issues ; très bien gardées.

Judith releva le menton.

– Nous n'avons pas le choix. Si Miles provoque les hostilités, Demari mettra certainement Gavin à mort, ainsi que ma mère. L'aimez-vous si peu pour mettre ainsi sa vie en péril ?

John comprit qu'elle avait raison et qu'il serait

celui qui la remettrait entre les mains sanguinaires de Demari. Oui, il aimait lord Gavin comme un fils, et le plan de Judith était leur seule chance de le sauver. Lord Gavin le pendrait peut-être ensuite pour ce qu'il allait faire, mais il devait le faire.

– Qu'est-ce qui empêcherait Demari de vous tuer aussi ? demanda-t-il.

Comprenant qu'elle avait gagné, Judith lui sourit.

– S'il m'ôte la vie, il perdra du même coup mes terres. Je n'ai peut-être pas beaucoup d'expérience, mais j'ai déjà appris que les hommes sont capables de tout pour s'approprier mes biens. (Ses yeux étincelèrent, puis elle poursuivit :) Venez à l'intérieur : nous pourrons parler plus librement. Nous avons encore beaucoup de choses à mettre au point.

Il la suivit en silence, résigné à tout entendre. Lady Judith se comportait comme si elle préparait un pique-nique et non sa propre reddition à un immonde boucher.

Judith voulait partir immédiatement, mais John la persuada d'attendre que lui et ses hommes se soient reposés. En réalité, il espérait que ce sursis lui permettrait de trouver une autre solution. Mais sa discussion avec Judith le désarma.

À chacun de ses arguments, elle en opposa dix autres, beaucoup plus sensés, en faveur de son projet. Et il était d'accord avec elle ; il ne voyait pas d'autre moyen de sauver les prisonniers... s'ils étaient effectivement prisonniers.

Quand il lui confia qu'il redoutait la réaction de lord Gavin, elle éclata de rire.

– S'il se porte assez bien pour se mettre en colère, c'est que nous aurons eu raison, déclara-t-elle.

John la dévisagea avec émerveillement. Cette femme était vraiment étonnante. Mais il n'enviait pas lord Gavin : mater une telle épouse devait relever de l'exploit.

Ne pouvant pas laisser le château sans protection, ils ne prendraient qu'une petite escorte. Tandis que John se reposait, Judith se chargea des préparatifs, faisant la liste des provisions à apporter aux chevaliers déjà sur place et des vêtements qu'elle emporterait. Elle choisit les plus beaux – soies chatoyantes, velours, cachemires – et fit aussi remplir une pleine cassette de ses bijoux les plus précieux.

Quand John marmonna quelque chose sur la vanité des femmes, elle sut à nouveau quoi lui rétorquer :

– Walter Demari me désire pour ce qu'il considère être ma beauté. S'il me voyait dans une banale robe de laine, il risquerait de changer d'avis et de me jeter au fond d'un cachot. Son orgueil l'a poussé à croire qu'une femme qu'il connaît à peine répudierait son mari par amour pour lui. C'est donc son orgueil que je dois flatter, en me présentant à lui dans mes plus beaux atours.

Vaincu par la logique infaillible de Judith, John s'éloigna. Devait-il la féliciter ou être furieux contre lui-même pour ne pas avoir pensé à tout cela le premier ?

De son côté, Judith n'était pas aussi confiante qu'elle le laissait paraître. Cette nuit-là, elle ne parvint pas à trouver le sommeil. Demari n'avait rien exigé en échange des prisonniers. Peut-être les avait-il déjà tués...

Instinctivement, ses mains se portèrent sur son ventre. Il était encore plat, mais elle était sûre maintenant de porter l'enfant de Gavin. Était-ce ce qui l'avait poussée à se battre pour sauver son mari ?

Dès les premières lueurs de l'aube, elle enfila une simple robe et se rendit à la petite chapelle où elle pria longuement – pour son époux, pour sa mère et pour l'enfant à naître.

Walter Demari, assis à une table usée et bancale, fixait le parchemin étalé devant lui. La pièce où il se trouvait respirait la misère et le délabrement. Voilà tout ce que son père avait consenti à lui céder : une vieille forteresse branlante et sans valeur !

Ravalant son ressentiment, il se concentra sur sa tâche. Quand il posséderait les terres de l'héritière Revedoune, son père ne le traiterait plus en quantité négligeable.

Derrière lui se tenait Arthur Smiton, un homme qu'il considérait comme son ami. Ce dernier l'avait toujours appuyé dans ses entreprises et l'avait encouragé à revendiquer ses droits sur la jolie Judith. En récompense de sa loyauté, Walter l'avait nommé premier vassal. Et c'était Arthur qui avait réussi à capturer lord Gavin.

– Je ne sais pas comment rédiger le message, se plaignit Walter. Et si elle ne venait pas ? Si elle hait *vraiment* son mari, pourquoi prendrait-elle tant de risques pour lui ?

Le visage d'Arthur resta impassible.

– Avez-vous oublié que nous tenons aussi sa mère ?

– Vous avez raison, déclara Walter en se penchant à nouveau sur le parchemin.

Ce qu'il avait à dire n'était pas facile à tourner. Il voulait la main de lady Judith en échange de la liberté de son mari et de sa mère.

Au bout d'un moment, Arthur s'éloigna pour se servir une coupe de vin. Les gémissements de Walter le rendaient malade. Depuis son retour du mariage de Judith Revedoune, il n'avait pas cessé de languir après cette femme. Il le regarda avec dégoût. Walter avait tout – des terres, de la fortune, une famille, un avenir rempli d'espoir. Ce n'était pas le cas d'Arthur, qui avait dû s'extirper par sa seule volonté de la fange où il était né. Tout ce qu'il possédait, il l'avait obtenu par la force de son intelligence, de ses bras et, assez souvent, par la fourberie et le mensonge. Il ne reculait devant rien pour parvenir à ses fins. Quand il avait vu le lymphatique Walter perdre la raison pour une femme, un plan avait germé dans son esprit.

Il ne lui avait pas fallu longtemps pour découvrir la faille dans l'union de lady Judith et lord Gavin. À l'époque simple chevalier dans la garnison de Walter, il avait trouvé une oreille attentive quand il avait suggéré l'annulation de ce mariage. Bien sûr, rien ne lui importait moins que le sort de l'héritière. Par contre, ses terres valaient la peine qu'on se batte. Walter n'avait pas voulu attaquer Robert Revedoune, mais Arthur savait que ce dernier serait prêt à tout pour que sa fille reste l'épouse de Gavin Montgomery. Il avait été facile de tuer le vieil homme, une fois qu'il leur avait amicalement ouvert les portes de son château. Lady Helen s'était ensuite soumise sans protester. Devant tant de docilité, Arthur avait éclaté de rire. Revedoune était digne de respect pour avoir si bien dressé son épouse !

– Monseigneur, il y a des visiteurs à nos portes, annonça fébrilement un serviteur.

– Des visiteurs ? répéta Walter, les yeux embrumés.

– Oui, Monseigneur. Lady Judith Montgomery et son escorte.

Walter se leva d'un bond, mais Arthur le retint par le bras.

– Je vous conseille la prudence, Monseigneur. C'est peut-être un piège.

– Quel piège voulez-vous qu'il y ait ? s'emporta-t-il. Ses hommes d'armes ne vont pas attaquer et risquer de la mettre en danger.

– Peut-être que lady Judith elle-même...

Walter se dégagea de son emprise.

– Vous allez trop loin, le prévint-il. Prenez garde à ne pas vous retrouver dans le même cachot que lord Gavin.

Il quitta en trombe la pièce. Cependant, l'esprit troublé par l'avertissement d'Arthur, il grimpa jusqu'au poste d'observation de la tour. Aucun doute n'était possible : cette chevelure flamboyante ne pouvait appartenir qu'à lady Judith.

Tout excité, il dévala aussitôt les marches, traversa la cour et ordonna aux gardes de lever la herse.

– Monseigneur, vous ne pouvez pas lui permettre d'entrer avec ses hommes, intervint Arthur. Ils sont une centaine et nous risquerions une attaque de l'intérieur.

Walter le regarda, conscient de la justesse de ce raisonnement, mais ne sachant visiblement pas quoi faire.

– J'irai à elle, décida Arthur. Mes hommes l'escorteront jusqu'ici.

– Seule ? demanda Walter avec impatience.

– Avec sa garde personnelle, si elle insiste. Mais c'est tout ce que nous lui accorderons.

Suivi de cinq chevaliers, il passa le pont-levis et chevaucha au-devant de Judith.

Celle-ci, assise très droite sur sa monture, avait dû faire appel à toute la force de sa volonté pour ne pas rebrousser chemin lorsque la lourde herse avait commencé à se lever. La vieille forteresse était peut-être au bord du délabrement, mais vue de si près elle paraissait vraiment imposante. Judith avait l'impression que ce monstre de pierre l'engloutirait à jamais dans ses entrailles.

– Il est encore temps de partir, milady, observa John Bassett en se penchant vers elle.

Six hommes se dirigeaient vers eux. Soudain, Judith fut prise d'une violente nausée et dut inspirer profondément pour la dissiper. Son enfant lui rappelait sa présence. Elle devait être courageuse pour lui, pour que sa grand-mère et son père sortent sains et saufs de ces murs.

– Non, dit-elle à John avec une assurance qu'elle ne ressentait pas. Il faut que j'aille jusqu'au bout.

Quand le chef de la délégation fut devant elle, elle comprit tout de suite qu'il était l'instigateur de ce complot. Contrairement à ceux de Walter, ses yeux sombres et pleins de suffisance ne recelaient aucune faiblesse. Ses vêtements étincelaient de bijoux aussi variés que colorés. Sa toque de velours, au large ruban couvert d'au moins une centaine de pierres précieuses, ressemblait à une couronne royale.

– Milady, dit-il en s'inclinant.

Son sourire était narquois, presque insultant.

Le cœur battant à tout rompre, Judith soutint son regard froid et implacable.

– Je suis sir Arthur Smiton, premier vassal de lord Walter Demari. Soyez la bienvenue.

La bienvenue! faillit-elle lui relancer à la face. Son père assassiné, sa mère et son mari captifs, plusieurs vies déjà perdues par leur faute... et ils lui souhaitaient la bienvenue!

– Vous retenez ma mère prisonnière? demanda-t-elle.

Il l'étudia, comme s'il essayait de la cerner.

– Oui, milady.

– Alors je veux la voir, déclara-t-elle en éperonnant son cheval.

Mais Arthur le retint par la bride. Aussitôt, les cent chevaliers qui escortaient Judith tirèrent leur épée.

– Vous n'espérez pas franchir nos portes avec tant d'hommes, n'est-ce pas? nota-t-il sans se départir de son sourire.

– Vous n'espérez pas que je les franchisse seule? rétorqua-t-elle du tac au tac.

C'était ce à quoi elle s'attendait, mais peut-être le persuaderait-elle de lui laisser une légère escorte.

– Voudriez-vous que j'abandonne derrière moi ma servante? Ou mon garde du corps?

Il parut hésiter.

– Un homme et une femme, concéda-t-il finalement. Pas plus.

Elle hocha la tête, sachant qu'il serait inutile d'argumenter. Au moins, John Bassett resterait à ses côtés.

– Joan, appela-t-elle en se retournant.

La servante observait Arthur d'un air spéculatif.

– Rassemble mes affaires et suis-moi. John...

Elle vit qu'il donnait déjà des ordres pour qu'on installe un campement.

Très droite sur sa selle, Judith franchit le pont-levis. Ressortirait-elle vivante de ces murs? se demandait-elle avec angoisse. Walter Demari l'aida à descendre à terre. Elle se souvenait de lui comme d'un jeune homme agréable, ni beau ni laid, mais elle remarquait à présent ses yeux bleus dénués de vie, son nez trop gros, et ses lèvres si minces qu'elles en paraissaient cruelles.

Il la dévora littéralement du regard.

– Vous êtes encore plus belle que dans mon souvenir, s'émerveilla-t-il.

Elle avait particulièrement pris soin de son apparence, ce matin-là. Une couronne de perles ceignait son front. Sous sa robe de velours marron brodée de fils d'or, se distinguait un fourreau de soie rouge liserée de fourrure blanche. Les manches serrées s'entrouvraient aux épaules, laissant voir l'étoffe chatoyante. Le décolleté profond mettait en valeur les exquises rondeurs de sa poitrine. Quand elle marchait, elle n'avait qu'à soulever la jupe de velours pour exposer la soie qui la moulait comme une seconde peau.

Judith se força à sourire à ce fourbe, mais se déroba à l'étreinte de ses mains déjà posées sur sa taille.

– Vous me flattez, Monseigneur, dit-elle d'un air gêné.

Walter était aux anges.

– Vous devez être épuisée. Une collation aurait été préparée, si j'avais été prévenu de votre arrivée.

Judith ne tenait pas à ce qu'il s'interroge davantage sur son intempestive démarche. Tandis qu'il la couvait d'un regard adorateur, elle comprit qu'elle devait lui donner l'image d'une jeune femme timide, traumatisée par sa toute nouvelle et désastreuse expérience du mariage.

– Je vous en prie, murmura-t-elle en baissant la tête, je voudrais voir ma mère.

Walter ne répondit pas, mais continua d'admirer la pureté de son visage, la blancheur de sa peau...

John Bassett fit un pas en avant, son imposante stature surplombant l'insignifiant Walter.

– Milady souhaite voir sa mère, rappela-t-il d'une voix calme mais puissante.

Totalement fasciné par Judith, Walter remarqua à peine la présence de John. Par contre, Arthur avait tout de suite senti le danger qu'un tel homme représentait. John Bassett devait être neutralisé le plus rapidement possible.

– Bien sûr, milady, déclara Walter en lui offrant son bras.

Ils se dirigèrent vers l'entrée du second étage. Judith embrassa la grande salle crasseuse du regard tandis qu'ils gravissaient l'escalier de pierre. Des morceaux d'os traînaient sur les nattes desséchées où des chiens ensommeillés étaient tout naturellement étendus. Les fenêtres profondément en retrait étaient dépourvues de volets et les linteaux étaient par endroits cassés ou manquants. Judith se demanda si un tel délabrement était à l'image de la protection globale de la forteresse. Elle devrait en avoir le cœur net.

Helen était assise dans une petite pièce du troisième étage. Le château fort ayant été construit avant l'invention des cheminées, du charbon de bois brûlait dans une chaufferette en cuivre.

– Mère ! s'écria Judith en s'élançant vers elle et en s'agenouillant à ses pieds.

– Mon petit, murmura Helen en l'attirant pour la prendre dans ses bras.

L'émotion et les larmes les empêchèrent de parler pendant un long moment.

– Tu vas bien ? s'inquiéta Helen.

Judith hocha la tête puis regarda Walter et Arthur.

– N'aurons-nous pas droit à un peu d'intimité ? demanda-t-elle.

– Bien sûr, dit Walter en se tournant vers la porte. Vous sortirez aussi, ajouta-t-il à l'intention de John Bassett.

– Non, rétorqua ce dernier. Je ne quitterai pas milady.

Walter fronça les sourcils, mais n'insista pas, soucieux de ne pas contrarier Judith.

– Vous auriez dû partir avec eux, dit sévèrement Judith quand Walter et Arthur furent sortis.

– Je ne vous laisserai pas, décréta John en s'asseyant lourdement sur une chaise près de la chaufferette.

– Mais je souhaite rester seule avec ma mère !

John ne daigna ni la regarder ni lui répondre.

– C'est un homme obstiné, fit-elle remarquer à sa mère d'un air dégoûté.

– Suis-je obstiné parce que je n'accepte pas toujours d'en passer par là où vous voulez ? lança John. Et à propos d'obstination, vous êtes vous-même assez têtue pour concurrencer une mule.

Judith s'apprêtait à riposter, mais le rire de Helen l'arrêta.

– Je suis heureuse de voir que tu n'as pas changé, ma fille. (Elle se tourna vers John.) Judith est tout ce que j'ai espéré qu'elle soit, et même plus, déclara-t-elle avec une fierté pleine de tendresse.

Elle reporta à nouveau son attention sur sa fille.

– Maintenant, dis-moi pourquoi tu es ici.

– Je... ô mère... commença-t-elle, la gorge serrée.

– Qu'y a-t-il ? Tu peux parler librement.

– Non, je ne le peux pas ! lança-t-elle avec fougue en tournant les yeux vers John.

Il lui adressa un regard si noir qu'elle eut presque peur de lui.

– Ne doutez pas de ma loyauté, déclara-t-il. Aucune de vos paroles ne sera répétée.

Sachant qu'elle pouvait lui faire confiance, Judith se détendit et s'installa sur un coussin, aux pieds de sa mère. Elle avait désespérément besoin de se confier à elle.

– J'ai rompu un serment devant Dieu, confessa-t-elle doucement.

Helen caressa ses cheveux.

– Raconte-moi.

Les mots se bousculaient sur les lèvres de Judith tandis qu'elle relatait comment elle s'était vainement efforcée de sauver son mariage. Rien n'avait pu détacher Gavin d'Alice Chatworth.

– Et ton serment ? demanda Helen.

– J'avais juré de ne rien lui accorder de mon propre gré. Mais je suis librement allée à lui, la nuit précédant son départ.

Elle rougit au souvenir des mains de Gavin sur son corps.

– L'aimes-tu ?

– Je l'ignore. Je le hais et je l'aime ; je le méprise et je l'adore... Je ne sais pas. Je pense sans cesse à lui. Il s'impose à moi... au point que je n'ai plus de volonté quand il est là. Quand il entre dans une pièce, j'ai l'impression qu'il la remplit. Et même au moment où je le hais le plus, j'ai encore envie de courir vers lui. Est-ce cela l'amour ?

Elle leva des yeux suppliants vers sa mère.

– Ou est-ce un envoûtement diabolique ? poursuivit-elle. Il n'est pas courtois avec moi. Je suis sûre qu'il ne m'aime pas. Il me l'a même dit. Le seul endroit où il soit bon avec moi c'est...

– ... au lit ? suggéra Helen en souriant.

– Oui, dit rapidement Judith en détournant le regard.

Helen mit un moment avant de prendre la parole.

– Tu me demandes ce qu'est l'amour, commença-t-elle d'une voix lointaine, mais qui le connaît moins que moi ? Ton père aussi avait un tel pouvoir sur moi. Savais-tu qu'un jour je lui ai sauvé la vie ? La veille, il m'avait battue et je chevauchais avec lui, le visage encore marqué par les coups, quand son cheval le désarçonna. Robert est tombé dans le marécage, à la frontière nord du domaine. Nous étions seuls : l'escorte était loin derrière nous. Je le regardais s'agiter et s'enfoncer de plus en plus. Mon corps meurtri criait vengeance et ma première envie fut de lui tourner le dos et de partir. Mais je n'ai pas pu. Que crois-tu qu'il ait fait ensuite ? Il a éclaté de rire et m'a traitée d'idiote pour l'avoir sauvé.

Elle s'interrompit un instant.

– Je connais l'influence que Gavin a sur toi, poursuivit-elle. Ton père avait la même sur moi. Je ne peux pas dire que notre union était de l'amour, et je ne peux pas non plus le dire de la vôtre.

Le silence retomba.

– Et maintenant, je sauve mon mari comme vous avez sauvé le vôtre, reprit Judith, les yeux fixés dans le vide. Mon père a continué de vous battre, et Gavin continuera de voir sa maîtresse.

– Oui, dit tristement Helen.

– La naissance d'un enfant n'arrange-t-elle pas les choses ?

– Peut-être, si les premiers avaient vécu. Mais les trois sont morts et c'étaient des garçons. Ensuite tu es arrivée, et tu étais une fille...

– Si votre premier enfant vivant avait été un fils, les choses auraient-elles été différentes ? insista Judith.

– Je l'ignore. Je ne crois pas qu'il battait sa première femme qui lui avait donné des fils. Mais il était plus jeune, alors.

Elle s'interrompit brusquement.

– Judith ! Es-tu enceinte ?

– Oui. De deux mois.

John se leva d'un bond de sa chaise.

– Vous avez chevauché jusqu'ici alors que vous portez l'enfant de lord Gavin ! s'exclama-t-il.

Il avait été si discret auparavant que les deux femmes l'avaient presque oublié.

– La pendaison sera trop bonne pour moi, ajouta-t-il en passant une main sur son front. Quand lord Gavin apprendra cela, il me fera mourir à petit feu, comme je le mérite.

Judith se redressa, les yeux flamboyants.

– Et qui le lui dira ? Vous avez promis de vous taire !

– Comment comptez-vous garder cela secret ? demanda-t-il d'un ton lourd de sarcasmes.

– Quand il sera temps de l'annoncer, je serai loin d'ici.

Son regard s'adoucit.

– Vous ne lui direz pas, n'est-ce pas, John ?

– Épargnez-moi vos cajoleries, déclara-t-il, à nouveau imperturbable. Réservez-les à cette femmelette de Walter Demari.

Le rire de Helen les interrompit. C'était bon de l'entendre rire. Elle en avait si peu eu l'occasion dans sa misérable vie.

– J'ai plaisir à te voir ainsi, ma fille. J'avais peur que le mariage ne t'ait matée au point de t'enlever ton esprit.

Judith l'entendit à peine. Elle avait trop conscience des détails de sa vie intime qu'elle venait de révéler devant John.

– Oh non, soupira ce dernier. Il faudrait plus qu'un simple mortel pour la dresser. Inutile de plaider davantage, lady Judith. Je ne dirai rien de ce que j'ai entendu, sauf si vous me le demandez.

– Pas même à Gavin ?

Il lui adressa un regard inquiet.

– Je donnerais beaucoup pour savoir où il est et s'il est sain et sauf.

– Judith, intervint Helen. Tu ne m'as toujours pas dit la raison de ta présence. Walter Demari t'a-t-il fait venir ?

John se rassit lourdement.

– Nous sommes là parce que lady Judith en a décidé ainsi, déclara-t-il. Personne n'aurait pu l'en dissuader.

– Il n'y avait pas d'autre moyen, expliqua Judith en se réinstallant aux pieds de sa mère. Que vous a-t-on dit depuis que vous êtes ici ? l'interrogea-t-elle.

– Rien. J'ai été... amenée ici après la mort de Robert. Je n'ai parlé à personne pendant une semaine. Même la servante qui m'apportait à manger ne disait jamais un mot.

– Alors vous ne savez pas où Gavin est gardé ?

– Non. Jusqu'à cette minute, j'ignorais même qu'il était lui aussi captif. Qu'espère obtenir lord Demari ?

– Moi, dit simplement Judith avant de lui expliquer le plan de Walter.

– Mais l'annulation du mariage est impossible, dès lors que tu es enceinte, nota Helen quand Judith eut terminé.

– Oui, acquiesça celle-ci en regardant John. C'est pourquoi mon état doit rester secret.

– Que vas-tu faire, Judith ? Comment espères-tu nous libérer ? Tu ne peux rien contre ces murs de pierre.

John eut un grognement approbateur.

– Je ne sais pas, répondit Judith d'un ton exaspéré. Mais il n'y avait pas d'autre solution. Au moins, maintenant j'ai une chance de vous sauver. Je dois d'abord trouver Gavin...

– As-tu amené Joan ? l'interrompit Helen.

– Oui.

– Charge-la de retrouver Gavin. Joan est la meilleure quand il s'agit de trouver un homme. Elle a un flair spécial pour cela.

Judith hocha la tête.

– Et qu'en est-il de Walter Demari ? poursuivit sa mère.

– Je l'ai à peine vu.

– Peut-on lui faire confiance ?

– Non ! intervint John. Ni à lui ni à son acolyte.

– Demari me trouve belle et je compte l'être à ses yeux, tant que je n'aurai pas retrouvé Gavin, déclara Judith.

Helen regarda tendrement sa fille.

– Tu connais si mal les hommes. Ils sont tous différents... et beaucoup plus puissants que nous.

John se leva brusquement, le regard dirigé vers la porte.

– Ils reviennent.

– Écoute-moi, Judith, s'empressa Helen. Demande à Joan de t'expliquer comment te comporter avec Walter. Les hommes n'ont aucun secret pour elle. Jure-moi de suivre ses conseils à la lettre.

– Je...

– Promets-le-moi !

– Je ferai de mon mieux. C'est tout ce que je peux promettre.

La porte s'ouvrit en coup de vent. Joan et l'une des servantes du château venaient chercher Judith pour la préparer avant le souper avec Sa Seigneurie. La jeune femme dit au revoir à sa mère et quitta la pièce, suivie de près par John.

La grande chambre située au quatrième étage était une pièce lumineuse et agréable. Des nattes propres avaient été disposées sur le sol, les murs avaient été repeints à la chaux, comme si un hôte avait été attendu. On laissa Judith seule en compagnie de Joan. John montait la garde devant la porte. Au moins, Walter lui faisait assez confiance pour ne pas lui assigner un espion.

Joan apporta une cuvette d'eau chaude à Judith.

– Sais-tu où lord Gavin est gardé ? demanda celle-ci tout en se lavant le visage.

– Non, milady, répondit Joan avec méfiance.

Elle n'avait pas l'habitude que sa maîtresse lui pose des questions.

– Peux-tu arriver à le savoir ?

Joan sourit.

– Sans aucun doute. Ce château ne manque pas de bavards.

– Auras-tu besoin d'argent pour obtenir cette information ?

Joan parut choquée.

– Non, milady. J'interrogerai seulement les hommes !

– Et ils parleront ? s'étonna Judith.

La servante prenait peu à peu de l'assurance. Mis à part la gestion d'un domaine et la tenue des comptes, sa maîtresse ne connaissait pas grand-chose à la vie !

– Tout est dans la *manière* de les interroger, déclara-t-elle.

Judith revêtit une robe argentée, dont les pans ouverts sur le devant révélaient un lourd satin d'un vert profond. Les manches larges s'évasaient en un drapé gracieux à partir de la taille, retombant assez bas de chaque côté de la jupe. Une capeline à la mode française complétait le tout. L'étoffe assortie à la robe était brodée de fleurs de lys.

Elle s'assit sur un tabouret, tandis que Joan ajustait la coiffe.

– Et si une femme avait quelque chose à demander à lord Walter ? s'enquit-elle.

– Lui ! dit Joan d'un ton mordant. Je ne lui ferais confiance pour rien au monde. Par contre, ce sir Arthur n'a pas mauvaise allure.

Judith fit volte-face.

– Comment peux-tu dire cela ? Ses yeux sont si froids. Cet homme est la cupidité même.

– Et lord Walter, selon vous ? demanda Joan en lui indiquant de se retourner. Il est au moins aussi cupide, fourbe, brutal et égoïste.

– Alors pourquoi préfères-tu sir Arthur ?

– Parce qu'il est toujours égal à lui-même. On sait exactement à quoi s'en tenir avec lui.

– Et ce n'est pas le cas avec lord Walter ?

– Non, milady. Lord Walter est comme un enfant capricieux. Il voudra quelque chose, et dès qu'il l'aura n'en voudra plus.

– Et ceci s'applique aussi aux femmes ?

Joan s'agenouilla près de sa maîtresse.

– Écoutez bien ce que je vais vous dire. Je connais les hommes. Lord Walter brûle de désir pour vous. Et vous serez sauve, tant que cette passion le consumera.

– Sauve ? Je ne comprends pas.

– Il a tué votre père, capturé votre mère et votre mari, uniquement à cause de ce désir. Que croyez-vous qu'il adviendra de vous quand ce feu sera apaisé ?

Judith ne comprenait toujours pas. Avec Gavin, les choses se passaient différemment. Leur ardeur semblait se nourrir à chacune de leurs étreintes et ne pas cesser de croître.

– Tous les hommes ne sont pas comme lord Gavin, nota Joan, lisant dans les pensées de Judith. Si vous vous donnez à lord Walter, vous n'aurez plus aucun pouvoir sur lui. Pour lui, comme pour beaucoup d'autres, seul le jeu de la séduction compte.

Judith commençait à y voir plus clair.

– Comment le tenir à distance ?

– Il ne vous forcera pas. Il a besoin de croire qu'il vous a séduite et vaincue. Peut-être accédera-t-il volontiers à vos désirs, mais prenez garde à ne pas éveiller sa jalousie. Ne le laissez pas supposer une seule seconde que vous vous inquiétez pour lord Gavin. Amenez-le à penser que vous méprisez votre mari. Bref, tenez la carotte devant son nez, sans jamais lui permettre de la toucher.

Elle se leva et vérifia d'un œil critique la tenue de sa maîtresse.

– Et sir Arthur ? demanda Judith.

– Lord Walter le bridera. Et si le pire arrivait, nous pourrions toujours le soudoyer.

Judith se leva et regarda sa servante.

– Crois-tu que je connaîtrai un jour les hommes ?

– Le jour où moi je saurai lire ! rétorqua Joan. (Elle éclata de rire et ajouta :) Pourquoi voulez-vous en savoir plus, alors que vous avez lord Gavin ? Tous mes amants réunis ne le vaudraient pas.

Tandis qu'elles quittaient le salon, Judith se demanda si Gavin était bien à elle. Et si elle voulait qu'il le soit.

16

– Milady, l'accueillit Walter en lui baisant la main.

Judith garda les yeux timidement baissés.

– Il y a longtemps que je ne vous ai vue, et votre beauté n'a fait qu'augmenter. Le souper sera servi dans un instant.

Il la conduisit à la table d'hôte dressée sur une estrade. Sur la vieille nappe tachée étaient disposés des couverts dépareillés.

– Votre chambre est-elle confortable ? lui demanda-t-il quand ils furent assis.

– Oui, répondit-elle doucement.

– Allons, milady, sourit-il en bombant légèrement le torse, vous ne devez pas avoir peur de moi.

Avoir peur ! songea-t-elle avec fureur en croisant son regard. Mais elle se ressaisit.

– Je suis plutôt désorientée, déclara-t-elle. Je ne suis pas habituée à la compagnie des hommes, et ceux que j'ai connus... n'ont pas été courtois envers moi.

Il lui prit la main.

– Je réparerais cela si je le pouvais. Savez-vous que je vous connais plus que vous ne le pensez ? J'étais un ami de vos frères.

– Vraiment ? s'étonna-t-elle. Je l'ignorais. Est-ce à cette époque que mon père m'a promise à vous ? demanda-t-elle d'un ton innocent.

– Oui... euh... non, bredouilla-t-il.

– Ah, je comprends, Monseigneur. C'était après la mort de mes chers frères.

– Oui, c'est cela, acquiesça-t-il, soulagé.

– Mes pauvres frères avaient si peu d'amis. Je suis heureuse qu'ils vous aient eu. Et mon père ! Je ne devrais pas dire du mal de lui, mais il était affreusement distrait. Peut-être a-t-il égaré l'acte de promesse de mariage.

– Il n'y avait... commença Walter avant de s'interrompre et de se servir une coupe de vin.

Il lui était difficile d'admettre que ce document n'avait jamais existé.

Judith posa une main tremblante sur son bras.

– Ai-je dit quelque chose de mal ? Allez-vous me battre ?

Il se retourna vivement vers elle et aperçut des larmes dans ses yeux.

– Douce Judith, murmura-t-il en lui baisant passionnément la main. Ce monde est injuste. Comment une créature aussi belle et innocente peut-elle être à ce point terrorisée par les hommes ?

Judith essuya ostensiblement une larme.

– Pardonnez-moi. J'ai si peu d'expérience et...

Elle baissa le regard.

– Allons, souriez. Demandez-moi ce que vous voudrez, je vous l'accorderai.

Elle releva immédiatement les yeux.

– Je souhaiterais que ma mère soit mieux logée, dit-elle avec fermeté. Peut-être au même étage que moi.

– Monseigneur ! intervint durement sir Arthur qui, assis à la gauche de Judith, n'avait pas perdu un mot de la conversation. Le quatrième étage n'est pas assez bien gardé.

Walter se renfrogna. Comment parviendrait-il à impressionner favorablement sa douce et timide captive, si ses vassaux osaient défier son autorité devant elle ?

Arthur comprit immédiatement son erreur.

– Je voulais seulement dire, Monseigneur, qu'il faudrait assigner un garde du corps à lady Helen, pour sa propre sécurité.

Ses yeux se posèrent sur Judith.

– Quel homme choisiriez-vous, milady, si vous deviez en désigner un seul pour votre protection ?

– John Bassett, rétorqua-t-elle sans réfléchir.

Elle le regretta aussitôt.

Arthur lui adressa un regard suffisant avant de se pencher vers Walter.

– N'est-ce pas merveilleux ? lança-t-il. Lady Judith vient de trouver le garde idéal pour lady Helen.

– C'est une excellente idée ! dit Walter. Vous convient-elle, milady ?

Elle ne voyait pas quelle raison invoquer pour refuser de se séparer de John. En outre, peut-être serait-elle plus libre d'agir sans lui.

– Cela me convient parfaitement, Monseigneur, répondit-elle avec douceur. Je sais que John prendra bien soin de ma mère.

– Maintenant, abordons des sujets plus agréables. Cela vous plairait-il de m'accompagner à la chasse, demain ?

– La chasse, Monseigneur ? Je...

– Oui ? Auriez-vous une autre requête ?

– C'est que... c'est un peu ridicule...

– Allons, dites-moi tout, l'encouragea-t-il avec tolérance.

– Eh bien, j'ai très peu voyagé en dehors des domaines de mon père et je n'avais jamais vu une forteresse aussi ancienne. J'aimerais beaucoup la visiter. Vous me trouvez risible, n'est-ce pas ? conclut-elle d'une toute petite voix.

– Mais non ! la rassura-t-il en éclatant de rire. En outre, vos désirs sont des ordres, ajouta-t-il en la couvant des yeux avec passion. Je me ferai un plaisir d'être votre guide.

Elle ne pouvait plus supporter ses regards brûlants. Baissant les yeux, elle murmura :

– Je suis très fatiguée. Me permettrez-vous de me retirer, Monseigneur ?

– Je vous en prie, dit-il en se levant et en lui tendant la main.

John s'approcha aussitôt.

– Je voudrais parler un moment à mon garde, déclara-t-elle en se dirigeant vers ce dernier avant que

Walter pût réagir. Sir Arthur vous a assigné à ma mère, lui annonça-t-elle sans préambule.

– Je refuse. Lord Gavin...

– Doucement ! dit-elle en l'arrêtant d'un geste discret. Il ne faut pas qu'on nous entende. Lord Walter ne comprendrait pas que je refuse cet arrangement. Il s'imagine que je suis tout à lui.

– Vous a-t-il fait des avances ?

– Pas encore, mais cela ne saurait tarder. Vous devez rester près de ma mère. Sinon, sir Arthur ne consentira pas à la sortir de cette chambre humide. Elle ne supportera pas longtemps un tel traitement.

– Vous pensez trop à votre mère et pas assez à vous.

– Je réagirais de la même manière pour moi, si les conditions de ma captivité étaient aussi intolérables.

– Vous oubliez une chose : sans votre obstination, vous seriez en ce moment chez vous, en sécurité.

– Me faites-vous des leçons de morale, *maintenant* ? s'exaspéra-t-elle.

– Ce serait peine perdue. Je vous obéirai à une condition : promettez-moi de ne pas commettre d'imprudence.

– Je peux même vous le jurer, si vous y tenez.

– Vous avez la repartie facile, mais l'heure n'est pas aux traits d'esprit : ils approchent. Faites-moi parvenir des messages le plus souvent possible. Peut-être me consoleront-ils des tortures que lord Gavin m'infligera.

Quand Judith et sa servante se retrouvèrent seules, cette dernière laissa libre cours à sa jubilation.

– Vous avez été parfaite, ce soir ! Quel jeu d'actrice ! Où avez-vous appris à si bien simuler les larmes ?

Avec un pincement au cœur, Judith revit Alice dans les bras de Gavin.

– Je le tiens d'une femme qui ne vit que par le mensonge, dit-elle avec mépris.

– Eh bien, elle est certainement la meilleure du genre. Votre numéro était très convaincant. J'espère que vous avez obtenu ce que vous vouliez.

– Comment sais-tu que je voulais quelque chose ?

– Pour quelle autre raison une femme montrerait-elle des larmes à un homme ?

Judith pensa à nouveau à Alice.

– Oui, pour quelle autre raison ? murmura-t-elle.

– Alors, avez-vous réussi ? insista Joan.

– En grande partie. Mais cet Arthur m'a piégée. John a été désigné pour garder ma mère. Quelle ironie ! Mon garde du corps changé en femme de chambre, mis sous clé, et moi qui me retrouve seule, avec une personne de plus à libérer.

Joan termina de l'aider à se déshabiller.

– Sir Arthur est rusé, déclara-t-elle. Éloigner John de vous sert ses intérêts.

– Tu as raison. Mais lord Walter est un idiot. Tout ira bien si j'arrive à lui parler sans que sir Arthur nous espionne.

– Ce sera difficile, nota Joan en lui ouvrant le lit.

– Que vas-tu faire ? lui demanda Judith en la voyant se recoiffer.

– Trouver lord Gavin, répondit-elle en souriant. Demain, je vous donnerai de ses nouvelles.

Judith entendit à peine la porte se fermer derrière Joan. Elle s'était crue trop anxieuse pour pouvoir dormir, mais ce ne fut pas le cas. Elle sombra très vite dans un profond sommeil.

Walter et Arthur se trouvaient dans la grande salle. Les tables avaient été débarrassées et les chevaliers installaient leurs matelas pour la nuit.

– Elle ne m'inspire pas confiance, dit Arthur à mi-voix.

– Vraiment ? explosa Walter. Comment pouvez-vous dire une chose pareille après l'avoir vue ? C'est une fleur délicate, qui a été si maltraitée que le moindre froncement de sourcils la terrorise.

– Elle ne paraissait pas terrorisée quand elle a exigé que sa mère soit mieux traitée.

– Exiger ! Elle est incapable d'exiger quoi que ce soit. Simplement, sa nature douce et sensible la pousse à se préoccuper du sort de sa mère.

– Cette *douce nature* a en tout cas beaucoup obtenu de vous, ce soir. Souvenez-vous comment elle vous a presque forcé à admettre qu'il n'existait pas de promesse de mariage.

– Quelle importance ? contra durement Walter. Elle ne veut de toute façon plus de son époux.

– Comment en êtes-vous si sûr ?

– Tout le monde sait...

– Ah, les « on dit » ! jeta Arthur avec mépris. Et pourquoi croyez-vous qu'elle soit ici ? Elle n'est pas assez stupide pour s'imaginer que c'est sans danger.

– Sous-entendez-vous que je pourrais la maltraiter ? s'emporta Walter.

Arthur le fixa dans les yeux.

– Pas tant que vous ne l'aurez pas possédée. Épousez-la avant de la mettre dans votre lit. Sinon, elle risque de vous haïr, comme d'autres vous ont haï. Je vous conseille de ne pas gâcher vos chances de devenir son mari.

– Je n'ai aucun conseil à recevoir de vous ! Surtout pas en ce qui concerne les femmes. Et n'oubliez pas que je suis le maître ici !

– Je ne saurais l'oublier, Monseigneur, railla Arthur. Demain, j'aiderai donc mon maître à dévoiler nos défenses à notre prisonnière.

Il tourna les talons, évitant de justesse la chope de vin que Walter avait rageusement lancée sur lui.

Très tôt le lendemain matin, Judith s'éveilla en pensant à la promesse de Joan. Sortant vivement du lit, elle enfila une robe de chambre en brocart imprimé de fleurs et bordé de cachemire. La paillasse de Joan était vide. Sa servante avait-elle été surprise par Walter pendant qu'elle furetait pour trouver Gavin ?

À l'instant où l'inquiétude la gagnait, la porte s'ouvrit lentement et Joan se glissa à pas feutrés dans la chambre obscure.

– Où étais-tu passée ? murmura Judith.

Joan sursauta et étouffa d'une main son cri de frayeur.

– Milady ! Vous m'avez fait une de ces peurs ! Pourquoi n'êtes-vous pas couchée ?

– Tu oses me demander pourquoi *je* ne suis pas au lit ? s'emporta Judith avant de se ressaisir. Quelles sont les nouvelles ? As-tu appris quelque chose sur Gavin ?

Elle l'entraîna sur le lit, où elles s'assirent côte à côte.

– Je l'ai trouvé, milady, déclara Joan, la tête basse.

– Se porte-t-il bien ? la pressa Judith.

Joan inspira avant de se lancer dans son récit.

– J'ai eu du mal à le trouver. Il est très bien gardé, dans un endroit... difficile d'accès. (Elle sourit.) Mais, par chance, un des gardes n'a pas été insensible à mes charmes et nous avons passé un long moment ensemble. Quel homme ! Toute la nuit, il a...

– Joan ! l'interrompit vivement Judith. Tu me caches quelque chose, n'est-ce pas ? Qu'est-il arrivé à mon mari ? Comment va-t-il ?

Joan la regarda, s'apprêta à parler, puis enfouit son visage dans ses mains.

– C'est trop horrible, milady. Je n'arrive pas à croire qu'ils lui aient fait une telle chose. Même un serf ne serait pas traité ainsi.

– Dis-moi tout, ordonna Judith d'une voix blanche.

Joan redressa la tête, luttant visiblement contre l'émotion qui la submergeait.

– Peu de gens au château savent où il se trouve. Il a été amené pendant la nuit et... jeté sous la cave.

– Sous la cave ?

– Oui, milady. Dans un trou creusé au milieu des

fondations. L'eau des douves s'y infiltre et des choses... des choses visqueuses... y prolifèrent.

– C'est là que Gavin est gardé ?

– Oui, milady. Le cachot donne dans la cave, mais il est tellement profond qu'il faut une échelle pour y descendre.

– Tu as vu l'endroit ?

– Oui, milady. (Elle baissa à nouveau la tête.) Et j'ai vu lord Gavin.

Judith lui agrippa fiévreusement le bras.

– Qu'attendais-tu pour me le dire ?

– Ce que j'ai vu est... tellement incroyable, souffla-t-elle en relevant les yeux. Lord Gavin n'a plus que la peau sur les os. Ses yeux ne sont plus que deux cercles noirs exorbités qui vous transpercent l'âme. Le gardien avec qui j'ai passé la nuit a ouvert la trappe et passé une bougie à l'intérieur. On pouvait à peine voir, tellement ce trou est obscur ! Lord Gavin – au début je ne pouvais pas croire que c'était lui – s'est protégé le visage de la faible lueur de la bougie. Et le sol, milady – grouillant de vermine et complètement trempé ! Comment dort-il ? Il n'y a nulle part où s'allonger.

– Es-tu sûre que c'était lord Gavin ?

– Oui. Le garde lui a lancé un coup de fouet et il a écarté sa main pour nous regarder avec haine.

– T'a-t-il reconnue ?

– Je ne crois pas qu'il soit en état de reconnaître qui que ce soit.

Perdue dans ses pensées, Judith détourna le regard.

– Il est trop tard, milady, déclara Joan en lui touchant doucement le bras. Lord Gavin ne fait déjà plus partie de ce monde. Mieux vaut l'oublier.

Judith retourna vivement la tête.

– Ne viens-tu pas juste de dire qu'il était vivant ?

– Oui, mais il est perdu. Même si on le libérait aujourd'hui, la lumière du soleil le tuerait.

– Je dois m'habiller, déclara Judith en se levant.

Joan supposa avec soulagement que sa maîtresse

s'était rendue à la raison. Cependant, un doute persistait. Depuis le temps qu'elle la servait, elle avait appris à connaître Judith. Si un problème se présentait, elle n'avait de cesse qu'elle ne le résolve, quitte à travailler elle-même jour et nuit. Joan n'avait jamais côtoyé de femme aussi volontaire et tenace.

– Joan, j'aurai besoin d'un vêtement de drap très sombre, comme en portent les serfs. Et des bottes – hautes. Ce n'est pas grave si elles sont trop larges : je les serrerai pour les ajuster. Et un banc – long, mais assez étroit pour passer par la trappe. Il me faut aussi une boîte de fer – pas trop grande, pour que je puisse l'attacher à mon ventre.

– Votre ventre ? répéta Joan, abasourdie. Vous n'allez pas... Ne vous ai-je pas expliqué qu'il était impossible de le sauver ? Vous ne pouvez pas lui apporter un banc sans que personne le remarque. De la nourriture, peut-être, mais...

Le regard de Judith l'arrêta. Quand ses yeux dorés se durcissaient ainsi, il n'était pas question de lui désobéir.

– Très bien, milady, se résigna Joan. Un banc, des bottes, un vêtement sombre et... une boîte en fer à la mesure de votre ventre, conclut-elle d'un ton railleur.

– Exactement, dit Judith sans l'ombre d'une pointe d'humour. Maintenant, aide-moi à m'habiller.

Elle enfila un fourreau de soie jaune, puis une robe de velours doré aux manches amples et tombantes. Une ceinture de soie brodée de perles pendait de sa taille à ses pieds.

Joan entreprit de la coiffer avec un peigne d'ivoire.

– Ne lui laissez pas voir que vous vous inquiétez pour lord Gavin.

– Je n'ai pas besoin que tu me le rappelles. Va chercher ce que je t'ai demandé. Et sois discrète.

– Je ne peux pas transporter un banc sans qu'on me voie.

– Joan !
– J'y vais tout de suite, milady.

– Vous devez être épuisée, milady, déclara Walter après lui avoir fait visiter son domaine. Tout ceci ne vous a certainement que très peu intéressée.
– Bien au contraire ! dit Judith en souriant. Votre forteresse est tellement impressionnante !
C'était un château de conception simple : une large tour protégée de remparts. Plusieurs gardes étaient à leur poste, mais paraissaient plutôt endormis et inattentifs.
– Peut-être que milady souhaiterait voir les armures des chevaliers et vérifier qu'elles ne comportent aucun défaut, suggéra Arthur en la sondant du regard.
Judith se força à paraître déroutée.
– Je ne comprends pas ce que vous voulez dire.
Moi non plus ! renchérit Walter.
Arthur ne répondit pas, mais fixait Judith d'un regard entendu. Ayant observé chacun de ses mouvements, il n'avait pas manqué de remarquer son intérêt particulier pour les fortifications.
Elle se tourna vers Walter.
– Je suis plus lasse que je ne le pensais, déclara-t-elle. Puis-je aller me reposer ?
– Je vous en prie, milady, dit-il en passant un bras autour de sa taille pour la conduire jusqu'à sa chambre.
Une fois seule, elle se jeta sur le lit, en proie à un vif désespoir. Toute la matinée, elle n'avait cessé de penser à Gavin, l'imaginant entre la vie et la mort, dans cet affreux cachot où on l'avait jeté.
Elle ne prêta aucune attention au bruit de la porte qu'on ouvrait. Une dame de la noblesse avait rarement droit à une totale intimité et devait s'habituer au va-et-vient incessant des servantes. Elle sursauta au contact d'une main sur son cou.
– Monseigneur Walter ! s'écria-t-elle en se retournant.

– N'ayez pas peur, dit-il calmement. Je me suis assuré que personne ne viendrait nous déranger. Mes gens savent trop ce qu'ils risquent s'ils me désobéissent.

Judith tremblait.

– Vous ne devez pas me craindre, déclara-t-il, les yeux brillants. Ne savez-vous pas que je vous aime depuis que je vous ai vue ? J'étais dans la procession qui vous escortait à l'église. Vous dirais-je ce qui m'est apparu ce jour-là ?

Il prit une mèche de ses cheveux et l'enroula autour de son bras.

– Vous étiez baignée de soleil et votre éclat le faisait pâlir. Votre robe et vos yeux d'or...

Il accrocha son regard.

– Comme j'avais envie de toucher votre chevelure soyeuse ! C'est alors que j'ai compris que vous m'étiez destinée. Pourtant, vous en épousiez un autre ! l'accusa-t-il.

Judith avait peur – non pas de lui ou de ce qu'il pourrait lui faire, mais de ce qu'elle perdrait si elle se donnait à lui. Elle enfouit son visage dans ses mains, comme si elle pleurait à chaudes larmes.

– Milady ! Ma douce Judith, pardonnez-moi. Qu'ai-je donc fait ? demanda-t-il, désemparé.

Elle fit un effort pour se ressaisir.

– C'est à moi de m'excuser. Les hommes...

Les mots s'étranglèrent dans sa gorge.

– Vous pouvez tout me dire, lui assura-t-il avec douceur. Je suis votre ami.

– Vraiment ? demanda-t-elle en levant vers lui des yeux suppliants et pleins d'innocence.

– Oui, murmura Walter, complètement subjugué.

– Je n'ai jamais eu d'ami homme. D'abord mon père, et ensuite mes frères – Non ! je ne devrais pas dire du mal d'eux.

– Vous n'avez pas besoin de m'expliquer, dit-il en caressant le dos de sa main. Je les connaissais bien.

– Et maintenant, mon mari ! se révolta-t-elle avec fougue.

Les yeux de Walter s'étrécirent.

– Est-il vrai que vous le haïssez ?

Le regard de Judith étincela d'une si grande haine qu'il crut un instant qu'il lui était adressé.

– Les hommes sont tous les mêmes ! jeta-t-elle avec colère. Ils n'attendent qu'une chose des femmes et n'hésitent pas à les forcer si elles refusent. Pouvez-vous imaginer l'horreur que représente un viol ?

– Non, je... bafouilla-t-il.

– Les hommes ignorent tout de la délicatesse. J'aimerais croire qu'il en existe un capable de douceur et de compréhension.

– Et si vous rencontriez cet être rare, comment le récompenseriez-vous ?

Elle lui sourit.

– Je l'aimerais de tout mon cœur, répondit-elle simplement.

Il lui baisa tendrement la main.

– Alors, je serai celui-là. Car je suis prêt à tout pour gagner votre cœur.

– Personne ne l'a jamais possédé, murmura-t-elle.

Il libéra sa main et se leva.

– Je vous laisse donc vous reposer, déclara-t-il. Et souvenez-vous : vous pouvez compter sur moi comme sur un ami.

Dès qu'il fut parti, Joan se glissa dans la chambre.

– Milady ! Il n'a pas...?

– Non, il ne s'est rien passé. J'ai dit ce qu'il fallait pour le faire renoncer.

– Vraiment ? Expliquez-moi comment... Et puis non. Je ne pense pas avoir jamais envie d'empêcher un homme de me faire l'amour ! plaisanta-t-elle. Croyez-vous pouvoir le tenir longtemps à distance ?

– Je ne sais pas. Pour l'instant, je joue la femme tremblante et soumise, mais j'ignore pendant combien de temps je supporterai ce rôle. Mes propres mensonges me font horreur !

Elle regarda Joan.

– As-tu tout préparé pour cette nuit ?

– Oui, et cela n'a pas été facile.

– Quand nous sortirons d'ici, tu seras généreusement récompensée – si nous parvenons à sortir. Maintenant, prépare-moi un bain. Je sens encore sur moi les mains de cet homme.

John Bassett faisait nerveusement les cent pas. Trébuchant sur quelque chose, il l'envoya valdinguer du bout du pied. L'os de bœuf desséché atterrit de l'autre côté de la pièce.

– Une servante ! marmonna-t-il.

Enfermé avec une lady terrorisée, et réduit à lui servir de femme de chambre ! Bien sûr, elle n'était pour rien dans tout cela, se raisonna-t-il en regardant Helen, recroquevillée sous une couverture, près de la chaufferette. Sa longue jupe dissimulait une vilaine entorse, qu'elle n'avait surtout pas voulu montrer à sa fille.

Soudain, toute colère le quitta.

– Je suis un piètre compagnon, dit-il en prenant un tabouret et en s'installant de l'autre côté de la chaufferette.

Il se sentait honteux de l'avoir tant effrayée. Son monstre de mari l'avait déjà assez fait souffrir.

– Ce n'est pas vous qui m'enragez, mais votre fille. Comment une femme si calme et sensible a-t-elle pu enfanter un être aussi obstiné ? Elle se retrouve maintenant avec trois prisonniers à libérer – et n'a pour assistance que cette espèce de servante en chaleur.

À son grand étonnement, Helen eut un sourire satisfait.

– Vous êtes fière d'une telle fille ? demanda-t-il, abasourdi.

– Oui. Elle n'a peur de rien. Et elle n'est pas égoïste.

– Elle aurait dû apprendre à avoir peur, rétorqua-t-il avec irritation. La peur est parfois nécessaire.

– Si vous aviez été son père, comment lui auriez-vous enseigné cela ?

– J'aurais... commença-t-il avant de réfléchir.

La brutalité de Revedoune n'était certes pas la bonne méthode. Il se tourna vers Helen et lui sourit.

– Je ne crois pas qu'elle comprendrait ce genre d'enseignement. Cependant, si elle était ma fille... (Il sourit de plus belle.) ...je serais très fier d'elle. Mais je doute qu'une telle beauté eût pu être le fruit d'un père aussi laid que moi.

– Vous n'êtes pas du tout laid, déclara Helen en rougissant légèrement.

John la regarda et eut l'impression de la voir pour la première fois. Quand il l'avait aperçue au mariage, son visage hagard lui avait paru insignifiant. Mais elle n'était plus la même aujourd'hui, comme si la disparition de son mari l'avait ramenée à la vie. Ses joues s'étaient remplies et elle semblait moins nerveuse. Sous son voile de veuvage, il distinguait une chevelure auburn, plus foncée que celle de sa fille. L'observant encore un peu plus, il découvrit aussi des petits éclats d'or dans ses yeux.

– Pourquoi me détaillez-vous ainsi ? demanda-t-elle.

– Vous n'êtes pas vieille, répondit-il avec son habituelle franchise.

– J'aurai trente-trois ans cette année. Je suis déjà une femme âgée.

– Bah ! Je me souviens d'une dame de quarante ans qui...

Il s'interrompit et sourit.

– Peut-être ne devrais-je pas raconter cette histoire à une lady. Mais trente-trois ans, c'est loin d'être vieux.

Une idée sembla soudain lui traverser l'esprit.

– Et en plus, vous êtes riche à présent. Une veuve, propriétaire d'un immense domaine... Bientôt, une foule de prétendants assiégera votre château.

– Vous vous moquez de moi, dit-elle en riant.

Ses joues s'étaient délicieusement enflammées.

– Pas du tout ! Vous êtes non seulement riche,

mais belle, la taquina-t-il encore. Lord Gavin n'aura que l'embarras du choix pour vous trouver un mari.

– Un mari ! s'effraya-t-elle.

– Allons ! la secoua-t-il. Il faut reprendre confiance. Tous les hommes ne sont pas comme ce gredin que vous avez épousé.

Dans la bouche de John, ce qui aurait pu sembler insultant prenait l'allure d'un simple constat de fait.

– Lord Gavin vous choisira quelqu'un de bien.

Elle le jaugea du regard.

– Avez-vous déjà été marié, John ?

Il ne répondit pas tout de suite.

– Oui, une fois, dit-il finalement. J'étais très jeune. Elle est morte de la peste.

– Pas d'enfants ?

– Non.

– Est-ce que... vous l'aimiez ? demanda-t-elle timidement.

– Non, répondit-il avec franchise. Sa naïveté frôlait l'idiotie et j'ai eu tort de l'épouser. Depuis, je ne supporte plus la stupidité – que ce soit chez un homme, un cheval ou une femme. (Un petit rire le secoua.) Un jour, j'ai même clamé que j'offrirais mon cœur à la femme qui serait capable de disputer une bonne partie d'échecs. Savez-vous que j'ai joué une fois avec la reine Élisabeth ?

– A-t-elle gagné ?

– Non, dit-il d'un air dégoûté. Elle n'arrivait pas à se concentrer. J'ai essayé d'initier lord Gavin et ses frères, mais ils sont encore plus mauvais que certaines femmes. Seul leur père pouvait se mesurer à moi.

Helen le regarda avec sérieux.

– Je sais jouer aux échecs, déclara-t-elle.

– Vous ?

– Oui. J'en ai même enseigné les règles à Judith, mais elle ne m'a jamais battue. Elle aussi est trop distraite.

John hésita avant de suggérer :

– Puisque nous sommes contraints à rester ici, nous pourrions disputer quelques parties ?

Il soupira intérieurement. L'idée n'était peut-être pas mauvaise. Cela aiderait au moins à passer le temps.

17

Le château était endormi quand Judith se prépara à se rendre au cachot de Gavin.

– Apporte ceci au garde, dit-elle à Joan en lui tendant une outre de vin. Ainsi, nous serons sûres qu'il dormira toute la nuit.

– Lord Gavin se mettra dans une colère noire quand il vous verra, grommela Joan.

– Ne disais-tu pas qu'il était à l'article de la mort ? Maintenant, cesse de m'ennuyer et obéis-moi. Est-ce que tout est prêt ?

– Oui. Vous sentez-vous mieux ? demanda-t-elle d'un air soucieux.

Judith hocha la tête. Sa dernière nausée avait été particulièrement violente.

– Va porter le vin à cet homme. J'attendrai un moment avant de te rejoindre.

Joan se glissa silencieusement hors de la pièce, un art acquis par de longues années de pratique. Judith attacha la boîte en métal autour de sa taille et enfila la large robe de toile grise surmontée d'un capuchon. Ainsi vêtue, elle passerait pour une serve enceinte, avançant lentement et tenant d'une main ses reins fatigués.

Après environ une heure, qui lui parut une éternité, elle sortit à son tour de la chambre et se faufila avec précaution jusqu'à la cave.

– Milady ! appela Joan à mi-voix.

Judith se dirigea vers la lueur de la bougie.

– Est-il endormi ?

– Oui. N'entendez-vous pas ses ronflements ?

– Je n'entends rien à part les battements de mon cœur. Pose la bougie et aide-moi à détacher la boîte.

Joan s'agenouilla tandis que Judith relevait la robe.

– Pourquoi aviez-vous besoin de cette boîte ? demanda Joan.

– Pour stocker la nourriture et la protéger... des rats.

Joan frissonna.

– Les choses qui rampent dans ce trou sont pires que des rats, dit-elle. Je vous en prie, milady – il n'est pas trop tard pour changer d'avis.

– Te proposerais-tu d'y aller à ma place ?

Un hoquet d'horreur fut la réponse de Joan.

– Tiens-toi tranquille, alors. Et pense à Gavin qui est obligé de vivre dans ce cachot.

Quand elles ouvrirent la trappe, un flot d'air vicié les assaillit.

– Gavin ? appela Judith.

Aucune réponse ne lui parvint.

– La bougie, demanda-t-elle à Joan.

Celle-ci la lui tendit et détourna le regard. Elle ne tenait pas à revoir cette horrible fosse.

Préparée au pire, Judith éclaira le fond du cachot. Dans un coin, là où une légère inclinaison du sol rendait la surface moins humide, elle aperçut une forme recroquevillée. Seuls les yeux qui la fixaient prouvaient qu'il s'agissait d'un être vivant.

– Donne-moi l'échelle, dit-elle à Joan. Quand je serai en bas, tu me passeras le banc, puis la nourriture et le vin. Tu as compris ?

– Je n'aime pas cet endroit.

– Moi non plus.

Cette descente aux enfers ne fut pas facile pour Judith. Elle évita de regarder ce qui se passait sous ses pieds : l'odeur pestilentielle et les bruits de grouillements lui en disaient bien assez long. Posant la bougie sur une pierre en saillie, elle appela Joan.

– Le banc, maintenant.

Elles eurent du mal à faire glisser la lourde pièce de bois jusqu'en bas. Puis ce fut le tour de la boîte en fer et de l'outre de vin. Judith posa les provisions sur le banc et s'approcha de son mari. Elle comprenait à présent pourquoi Joan l'avait cru à l'article de la mort : ses joues étaient horriblement creusées, de larges cernes noirs entouraient ses yeux égarés d'épuisement.

– Gavin, murmura-t-elle en lui tendant la main.

Il avança avec hésitation une main décharnée, comme s'il craignait que cette apparition ne s'évanouisse.

– Judith, souffla-t-il d'une voix rauque quand il toucha sa peau douce et chaude.

Elle l'aida à se lever et à s'asseoir sur le banc, puis présenta l'outre de vin à ses lèvres.

– Doucement, dit-elle, tandis qu'il avalait à en perdre haleine.

Elle sortit ensuite un bocal plein de ragoût de légumes et de viande, spécialement haché très fin pour que Gavin puisse se nourrir sans trop d'efforts. Il mangea à peine et s'adossa contre le mur, vaincu par la fatigue.

– Il y avait si longtemps... soupira-t-il.

Il se reposa un moment, puis se redressa.

– Pourquoi êtes-vous ici ?

– Pour vous apporter à manger.

– Je ne parle pas de cela. Pourquoi êtes-vous dans ce château ?

– Gavin, je ne vous dirai rien tant que vous n'aurez pas mangé un peu plus.

Elle lui tendit un morceau de pain trempé dans le ragoût.

– Mes hommes sont-ils en haut ? demanda-t-il, la bouche pleine. Ils n'auraient pas dû vous laisser descendre.

Judith n'avait pas prévu que sa présence donnerait de faux espoirs à Gavin.

– Non, répondit-elle en refoulant ses larmes. Vous ne pouvez pas encore sortir de ce cachot.

– Que voulez-vous dire ? interrogea-t-il en la regardant avec surprise.

– Je suis seule, Gavin. Il n'y a personne en haut, à part Joan. Vous êtes toujours prisonnier, ainsi que ma mère et John Bassett.

– Racontez-moi tout, dit-il d'une voix blanche.

– John Bassett m'a appris que vous aviez été capturé par Demari et que la seule manière d'attaquer sa forteresse était de tenir un siège.

Elle s'arrêta, comme si ces explications suffisaient.

– Alors vous êtes venue en pensant me sauver ?

Ses yeux brillaient de colère.

– Gavin, je...

– Et qu'espériez-vous faire ? Tirer l'épée et leur ordonner de me libérer ?

Elle garda le silence.

– John me le paiera de sa vie.

– C'est ce qu'il a dit, marmonna-t-elle.

– Quoi ?

– John a dit que vous seriez furieux.

– Furieux ? Mes domaines sont sans protection, mes hommes n'ont plus de chef, ma femme est entre les mains d'un fou sanguinaire, et vous prétendez que je suis furieux ? Non, Judith, ce que je ressens dépasse de beaucoup la fureur.

Judith redressa le menton.

– C'était la seule solution, déclara-t-elle fermement. Un siège vous aurait coûté la vie.

– En effet, mais il y a d'autres moyens de prendre une forteresse.

– Mais John...

– John est un chevalier, pas un meneur de troupes ! l'interrompit-il avec violence. Il aurait dû aller chercher Miles. Même Raine avec sa jambe cassée nous aurait été d'un plus grand secours. Je tuerai John de mes propres mains pour ce qu'il a fait !

– Non, Gavin, ce n'est pas sa faute, mais la mienne. Je serais venue de toute façon, même s'il n'avait pas accepté de m'accompagner.

La lueur de la bougie éclairait son visage, accentuant l'éclat de ses yeux dorés.

– J'avais oublié combien vous étiez belle, murmura Gavin. Cessons de nous quereller : ce qui est fait est fait. Racontez-moi plutôt ce qui se passe en haut.

Elle lui expliqua comment elle avait obtenu de meilleures conditions de détention pour sa mère et comment John lui avait été assigné.

– Ce n'est pas plus mal ainsi, conclut-elle. John ne m'aurait jamais permis de venir vous voir.

– Vous n'auriez pas dû mettre les pieds ici.

– Mais il fallait vous apporter à manger ! protesta-t-elle.

Il la regarda et poussa un soupir.

– Je plains John, déclara-t-il en souriant. Vous lui avez certainement donné du fil à retordre.

Les yeux de Judith s'agrandirent de surprise.

– Il a dit la même chose de vous. Ai-je si mal agi que cela ?

– Oui, répondit-il avec franchise. Vous avez mis davantage de personnes en danger et rendu l'opération de sauvetage encore plus difficile.

Elle baissa la tête.

– Allons, regardez-moi, fit-il gentiment. Il y a si longtemps que les ténèbres m'entourent. Ne me privez pas de la lumière de vos yeux.

Il lui rendit le bocal vide.

– J'ai apporté d'autres provisions et une boîte en fer pour les protéger…

– Et un banc, ajouta-t-il en secouant la tête. Les hommes de Demari sauront qui me l'a apporté quand ils le verront. Il faut que vous le rameniez en haut.

– Non ! Vous en avez besoin.

Il la regarda, se rendant compte qu'il était injuste envers elle.

– Merci, Judith, murmura-t-il en avançant la main pour la toucher.

Mais il stoppa son geste.

– Je vous ai contrarié, dit-elle, pensant que c'était la raison qui le gardait à distance.

– Je ne veux pas vous salir, expliqua-t-il. Ne voyez-vous pas dans quel état je suis ?

Elle lui prit la main et la guida jusqu'à sa joue.

– Joan m'a dit que vous étiez presque mort, mais elle m'a aussi raconté que vous fixiez le garde avec haine. Si vous êtes encore capable de réagir, vous pouvez vivre.

Elle se pencha vers lui et il posa légèrement sa bouche sur la sienne avant de se reculer à nouveau.

– Écoutez-moi bien, Judith. Je ne suis pas John Bassett et je ne souffrirai pas la moindre désobéissance. Si vous n'appliquez pas mes ordres à la lettre, cela coûtera beaucoup de vies. Vous me comprenez ?

– Oui, répondit-elle aussitôt.

L'aide de Gavin lui était plus que jamais nécessaire.

– Avant d'être capturé, j'ai envoyé Odo chercher Stephen en Écosse.

– Votre frère ?

– Oui. C'est un combattant accompli et ces vieux murs ne lui résisteront pas longtemps. Mais il lui faudra plusieurs jours pour parvenir jusqu'ici.

– Alors, que dois-je faire ?

– Vous auriez dû rester au château et vous occuper de broderie, lui rappela-t-il d'un ton de reproche. Maintenant, il faut gagner du temps jusqu'à l'arrivée de Stephen. Jouez l'innocente avec Demari. Ne lui parlez surtout pas d'annulation de mariage ou de vos domaines.

– Il pense que je suis faible et inoffensive.

– Dieu protège les hommes d'une faible femme telle que vous ! ironisa-t-il gentiment. Vous devez partir, à présent.

Elle se leva.

– Je reviendrai demain vous apporter à manger, dit-elle.
– Non ! Envoyez Joan. Elle a l'habitude de se faufiler d'un lit à un autre sans qu'on la remarque.
– Mais je serai déguisée.
– Vos cheveux vous trahiront. Et si vous êtes prise, c'en sera fini de nous tous. Demari doit croire à votre totale collaboration. Allons, regagnez votre chambre et – pour une fois – tâchez de m'obéir.
Elle hocha la tête et se tourna vers l'échelle.
– Judith, murmura-t-il. Aurai-je droit à un autre baiser ?
Son visage rayonna de bonheur et, avant qu'il ait pu l'en empêcher, elle se précipita dans ses bras et le serra très fort contre elle.
– J'ai eu si peur, Gavin, confessa-t-elle.
Il lui souleva le menton pour la regarder.
– Vous êtes plus courageuse que dix hommes réunis.
Il l'embrassa longuement, puis la força à se détacher de lui.
– Maintenant, partez et que je ne vous revoie plus ici.

18

La colère d'Arthur explosa cette nuit-là. Il savait qu'il aurait dû se maîtriser, mais il en avait trop vu.
– Vous êtes un imbécile ! lança-t-il avec mépris. Ne voyez-vous pas que cette femme vous manipule comme une marionnette ?
– Vous dépassez les bornes, l'avertit Walter.
– Il faut bien que quelqu'un le fasse ! Vous êtes tellement fasciné par elle que vous la remercieriez si elle vous plantait un couteau dans le dos.
Walter baissa les yeux sur sa chope de bière.
– Judith est la douceur même, murmura-t-il.

– La douceur même ! Permettez-moi de rire ! Elle est aussi douce que du verjus ! Depuis trois jours qu'elle est ici, où en sont vos négociations ? Que vous répond-elle quand vous lui parlez de l'annulation de son mariage ?

Sans attendre de réponse, il poursuivit :

– Cette femme n'entend que ce qui l'intéresse. Quand vous l'interrogez, elle vous regarde et vous sourit. À croire qu'elle est sourde et muette ! Et vous, vous ne trouvez rien de mieux à faire que de lui rendre ses stupides minauderies.

– Elle est belle, invoqua Walter en guise de défense.

– En effet, acquiesça Arthur en souriant intérieurement.

Il était lui aussi très sensible aux charmes de Judith Montgomery, mais pas au point d'en être aveuglé.

– Mais à quoi vous sert sa beauté ? demanda-t-il. Êtes-vous plus avancé qu'avant son arrivée ?

Walter jeta violemment sa chope à terre.

– Bon sang, Arthur, c'est une femme ! On ne raisonne pas avec les femmes ! On les courtise et on les aime. Judith a été maltraitée par son père et par son mari. Elle est terrorisée et a d'autant plus besoin d'affection.

– Terrorisée ! Croyez-vous qu'une femme effrayée se serait présentée à nos portes...

– Sans rien exiger ! triompha Walter. Elle a simplement souhaité voir sa mère et demandé qu'elle soit mieux logée. Elle passe ses journées avec moi et est d'une agréable compagnie. Pas une fois elle ne s'est inquiétée du sort de son mari. Cela prouve à quel point il lui est indifférent.

– Je n'en suis pas si sûr, dit pensivement Arthur. Il est étrange qu'elle ne demande pas de ses nouvelles.

– Je vous dis qu'elle le hait ! D'ailleurs, je ne comprends pas pourquoi vous ne nous débarrassez pas définitivement de lui. Je marcherais volontiers sur son corps, le jour de mon mariage.

– Pour avoir ensuite affaire au roi ! Votre héritière est très riche. Son père mort, elle est désormais sous la tutelle royale, ainsi que tous ses biens. Croyez-vous qu'Henri accepterait de la donner à l'homme qui aura torturé et tué son mari ? Et si vous l'épousez sans son accord, il sera encore plus furieux. Je vous l'ai déjà dit cent fois : le seul moyen est que Judith aille en personne l'implorer d'annuler son mariage et lui déclarer son amour pour vous. Le roi aime la reine et est très sensible à ce genre de sentimentalisme.

– Alors je suis sur la bonne voie, remarqua Walter. Judith est en train de tomber amoureuse de moi ; je peux le voir dans ses yeux.

– Vous prenez vos désirs pour des réalités. À mon avis, elle complote quelque chose. Peut-être une évasion...

– Pourquoi voudrait-elle s'échapper ? Je ne la retiens pas prisonnière.

Arthur regarda Walter d'un air dégoûté. Cet homme était non seulement fou mais complètement idiot. Si Arthur manquait de vigilance, tous ses plans soigneusement mis en place s'effondreraient à cause de cette créature aux yeux dorés.

– Vous dites qu'elle hait son mari ?

– J'en suis sûr.

– Avez-vous d'autres preuves que les ragots des servantes ?

– Elle ne parle jamais de lui.

– Et si sa passion pour lui la déchirait... au point qu'elle ne puisse même pas prononcer son nom ? suggéra pernicieusement Arthur. Peut-être devrions-nous la mettre à l'épreuve.

Walter parut hésiter.

– Que se passe-t-il ? demanda Arthur. Auriez-vous tout à coup moins confiance en elle ?

– Pas du tout ! se défendit Walter. Que proposez-vous ?

– Que nous amenions son mari devant elle. Quelle sera sa réaction quand elle le verra dans ce pitoyable état : éclatera-t-elle en sanglots ou sera-t-elle heureuse de constater sa déchéance ?

– Elle sera heureuse, affirma Walter.

– Espérons que vous avez raison. Mais j'en doute.

La nouvelle chambre de lady Helen, spacieuse, aérée et plus propre, avait été aménagée au quatrième étage, séparée du reste du château par une cloison de bois et une lourde porte de chêne.

Elle était peu meublée. Un grand lit occupait l'un des coins ; une paillasse avait été disposée à l'autre bout de la pièce.

Helen et John Bassett, assis l'un en face de l'autre, étaient concentrés sur une partie d'échecs.

– Vous avez encore gagné ! s'étonna John.

Helen sourit.

– Cela semble vous faire plaisir.

– Et comment ! Ces trois jours n'auront pas été inutiles.

Depuis qu'ils cohabitaient, il avait remarqué beaucoup de changements chez Helen. Elle avait pris du poids, avait meilleure mine et ne paraissait plus aussi nerveuse et effrayée. Ses yeux n'étaient plus aux aguets. En fait, ils regardaient presque constamment John.

– Croyez-vous que ma fille va bien ? demanda-t-elle en redisposant les pièces.

– Je suppose que si elle avait eu un problème nous le saurions. Demari n'aurait pas tardé à nous faire subir le même sort.

Helen hocha la tête. Après avoir si longtemps vécu entourée de mensonges, la franchise de John lui faisait l'effet d'un bain de fraîcheur. Sans lui et son bon sens à toute épreuve, elle n'aurait pas pu supporter ces trois jours sans nouvelles de Judith.

– Une autre partie ? proposa-t-elle.

– Non. J'ai besoin de me reposer de vos attaques.

– Il est tard. Peut-être... commença-t-elle sans oser dire qu'elle n'avait pas envie d'aller se coucher et de quitter sa compagnie.

– Voulez-vous vous asseoir un moment près du feu ? suggéra-t-il en se levant pour remettre du charbon dans la chaufferette.

– Volontiers, dit-elle en souriant.

C'était son moment préféré de la journée – celui où John la prenait dans ses bras puissants pour la transporter d'un endroit à un autre. Sa cheville était désormais guérie, mais elle s'était bien gardée de le lui dire.

– Vous ressemblez chaque jour un peu plus à votre fille, déclara-t-il en la soulevant dans ses bras. Il est facile de voir d'où elle tient sa beauté.

La tête blottie contre son épaule, Helen ne répondit pas, savourant le contact de son large torse. Il venait à peine de la déposer sur une chaise que la porte s'ouvrit subitement.

– Mère ! s'écria Judith en s'élançant dans les bras tendus de Helen.

– J'étais si inquiète pour toi. Où te gardent-ils ? Ils ne t'ont pas fait de mal ?

– Non, mais je n'ai pas eu le temps de venir vous voir. Walter Demari m'accapare complètement. Dès que je parle de vous rendre visite, il me trouve une autre occupation.

Elle s'assit sur le tabouret que lui présenta John.

– J'ai vu Gavin, poursuivit-elle. Ils l'ont enfermé dans un cachot. Il ne pourra pas tenir longtemps dans cet endroit. J'y suis allée et...

– Tu y es allée ! l'interrompit Helen, effarée. Au risque de mettre la vie de ton enfant en danger !

– Calmez-vous ! ordonna John. Laissez-la terminer.

Judith regarda sa mère, qui habituellement tremblait quand un homme élevait la voix. Mais Helen se contenta d'obéir et ne parut pas le moins du monde effrayée.

– Il a été furieux de me voir ici et m'a dit qu'il avait déjà tout arrangé pour notre libération, continua Judith. Son frère Stephen sera bientôt là.

– Oui, fit John en souriant. Si nous sommes encore en vie quand lord Stephen arrivera, nous serons sauvés. C'est un fameux combattant.

– J'essaie de gagner du temps avec Demari, jusqu'à l'arrivée de Stephen, déclara Judith.

– Qu'a dit d'autre lord Gavin ? demanda John.

– Pas grand-chose, à part me reprocher d'être venue, répondit-elle avec une pointe de révolte.

– Pourras-tu garder Demari à distance ? s'enquit Helen.

Judith soupira.

– Difficilement. S'il consentait à discuter raisonnablement, je lui donnerais bien la moitié de mes terres en échange de notre liberté. Mais au lieu de cela, il effeuille les marguerites et me récite des poèmes d'amour. Quand ses mains ne sont pas sur ma taille, elles sont sur mes épaules, mes cheveux ou mon bras. Parfois j'ai envie de hurler, tellement il me dégoûte.

– Et sir Arthur ? demanda John. Je le vois mal en train d'effeuiller la marguerite.

– Il m'observe constamment. Je le soupçonne de fomenter quelque chose, mais je ne sais pas quoi.

– Il est le plus dangereux des deux. J'aimerais pouvoir vous aider.

– Il n'y a rien à faire pour l'instant qu'attendre lord Stephen. Quand il sera là, je lui parlerai.

– Lui parler ? dit John en haussant un sourcil. Stephen n'a pas pour habitude de discuter ses plans de bataille avec une femme.

Un léger coup fut frappé à la porte.

– C'est Joan, déclara Judith. Je dois partir.

Helen la retint par le bras.

– Est-ce que tu prends soin de toi ?

– Je fais de mon mieux. Je suis un peu fatiguée, c'est tout.

Elle l'embrassa et quitta la pièce.

– Allons, ne pleurez pas, dit John à Helen. Cela ne sert à rien.

– Je le sais. Mais elle est si seule. Elle l'a toujours tellement été.

– Et vous ? N'avez-vous pas aussi été seule ?

– Moi, cela n'a pas d'importance. Je suis une vieille femme.

Il la souleva presque violemment jusqu'à sa hauteur.

– Vous n'êtes pas vieille ! lança-t-il avec fougue avant de s'emparer de sa bouche.

Helen, qui n'avait jamais été embrassée par un autre homme que son mari, fut surprise par le délicieux frisson qui l'envahit. Instinctivement, elle passa les bras autour du cou de John et répondit à son baiser.

– Il est tard, murmura-t-il quand leurs lèvres se séparèrent.

La prenant dans ses bras, il l'emporta jusqu'au lit. Chaque soir, c'était lui qui l'aidait à défaire les attaches de sa robe. Il s'acquittait de cette inhabituelle fonction avec beaucoup de respect, détournant les yeux quand Helen se glissait sous les draps. Mais ce soir, il la laissa près de sa couche et s'apprêta à s'éloigner.

– Ne m'aiderez-vous pas à dégrafer ma robe ? lui demanda-t-elle.

Il se tourna, le regard brûlant de passion.

– Pas cette nuit. Si je le faisais, vous n'entreriez pas seule dans ce lit.

En ce domaine, Helen n'avait jusqu'à présent connu que brutalité et sauvagerie. Elle savait que ce serait différent avec John. Mais comment serait-ce exactement ? Était-il possible de connaître le bonheur dans les bras d'un homme ? Elle entendit à peine sa propre voix quand elle murmura :

– J'aurai là aussi besoin d'aide.

Il s'approcha.

– Êtes-vous sûre de le vouloir ? Vous êtes une lady ; je ne suis que le vassal de votre beau-fils.

– Vous représentez beaucoup plus pour moi, John Bassett.

Il écarta le voile qui recouvrait sa chevelure, puis l'ôta complètement.

– Alors, venez, dit-il en souriant.

Malgré son apparente assurance, Helen avait peur de John. Durant ces quelques jours passés à ses côtés, elle avait peu à peu appris à l'aimer et voulait le lui montrer. Son corps était la seule chose qu'elle pouvait lui offrir. Ce même corps qui avait tant souffert dans le lit de Robert. Ce fut donc presque en martyre qu'elle s'apprêta à se sacrifier.

Habituée à l'impatience brutale de Robert, elle fut étonnée que John prenne tout son temps pour la déshabiller. Il semblait prendre plaisir à la toucher, faisant courir ses doigts le long de son dos. Quand elle fut presque entièrement dévêtue, il la regarda et lui sourit avant de lui ôter sa chemise de lin et de s'emparer doucement de sa bouche. Les yeux grands ouverts, Helen avait du mal à croire ce qui lui arrivait. Sans quitter ses lèvres, il commença de caresser ses seins, l'entraînant dans des vagues de délicieuse extase. Elle ferma alors les yeux et s'arqua contre lui, perdue dans des sensations qu'elle découvrait pour la première fois.

John s'écarta d'elle et entreprit d'enlever ses vêtements. Le cœur de Helen battait à tout rompre.

– Laissez-moi faire, s'entendit-elle murmurer, choquée aussitôt par sa propre audace.

John lui sourit, les yeux brûlants de désir.

C'était la première fois qu'elle déshabillait un homme. Le corps de John était vigoureux et ferme. De petits frissons la parcouraient à chaque fois que ses mains touchaient sa peau en la dénudant.

Quand il fut nu, il la souleva dans ses bras et la déposa délicatement sur le lit. Helen s'attendait à présent à ce que le plaisir fasse place à la douleur. Mais elle vit avec étonnement John défaire une de ses jarretières et dérouler lentement le bas de coton tout en parcourant sa peau de petits baisers. Quand il arriva à son pied, Helen n'avait déjà plus le contrôle d'elle-même. Tendant les bras vers lui, elle voulut l'attirer à elle, mais il ne se laissa pas faire.

Il passa à l'autre jambe. Helen crut qu'elle ne

pourrait pas supporter plus longtemps une si délicieuse torture. Son corps brûlant devenait douloureux à force de désir, ses doigts s'agrippaient aux épaules de John. Avec un rire de plaisir, il repoussa ses mains. Une éternité se passa avant que le deuxième bas ne soit ôté.

Abandonnée contre les oreillers, Helen plongeait dans une exquise faiblesse. John la rejoignit et l'embrassa, tout en glissant une main ferme sous ses reins pour la serrer contre lui. Helen pouvait sentir la puissance de son désir. Mais il n'avait pas encore décidé d'abréger son tourment. Il quitta ses lèvres et saisit tour à tour dans sa bouche les pointes dressées de ses seins. Helen poussa un gémissement et s'arqua vers lui, s'offrant tout entière à sa volonté.

John se plaça alors au-dessus d'elle et l'enveloppa de son corps vigoureux. Comme elle aimait sentir son poids sur elle ! Quand il la pénétra, elle ne put s'empêcher de crier. Mais c'était un cri de bonheur ; le cri d'une femme découvrant le plaisir pour la première fois.

Leur ardeur les emporta ensemble jusqu'à l'extase. Puis John la tint serrée dans ses bras, comme s'il craignait qu'elle ne s'échappe. Helen se blottissait contre lui, cherchant la position où elle pourrait toucher chaque parcelle de sa peau. S'il elle l'avait pu, elle se serait glissée à l'intérieur de lui.

Peu à peu, la douce langueur d'après l'amour eut raison d'elle et elle s'endormit, bercée par le souffle paisible de John contre son cou.

Assise à la haute table, entre Walter et Arthur, Judith avait du mal à avaler ce plat si pauvrement préparé. Mais à cet instant, même les mets les plus délicieux ne lui auraient pas fait envie. Walter ne cessait de poser ses mains sur elle, semblant oublier qu'ils se trouvaient dans un lieu public. Par contre, Judith était tout à fait consciente de la présence des vingt-cinq chevaliers qui l'observaient, l'évaluant ouvertement du regard.

Plantant sa fourchette dans un morceau de bœuf, elle eût aimé que ce fût le cœur de Walter. Cet homme ne bafouait que trop sa fierté.

– Judith, murmura-t-il à son oreille. Je pourrais vous dévorer.

Il pressa les lèvres sur son cou et des frissons de dégoût la parcoururent.

– Pourquoi me faire attendre ? Ne voyez-vous pas l'amour que je vous porte ? Ne sentez-vous pas l'ampleur de mon désir ?

Judith se força à rester immobile, luttant contre son envie de le repousser.

– Monseigneur, parvint-elle finalement à articuler. Ne vous souvenez-vous pas de vos propres paroles ? Vous disiez qu'il fallait attendre.

– Je ne peux pas ! explosa-t-il. Je ne peux plus attendre.

– Mais vous le devez ! dit-elle avec plus de violence qu'elle n'aurait voulu en retirant vivement la main qu'il caressait. Écoutez-moi. Que se passera-t-il si je cède à ma passion et m'offre à vous ? Ne pensez-vous pas qu'un enfant serait conçu ? Et que dira le roi si je me présente enceinte devant lui pour demander l'annulation de mon mariage ? Chacun ne croira-t-il pas que je porte l'enfant de mon mari ? L'annulation serait alors impossible. D'autre part, vous savez qu'un divorce n'est accordé que par le pape. J'ai entendu dire que cette procédure prenait parfois des années.

– Judith... commença Walter.

Mais il s'interrompit. Le bon sens de Judith venait en plus de flatter sa vanité. Elle avait évidemment raison en supposant que leur première union donnerait naissance à un enfant – certainement un fils. Pris dans un sentiment mêlé de fierté et de frustration, il leva sa coupe et but une gorgée de vin.

– Quand irons-nous devant le roi, Monseigneur ? demanda Judith à brûle-pourpoint.

L'idée d'une évasion lors du voyage lui était venue à l'esprit.

– Êtes-vous si pressée d'obtenir cette annulation ? s'enquit perfidement Arthur.

Judith ne répondit pas.

– Allons, milady, nous sommes vos amis et vous pouvez tout nous confier, insista-t-il. Votre passion pour lord Walter est-elle puissante au point que vous brûliez de la proclamer à la terre entière ?

– Je n'aime pas votre ton, intervint Walter. Judith n'a pas à se justifier. Elle est une hôte, pas une prisonnière. Rien ne la forçait à venir ici.

Arthur sourit.

– En effet, elle est librement venue ici, dit-il à voix assez haute pour que tout le monde l'entende.

Se penchant vers Judith pour se servir un morceau de viande, il ajouta à voix basse :

– Mais pourquoi l'a-t-elle fait ? J'attends encore une réponse à cette question.

Le repas parut horriblement long à Judith. Profitant d'un moment d'inattention de Walter qui parlait à son régisseur, elle se leva et s'esquiva. Son cœur battait à coups redoublés tandis qu'elle montait les escaliers en courant. Combien de temps résisterait-elle aux avances de plus en plus précises de Walter Demari ? S'arrêtant pour retrouver son souffle, elle s'adossa au mur froid. Pourquoi s'obstinait-elle à toujours vouloir résoudre seule les problèmes ?

– Vous voilà !

Judith leva les yeux vers Arthur. Sa haute stature l'acculait dans ce coin sombre et désert.

– C'est moi que vous fuyez ? ironisa-t-il. C'est peine perdue. Il n'y a personne d'autre que nous, ici.

Il enlaça sa taille et l'attira tout près de lui.

– Où est votre sens de la repartie ? N'allez-vous pas essayer de me convaincre de ne pas vous toucher ?

Il fit courir ses doigts le long de son bras.

– Vous êtes assez belle pour rendre fou un homme. Je comprends presque Walter. (Il la regarda à nouveau en face.) Je ne vois pas de peur dans ces yeux dorés, mais j'aimerais y allumer les flammes du désir. Pensez-vous que j'en sois capable ?

Il pressa durement ses lèvres sur les siennes, mais Judith resta totalement immobile entre ses bras.

– Vous n'êtes qu'une garce frigide, grogna-t-il avant de reprendre sa bouche avec tant de violence que Judith en perdit le souffle.

Il la dégoûtait et lui faisait mal.

S'écartant d'elle sans la relâcher, il la toisa d'abord avec colère, puis sourit d'un air narquois.

– Non, vous n'êtes pas frigide – pas avec ces cheveux et ces yeux-là. Qui donc a le pouvoir de faire fondre cette glace ? Walter et ses baisemains, ou peut-être... votre mari ?

– Non ! nia aussitôt Judith.

Arthur sourit.

– Vous mentez mal, dit-il, le visage soudain durci. Je ne suis pas aussi idiot que Walter. Je ne crois pas que vous soyez venue ici par amour pour lui. Si j'étais une femme, j'utiliserais mes charmes pour sauver ceux que j'aime. N'est-ce pas exactement ce que vous comptez faire ?

– Laissez-moi ! ordonna Judith en s'agitant pour se libérer.

Il la retint encore plus fermement.

– Vous ne pouvez pas m'échapper. Il est même inutile d'essayer.

– Et que dira Walter de tout cela ? le menaça-t-elle.

Il éclata de rire.

– Vous tenez votre rôle à la perfection, mais prenez garde : on risque de se brûler en jouant trop avec le feu. Pensez-vous que je craigne cette limace de Demari ? Je le tiens sous ma coupe. D'après vous, qui lui a donné l'idée de l'annulation ?

Judith cessa de se débattre.

– Voilà un sujet qui vous intéresse, n'est-ce pas ?

Alors, écoutez-moi bien. Walter vous aura en premier, mais je vous posséderai ensuite. Quand il sera fatigué de vous et ira chercher d'autres femmes, vous serez à moi.

– Plutôt me coucher près d'une vipère, lança-t-elle.

– Même si la vie de votre mère en dépend ? demanda-t-il d'une voix sinistre. Vous avez déjà beaucoup fait pour elle. Jusqu'où iriez-vous ?

– Vous ne le saurez jamais !

Il l'attira à nouveau contre lui.

– Vraiment ? Vous vous croyez forte parce que vous tenez cet imbécile de Demari entre vos mains, mais je vous montrerai qui est vraiment le maître ici.

– Que… que voulez-vous dire ?

Il sourit.

– Vous l'apprendrez bien assez tôt.

– Qu'avez-vous projeté ? demanda-t-elle, prise d'une soudaine angoisse. Vous ne ferez pas de mal à ma mère ?

– Non, ce sera beaucoup plus subtil et amusant. J'aurai plaisir à vous voir vous tortiller sous ce supplice. Ensuite, si vous avez besoin de consolation, rejoignez-moi dans mon lit et nous en parlerons.

– Jamais !

– C'est ce que nous verrons.

Il la libéra brusquement.

– Je dois partir, mais je vous laisse de quoi réfléchir.

Judith mit un moment à retrouver le rythme normal de sa respiration. Elle se dirigea vers sa chambre, mais s'immobilisa en voyant la silhouette d'un homme appuyé contre le mur opposé. Un luth était suspendu à son épaule et il se taillait tranquillement les ongles avec un couteau. Judith ne savait pas pourquoi elle s'était arrêtée – peut-être parce qu'elle craignait qu'il n'ait tout entendu. De fait, son attention était irrésistiblement attirée vers cet inconnu, bien qu'il n'ait même pas levé la tête pour la regarder. Tandis qu'elle l'observait, il se redressa et ses yeux bleus la fixèrent avec tant de haine qu'elle recula. Retenant un cri d'effroi, elle courut jusqu'à sa chambre.

Là, se jetant sur le lit, elle laissa libre cours à ses larmes d'angoisse et de colère.

– Milady, murmura doucement Joan en lui caressant les cheveux.

Les épreuves de ces derniers jours les avaient beaucoup rapprochées.

– Vous a-t-il blessée ?

– Non, c'est moi-même qui me suis fait mal. Gavin avait raison de dire que j'aurais dû rester au château, à m'occuper de couture.

– De couture ? répéta Joan en souriant. Les dégâts auraient été encore pires.

Judith la regarda d'un air agacé, puis déclara à travers ses larmes :

– Tu es bonne avec moi. J'ai tort de m'apitoyer sur mon sort. As-tu apporté à manger à Gavin, la nuit dernière ?

– Oui.

– Comment est-il ?

Joan fronça les sourcils.

– Encore plus faible.

– Comment les aider ? demanda Judith, comme si elle se parlait à elle-même. Gavin veut que j'attende son frère Stephen, mais combien de temps encore ? Il faut que je le sorte de ce trou !

– Oui, milady, vous le devez.

– Mais comment ?

– Dieu seul le sait.

Ce soir-là, Arthur répondit à la question de Judith. Ils se trouvaient à table pour le souper ; Walter était plus réservé que d'habitude, surveillant Judith du coin de l'œil, comme pour la jauger.

– La nourriture vous convient-elle, lady Judith ? s'enquit Arthur.

Elle hocha la tête.

– Espérons qu'il en sera de même pour le divertissement.

Elle s'apprêta à lui demander de quoi il s'agissait, mais se retint de lui donner cette satisfaction.

Arthur se pencha pour s'adresser à Walter.

– N'est-il pas temps de commencer les festivités ?

Walter parut hésiter, puis se raviser. Visiblement, c'était un sujet dont ils avaient longuement discuté. Il fit signe à l'un de ses gardes et ce dernier sortit.

Judith, incapable d'avaler quoi que ce soit, pouvait presque sentir ses nerfs se tendre sous sa peau. Elle savait qu'Arthur allait essayer de la piéger et elle se préparait mentalement au pire. Il fallait qu'elle soit prête à déjouer ses plans.

Regardant nerveusement la salle, elle aperçut à nouveau l'homme qu'elle avait croisé dans la matinée. Il était grand, mince, avec des cheveux d'un blond foncé éclairci çà et là par des mèches plus dorées. Les lignes fermes de sa mâchoire soulignaient durement son menton creusé d'une petite fente. Mais c'étaient ses yeux qui attiraient l'attention de Judith. Ils étaient d'un bleu sombre et brûlaient de haine – une haine directement dirigée contre elle.

Le soudain et inhabituel silence la força à détourner le regard. Deux gardes venaient d'entrer, traînant quelque chose que Judith eut tout d'abord du mal à identifier comme étant humain. Cela ressemblait davantage à un tas de guenilles malodorantes. Cette seconde de flottement la sauva : elle se rendit compte qu'Arthur et Walter l'observaient, guettant visiblement sa réaction. Déroutée, elle regarda à nouveau en direction des nouveaux venus et ce fut alors qu'elle reconnut Gavin. Détournant aussitôt les yeux, elle fixa Walter, cherchant à gagner du temps pour réfléchir. Pourquoi lui présentaient-ils Gavin dans cet état ? Ne savaient-ils pas qu'elle s'élancerait vers lui pour l'aider ?

Soudain, tout fut clair. C'était exactement ce qu'Arthur attendait qu'elle fasse. Il voulait prouver à Walter qu'elle ne haïssait pas son mari.

– Le reconnaissez-vous ? demanda Walter.
Judith toisa Gavin et ébaucha un sourire.
– J'ai toujours rêvé de le voir ainsi, déclara-t-elle.
Walter poussa un cri de triomphe.
– Amenez-le ici ! Ma belle dame vient de voir son rêve se réaliser, déclara-t-il à toute l'assistance. Laissez-la savourer ce moment – elle l'a mérité.
Les deux gardes traînèrent Gavin jusqu'à la table. Le cœur de Judith s'emballa. Elle ne pouvait pas se permettre une seule erreur, maintenant. Plusieurs vies en dépendaient. Elle se leva, prit sa coupe de vin d'une main tremblante et en jeta le contenu à la face de Gavin.
Le liquide frais parut sortir Gavin de sa léthargie. Il la regarda, d'abord avec surprise, puis d'un air intrigué. Lentement, ses yeux glissèrent sur Walter et Arthur.
Walter posa un bras possessif sur les épaules de Judith.
– Vous savez tous à présent à qui elle appartient, se rengorgea-t-il.
Avant que quiconque ait pu réagir, Gavin se jeta par-dessus la table pour atteindre Walter. Les gardes qui tenaient ses chaînes furent projetés en avant, retombant lourdement au milieu de la vaisselle et des plats. Walter ne fut pas assez rapide et les mains de Gavin se resserrèrent sur sa gorge.
– Emparez-vous de lui ! hoqueta-t-il tout en essayant de se défendre à coups d'ongles.
Judith, comme toute l'assistance, était figée de stupeur. Malgré son état, Gavin déployait une puissance et une volonté de lutter impressionnantes.
Les gardes se ressaisirent et tirèrent sur les chaînes qui emprisonnaient les poignets de Gavin. Ils durent s'y reprendre à trois fois pour le faire lâcher prise et le ligoter fermement pour le maîtriser.
– Je vous tuerai, dit-il en plongeant son regard noir dans celui de Walter.
– Emmenez-le ! ordonna ce dernier, incapable de

supporter plus longtemps la pression de ces yeux pleins de froide détermination.

Quand Gavin fut enfin hors de sa vue, il se laissa lourdement retomber sur sa chaise.

Judith profita de cet instant de vulnérabilité.

– C'était amusant, déclara-t-elle en souriant.

Elle se tourna vivement vers Walter, qui tremblait encore.

– Je ne parle pas de ce qu'il vous a fait, fit-elle semblant de rectifier. Je suis satisfaite qu'il m'ait vue… en si bonne compagnie.

Walter parut retrouver un peu d'assurance.

– Mais je devrais être en colère contre vous, poursuivit-elle.

– Pourquoi donc ? s'inquiéta-t-il.

– Il n'est pas convenable d'offrir un tel spectacle à une lady. Il dégageait une telle odeur et avait l'air si affamé… Je me demande d'ailleurs s'il m'a reconnue. Ce serait dommage, ne croyez-vous pas, que la faim et l'absence d'hygiène l'égarent au point qu'il ne soit plus clairement conscient de sa défaite ?

Walter considéra la chose.

– Vous avez raison, dit-il finalement en se tournant vers l'un de ses gardes. Qu'on nettoie le prisonnier et qu'on le nourrisse, ordonna-t-il.

Il était aux anges. Arthur avait parié que Judith pleurerait devant la triste condition de son mari, mais elle avait souri !

Seule Joan savait combien ce sourire avait coûté à sa maîtresse.

Judith demanda bientôt la permission de se retirer. Si elle restait une minute de plus dans cette salle – et surtout aux côtés de Walter – ses nerfs tendus à l'extrême exploseraient. La tête haute, elle se dirigea vers la porte.

– Qui se ressemble s'assemble, entendit-elle murmurer sur son passage.

– Juste, dit un autre homme. Une épouse n'a pas le droit de traiter ainsi son mari.

Chacun la méprisait et elle-même commençait à

se haïr. Elle monta lentement les marches menant à sa chambre, désireuse de se réfugier dans la solitude. Mais alors qu'elle atteignait le quatrième étage, un bras enserra sa taille et elle se retrouva pressée contre un torse aussi dur que l'acier. La lame d'un couteau étincela devant ses yeux.

19

– Un mot et je tranche votre gorge de vipère, dit une voix grave qu'elle ne connaissait pas. Où est John Bassett ?

Le souffle coupé, Judith n'arrivait pas à parler.

– Répondez ! ordonna-t-il en la serrant plus fort et en pressant le couteau sur son cou.

– Avec ma mère, parvint-elle à articuler.

– Votre mère ! railla-t-il durement. Cette femme devrait maudire le jour où elle a enfanté un monstre tel que vous !

Judith ne distinguait pas ses traits et pouvait à peine respirer sous la pression de son bras.

– Qui êtes-vous ? demanda-t-elle.

– Votre ennemi. Et si je n'avais pas besoin de vous, j'abrégerais ici même votre vie abjecte. Comment John est-il gardé ?

– Je... je manque d'air.

Il hésita, puis relâcha sa prise.

– Parlez !

– Il y a deux sentinelles devant la chambre qu'il partage avec ma mère.

– Quel étage ?

Impatient, il la serra à nouveau brutalement.

– Vous avez intérêt à répondre, gronda-t-il. Et ne croyez pas que quelqu'un viendra vous sauver.

Soudain, ce fut beaucoup trop pour Judith. Un rire nerveux lui échappa, qui s'intensifia tandis que les mots coulaient de sa bouche.

– Me sauver, moi ? Qui pourrait me sauver ? Ma mère est prisonnière. Mon unique garde l'est aussi. Mon mari est au fond d'un cachot. Un homme que je hais se permet de poser les mains sur moi en présence de mon mari. Les plus médiocres habitants de ce château me méprisent. Et maintenant, un inconnu m'attaque dans l'ombre d'un couloir !

Elle plaça sa gorge plus près du couteau.

– Je vous en prie, qui que vous soyez, finissez ce que vous avez commencé. Je ne supporterai pas de voir ceux que j'aime se faire massacrer. Non, je ne veux pas assister à cela. Tuez-moi, je vous en supplie.

L'homme la lâcha et rangea son arme. Il s'écarta légèrement et Judith ne fut pas surprise de reconnaître le troubadour aux yeux bleus.

– Je veux en entendre plus, déclara-t-il d'un ton moins dur.

– Pourquoi ? demanda-t-elle en affrontant son regard de glace. Êtes-vous un espion à la solde d'Arthur ou de Walter ? Dans ce cas, j'en ai déjà trop dit.

– En effet, acquiesça-t-il sèchement. Si j'étais un espion, j'aurais beaucoup de choses à rapporter à mon maître.

– Alors, allez tout lui dire ! Qu'on en finisse !

– Je ne suis pas un espion. Je suis Stephen, le frère de Gavin.

Judith le regarda, les yeux grands ouverts de surprise. Elle savait qu'il disait vrai et comprenait maintenant pourquoi l'inconnu qu'il était alors avait attiré son attention. Quelque chose dans ses manières lui rappelait Gavin.

– Gavin a dit que vous viendriez, souffla-t-elle sans chercher à cacher ses larmes. Il a dit que j'avais aggravé la situation en venant ici, mais que vous arrangeriez tout.

– Quand lui avez-vous parlé ? s'étonna Stephen.

– La deuxième nuit de mon arrivée. Je suis allée dans son cachot.

Stephen avait entendu des rumeurs sur les conditions de détention de son frère, mais n'était pas parvenu à le trouver.

– Venez, dit-il en entraînant Judith sur un banc près d'une fenêtre. Racontez-moi tout depuis le début.

Il l'écouta calmement tandis qu'elle relatait les événements qui avaient amené Gavin à attaquer Demari.

– C'est alors qu'il a été capturé ?

– Oui.

– Et pourquoi êtes-vous ici ? Demari n'a-t-il pas demandé une rançon ? Vous auriez pu la lui fournir.

– Je l'ai devancé. John Bassett et moi nous sommes présentés à ses portes, et avons été les bienvenus.

– Je l'imagine aisément, déclara-t-il, sarcastique. Maintenant il a tout le monde – vous, Gavin, votre mère et le chef des troupes de Gavin.

– Je ne savais pas quoi faire d'autre.

– Vous auriez dû envoyer chercher l'un de nous ! s'exclama-t-il avec colère. Même Raine, avec sa jambe cassée, aurait mieux fait que vous. John Bassett aurait dû penser...

Judith posa une main sur son bras.

– Ne le blâmez pas. Je l'ai menacé de venir seule s'il ne m'accompagnait pas.

Stephen baissa la tête, puis releva les yeux vers elle.

– Et ce que j'ai vu tout à l'heure ? demanda-t-il. Comment dois-je l'interpréter ? Tout le monde raconte que vous haïssez Gavin et que vous souhaitez l'annulation de votre mariage. Est-ce vrai ?

Judith retira vivement sa main. Stephen commençait à lui rappeler beaucoup trop Gavin.

– Ce que je ressens pour mon mari ne concerne que lui, déclara-t-elle avec irritation.

Le regard de Stephen étincela. Il s'empara de son poignet et le serra au point qu'elle se mordit les lèvres pour supporter la douleur.

– C'est donc vrai, dit-il d'une voix blanche. Vous aimez Walter Demari.

– Non !

– Ne me mentez pas, la menaça-t-il en resserrant sa prise.

Rien ne rendait Judith plus furieuse que la violence des hommes.

– Vous êtes exactement comme Gavin ! jeta-t-elle. Vous ne voyez que ce que vous voulez voir. Non, je ne suis pas aussi malhonnête que votre frère. C'est lui qui rampe aux pieds d'une femme démoniaque. Moi, je ne m'abaisse pas à ce genre de choses.

Dérouté, Stephen la lâcha.

– Quelle femme démoniaque ? De quelle malhonnêteté parlez-vous ?

Judith massa rageusement son poignet.

– Je suis venue sauver mon mari parce que j'ai été unie à lui devant Dieu et parce que je porte son enfant. J'avais l'obligation de le faire, mais je n'ai pas agi par amour.

Elle s'interrompit et baissa la tête.

– Non ! reprit-elle d'une voix sans timbre. Je ne peux pas l'aimer, parce qu'il a donné son cœur à une autre. À cette espèce de blonde glacée !

Le rire de Stephen retentit.

– Alice ? dit-il. Alors tout ceci est à cause d'elle ? Ce n'est pas une guerre entre deux domaines, mais une querelle de femmes.

– Une querelle...

– Doucement ! l'interrompit-il. On va nous entendre.

– C'est bien plus que cela, je vous l'assure ! souffla-t-elle.

Stephen soupira.

– Vous réglerez ce problème avec elle plus tard. En attendant, je dois m'assurer que vous ne demandiez pas l'annulation du mariage. Nous ne pouvons pas nous permettre de perdre le domaine Revedoune.

Ainsi, telle était la raison de cet interrogatoire. Il

ne se souciait pas que Gavin ait pu la tromper avec une autre femme, mais gare à elle si elle osait faire de même.

– L'annulation ne peut pas être accordée puisque je porte son enfant, nota-t-elle.

– Qui d'autre est au courant de votre état ? Certainement pas Demari.

– Seulement John Bassett et ma mère... et ma servante.

– Pas Gavin ?

– Non. Je n'ai pas eu le temps de le lui dire.

– Bien. Il a déjà assez de soucis en tête. Qui connaît le mieux ce château ?

– Le régisseur. Il y vit depuis douze ans.

– Vous aviez une réponse toute prête, remarqua-t-il d'un air suspicieux.

– En dépit de ce que vous ou votre frère pensez, j'ai un cerveau pour réfléchir et des yeux pour observer.

Il regarda son petit visage plongé dans la pénombre.

– Vous avez eu tort de venir, mais c'était courageux, dit-il.

– Dois-je le prendre comme un compliment ?

– À votre guise.

Les yeux de Judith étincelèrent de malice.

– Votre mère a dû apprécier que ses deux derniers fils ne ressemblent pas aux deux premiers.

Il la regarda avec surprise, puis sourit.

– Voilà un caractère que mon frère ne doit pas apprécier tous les jours ! déclara-t-il. Maintenant, laissez-moi réfléchir à un moyen de réparer vos bêtises.

– Je...!

Elle s'arrêta net, obligée d'admettre qu'il avait raison.

– Vous avez obtenu que Gavin soit lavé et nourri, bien que vos méthodes pour y parvenir m'aient retourné l'estomac, poursuivit-il sans faire cas de son ébauche de révolte.

– Aurais-je dû m'élancer vers lui et le prendre dans mes bras? demanda-t-elle d'un ton sarcastique.

– Non, vous avez agi comme il fallait. Je ne pense pas qu'il soit encore en état de voyager. Mais il est solide et avec un peu de soins il récupérera assez pour que nous puissions nous échapper. Je dois quitter le château et chercher de l'aide.

– Mes hommes sont à l'extérieur.

– Je le sais. Mais les miens n'y sont pas. Je suis venu seul, dès que j'ai appris que Gavin avait besoin de moi. Mes hommes suivent, et il me faudra au moins deux jours pour les rejoindre et les conduire jusqu'ici.

– Je serai à nouveau seule, remarqua-t-elle d'une toute petite voix.

Il toucha tendrement sa joue.

– Oui. Mais vous tiendrez le coup. Assurez-vous que Gavin récupère ses forces. À mon retour, je vous libérerai tous.

Elle acquiesça de la tête et baissa les yeux vers ses mains.

– Ne soyez pas en colère contre moi, dit-il en lui relevant le menton. Je croyais que vous vouliez la mort de Gavin. À présent, je sais que je me trompais.

Elle eut un sourire hésitant.

– Je ne suis pas en colère. Seulement, cet endroit me rend malade, et cet homme qui pose sans cesse les mains sur moi, et les autres qui…

Il posa un doigt sur sa bouche.

– Tenez-le encore un peu à distance. Y arriverez-vous ?

– J'essaierai. J'avais commencé à perdre espoir.

Il se pencha pour baiser son front.

– Gavin a beaucoup de chance, murmura-t-il.

Puis il se leva et s'en alla.

20

– As-tu vu Gavin ? demanda Judith à Joan dès qu'elle s'éveilla le lendemain matin.

– Oui. Il a à nouveau sa belle allure. Je craignais que ce cachot ait à jamais gâché son charme.

– Tu te préoccupes trop des apparences.

– Et vous pas assez !

– Mais se porte-t-il bien ?

– La nourriture lui redonne vie.

La santé de Gavin semblait heureusement ne plus poser de problèmes, mais qu'en était-il de son esprit ? Qu'avait-il pensé quand elle lui avait lancé le vin au visage ?

– Apporte-moi la robe de serve, ordonna Judith. A-t-elle été lavée ?

– Vous ne devez pas y aller, remarqua Joan. Si vous êtes prise...

– Fais ce que je te dis et cesse de discuter mes ordres.

Gavin était à présent enfermé dans une geôle lugubre et obscure, située à l'écart de la tour. Une lourde porte en chêne renforcé d'acier en défendait l'accès.

Joan connaissait déjà très bien les deux gardes postés à l'entrée et s'avança vers eux en chaloupant suggestivement des hanches.

– Ouvrez ! cria-t-elle à travers la porte. Nous amenons de la nourriture et des onguents, par ordre de lord Walter.

Une vieille femme entrouvrit la massive porte avec précaution.

– Qu'est-ce qui me prouve que lord Walter vous envoie ?

– Ma seule parole, répondit Joan en la poussant pour passer.

Judith garda la tête baissée, ses cheveux dissimulés sous le capuchon.

– Vous pouvez le voir, dit la femme avec colère. Il dort et n'a pas fait grand-chose d'autre depuis qu'il est ici. Je suis chargée de m'en occuper et je fais bien mon travail.

– Sûrement ! ironisa Joan. Le lit est crasseux !

– Moins que l'endroit où il dormait avant.

Judith fit un léger signe à Joan, lui indiquant de se calmer.

– Laisse-nous, maintenant, dit Joan plus posément. Nous allons le soigner.

La femme, avec ses cheveux graisseux et ses dents à moitié pourries, pouvait paraître stupide. Mais elle ne l'était pas. Elle avait remarqué le signe de Judith et l'instantané changement de ton de Joan l'avait intriguée.

– Eh bien, qu'attends-tu ? demanda Joan.

La vieille femme voulait voir quel visage se cachait sous le capuchon.

– Je dois prendre quelques onguents, déclara-t-elle. Il y a des gens qui sont *vraiment* malades et ont besoin de soins.

Un récipient à la main, elle passa tout près de la mystérieuse inconnue et laissa échapper l'objet. Surprise, Judith releva la tête et croisa le regard de la femme. Celle-ci réprima difficilement un sourire. La lueur de l'unique bougie venait de lui révéler des yeux dorés reconnaissables entre mille. Une seule personne possédait ces yeux-là.

– Tu es aussi maladroite que stupide, siffla Joan. Sors d'ici avant que je ne te brûle vive !

La serve lança un regard noir à Joan et quitta la pièce.

– Joan ! la sermonna Judith quand elles furent seules. C'est moi qui te jetterai au feu si je te reprends à traiter quelqu'un de la sorte.

Joan parut interloquée.

– Qui se soucie de ce tas de guenilles ?

– Elle est une créature de Dieu, comme toi et moi.

Judith n'en dit pas plus, consciente que ce serait peine perdue. Joan avait la fâcheuse habitude de considérer comme quantité négligeable tous les êtres qu'elle estimait inférieurs à elle. En outre, Judith avait pour l'instant mieux à faire qu'à sermonner une servante obstinée.

– Gavin, murmura-t-elle en s'asseyant au bord du lit.

La flamme de la bougie découpait les lignes dures de son visage. Elle toucha doucement sa joue et il ouvrit les yeux. Ils paraissaient presque noirs dans la semi-pénombre.

– Judith, souffla-t-il.

– Oui, c'est moi, sourit-elle en repoussant le capuchon pour révéler sa chevelure. Vous avez meilleure apparence, maintenant que vous êtes lavé.

– Ce n'est pas à vous que je le dois, dit-il froidement. Ou peut-être attribuez-vous au vin des vertus purifiantes.

– Gavin ! Vous m'accusez à tort. Si j'avais manifesté la moindre sympathie pour vous, Walter vous aurait tué.

– Cela ne vous aurait-il pas convenu ?

– Le moment n'est pas à la querelle, remarqua-t-elle sèchement. Si vous le souhaitez, nous reprendrons cette discussion quand nous serons libres. J'ai vu Stephen.

– Ici ? demanda Gavin en se redressant.

Les couvertures glissèrent sur son torse nu. Judith ne put s'empêcher de contempler cette puissante poitrine contre laquelle elle ne s'était pas blottie depuis si longtemps.

– Judith ! la pressa-t-il. Stephen est ici ?

– Il *était* ici.

Elle le regarda à nouveau dans les yeux.

– Il est allé chercher ses hommes.

– Et que font les miens ? Sont-ils en train de se prélasser au pied des murailles ?

– Je ne sais pas.

– Le contraire m'eût étonné, dit-il d'un ton irrité. À quand le retour de Stephen ?

– Demain, si tout se passe bien.

– Alors pourquoi êtes-vous ici ? Il n'y a qu'un jour à attendre et vous risquez de tout compromettre.

– Me condamnerez-vous donc toujours ? déclara-t-elle entre ses dents serrées. Je suis venue dans cet enfer parce que vous étiez prisonnier. Depuis, je m'efforce de prendre soin de vous. Et en guise de remerciement, vous m'accablez de reproches. Alors je vous prie de me dire, Monseigneur, ce qui *pourrait* vous satisfaire.

Gavin n'en croyait visiblement pas ses oreilles.

– Vous êtes libre ici, n'est-ce pas ? enragea-t-il. Vous allez où il vous plaît, sans aucune entrave. Qui me dit que Demari ne vous attend pas à l'extérieur ?

Il lui saisit le bras.

– Êtes-vous en train de me mentir ? demanda-t-il durement.

– C'est vous qui me soupçonnez de mensonge ? explosa-t-elle en se dégageant. Vous qui m'avez menti dès le premier jour ! Croyez ce que vous voulez ; cela m'est égal. Je comprends que je n'aurais pas dû vous aider, ou peut-être aurais-je dû accepter la demande en mariage de Demari. Cela aurait été préférable à vivre avec vous.

– C'était bien ce que je pensais, dit Gavin d'un ton haineux.

– Oui ! C'était bien ce que vous pensiez ! rétorqua-t-elle avec la même hargne.

Ses accusations et ses sous-entendus la mettaient en rage et la rendaient aussi aveugle que lui.

– Milady ! intervint Joan. Il faut partir. Nous nous sommes déjà trop attardées.

– Oui, il vaut mieux partir, acquiesça Judith.

– Qui vous attend pour vous escorter jusqu'à votre chambre ? lança Gavin.

Trop en colère pour parler, Judith se contenta de l'affronter du regard avant de se lever et de se diriger vers la porte.

– Il est dévoré par la jalousie, murmura Joan.

– La jalousie ! railla Judith en sortant. Il faut tenir à quelqu'un pour la ressentir. Et il est évident que Gavin ne tient pas à moi.

Elle rajusta le capuchon sur sa tête et suivit Joan. Soudain, celle-ci se figea. Judith leva les yeux pour voir ce qui l'avait arrêtée.

Arthur était là, les mains sur les hanches, et les regardait d'un air menaçant. Judith baissa aussitôt la tête, espérant qu'il ne l'avait pas reconnue. Mais il se dirigea vers elle et la prit par le bras.

– J'ai à vous parler, lady Judith.

Les trois étages menant à la chambre d'Arthur parurent interminables à Judith. La peur faisait trembler ses jambes et les nausées qui l'avaient déjà assaillie dans la matinée menaçaient de revenir. Son impétuosité allait certainement ruiner les plans de Stephen et... et... Elle n'osait même pas imaginer les conséquences si Stephen n'arrivait pas à temps.

– Vous êtes une imbécile, commenta Arthur lorsqu'ils furent dans sa chambre.

– On me l'a déjà dit, déclara Judith, le cœur battant à tout rompre.

– Aller le voir en plein jour ! Vous auriez au moins pu attendre la nuit.

Judith garda les yeux baissés sur ses mains.

– Et moi qui croyais vous piéger en vous montrant votre mari ! J'ai été encore plus stupide que Walter. Je suis curieux de savoir comment vous comptiez vous sortir de ce tissu de mensonges. Quels étaient vos plans ?

Elle redressa la tête.

– Je ne vous dirai rien.

– Il souffrira, menaça-t-il. Et votre mère, l'avez-vous oubliée ?

Il s'interrompit avant de poursuivre d'un ton rageur :

– Ma position n'est maintenant pas plus enviable que la vôtre. Qui croyez-vous que lord Walter accusera quand il s'apercevra que vous lui échappez ? Pas vous, milady, mais moi. Il n'est qu'un gamin imbu de son pouvoir.

– Dois-je vous plaindre, alors que vous avez ruiné ma vie et celle de ma famille ?

– Je voulais vos terres et lord Demari vous voulait. Je ne pouvais pas laisser passer cette aubaine.

Il la regarda fixement.

– Mais je dois avouer que vous commencez aussi à m'intéresser.

– Et comment vous sortirez-vous de la situation inextricable que vous avez créée ? demanda-t-elle, détournant habilement la conversation.

– Bonne question. Je n'ai plus le choix : il faut que cette annulation ait lieu sans que vous comparaissiez devant le roi. Sa Majesté recevra de vous une sollicitation écrite et signée, tournée de telle manière qu'il ne pourra pas vous refuser son consentement.

Soudain prise d'une violente nausée, Judith se précipita à la fenêtre. Quand elle fut soulagée, elle se tourna vers Arthur.

– Pardonnez-moi, dit-elle. J'ai dû manger quelque chose qui m'a dérangée.

Arthur remplit un gobelet d'eau et le lui tendit.

– Vous portez son enfant, constata-t-il.

– Ce n'est pas vrai ! mentit-elle.

Le visage d'Arthur se durcit.

– Dois-je faire venir une sage-femme pour vérifier ?

Judith baissa la tête.

– L'annulation est donc impossible, conclut Arthur d'une voix sans timbre.

– Allez-vous le dire à Walter ?

Il ricana.

– Cet idiot vous croit pure et innocente. Il ne se doute pas que vous êtes deux fois plus rusée que lui.

– Venons-en au fait, dit Judith, que la nausée menaçait d'assaillir à nouveau. Que voulez-vous ?

Arthur la regarda d'un air admiratif.

– Je voudrais vous posséder, déclara-t-il avec un sourire de convoitise. Walter ne tardera pas à découvrir vos manigances. Seriez-vous prête à céder le quart de vos terres contre votre liberté ?

Judith réfléchit rapidement. Accepter cette alliance était le seul moyen de gagner du temps jusqu'à l'arrivée de Stephen.

– Vous aurez le quart de mes terres si vous nous faites sortir tous les cinq d'ici, déclara-t-elle.

– Je ne peux pas garantir...

– Il n'y aura de marché qu'à cette condition, l'interrompit-elle fermement.

– C'est d'accord, dit-il, comprenant qu'il serait vain d'argumenter. Il me faudra un peu de temps pour organiser l'évasion. En attendant, allez rejoindre Walter. Vos minauderies doivent commencer à lui manquer.

Judith refusa de prendre le bras qu'il lui tendit. Il comprit qu'elle le haïssait encore plus maintenant qu'il trahissait son maître. Cette idée le fit sourire. Les grands sentiments, tels que la loyauté, l'avaient toujours beaucoup amusé.

Quand la porte se referma derrière eux, le silence retomba dans la chambre vide. Puis une forme s'extirpa lentement de sous le lit. La vieille femme regarda avec des yeux brillants la pièce qu'elle tenait dans sa main.

– De l'argent ! murmura-t-elle.

Mais que lui donnerait le maître quand elle lui raconterait ce qu'elle venait d'entendre ? De l'or ! Elle n'avait pas tout compris, mais sir Arthur avait traité lord Walter d'imbécile et complotait quelque chose contre lui. Quelque chose en rapport avec les terres de la Montgomery. Ils avaient aussi parlé de l'enfant qu'elle portait. Et cela semblait très important.

Assise près d'une fenêtre de la grande salle, Judith contemplait le soleil couchant. Plus qu'un jour, et Stephen serait là, songea-t-elle en regardant avec gratitude l'astre rougeoyant.

Elle n'avait pas revu Walter depuis le dîner. Il l'avait invitée à faire une promenade à cheval, mais n'était pas réapparu. Des affaires urgentes l'avaient probablement retenu.

Elle commença à s'inquiéter quand la nuit tomba et qu'on dressa les tables pour le souper. Ni Arthur ni Walter ne s'étaient montrés.

– La porte de lord Walter est gardée, lui apprit Joan qu'elle avait envoyée aux nouvelles. Les sentinelles n'ont rien voulu me dire; pourtant, j'ai tout essayé pour les faire parler.

Quelque chose d'anormal se passait! Elles en eurent la confirmation la nuit même quand elles furent réveillées en sursaut par le bruit du verrou extérieur. On venait de les enfermer dans leur chambre.

Incapable de retrouver le sommeil, Judith se vêtit d'une simple et sévère robe de laine sombre et attendit. Au matin, la porte fut déverrouillée et un homme en armes pénétra dans la pièce.

– Suivez-moi, dit-il à Judith.

Joan voulut accompagner sa maîtresse, mais il la repoussa.

Il conduisit Judith jusqu'à la chambre de Walter. La première chose qu'elle vit fut ce qui restait du corps enchaîné d'Arthur. Prise d'un haut-le-cœur, elle détourna la tête.

– Ce n'est pas beau à voir, n'est-ce pas, milady?

Walter, affalé sur une chaise, était visiblement soûl.

– Mais j'ai découvert que vous n'étiez pas une lady, ajouta-t-il d'une voix pâteuse.

Il se leva, resta un instant immobile pour trouver son équilibre et alla se servir du vin.

– Les ladies sont douces et honnêtes – mais vous, ma belle, vous n'êtes qu'une garce.

Il se dirigea vers elle et empoigna violemment ses cheveux pour la forcer à tourner la tête vers Arthur.

– Regardez-le bien. Il m'en a dit beaucoup avant de mourir. Je sais que vous me prenez pour un idiot, mais je ne suis pas assez idiot pour me laisser faire par une femme.

Il l'obligea à le regarder.

– Vous êtes venue ici pour votre mari, n'est-ce pas ? Dites-moi : jusqu'où seriez-vous allée pour le sauver ?

– J'aurais fait n'importe quoi, répondit-elle calmement.

– Vous l'aimez à ce point ?

– Ce n'est pas une question d'amour. Il est mon mari.

– Mais je vous ai offert plus d'amour qu'il ne pourra jamais vous en donner, continua-t-il d'un ton larmoyant. Toute l'Angleterre sait que Gavin Montgomery appartient corps et âme à Alice Chatworth.

Judith garda le silence.

– Désormais, vous n'obtiendrez plus rien de moi, lança-t-il, les lèvres tordues par un rictus de haine. Ce temps est révolu.

Il alla ouvrir la porte.

– Débarrassez-moi de ce cadavre et jetez-le aux porcs. Quand vous en aurez fini avec lui, amenez-moi lord Gavin et enchaînez-le de la même façon.

– Non ! s'écria Judith en s'élançant vers lui. Épargnez-le. Je ferai ce que vous voudrez.

Il claqua la porte.

– Oui, et vous le ferez devant les yeux de cet homme pour lequel vous vous prostituez.

Judith blêmit, incapable de prononcer un mot.

– Vous m'embrasserez, tout comme vous l'avez embrassé, ricana-t-il.

Elle secoua la tête.

– Vous nous tuerez de toute façon. Pourquoi vous obéirais-je ?

– Parce que chacun de vos refus coûtera un morceau de chair à votre bien-aimé, déclara-t-il d'une voix sinistre.

Elle le regarda d'un air horrifié.

– Je vois que nous nous sommes compris, dit-il.

Judith n'arrivait même plus à penser. Elle pria intérieurement pour que Stephen arrive avant que l'irréparable ne soit commis.

La porte s'ouvrit soudain et Judith se figea. Cette fois, Gavin était entouré de quatre gardes. Walter ne voulait plus prendre de risques.

Gavin regarda Judith, puis Walter.

– Elle est à moi, dit-il d'une voix rauque en avançant d'un pas.

L'un des gardes lui assena un coup avec le plat de son épée et Gavin s'effondra, inconscient.

– Enchaînez-le ! ordonna Walter.

Les yeux de Judith s'emplirent de larmes d'impuissance. Que pouvait-elle faire pour l'aider ? Gagner du temps. Se plier aux volontés de Walter.

– Sage décision, déclara Walter en voyant la résignation sur le visage de Judith.

Il congédia les gardes qui venaient d'attacher les poignets de Gavin aux anneaux d'acier scellés dans le mur. Éclatant d'un rire sinistre, il jeta du vin à la face de son prisonnier.

– Réveillez-vous, mon cher. Il serait dommage de rater un si beau spectacle. Regardez votre femme. N'est-elle pas jolie ? J'étais prêt à me battre pour elle, mais finalement je n'aurai pas à me donner cette peine.

Il tendit la main vers Judith.

– Approchez, milady. Venez rejoindre votre maître.

Gavin lança les pieds en avant pour atteindre Walter. Ce dernier l'évita de justesse et, s'emparant du fouet encore maculé du sang d'Arthur, lui cingla le visage. Une longue entaille apparut aussitôt, mais Gavin n'en fit pas cas et attaqua encore. Cette fois, Walter était hors d'atteinte.

Il s'apprêta à frapper à nouveau, mais Judith s'interposa entre le fouet et son mari.

– Ne restez pas là ! gronda Gavin. Je peux me défendre seul.

Judith ignora ces paroles insensées et avança d'un pas.

– Que voulez-vous ? demanda-t-elle à Walter d'une voix blanche.

Elle pouvait sentir le regard de Gavin fixé sur elle.

– Venez ici, dit-il en demeurant prudemment hors de portée de Gavin.

Judith n'hésita pas longtemps. Elle savait qu'elle n'avait pas d'autre choix qu'obéir à ce monstre. Avec un frisson de dégoût, elle posa sa main dans la sienne.

– Quelle délicate main, n'est-ce pas ? déclara Walter à l'intention de Gavin. Allons, n'avez-vous rien à dire ?

Les yeux rivés sur Judith, Gavin garda le silence.

– Je crois que nous souhaiterions en voir plus, ma chère, poursuivit Walter.

Son regard glissa en direction de Gavin.

– Son corps est tout simplement exquis. Je l'ai vu et en ai profité assez souvent pour le savoir. Elle est la femme idéale pour un homme. Ou devrais-je dire pour plusieurs hommes ?

Il tourna son visage de marbre vers Judith.

– J'ai dit que je voulais en voir plus, lui rappela-t-il durement. Montrez-nous ce qui se cache sous ces vêtements. Vous ne refuseriez pas ce dernier plaisir à votre cher mari, n'est-ce pas ?

Les mains tremblantes, Judith commença à dégrafer son corsage le plus lentement possible.

– Ne faites pas tant de manières ! lança Walter en tirant son épée.

Tranchant les attaches de sa robe, il la lui arracha et fit ensuite de même avec la fine chemise de lin.

Judith dissimula du mieux qu'elle put sa nudité, mais de la pointe de son épée Walter la força à se redresser. Il resta un instant interdit devant ses seins hauts et fiers, son ventre encore plat et ferme, ses longues jambes superbement galbées. Sa beauté dépassait tout ce qu'il avait imaginé.

– Je vous tuerai pour cela ! gronda Gavin.

– Vous ! ironisa Walter. Que pouvez-vous faire ?

Il saisit Judith par la taille et l'exposa à sa vue.

– Regardez-la bien, car ce sera la dernière fois.

Sa main glissa sur le ventre de Judith.

– Et regardez ce ventre si plat. Diriez-vous que mon enfant est en train d'y grandir ?

– Non ! s'écria Judith.

Il la serra au point de l'étouffer.

– Oui, ma semence est en elle. Vous pourrez penser à cela quand vous grillerez en enfer.

– Une femme que vous avez touchée n'est pas digne de mon intérêt, déclara Gavin en fixant Judith dans les yeux. Je préférerais m'accoupler avec un animal.

Walter repoussa Judith.

– Vous regretterez ces paroles ! rugit-il

– Non ! Arrêtez ! supplia Judith tandis que Walter levait son épée.

Il était tellement soûl que la lame manqua son but. Brandissant à nouveau son arme, il visa la tête de Gavin. Mais ses mains étaient si peu assurées sur la garde qu'il réussit seulement à assommer sa victime.

– Le tuer de mes propres mains ! hurla-t-il, pris d'une rage délirante.

Il jeta son épée et se rua sur Gavin pour l'étrangler.

Sans réfléchir, Judith courut ramasser l'arme et, la saisissant à deux mains, l'enfonça dans le dos de Walter. Il resta un moment figé, puis se tourna lentement vers elle et s'effondra au sol. Ce fut seulement alors que Judith se rendit compte qu'elle venait de commettre un meurtre.

Au même instant, un tremblement fracassant ébranla la tour jusque dans ses fondations. Il n'y avait plus une minute à perdre. S'emparant de la clé pendue au mur, Judith libéra les poignets de Gavin.

Il commença à reprendre connaissance et ouvrit les yeux pour voir sa femme complètement nue et couverte de sang. Walter gisait à ses pieds, une épée entre les omoplates.

– Couvrez-vous ! dit-il avec colère.

L'horreur qu'elle venait de vivre lui avait fait oublier sa nudité. Elle se précipita vers sa robe, mais elle était déchirée. Ouvrant alors une armoire, elle découvrit les vêtements de son tortionnaire et hésita. Elle ne pouvait se résoudre à les porter.

– Mettez ça ! ordonna Gavin en lui lançant une tunique en laine. Vous pouvez bien *aussi* porter ses vêtements.

Sans lui laisser le temps de parler, il alla se poster à la fenêtre. De toute façon, Judith était incapable de prononcer un mot. Elle venait de tuer un homme !

– Stephen est là, annonça Gavin. Les murailles ont cédé.

Il se dirigea vers Walter et, posant un pied sur son dos, extirpa l'épée.

– Vous êtes habile, remarqua-t-il calmement. À l'avenir, j'éviterai de vous tourner le dos.

– Gavin ! appela une voix familière de l'autre côté de la porte.

– Raine ! murmura Judith, les yeux emplis de larmes.

Gavin poussa le verrou.

– Est-ce que tu vas bien ? s'inquiéta Raine en le prenant par les épaules.

– Oui. Où est Stephen ?

– Avec les autres, en bas. Une fois les murs tombés, il n'a pas été difficile de prendre le château. Mais nous n'avons pas encore trouvé Judith.

– Elle est ici, dit froidement Gavin. Occupe-toi d'elle.

Il le poussa pour sortir de la chambre.

Raine vit alors Judith, assise au bord du lit. Elle

était vêtue d'une tunique d'homme et ses jambes nues pendaient au-dessus du sol. Les yeux débordants de larmes qu'elle leva vers lui semblaient si désemparés qu'il sentit toute son âme s'élancer vers elle.

– Judith, murmura-t-il en s'approchant, les bras tendus.

Sans hésitation, elle se blottit contre lui, avide de réconfort. De violents sanglots la secouèrent.

– Je l'ai tué, hoqueta-t-elle.

– Qui ?

– Walter.

Raine la serra plus fort, la soulevant presque du sol.

– Le méritait-il ?

Elle enfouit son visage au creux de sa puissante épaule.

– Je n'avais pas le droit ! Dieu...

– Calmez-vous, l'interrompit-il. Vous n'avez rien à vous reprocher. Dites-moi, d'où provient ce sang sur le mur ?

– C'est celui d'Arthur. Le premier vassal de Walter.

– Venez, maintenant. Et séchez vos larmes. Tout ira bien. Votre servante est en bas ; elle vous aidera à vous habiller.

Il ne tenait pas à savoir pourquoi sa robe était déchirée et jetée à terre.

– Est-ce que ma mère va bien ?

– Elle est en pleine forme. Elle regarde John Bassett comme s'il était le Messie réincarné.

Elle s'écarta de lui.

– Vous blasphémez !

– Pas moi, mais votre mère. Que direz-vous quand elle allumera des cierges à ses pieds ?

Elle s'apprêta à le réprimander, mais un sourire étira ses lèvres.

– C'est si bon de vous revoir, dit-elle en le serrant dans ses bras.

– Il n'y en a toujours que pour mon frère, lança une voix profonde.

Miles se tenait devant la porte, les yeux rivés sur les jambes nues de Judith. Elle était passée par bien trop d'épreuves pour rougir devant ce regard. Se dégageant de Raine, elle s'élança vers Miles.

– Cela a été dur ? demanda-t-il en l'enlaçant très fort.

– Très dur.

– Eh bien, j'ai des nouvelles qui vous réconforteront, intervint Raine. Le roi vous attend à la cour. Il semble qu'il ait envie de rencontrer cette déesse aux yeux d'or dont on lui a tant parlé.

– À la cour ? répéta Judith, incrédule.

– Vas-tu enfin la lâcher ? dit Raine à Miles, d'un air faussement irrité. L'affection fraternelle a des limites.

– Ce doit être sa tenue qui m'égare, plaisanta Miles en la reposant à terre. J'espère qu'elle va lancer une mode.

Judith les regarda en souriant. Puis les larmes envahirent à nouveau ses yeux.

– Je suis si heureuse de vous revoir.

Raine ôta son manteau et l'en enveloppa.

– Nous vous attendrons en bas, déclara-t-il. Nous partons aujourd'hui. Je ne tiens pas à rester plus longtemps ici.

– Moi non plus, murmura-t-elle.

Elle quitta la pièce sans regarder en arrière, mais ce qui s'y était passé resterait à jamais gravé dans sa mémoire.

21

– Es-tu au courant pour l'enfant ? demanda Miles.

Gavin et lui marchaient côte à côte dans la cour du château Demari.

– On m'en a parlé, répondit froidement Gavin.

Asseyons-nous à l'ombre. Je supporte encore mal la lumière du soleil.

– Ils t'ont gardé dans un cachot ?

– Oui. Pendant près d'une semaine.

– Tu ne parais pas trop mal en point. Ils te donnaient à manger ?

– Non. Jud... ma femme me faisait parvenir de la nourriture.

Stephen leva les yeux sur ce qui restait de la vieille tour.

– Elle a pris beaucoup de risques en venant ici.

– Elle n'avait rien à craindre. Demari et elle s'entendaient à merveille.

– Ce n'est pas ce que j'ai cru comprendre.

– Eh bien, tu te trompes ! lança violemment Gavin.

Stephen haussa les épaules.

– Après tout, ce sont tes affaires. Raine m'a dit que tu étais convoqué à la cour. Nous pourrons voyager ensemble : je dois moi aussi comparaître devant le roi.

Gavin était épuisé et ne souhaitait qu'une chose : dormir.

– Que nous veut-il ? demanda-t-il d'une voix lasse.

– Il veut voir *ton* épouse et me présenter la mienne.

– Tu vas te marier ?

– Oui. Avec une héritière écossaise qui hait tous les Anglais.

– Je sais ce que c'est que d'être haï par sa femme.

Stephen sourit.

– La seule différence, c'est que toi tu y accordes de l'importance. Pas moi. Si elle ne marche pas droit, je l'enfermerai et ne la reverrai plus. Je dirai qu'elle est stérile et j'adopterai un enfant mâle qui héritera de ses terres. Pourquoi n'en fais-tu pas autant avec ta femme, si elle te déplaît ?

– Ne plus jamais la revoir ! s'écria spontanément Gavin avant de stopper net devant l'éclat de rire de son frère.

– Tu l'as dans la peau, n'est-ce pas ? Je peux comprendre : je l'ai vue. Sais-tu que je l'ai menacée de mort après qu'elle t'eut jeté le vin au visage ? Elle m'a alors supplié de mettre fin à ses jours.

– Elle t'a dupé, déclara Gavin d'un air dégoûté. Comme Raine et Miles. Ils sont à ses pieds et la regardent avec des yeux de chiens soumis.

– À propos d'adoration, que comptes-tu faire avec John Bassett et lady Helen ?

– Je devrais la lui donner pour épouse. Si lady Helen ressemble un tant soit peu à sa fille, la vie de John sera un enfer. Ce serait une assez bonne punition pour sa stupidité.

Stephen éclata à nouveau de rire.

– Tu es en train de changer, frère. Judith t'obsède.

Gavin évita le sujet.

– Viens. Je veux rassembler les hommes et partir au plus tôt d'ici.

À l'extérieur du château Demari se trouvait le campement des troupes de Gavin. Quand ce dernier avait été fait prisonnier et que John avait rejoint Judith, les hommes avaient continué de creuser les murailles sans relâche, calant des poutres de soutènement au fur et à mesure de leur progression. Juste avant de déboucher de l'autre côté, ils avaient allumé un énorme feu dans le tunnel. Les poutres avaient brûlé et s'étaient écroulées, emportant avec elles une partie des murs.

Maintenant, on levait le camp. Judith profita de l'agitation générale pour se ménager quelques instants de solitude. Suivant la rivière qui coulait non loin de là, elle pénétra dans la forêt et s'assit au bord de l'eau, savourant son doux murmure.

Elle ne s'était pas rendu compte de l'état de tension dans lequel elle se trouvait depuis une semaine. Mais les menaces et les mensonges perpétuels l'avaient minée. C'était bon maintenant de se retrouver libre dans cet endroit paisible. Pendant quelques instants, elle ne penserait ni à son mari ni à ses nombreux autres problèmes.

– Vous recherchez vous aussi la solitude, dit une voix tranquille.

Elle leva les yeux et vit Raine qui lui souriait.

– Préférez-vous que je vous laisse ? demanda-t-il. Je ne voudrais pas être de trop.

– Vous ne l'êtes pas. Venez vous asseoir près de moi. Je souhaitais seulement m'éloigner un moment de toute cette agitation.

Il s'installa à côté d'elle, le dos appuyé contre un rocher.

– J'espérais que les choses iraient mieux entre vous et mon frère, mais cela ne semble pas être le cas, déclara-t-il sans préambule. Pourquoi avez-vous tué Demari ?

– Parce que c'était le seul moyen de sauver Gavin, dit-elle en baissant la tête.

Elle releva des yeux emplis de larmes.

– C'est affreux de prendre la vie de quelqu'un.

Raine haussa les épaules.

– C'est parfois nécessaire. Et Gavin ? Ne vous a-t-il pas réconfortée après ce que vous avez fait ?

– Il m'a à peine parlé, répondit-elle rapidement. Mais changeons de sujet. Comment va votre jambe ?

Le rire d'une femme empêcha Raine de répondre. Regardant de l'autre côté de la rivière, ils virent Helen et John qui marchaient au bord de l'eau.

– John, dit Helen en posant sur lui des yeux pleins d'amour. Je ne crois pas que je le supporterai.

John repoussa tendrement une mèche de cheveux de sa joue. Elle ressemblait à une adolescente connaissant ses premiers émois.

– Il le faut. J'aurais du mal à être séparé de vous et à vous voir unie à un autre.

– Je vous en prie, murmura-t-elle. N'y a-t-il pas un moyen... ?

John posa un doigt sur ses lèvres.

– Non, ne le dites plus. Nous ne pouvons pas nous marier. Il ne nous reste plus que quelques heures à passer ensemble.

Helen se blottit dans ses bras.

– Je renoncerais à tout pour vous.

– Moi aussi, si seulement c'était possible, dit-il en caressant tendrement ses cheveux. Venez. Quelqu'un pourrait nous voir, ici.

Elle hocha la tête et ils s'éloignèrent, étroitement enlacés.

– Je ne savais pas, déclara pensivement Judith.

Raine lui sourit.

– Ce sont des choses qui arrivent. Ils oublieront leur peine. Gavin trouvera quelqu'un pour épouser votre mère et réchauffer son lit.

Judith se tourna vers lui, les yeux étincelants de rage.

– Quelqu'un pour réchauffer son lit ! siffla-t-elle. Les hommes n'ont donc que cela en tête ?

Raine la regarda avec fascination. C'était la première fois qu'elle se mettait en colère contre lui et cela ne lui déplaisait pas. Il ressentit à nouveau les tiraillements de son amour pour elle.

– À quoi d'autre une femme pourrait-elle nous faire penser ? la provoqua-t-il, mi-sérieux, mi-moqueur.

Judith s'apprêtait à rétorquer violemment, mais le sourire de Raine l'arrêta.

– N'y a-t-il aucune issue pour eux ? demanda-t-elle.

– Aucune. Les parents de John ne sont même pas nobles de naissance, et votre mère était l'épouse d'un comte.

Il posa une main rassurante sur son bras.

– Gavin lui trouvera un bon mari, qui gérera ses propriétés et sera gentil avec elle.

Judith garda le silence.

– Je dois y aller, dit Raine en se levant avec difficulté. Maudite jambe ! Aucune blessure ne m'a jamais fait autant souffrir.

Elle leva les yeux vers lui.

– Elle a au moins été correctement soignée, remarqua-t-elle, le regard pétillant de malice.

Raine grimaça au souvenir de la douleur.

– Vos méthodes ressemblent plus à de la torture qu'à de la médecine. Si par malheur je suis à nouveau blessé, je ne vous laisserai pas m'approcher.

Il lui tendit la main.

– Retournez-vous avec moi au campement ?

– Non. Je vais rester un moment ici.

Il regarda autour d'eux. L'endroit paraissait sûr, mais la prudence s'imposait.

– Ne vous attardez pas, lui conseilla-t-il. Si vous n'êtes pas de retour avant le coucher du soleil, je viendrai vous chercher.

Elle hocha la tête et s'abîma dans la contemplation de l'eau. La prévenance de son beau-frère lui avait toujours donné le sentiment d'être protégée et aimée. Comme elle avait été heureuse de le revoir ! Dans le refuge de ses bras puissants, elle s'était aussitôt sentie rassurée et en sécurité. Alors pourquoi n'éprouvait-elle aucune passion pour lui ? Elle n'avait que de l'affection pour un homme qui la traitait avec tant de gentillesse et s'enflammait pour un mari qui...

Non, elle ne devait pas penser à Gavin. Pas maintenant. Elle était trop en colère contre lui. Il avait cru sans aucune hésitation les mensonges de Walter ! Elle posa une main protectrice sur son ventre. Son enfant ! Quoi qu'il arrive, le bébé serait toujours à elle.

– Que prévois-tu pour elle ? demanda Raine en s'asseyant au prix de maints efforts sur une chaise.

Ils étaient dans la tente de Gavin. Stephen, installé dans un coin, passait la lame d'un couteau sur une pierre à aiguiser. Gavin, assis du côté opposé, était en train de manger.

– Je suppose que tu parles de ma femme, dit-il en délaissant un morceau de porc rôti. Je trouve que tu t'inquiètes un peu trop d'elle, ajouta-t-il d'un ton provocateur.

– Et toi pas assez ! rétorqua Raine. Elle a tué un homme pour te sauver. Ce n'est pas une chose facile à accepter pour une femme – et tu n'as même pas essayé de la réconforter.

– Pourquoi le ferais-je quand mes frères s'en chargent à ma place ?

– Elle a si peu de tendresse par ailleurs !

– Dois-je vous donner une épée chacun ? intervint sarcastiquement Stephen. Ou peut-être voulez-vous vos armures complètes ?

Raine se détendit immédiatement.

– Tu as raison, frère. J'aurais aimé que mon autre frère soit aussi sensé que toi.

Gavin lui lança un regard furieux et se reconcentra sur son repas.

Stephen l'observa tandis qu'il mangeait.

– Raine, essaierais-tu d'interférer dans ce qui se passe entre Gavin et sa femme ? demanda-t-il.

Raine haussa les épaules.

– Il ne la traite pas bien.

Stephen eut un sourire de compréhension. Raine était toujours prêt à défendre et protéger les plus faibles. Le silence s'épaissit, jusqu'à ce que Raine se lève et quitte la tente.

Gavin le suivit des yeux et repoussa son assiette.

– Elle porte l'enfant de Demari, déclara-t-il au bout d'un moment.

Stephen sursauta presque de surprise, puis émit un long sifflement.

– Que vas-tu faire d'elle ?

– Je ne sais pas, dit-il calmement. Raine me reproche de ne pas l'avoir réconfortée. Mais comment l'aurais-je pu, alors qu'elle venait de tuer son amant ?

– L'a-t-il violée ?

Gavin secoua la tête.

– Je ne le crois pas. Non, ce n'est pas possible. Elle circulait à sa guise dans le château. Elle est même venue me voir dans le cachot. S'il l'avait forcée, elle n'aurait pas été aussi libre.

– C'est juste. Mais le fait qu'elle soit allée te voir ne prouve-t-il pas qu'elle désirait t'aider ?

Les yeux de Gavin étincelèrent.

– Je ne sais pas ce qu'elle désire ! Elle semble être du côté de celui qui la tient. Quand elle était avec moi, elle disait qu'elle ferait n'importe quoi pour moi ; cependant, elle était tout miel avec Demari. C'est une femme intelligente et rusée.

Stephen testa du plat de son pouce la lame de son couteau.

– Raine paraît avoir une haute opinion d'elle. Miles aussi.

Gavin ricana.

– Miles est trop jeune pour savoir qu'une femme ne se résume pas un corps. Quant à Raine... il a rejoint sa cause depuis longtemps.

– Tu pourrais déclarer que l'enfant est d'un autre, et la répudier.

– Non ! s'opposa violemment Gavin avant de détourner la tête.

Stephen éclata de rire.

– Tu brûles encore pour elle ? Elle est belle, je te l'accorde. Mais il y a d'autres femmes belles sur terre. Et Alice ? Ne prétendais-tu pas l'aimer ?

Stephen était le seul à qui Gavin avait confié ses sentiments pour Alice.

– Elle est mariée depuis peu. À Edmund Chatworth.

– Edmund ! Cette espèce de limace ! Ne lui as-tu pas proposé de l'épouser ?

Le silence fut la réponse de Gavin.

Stephen rangea son couteau.

– Les femmes ne méritent pas qu'on se tracasse pour elles, déclara-t-il. Emmène ton épouse au lit et ne perds plus ton temps à y penser.

Lassé de cette conversation, il trouva une excuse pour s'esquiver.

– Je crois que je vais aller dormir, dit-il en se levant. La journée a été longue. Je te verrai demain.

Gavin resta seul dans l'obscurité grandissante. La

répudier, songea-t-il. C'était possible, puisqu'elle portait l'enfant d'un autre. Mais il ne pourrait se résoudre à ne plus jamais la revoir.

– Gavin ?

Raine venait d'entrer dans la tente.

– Est-ce que Judith est revenue ? Je lui avais dit de rentrer avant le coucher du soleil.

Gavin se leva, les mâchoires serrées.

– Où est-elle ? grinça-t-il. J'irai la chercher.

Raine lui sourit.

– Au bord de la rivière. Par là, dit-il en pointant un doigt.

Agenouillée sur la berge, Judith plongeait les mains dans l'eau claire et fraîche.

– Il est tard. Vous devez retourner au camp.

Surprise, elle leva les yeux vers Gavin. Son visage ne recelait aucune expression.

– Ces bois peuvent être dangereux, poursuivit-il.

Elle se leva et l'affronta du regard.

– Cela vous conviendrait, n'est-ce pas ? Mieux vaut une épouse morte que déshonorée.

Elle passa devant lui pour partir, mais il la saisit par le bras.

– Nous devons parler. Sérieusement, et sans colère.

– Y a-t-il jamais eu autre chose que des disputes entre nous ? Dites ce que vous avez à dire – je commence à être épuisée.

Le visage de Gavin s'adoucit.

– Le poids de votre enfant vous fatigue-t-il ?

Judith posa les mains sur son ventre et redressa le menton.

– Cet enfant ne sera jamais un poids pour moi.

Gavin tourna son regard vers la rivière. Il semblait tourmenté par de graves pensées.

– Je sais que vous croyiez bien faire en vous livrant à Demari, déclara-t-il. Je sais aussi que vous ne m'aimez pas. Mais votre mère était prisonnière.

Ne serait-ce que pour elle, vous auriez pris ce risque.

Judith hocha la tête, les sourcils légèrement froncés.

– J'ignore ce qui s'est passé ensuite, poursuivit-il. Peut-être que Demari a été gentil avec vous et que vous aviez besoin de cela. Peut-être même que le jour de notre mariage il... vous a offert sa tendresse.

La colère qui montait en Judith l'empêchait de parler.

– Quant à l'enfant, vous pouvez le garder. Je ne vous répudierai pas. Je prendrai soin de lui comme de mon propre enfant, et il héritera de vos terres.

Il s'interrompit pour la regarder.

– N'avez-vous rien à dire? J'ai essayé d'être honnête... et impartial. Cela ne vous suffit-il pas?

Judith mit un moment à se ressaisir.

– Impartial! Honnête! jeta-t-elle, les dents serrées. Le sens de ces mots vous est inconnu! Entendez-vous vos propres paroles? Vous consentez à croire que je suis venue ici pour des motifs honorables, et ensuite vous m'insultez.

– Vous insulter? répéta Gavin, dérouté.

– Parfaitement! Vous avez une bien piètre opinion de moi pour croire que j'aurais pu me donner librement au monstre qui torturait ma mère et mon mari – car devant Dieu, vous êtes mon époux! Vous supposez que j'avais besoin de tendresse! En effet, puisque vous m'en avez toujours privée. Mais je ne suis pas frivole au point de ne pas respecter les liens sacrés du mariage. J'ai déjà rompu un serment que j'avais fait devant Dieu, et cela ne m'arrivera plus jamais.

Rougissant à ce souvenir, elle détourna le regard.

– Je ne comprends pas où vous voulez en venir, déclara Gavin qui commençait à perdre patience. Vous parlez par énigmes.

– Votre accusation d'adultère est par contre très claire.

– Vous êtes enceinte de cet homme. Comment voulez-vous que j'appelle cela ? Je vous ai offert de prendre soin de l'enfant. Vous devriez m'en être reconnaissante.

Judith lui lança un regard noir de colère. Il n'envisageait pas une seule seconde que cet enfant pouvait être de lui. Helen avait raison. Aux yeux d'un homme, la femme a moins d'importance qu'un serf et est indigne de confiance. Même si elle tentait de le convaincre de son innocence, il ne la croirait pas sur parole. Et elle n'avait aucun moyen de prouver la vérité.

– Avez-vous quelque chose à ajouter ? demanda Gavin, visiblement à bout de nerfs.

Elle garda le silence.

– Dois-je en conclure que nous sommes d'accord ?

Puisqu'il voyait les choses ainsi, elle jouerait le jeu jusqu'au bout, décida-t-elle.

– Vous dites que vous léguerez mes terres à mon enfant. C'est un maigre sacrifice.

– Je vous garde, alors que j'aurais pu vous répudier ! s'emporta-t-il.

Elle éclata de rire.

– Considérez-vous cela comme une faveur ? Vous pourriez me mettre à l'écart sous n'importe quel prétexte. Les hommes ont ce droit. Il suffit que vous en désiriez une autre pour que je n'existe plus.

– Que voulez-vous ?

– Un dédommagement pour être venue à votre secours, déclara-t-elle fermement.

Ses propres paroles lui arrachaient le cœur, mais elle ne devait pas céder à ses sentiments.

– Quelle sorte de dédommagement ? demanda-t-il avec une pointe de mépris.

– Je souhaite que vous donniez ma mère comme épouse à John Bassett.

Les yeux de Gavin s'agrandirent d'étonnement.

– John Bassett est...

– Inutile de le dire. Je le sais parfaitement. Mais ne voyez-vous pas combien il l'aime ?

– Qu'est-ce que l'amour vient faire là-dedans ? Il y a des domaines en jeu.

– Vous ignorez ce qu'est une vie sans amour, parce que vous avez donné votre cœur à une femme. Pour ma part, j'ai renoncé à connaître les joies de ce sentiment. Mais ma mère... Elle a tellement souffert. Ne la privez pas du bonheur qui lui a été refusé jusqu'à présent. Elle n'a jamais aimé personne comme elle aime John.

Il baissa les yeux sur elle. Elle était si belle... et si seule. L'avait-il tellement maltraitée, pour qu'elle en soit réduite à rechercher de la tendresse, même fugace... et dans les bras de Demari ? Elle venait de faire allusion à son amour pour une autre. Mais à cet instant, il ne se rappelait même pas le visage d'Alice.

Il prit Judith dans ses bras. Comme elle était fragile ! Et pourtant, à cause de lui, elle avait affronté seule un ennemi redoutable.

– Je ne vous hais pas, murmura-t-il en la serrant contre lui, le visage enfoui dans ses cheveux.

Un jour, Raine lui avait demandé ce qu'il reprochait à Judith. Gavin se posait à présent la même question. Si elle portait l'enfant d'un autre, n'était-ce pas parce qu'il l'avait laissée sans protection ? Depuis leur mariage, il n'avait été gentil avec elle qu'à une seule occasion : lorsqu'ils avaient passé ensemble la journée dans les bois. Et même ce souvenir ne le rendait pas plus fier de lui. N'avait-il pas été aimable avec elle dans le seul but de l'attirer dans son lit ? En fait, il avait toujours agi en égoïste.

Il souleva Judith et s'assit au pied d'un arbre, la tenant serrée dans ses bras.

– Racontez-moi ce qui s'est passé au château, dit-il doucement.

Judith resta sur ses gardes. À chaque fois qu'elle s'était fiée à lui, elle l'avait lourdement regretté.

Entre eux, seul le contact physique était authentique. Rien d'autre n'existait. Ni compréhension, ni amour... et encore moins la confiance.

Elle haussa les épaules, se refusant à lui révéler quoi que ce soit.

– C'est fini, maintenant. Mieux vaut tout oublier.

Gavin fut tenté de la forcer à parler, mais la proximité de son corps eut raison de lui.

– Judith, murmura-t-il en approchant ses lèvres des siennes.

Elle passa spontanément les bras autour de son cou et l'attira plus près. Quand Gavin la touchait, elle oubliait tout... même le pire.

– Vous m'avez manqué, dit-il en parcourant son cou de petits baisers. Je croyais rêver quand je vous ai vue dans le cachot.

Elle laissa aller sa tête en arrière, offrant sa gorge à ses caresses.

– Vous ressembliez à un ange, poursuivit-il. J'avais l'impression que vous n'étiez pas réelle et que vous alliez disparaître si je vous touchais.

Il commença à batailler avec les attaches de sa robe.

– Je suis bien réelle, dit Judith en souriant.

Il la regarda et ne put s'empêcher de reprendre sa bouche.

– Vos sourires sont aussi rares et précieux que des diamants, murmura-t-il.

Son visage s'assombrit soudain.

– J'aurais pu vous tuer tous les deux quand j'ai vu Demari vous toucher.

Horrifiée, Judith le repoussa.

– Restez! ordonna-t-il durement. N'accorderez-vous pas à votre mari ce que vous avez accordé à cet homme?

Sans réfléchir, Judith leva la main et le gifla.

Ses yeux noirs de colère rivés aux siens, il lui saisit la main et la serra à lui faire mal. Puis, subitement, il la porta à ses lèvres et la baisa.

– Vous avez raison. Je suis un idiot. Le passé est

derrière nous et nous ne devons penser qu'à la nuit qui nous attend.

Il s'empara de sa bouche et Judith ne résista pas. Son désir pour lui était si fort qu'elle ne pouvait même plus penser tandis que ses mains s'insinuaient sous ses vêtements. Elle fut bientôt nue dans ses bras, avide de sentir la chaleur de sa peau contre la sienne. Se déshabillant rapidement, il la rejoignit à nouveau et elle l'attira en elle avec une ardeur qui le rendit fou de plaisir. Oui, ils étaient fous ; fous du besoin qu'ils avaient l'un de l'autre ; fous du désir sauvage qui les dominait. Et c'est ensemble qu'ils atteignirent l'extase, perdus dans le tourbillon magique de leurs sensations.

22

– Il se croit supérieur à nous, dit Blanche d'un ton vindicatif.

Gladys et elle se trouvaient à l'office et remplissaient des cruches de vin pour le repas de onze heures.

– Oui, acquiesça Gladys.

Il n'y avait pas de rancœur dans sa voix. Jocelin lui manquait beaucoup, mais elle ne lui en voulait pas, contrairement à Blanche.

– Qu'est-ce qui peut bien l'éloigner de nous ? reprit pensivement Blanche. Il passe assez de temps avec elle, remarqua-t-elle en levant le menton pour indiquer la chambre d'Alice Chatworth. Et on le voit rarement dans la grande salle.

Gladys soupira.

– Il semble être le plus souvent seul dans son grenier.

Blanche s'arrêta de verser le vin.

– Seul ! Et s'il n'était pas seul ? Nous n'avons pas

pensé à cela. Peut-être garde-t-il une femme, là-haut ?

– Pourquoi en voudrait-il une seule quand il peut les avoir toutes ? demanda Gladys en riant. Et puis, aucune femme ne manque parmi nous. Même si c'était une serve, elle ne se permettrait pas de s'absenter si longtemps.

– Alors qu'est-ce qui peut le retenir ainsi ?

Blanche voulait en avoir le cœur net. Elle appela une serve qui passait.

– Hé toi ! Finis de remplir ces cruches.

– Mais je... commença la fille.

Blanche lui pinça méchamment le bras.

– Je le ferai, se soumit l'autre d'un air renfrogné.

– Viens, Gladys. Allons éclaircir ce mystère, tant que Jocelin est occupé ailleurs.

Elles franchirent la petite distance qui séparait l'office des écuries.

– Tu vois, il enlève l'échelle à chaque fois qu'il part, remarqua Blanche.

Elle pénétra silencieusement dans l'écurie, suivie de près par Gladys. Pointant un doigt vers la grosse épouse du palefrenier, elle fit signe à sa compagne de ne pas faire de bruit.

– Le vieux dragon veille sur les intérêts de Jocelin, chuchota-t-elle.

Elles emportèrent l'échelle dehors et la posèrent contre le mur menant au grenier. Blanche leva ses jupes et grimpa la première. Une fois à l'intérieur de la petite pièce remplie de bottes de foin, une voix de femme leur parvint.

– Jocelin ? C'est toi ?

Blanche adressa un sourire de triomphe à Gladys et s'avança.

– Constance !

Le visage de la jeune femme portait encore des traces de coups, mais les blessures avaient cicatrisé. Elle recula, le dos contre une botte de foin.

– Toi ! s'étonna Gladys. Je croyais que tu avais quitté le château.

Constance était trop paniquée pour prononcer un seul mot.

– Mais non, elle n'est pas partie ! lança Blanche. Elle a vu Jocelin et a décidé de se l'approprier. Elle ne supportait pas de le partager.

– Ce n'est pas vrai, dit Constance, les lèvres tremblantes. J'étais mourante et il s'est occupé de moi.

– Et tu as aussi pris soin de lui, n'est-ce pas ? Par quelle sorcellerie l'as-tu charmé ?

– Je vous en prie... je ne pensais pas à mal.

Blanche ne fit pas cas de ses supplications. Elle savait que les marques sur son visage ne pouvaient pas venir de Jocelin. Seul Edmund Chatworth était capable de ce genre de brutalité.

– Dis-moi, est-ce que lord Edmund sait que tu es ici ?

Les yeux de Constance s'agrandirent d'horreur.

Blanche éclata de rire.

– Tu vois, Gladys, elle est la maîtresse du seigneur – et pourtant elle le trompe avec un autre. Si nous la ramenions à son maître ?

Gladys regarda Constance avec compassion.

– Tu hésites, alors que cette petite garce nous a pris Jocelin ? lui reprocha méchamment Blanche en lui attrapant le bras. Elle avait lord Edmund, mais cela ne lui suffisait pas. Elle veut avoir tous les hommes à ses pieds.

Gladys se tourna vers Constance avec des yeux haineux.

– Si tu ne viens pas avec nous, nous dirons à lord Edmund que Jocelin te cachait, dit Blanche en souriant.

Constance les suivit en silence. Tout ce qu'elle voulait, c'était protéger Jocelin. Tout au long de sa vie, personne ne s'était montré tendre avec elle. Son univers se composait de gens comme Edmund, Blanche et Alice. Cependant, depuis près de deux semaines, elle avait vécu un rêve dans les bras de Jocelin. Il lui avait parlé, l'avait bercée, soignée et lui avait fait l'amour. Il lui avait murmuré qu'il l'aimait et elle l'avait cru.

Maintenant, le rêve s'achevait. Contrairement à Jocelin, elle n'avait pas fait de plans pour l'avenir. Elle avait toujours su que le temps qu'ils auraient à passer ensemble était limité. Ces quelques jours dans le grenier seraient les seuls qu'ils partageraient.

Docilement, elle suivait les deux femmes, acceptant son destin. Pas une seule seconde l'idée de s'échapper n'effleura son esprit. Elle savait où elles l'emmenaient, et quand elle pénétra dans la chambre d'Edmund, sa poitrine se serra dans un étau aussi oppressant qu'une cage d'acier.

– Reste ici, ordonna Blanche à Gladys. Je vais chercher lord Edmund.

– Tu crois qu'il viendra ?

– Évidemment, quand il apprendra ce que j'ai à lui dire. Surveille-la bien.

Quelques instants plus tard, Blanche était de retour, un Edmund furieux sur les talons. Il n'aimait pas être dérangé pendant son repas, mais quand la servante lui avait parlé de Constance, il l'avait immédiatement suivie. Il referma violemment la porte et fixa son regard sur Constance.

– Ainsi, ma douce, tu n'es finalement pas morte.

Il lui souleva le menton et ne vit que résignation dans ses yeux. Les marques de coups gâchaient sa beauté, mais elle guérirait.

– Ces yeux, souffla-t-il. Ils m'ont hanté pendant longtemps.

Entendant un bruit derrière lui, il se retourna pour voir les deux servantes qui essayaient de s'esquiver.

– Ici ! ordonna-t-il en saisissant la plus proche par le bras. Où comptez-vous aller ?

– À nos tâches, répondit Blanche d'une voix hésitante. Nous sommes vos plus fidèles servantes.

Les doigts d'Edmund s'enfonçaient dans la chair de Gladys. Les larmes aux yeux, elle tenta de lui faire lâcher prise. Il la jeta à terre.

– Pensiez-vous vous en sortir aussi facilement ? Où était-elle ?

Blanche et Gladys échangèrent un regard. Elles n'avaient pas prévu cela. Elles avaient simplement voulu éloigner Constance de Jocelin, et que tout redevienne comme avant.

– Je... je ne sais pas, bégaya Blanche.

– Me prends-tu pour un idiot ? lança Edmund en s'avançant vers elle. Elle était très bien cachée, autrement je l'aurais retrouvée plus tôt.

– Non, Monseigneur, elle...

Trop effrayée, Blanche n'arrivait pas à trouver un mensonge cohérent.

Edmund regarda Gladys qui gisait au sol.

– Vous me cachez quelque chose. Qui protégez-vous ?

Il attrapa le bras de Blanche et le lui tordit méchamment.

– Monseigneur ! Vous me faites mal !

– Ce sera encore pire si tu me mens.

– C'est Baines, l'un des cuisiniers, dit Gladys pour aider son amie.

Edmund lâcha Blanche et considéra l'information. Baines était un homme antipathique et rusé. Mais Edmund savait qu'il dormait dans la cuisine et ne disposait d'aucune intimité. Comment aurait-il pu cacher une fille blessée sans que tout le monde jase dans le château ?

– Tu mens, dit Edmund d'une voix sinistre en s'approchant d'elle.

Gladys se recula, rampant presque sur les nattes de paille.

– Monseigneur, supplia-t-elle, tremblant de la tête aux pieds.

– Ce sera ton dernier mensonge, déclara-t-il en la soulevant par la taille.

Gladys commença à se débattre quand elle vit qu'il l'emmenait à la fenêtre ouverte. Elle s'agrippa à l'un des battants, mais elle ne pouvait rien contre la force d'Edmund. Une seconde plus tard, il la poussait dans le vide. Son hurlement retentit le long des trois étages, emplissant la tour d'un tremblement de mort.

Figée d'horreur, Blanche sentait ses jambes se dérober sous elle.

– Maintenant, je veux la vérité, dit Edmund en se retournant vers elle. Qui la gardait ? demanda-t-il en désignant Constance du menton.

Cette dernière, appuyée contre le mur, n'avait pas été choquée par le crime d'Edmund ; elle avait su que cela se terminerait ainsi.

– Jocelin, murmura Blanche.

Constance releva aussitôt la tête.

– Non ! s'écria-t-elle, incapable de supporter que Jocelin soit dénoncé.

Edmund sourit.

– Ce joli troubadour ?

Bien sûr, c'était lui qui l'avait emportée, cette nuit-là – Edmund avait oublié ce détail.

– Où loge-t-il pour pouvoir la garder si bien cachée ?

– Dans le grenier au-dessus des écuries.

Blanche avait du mal à parler. Ses yeux étaient rivés à la fenêtre. Un instant plus tôt, Gladys était vivante, et maintenant son corps brisé gisait dans la cour.

Edmund hocha la tête, satisfait. Il savait que Blanche disait la vérité. Il s'avança vers elle et elle recula contre le mur.

– Non, Monseigneur, je vous ai tout dit.

Il continua d'avancer.

– Et je vous ai ramené Constance. Je suis une servante honnête et fidèle.

Edmund appréciait sa terreur ; cela prouvait sa propre force. Il se planta tout près d'elle et lui caressa la joue. Il y avait des larmes dans ses yeux, des larmes de peur. Même quand il la frappa, son sourire ne quitta pas ses lèvres.

Blanche s'effondra, la main sur sa joue meurtrie.

– Va-t'en, lui ordonna-t-il en ouvrant la porte. Je crois que tu as retenu la leçon.

Blanche se précipita au-dehors et dévala les marches jusqu'à la cour, qu'elle traversa en courant. Elle passa ensuite les portes ouvertes du château, sans prêter attention à l'appel des sentinelles. Tout ce qu'elle savait, c'était qu'elle voulait s'éloigner du domaine Chatworth et ne plus jamais en entendre parler. Quand l'essoufflement la força à ralentir l'allure, elle marcha... et ne regarda pas une fois en arrière.

Jocelin glissa des prunes sous son manteau; Constance adorait les fruits. Ces dernières semaines, sa vie avait tourné autour de ce que Constance aimait ou pas. La voir s'épanouir peu à peu avait été pour lui le plus délicieux des spectacles. La moindre de ses attentions était récompensée par une gratitude démesurée de la part de Constance. Elle était tellement habituée à la souffrance que le plus petit geste de tendresse lui faisait l'effet d'un cadeau inestimable.

Et dans ses bras, il se sentait transporté au paradis, songea-t-il en souriant. Au début, sa peur des hommes prenant le dessus, elle était restée froide et immobile, prête à subir la douleur. Mais elle avait bientôt compris qu'il ne lui voulait aucun mal et souhaitait la rendre heureuse. Elle s'était ensuite donnée à lui comme aucune femme ne l'avait fait, lui offrant et recevant tout le bonheur dont elle avait été toujours privée.

Il pensa avec joie à leur avenir. Pour elle, il cesserait de voyager et construirait un foyer. Ils auraient des enfants qui recevraient en héritage les magnifiques yeux violets de leur mère. Oui, pour elle il renoncerait à son illusoire liberté. Car pour la première fois de sa vie, il connaissait l'amour. Constance avait bouleversé ses valeurs, changé le cours de son existence. Dès qu'elle serait suffisamment rétablie pour supporter le long voyage, ils partiraient.

Il sortit de la maison en sifflotant et se dirigea vers les écuries. La vue de l'échelle contre le mur le figea. À chaque fois qu'il s'en allait, il prenait soin de l'enlever. En outre, la femme du palefrenier gardait toujours un œil sur le grenier. Que s'était-il donc passé ?

Inquiet pour Constance, il grimpa à toute allure dans la petite pièce. Son cœur battit à coups redoublés quand il ne la trouva pas. Elle ne serait jamais partie d'elle-même ; il en était sûr.

Il redescendit, tremblant à l'idée de l'avoir perdue. Où pouvait-elle être ? Les servantes lui avaient-elles fait une mauvaise blague et allait-il l'apercevoir derrière le bâtiment en train de plaisanter avec elles ? Non. C'était trop beau pour être vrai.

Il ne fut pas surpris de voir Chatworth en bas de l'échelle, flanqué de deux gardes.

– Qu'avez-vous fait d'elle ? demanda-t-il en lui sautant à la gorge.

Chatworth commençait à étouffer quand les deux gardes s'emparèrent de Jocelin.

Edmund s'épousseta et regarda avec dégoût son vêtement froissé. Le velours ne retrouverait plus sa qualité d'origine.

– Tu me paieras cela de ta vie, grogna-t-il en se frottant le cou.

– Qu'avez-vous fait d'elle, espèce de gros porc ? rugit Jocelin.

Edmund avala difficilement sa salive. Jamais personne n'avait osé lui parler ainsi. Il gifla Jocelin à toute volée.

– Tu me le paieras vraiment, dit-il en se mettant à distance.

Le joli et inoffensif troubadour se révélait plus coriace qu'il ne l'avait imaginé.

– Je crois que je vais bien m'amuser, ricana-t-il. Tu passeras la nuit dans une oubliette, et demain sera ton dernier jour. Et pendant que tu moisiras dans ton cachot, je me divertirai avec cette femme dans mon lit.

– Non ! hurla Jocelin. Elle n'a rien fait. Laissez-la partir. Moi seul suis coupable.

– En effet, et tu seras puni comme il se doit. Crois-tu vraiment que je consentirais à perdre ce qui m'appartient ? Car Constance m'appartient. Je suis le maître ici. Je l'aurai elle pour les nuits, et toi pour me divertir comme il me plaira. Tu comprendras ce qu'il en coûte d'oser défier un comte.

Assise à une fenêtre de la chambre d'Edmund, Constance paraissait plus morte que vive. Jamais plus elle ne reverrait Jocelin, jamais plus il ne la tiendrait dans ses bras et ne lui dirait qu'il l'aimait plus que tout au monde. Son seul espoir était qu'il ait réussi à s'échapper. Blanche l'avait peut-être prévenu, puisqu'elle semblait être attachée à lui. Peut-être étaient-ils loin tous les deux, et surtout sains et saufs.

La jalousie ne l'effleura même pas. Elle voulait seulement le bonheur de Jocelin. Elle aurait volontiers donné sa pauvre vie pour lui.

Des bruits dans la cour attirèrent son attention. Deux gardes traînaient presque Jocelin qui se débattait de toutes ses forces. L'un des hommes le frappa pour l'obliger à se calmer, lui faisant perdre l'équilibre. Il réussit difficilement à rester sur ses pieds. Le souffle coupé, Constance assistait impuissante à cette scène horrible. Elle ne pouvait pas appeler Jocelin sans risquer de le mettre encore plus en danger. Mais soudain, comme s'il avait senti sa présence, il leva les yeux vers la fenêtre où elle se tenait. Elle lui fit un signe de la main et vit à travers ses larmes le filet de sang coulant sur son menton.

Quand les gardes emportèrent à nouveau Jocelin, Constance comprit subitement où ils l'emmenaient. Les oubliettes. Le pire endroit où l'on pouvait enfermer un homme. L'entrée était si étroite qu'on y faisait descendre les prisonniers avec une poulie. Une fois dans le cachot, il n'y avait plus moyen de se tenir assis ou même debout. Le corps était constamment plié dans cet espace restreint où l'air manquait terriblement. En outre, il ne fallait pas compter sur la quantité de nourriture et d'eau nécessaire à la subsistance. Personne n'y survivait plus de quelques jours – ce sursis ne concernant que les constitutions les plus solides.

Constance regarda les hommes attacher Jocelin à la poulie et le faire descendre dans cet enfer. Ses yeux restèrent figés un long moment après qu'on eut refermé la trappe, puis se détournèrent. Il n'y avait plus d'espoir, à présent. Demain, Jocelin serait mort, à supposer qu'il survive jusque-là. Car Edmund ne manquerait pas d'ajouter quelque torture à ce supplice.

Sur une table, étaient disposés une carafe de vin et trois verres strictement destinés à l'usage d'Edmund, qui se réservait toujours les plus beaux objets. Sans réfléchir, car sa vie n'avait plus de sens et qu'il ne lui restait qu'un seul acte nécessaire à accomplir, Constance prit l'un des verres et le brisa contre la table. La base tranchante dans la main, elle retourna à la fenêtre.

Ce beau jour de printemps serait son dernier jour. Elle ne sentit même pas le verre coupant sur les veines de son poignet. Et ce fut avec soulagement qu'elle vit le sang s'écouler de son corps.

– Bientôt, murmura-t-elle. Bientôt, je serai avec toi, mon doux Jocelin.

Elle entailla son autre poignet et s'adossa contre le mur, une main tombant sur ses genoux, l'autre posée sur le rebord de la fenêtre. Son sang se répandait sur la pierre blanche. Une légère brise vint effleurer ses cheveux et elle sourit. Un soir, Jocelin et elle étaient allés au bord de la rivière. Ils avaient passé toute la nuit enlacés dans l'herbe. Très tôt le lendemain matin, ils étaient rentrés avant que le château ne s'éveille. Cette nuit avait été pleine de soupirs et de mots d'amour. Elle se souvenait de chaque parole qu'avait prononcée Jocelin.

Peu à peu, son esprit se vida, comme si elle glissait lentement dans le sommeil. Elle ferma les yeux et sourit au soleil qui caressait son visage, à la brise flottant dans ses cheveux, puis elle ne ressentit plus rien.

– Hé, mon garçon! Ça va?

Jocelin eut du mal à saisir le sens de ces mots à peine murmurés. Les oubliettes portaient bien leur nom : une fois qu'on y était, plus rien n'existait.

– Réponds-moi! insista la voix.

– Oui, articula Jocelin avec difficulté.

Un profond soupir lui parvint en retour.

– Il va bien, dit une voix de femme avec soulagement. Mets ça autour de ta taille et je te tirerai.

Jocelin était trop hébété pour vraiment comprendre ce qui lui arrivait. La femme l'aida à remonter à la surface et l'air frais entra dans ses poumons comme un bain revivifiant. Cela faisait des heures qu'il était enfermé dans ce trou et son corps était crispé dans d'horribles crampes.

Le palefrenier et son épouse le regardaient tandis qu'il défaisait la boucle de la poulie.

– L'amour, dit la femme en secouant la tête. Il faut partir tout de suite, ajouta-t-elle en ouvrant le chemin vers les écuries.

À chaque pas, les pensées de Jocelin devenaient plus claires. L'amour étant pour lui un sentiment nouveau, il n'avait pas non plus jusqu'ici connu la haine. Maintenant, tandis qu'il avançait dans la cour obscure, il regardait la fenêtre d'Edmund et sentait la haine monter en lui. Il détestait cet homme qui était en ce moment même allongé près de Constance.

– Tu dois te dépêcher, insista la femme quand ils atteignirent les écuries. Mon mari t'aidera à passer les murs. Tiens – j'ai préparé un balluchon de provisions pour toi. Si tu fais attention, elles te dureront plusieurs jours.

Jocelin fronça les sourcils.

– Je ne peux pas partir et laisser Constance, déclara-t-il.

– Je savais que tu refuserais tant que tu ne serais pas au courant, dit la vieille femme.

Elle se retourna et lui fit signe de la suivre. Allumant une bougie au passage, elle conduisit Jocelin vers une stalle vide. Un drap recouvrait une pile de bottes de foin. Elle le souleva lentement.

Jocelin ne put tout d'abord pas croire ce qu'il voyait. Il avait déjà vu Constance ainsi, et s'était imaginé à tort qu'elle était morte. S'agenouillant, il prit son petit corps froid dans ses bras.

– Elle est glacée, dit-il avec sévérité. Apporte des couvertures pour la réchauffer.

La vieille femme posa une main sur son épaule.

– Toutes les couvertures du monde n'y suffiraient pas. Elle est morte.

– Non, elle ne l'est pas ! Je l'ai déjà vue ainsi et...

– Cesse de te torturer. Elle s'est vidée de son sang.

– Son sang ?

La femme retira un peu plus le drap, dévoilant les poignets tailladés de Constance.

Jocelin les fixa en silence.

– Qui ? demanda-t-il finalement.

– Elle s'est elle-même ôté la vie.

Jocelin regarda à nouveau le visage de sa bien-aimée. Il se pencha et lui baisa le front.

– Elle est en paix, maintenant.

– Oui, acquiesça la femme, soulagée qu'il ait enfin admis la vérité. Et tu dois t'en aller.

Repoussant la main de la vieille femme, Jocelin se leva et se dirigea avec détermination vers le château. Il se glissa silencieusement entre les corps des hommes endormis dans la grande salle et décrocha une des épées du mur. Ses pas ne firent aucun bruit tandis qu'il gravissait les étages.

Un garde était assoupi devant la porte d'Edmund. Jocelin n'aurait aucune chance s'il se réveillait : il était encore trop faible pour combattre. L'homme ne poussa même pas un murmure quand Jocelin lui enfonça l'épée dans le ventre.

C'était la première fois que Jocelin commettait un meurtre, et cela ne lui procura aucun plaisir.

La porte n'était pas verrouillée. Jocelin la poussa et s'approcha du lit d'Edmund. Le saisissant par les cheveux, il lui releva la tête.

– Non ! cria Edmund, les yeux agrandis d'horreur.

Il eut juste le temps de reconnaître Jocelin avant que celui-ci ne lui tranche la gorge.

Alice n'arrivait pas à dormir. Ces insomnies duraient depuis trop longtemps – depuis que le troubadour ne venait plus la rejoindre dans son lit. Elle l'avait menacé à plusieurs reprises, mais il s'était contenté de la regarder avec indifférence. En fait, elle était intriguée par lui. Il était le seul à avoir jamais osé lui résister.

Décidant de se lever, elle enfila une robe de chambre et sortit dans le couloir. Elle sentit aussitôt que quelque chose d'anormal se passait. Devant la porte ouverte d'Edmund, le garde était assis dans une curieuse position. Elle se dirigea vers lui, ses yeux s'accoutumant peu à peu à la pénombre.

Au même instant, un homme sortit de la chambre d'Edmund et marcha droit vers elle. Elle ne vit tout d'abord que le sang sur son pourpoint et eut du mal à le reconnaître quand il s'arrêta devant elle. Le joli garçon souriant s'était transformé en un homme qui la regardait avec impudence. Un léger frisson de peur la parcourut. « Jocelin ! »

Il poursuivit son chemin, comme s'il se souciait peu de sa présence. Alice le suivit des yeux, puis pénétra dans la chambre d'Edmund. Un sourire étira ses lèvres, quand elle aperçut le sang coulant à flots de sa gorge.

– Je suis veuve, murmura-t-elle en allant s'appuyer à la fenêtre.

Maintenant, elle avait tout – la richesse, la beauté et la liberté.

Durant un mois, elle n'avait cessé d'envoyer des missives à la cour, sollicitant une invitation du roi.

Quand enfin une réponse positive lui était parvenue, Edmund avait ricané, déclarant qu'il ne dépenserait pas un sou pour ce genre de frivolités. En réalité, il n'aurait pas joui à la cour des privilèges qu'il s'accordait en son domaine – comme de jeter une de ses servantes par la fenêtre.

À présent, Alice pourrait s'y rendre en toute liberté. Et elle y retrouverait Gavin ! Oui, elle avait aussi arrangé cela. Cette diablesse aux cheveux rouges ne l'avait que trop accaparé. Gavin n'appartenait qu'à elle. Il se débarrasserait de sa femme et lui reviendrait. Elle voulait à nouveau Gavin Montgomery, et elle l'aurait.

Quelqu'un marchant dans la cour attira son attention. Un balluchon suspendu à l'épaule, Jocelin se dirigeait vers le mur d'enceinte.

– Tu m'as rendu un grand service, murmura-t-elle. Et je te revaudrai cela.

Elle n'alerta pas les gardes, mais demeura immobile et silencieuse, commençant à planifier son avenir sans Edmund. Jocelin lui avait permis d'accéder à la fortune, mais il venait surtout de lui rendre Gavin.

23

Il faisait trop chaud dans la tente. Gavin n'arrivait pas à trouver le sommeil. Il se leva et regarda Judith, paisiblement endormie, une épaule nue dépassant de sous les draps de lin. S'habillant sans la quitter des yeux, il sourit au souvenir des heures qu'ils venaient de passer à s'aimer. Judith en était sortie épuisée. Mais pas lui. Son désir pour elle ne semblait jamais pouvoir s'étancher.

Prenant un manteau de velours dans le coffre, il découvrit Judith et l'enveloppa dans le vêtement. Elle remua contre lui comme une enfant, sans se réveiller. L'emportant hors de la tente, il se signala aux gardes en faction et se dirigea vers la forêt. Il se pencha et baisa ses lèvres ensommeillées.

– Gavin, murmura-t-elle.

– Oui, c'est moi.

Elle sourit, les yeux toujours fermés.

– Où m'emmenez-vous ?

Il la serra encore plus près de lui.

– Cela a-t-il une importance ?

– Non, murmura-t-elle, souriant aux anges.

Il eut un profond rire de bonheur et la déposa au bord de la rivière. Peu à peu, elle s'éveilla. La fraîcheur de l'air, le murmure de l'eau et la douceur de l'herbe lui donnaient l'impression de voguer en plein rêve.

Gavin s'assit à côté d'elle.

– Vous avez dit tout à l'heure que vous aviez brisé un serment devant Dieu. Quel serment était-ce ?

Il se figea dans l'attente de sa réponse. Ils n'avaient plus reparlé de ce qui s'était passé au château Demari, et Gavin voulait en apprendre plus. Il aurait souhaité l'entendre nier la vérité. Pourtant, il savait pertinemment quel serment elle avait brisé : celui de lui être à jamais fidèle.

Judith gardait le silence, ne se souvenant que trop bien de la nuit où elle s'était librement offerte à lui.

– Suis-je si effrayant que vous ne puissiez me parler ? demanda-t-il doucement. Répondez à cette seule question et je ne vous en poserai plus aucune.

Judith leva les yeux vers le ciel illuminé par la pleine lune.

– J'ai fait un vœu le jour de notre mariage et... je l'ai rompu.

C'était bien ce qu'il craignait.

– Je savais que je n'aurais pas dû venir à vous cette nuit-là, poursuivit-elle. Mais cet homme n'avait pas le droit de clamer partout que nous ne dormions pas ensemble. Ces choses-là ne regardent que nous.

– Je ne vous comprends pas, Judith.

Elle tourna vers lui des yeux foudroyants.

– Je parle de mon vœu. N'est-ce pas ce que vous vouliez ?

Elle vit qu'il ne comprenait toujours pas.

– Dans le jardin, quand je vous ai vu et...

Les mots se brisèrent dans sa gorge. Le souvenir d'Alice dans les bras de Gavin la torturait au-delà du supportable.

Gavin la fixait, essayant de se rappeler. Quand enfin tout lui revint, un petit rire le secoua.

Judith le fusilla du regard.

– Vous vous moquez de moi ?

– Oui. Car ce serment était si stupide ! Vous étiez vierge à l'époque et ne saviez pas à quoi vous vous engagiez. Quand on a connu le plaisir entre mes bras, on ne peut plus s'en passer.

Complètement abasourdie, Judith se leva.

– Vous êtes un homme vaniteux et intraitable. Je me confie à vous et vous riez de moi !

Elle se drapa dans le manteau et s'apprêta à s'éloigner fièrement de lui.

Un sourire malicieux aux lèvres, Gavin tira d'un coup sec sur le bas du vêtement et la dénuda. Judith poussa un petit cri et tenta de cacher sa nudité.

– Retournerez-vous au camp maintenant ? demanda-t-il d'un ton sarcastique en roulant le tissu de velours et en le calant sous sa tête.

Judith le défia du regard et s'éloigna vers un bouquet d'arbres.

Il s'allongea tranquillement, sûr qu'elle reviendrait bientôt le supplier de lui rendre le vêtement. Le silence dura un moment, puis il entendit un curieux bruit... comme des feuilles que l'on froisserait.

Se levant d'un bond, il suivit la direction du bruit.

– Vous êtes incroyable ! lança-t-il en éclatant de rire quand il la découvrit enveloppée d'une robe de feuilles et de branches d'arbustes.

Elle lui sourit d'un air triomphant.
– Aurai-je jamais le dernier mot avec vous ? demanda-t-il en la prenant par la taille.
– Probablement pas, dit Judith d'un ton satisfait.
– Vous croyez cela ? la provoqua-t-il en lui ôtant ses fragiles ornements et en la soulevant dans ses bras pour la faire voltiger dans les airs.
Ses petits cris de frayeur le ravissaient.
– Ignorez-vous qu'une bonne épouse ne doit pas contrarier son mari ? plaisanta-t-il.
Il l'installa sur la branche d'un arbre et déposa un baiser sur chacun de ses genoux.
– Je vous trouve particulièrement ravissante dans cette position...
Il s'interrompit en voyant la terreur envahir ses yeux.
– Judith, murmura-t-il. Pardonnez-moi. J'avais oublié votre peur du vide.
Il dut forcer ses doigts crispés à lâcher la branche.
– Pardonnez-moi, répéta-t-il tandis qu'elle se blottissait contre lui, toute tremblante.
Il la ramena au bord de la rivière et, l'enveloppant dans le manteau de velours, la berça sur ses genoux. Sa propre stupidité le mettait en rage. Comment avait-il pu oublier quelque chose d'aussi important ? Il lui souleva le menton et déposa un baiser sur ses lèvres.
– Serrez-moi fort, dit-elle d'une voix soudain pleine de passion. Ne me laissez pas.
– Non, je ne vous laisserai pas, la rassura-t-il, surpris par son ardeur.
Judith avait toujours été très passionnée entre ses bras, mais ce n'était rien comparé à ce qu'elle semblait éprouver en cet instant. Cherchant sa bouche, elle l'embrassa presque avec violence avant de laisser glisser ses lèvres sur son cou. Jamais elle ne s'était montrée si entreprenante.
– Judith, murmura-t-il. Douce Judith.

Le manteau tomba de ses épaules et ses seins nus se pressèrent contre lui, insolemment exigeants.

– Garderez-vous vos vêtements ? demanda-t-elle dans un soupir en glissant la main sous son pourpoint.

Gavin put à peine supporter de ne plus sentir son corps brûlant contre lui quand il s'écarta pour se dévêtir. Il la rejoignit bientôt et elle le poussa sur le sol avant de s'allonger sur lui. Immobile, il arrivait à peine à retrouver son souffle.

– C'est vous qui avez l'air effrayé, maintenant, dit-elle en riant.

– Je le suis, répondit-il, les yeux brillants.

Elle caressa son torse, descendant de plus en plus bas.

Le regard de Gavin s'assombrit de désir.

– Faites ce que vous voulez, murmura-t-il d'une voix rauque. Mais n'arrêtez pas.

Elle sourit, ivre de la joie de le dominer. Il était tout à elle. Mais quand sa main toucha le membre viril, elle comprit qu'il la tenait lui aussi en son pouvoir. Le faisant pénétrer en elle, elle bougea d'abord lentement tout en se penchant pour chercher sa bouche. Gavin la laissa faire un moment, puis s'empara de ses hanches pour la guider... de plus en plus vite, jusqu'à ce qu'ils atteignent ensemble les confins du plaisir.

– Réveillez-vous, petite fainéante, dit Gavin en riant et en lui donnant une tape sur les fesses. Tout le monde est debout et va nous chercher.

– Laissez-les faire, murmura-t-elle en se blottissant plus confortablement sous le manteau.

Debout au-dessus d'elle, Gavin la regarda. Jamais il n'avait vécu de nuit aussi délicieuse que celle-ci. Qui était donc son épouse ? Une femme adultère, capable d'aller d'un homme à un autre, comme le vent change de direction ? Ou était-elle bonne et loyale, comme le prétendaient ses frères ? Quoi qu'il en soit, elle se transformait en démon quand elle faisait l'amour. Un démon irrésistible...

– Devrai-je appeler votre servante pour qu'elle vous habille ici ? Nul doute que Joan ne se privera pas de commentaires.

La vision de Joan l'accablant de ses minauderies pénétra l'esprit embrumé de Judith et elle s'éveilla complètement. Tout en s'asseyant, elle regarda la rivière et s'étira avec un soupir de plaisir, sans se soucier de ses seins nus exhibés au regard de Gavin.

– Couvrez-vous ou nous n'atteindrons jamais Londres, la prévint-il d'une voix assourdie de désir.

Elle lui adressa un sourire charmeur.

– Peut-être devrais-je rester ici. La cour ne sera pas aussi agréable que cet endroit.

– C'est certain, dit-il en riant avant de l'envelopper dans le manteau et de l'emporter dans ses bras. Il faut rentrer. Raine et Miles nous quittent aujourd'hui, et je veux leur parler.

Ils restèrent silencieux sur le chemin du retour. Blottie contre l'épaule de Gavin, Judith se demandait pourquoi les choses ne se passaient pas toujours ainsi. Quand il le voulait, Gavin pouvait se montrer si gentil et tendre ! Elle pria silencieusement pour que cette miraculeuse entente ne s'arrête jamais.

Environ une heure plus tard, Judith marchait en compagnie de Raine et Miles, chacun d'eux la tenant par la main. C'était un étrange spectacle que cette femme fragile et menue entre ces deux hommes vigoureux et bien plus grands qu'elle.

– Vous allez me manquer, leur dit-elle. C'est si bon d'avoir toute ma famille autour de moi, bien que ma mère ne quitte que très rarement John Bassett.

– Seriez-vous jalouse ? lança Raine en éclatant de rire.

– Je ne vous comprends pas, renchérit Miles. Notre présence ne vous suffit-elle pas ?

– À mon avis, Gavin doit lui suffire, plaisanta Raine.

Judith se mit à rire, les joues légèrement enflammées.

– Y a-t-il quelque chose que l'un de vous puisse faire sans que les autres le sachent ? demanda-t-elle.

– Pas vraiment, répondit Raine en regardant Miles avec espièglerie. Mais il y a parfois des mystères insondables – par exemple, nous ignorons où notre petit frère a bien pu passer la nuit. Pas vrai, Miles ?

– Avec Joan, déclara spontanément Judith.

Les yeux de Raine brillèrent, tandis que Miles restait imperturbable, comme à son habitude.

– Je… je le sais parce que Joan n'a pu s'empêcher de me le raconter, balbutia Judith.

Les fossettes de Raine se creusèrent davantage.

– Ne vous laissez pas impressionner par Miles. Il brûle d'apprendre ce que cette femme a dit de lui.

Judith sourit.

– Je vous le dirai la prochaine fois que nous nous verrons. Peut-être cela vous encouragera-t-il à venir plus tôt que prévu.

– Bien joué ! s'exclama Raine en riant. Bon. Nous devons vraiment partir maintenant.

– Merci à tous les deux, dit Judith, la voix brisée par l'émotion. Vous m'avez beaucoup aidée.

– Allons-nous éclater en sanglots alors que nous avons une jolie femme à embrasser ? demanda Miles.

– Pour une fois, tu as raison, petit frère, déclara Raine en soulevant Judith dans ses bras pour l'embrasser sur la joue.

Miles enlaça à son tour Judith et adressa un rire moqueur à son frère.

– Tu ne sais pas t'y prendre avec les femmes, remarqua-t-il en posant un baiser rien moins que fraternel sur la bouche de Judith.

– Tu t'égares, Miles, dit une voix sinistre.

Judith tourna la tête et rencontra les yeux noirs de colère de Gavin.

Raine et Miles échangèrent un regard. C'était la

première fois qu'ils voyaient Gavin réellement jaloux.

– Lâche-la avant qu'il ne t'enfonce son épée dans le cœur, dit Raine.

Miles garda encore un moment Judith dans ses bras.

– Elle en vaut peut-être la peine, murmura-t-il en la libérant doucement.

– Nous nous reverrons bientôt, promit Raine à Gavin. Pourquoi pas à Noël ? Je suis curieux de voir cette Écossaise que Stephen va épouser.

Gavin posa un bras possessif sur les épaules de Judith.

– À Noël, dit-il tandis que ses deux frères montaient à cheval et s'éloignaient.

– Vous n'êtes pas vraiment en colère ? s'inquiéta Judith.

– Non, soupira-t-il. Mais je ne supporte pas qu'un autre homme vous touche – même si c'est mon propre frère.

Judith inspira profondément.

– À Noël, l'enfant sera né.

« L'enfant », songea Gavin. Pas « mon enfant » ou « notre enfant ». Il n'aimait pas penser à cela.

– Venez. Il faut lever le camp. Nous nous sommes déjà assez attardés ici.

Judith le suivit en refoulant ses larmes. Ils n'avaient pas reparlé de ce qui s'était passé dans ce château, ni du bébé à naître. Devait-elle lui dire qu'il ne pouvait qu'être de lui ? Devait-elle le supplier de l'écouter et de la croire ? Elle était capable de lui dire exactement quand ils l'avaient conçu. Mais Gavin avait insinué que sa liaison avec Demari durait depuis le jour de leur mariage. Repoussant l'idée utopique de le convaincre, elle se dirigea vers la tente et donna des ordres aux servantes pour plier bagage.

Ils installèrent le campement assez tôt, ce soir-là. Il n'était pas urgent d'atteindre Londres et Gavin appréciait ce voyage. Judith et lui s'étaient beaucoup rapprochés, discutant souvent, comme deux amis. Gavin s'était même surpris à lui révéler des secrets de son enfance, lui parlant de la peur qu'il avait ressentie à la mort de son père, quand il s'était retrouvé seul à gérer un si grand domaine.

À présent, il était assis à une table, un registre ouvert devant lui. Chaque penny dépensé devait être scrupuleusement noté. C'était une tâche ingrate, mais le régisseur étant tombé malade, il ne pouvait faire confiance qu'à lui-même pour gérer ses comptes.

Il se servit une chope de cidre et regarda Judith, assise sur un tabouret à l'entrée de la tente, une pelote de laine bleue sur les genoux. Elle bataillait avec les aiguilles à tricoter, embrouillant le fil dans des nœuds de plus en plus inextricables. Son joli visage grimaçait sous l'effort, le bout de sa langue pointant entre ses lèvres. Gavin se rendait compte qu'elle faisait cela pour lui. Il lui avait tellement reproché de s'immiscer dans ses affaires au lieu de se consacrer à des travaux féminins...

Il réprima un éclat de rire quand elle lança un regard noir à la pelote de laine et marmonna quelque chose entre ses dents.

– Judith, l'appela-t-il en se forçant à paraître sérieux. Peut-être pourriez-vous m'aider. Cela ne vous dérangerait pas de vérifier ces comptes ?

Il essaya de ne pas sourire quand elle jeta vivement la pelote et les aiguilles.

Il pointa un doigt sur le registre.

– Nous avons beaucoup trop dépensé pendant ce voyage, mais je n'arrive pas à trouver pourquoi.

Judith parcourut d'un œil expert les colonnes de chiffres et s'arrêta brusquement.

– Cinq marks pour du pain ! Qui vous a fait payer si cher ?

– Je l'ignore, dit franchement Gavin.

– Autant manger de l'or ! Je vais régler ce problème. Pourquoi ne m'avez-vous pas montré cela plus tôt ?

– Parce que, ma chère épouse, je pensais pouvoir me débrouiller tout seul. Mais je m'aperçois que je me trompais.

Elle le regarda, surprise par tant d'humilité.

– Je trouverai ce boulanger ! dit-elle en s'apprêtant à quitter la tente.

– N'emportez-vous pas votre tricot ? Peut-être en aurez-vous besoin ?

Judith tourna la tête et vit qu'il la taquinait. Elle lui rendit son sourire, attrapa la pelote de laine et la lui lança.

– Peut-être est-ce vous qui aurez besoin de vous occuper.

Elle désigna le registre d'un regard entendu et sortit.

Gavin resta assis un instant, la pelote de laine entre les mains. En l'absence de Judith, la tente lui paraissait terriblement vide. Il se leva et alla s'appuyer contre le mât de l'entrée pour la suivre des yeux. Sans jamais élever la voix contre les serviteurs, elle arrivait à tirer d'eux le maximum de leurs possibilités. Elle s'occupait de l'organisation du camp avec une aisance étonnante, accomplissant toujours plusieurs tâches à la fois. Pourtant, elle ne semblait pas le moins du monde fatiguée ou lassée de travailler.

Elle terminait de parler à l'homme dont la charrette était remplie de pain. Le gros boulanger s'éloigna en secouant la tête, arrachant un sourire amusé à Gavin. Il savait exactement ce que ce malheureux devait ressentir. Combien de fois lui-même s'était-il heurté à l'obstination de Judith, abdiquant alors même qu'il avait raison ? Judith maîtrisait l'art de tourner les mots de façon à embrouiller son interlocuteur, au point qu'il soit incapable de retrouver le cheminement de ses propres pensées.

Il la regarda marcher à travers le campement. Elle s'arrêta devant la grande marmite pour tester le ragoût, adressa quelques mots à l'écuyer de Gavin qui était en train de polir l'armure de son maître. Le garçon hocha la tête et lui sourit. D'infimes changements s'étaient opérés depuis que Judith prenait les affaires quotidiennes en main. Infimes mais miraculeusement efficaces. Jamais il n'avait voyagé dans un tel confort – et sans avoir à fournir aucun effort pour cela. Finies les tentes sales et boueuses, finis les repas à moitié cuits... Judith n'aurait jamais toléré un tel laisser-aller.

Judith sentit qu'il l'observait et se retourna pour lui sourire. Le cœur de Gavin se serra. Que ressentait-il pour elle ? Cela avait-il de l'importance si elle portait l'enfant d'un autre ? Tout ce qu'il savait, c'était qu'il la désirait follement.

Allant à sa rencontre, il la prit par le bras.

– Venez avec moi à l'intérieur.

– Mais je dois...

– Vous préférez que nous restions dehors ? demanda-t-il en haussant un sourcil.

Son visage s'éclaira d'un sourire.

– Je ne crois pas, non.

Ils firent l'amour très lentement, se savourant mutuellement jusqu'à ce que leur passion les submerge. C'était ce que Gavin adorait le plus chez Judith – cette diversité qui la rendait à chaque fois différente entre ses bras. Elle était tour à tour tendre, sensuelle, soumise, exigeante, violente... Elle pouvait aussi rire et plaisanter quand ils découvraient une nouvelle manière – parfois acrobatique – d'accorder leurs corps. Mais peu importait comment elle était ; il aimait de toute façon lui faire l'amour. La simple idée de ses mains posées sur lui l'excitait à un point qui l'étonnait lui-même.

Maintenant, il la tenait serrée contre lui, le visage enfoui dans ses cheveux. Elle bougea, comme s'il lui était possible de se rapprocher davantage – mais cela ne l'était pas. Il déposa un baiser sur sa tempe et glissa dans le sommeil.

– Vous êtes en train de tomber amoureuse de lui, dit Joan en la coiffant, le lendemain matin.

La lumière filtrant à travers la toile de la tente était douce. Judith portait une robe de laine verte, serrée à la taille par une ceinture de cuir tressé. Même dans cette simple tenue, elle était magnifique, ses yeux dorés remplaçant largement les plus beaux des joyaux.

– Je suppose que tu parles de mon mari.

– Non, non, du cuisinier, rétorqua Joan avec une ironie nonchalante.

– Et qu'est-ce qui… te fait dire cela ?

Joan garda le silence.

– N'est-il pas bon qu'une épouse aime son mari ?

– Oui, si l'amour est partagé. Ne vous laissez pas aveugler ; vous pourriez être ensuite terriblement déçue.

– Il se consacre entièrement à moi, argua Judith en faveur de Gavin.

– C'est vrai, mais que se passera-t-il quand vous serez à la cour ? Vous ne serez plus seuls tous les deux. Les plus belles femmes d'Angleterre y seront aussi…

– Cela suffit ! s'emporta Judith. Contente-toi de me coiffer.

– Bien, milady, se soumit Joan avec une pointe de moquerie.

Toute la journée, Judith pensa aux paroles de Joan. Était-elle vraiment amoureuse de Gavin ? Elle l'avait déjà vu dans les bras d'une autre femme et avait ressenti de la colère face à ce qu'elle considérait comme un manque de respect. Mais c'était différent à présent. L'idée même qu'il puisse en toucher une autre la glaçait littéralement.

– Tout va bien, Judith ? demanda Gavin qui chevauchait à ses côtés.

– Oui… non.

– Qu'y a-t-il ?

– Je m'inquiète à propos de la cour du roi Henri. Y a-t-il beaucoup… de jolies dames, là-bas ?

Gavin se pencha pour s'adresser à Stephen.

– Qu'en dis-tu, frère ? Les femmes sont-elles jolies à la cour ?

Stephen regarda sa belle-sœur, sans l'ombre d'un sourire.

– Je crois que vous saurez vous défendre, dit-il calmement avant de faire tourner son cheval pour rejoindre ses hommes.

– Ai-je dit quelque chose de mal ? s'inquiéta Judith.

– Non. Mais, bien qu'il ne l'avoue pas, Stephen redoute son prochain mariage. Et je le comprends. Sa future femme déteste les Anglais et va certainement lui mener la vie dure.

Judith hocha la tête, les yeux fixés sur la route.

Quand ils s'arrêtèrent pour dîner, elle réussit à s'échapper quelques instants. Elle trouva un framboisier aux abords du camp et entreprit d'en cueillir les fruits.

– Vous ne devriez pas vous éloigner seule.

Judith sursauta.

– Stephen ! Vous m'avez fait peur.

– Si j'étais un ennemi, vous seriez déjà morte – ou enlevée.

Judith le dévisagea.

– Êtes-vous toujours aussi ténébreux, Stephen, ou est-ce cette héritière écossaise qui vous tourmente ?

Il poussa un profond soupir.

– Suis-je si transparent ?

– Pas pour moi, mais pour Gavin. Aimez-vous les framboises ? ajouta-t-elle en s'asseyant. Nous pourrions peut-être les manger en égoïstes...

Il s'assit à ses côtés et prit un des petits fruits gorgés de soleil.

– Avez-vous vu votre lady écossaise ? poursuivit-elle.

– Non. Et elle n'est pas encore *ma* lady. Savez-vous que son père l'a mise à la tête du clan MacArran avant de mourir ?

– Une femme qui a le même statut qu'un seigneur ? murmura pensivement Judith.

– Oui, dit Stephen d'un air dégoûté.

Judith se ressaisit.

– Ainsi, vous ne savez pas comment elle est ?

– Je suis sûr qu'elle est petite, triste et ridée comme une pomme de pin.

– Est-elle vieille ?

– Peut-être est-elle une jeune et grosse pomme de pin.

Judith éclata de rire devant son expression accablée.

– Chacun de vous quatre est si différent. Gavin est changeant – tour à tour glacial ou enflammé. Raine a toujours une plaisanterie à la bouche, et Miles...

Stephen lui sourit.

– Inutile de m'expliquer qui est Miles. Ce garçon essaie de repeupler l'Angleterre avec ses rejetons.

– Et vous ? Qui êtes-vous ? Vous êtes à mes yeux le plus mystérieux.

Le regard de Stephen se perdit dans ses souvenirs.

– Mon enfance n'a pas été facile. Raine et Miles se tenaient les coudes. Gavin était complètement accaparé par ses responsabilités. Et je...

– Et vous étiez seul.

Il se tourna vers elle.

– M'auriez-vous ensorcelé ? Je ne me suis jamais autant confié à quelqu'un.

Judith sourit malicieusement.

– Si cette héritière n'est pas gentille avec vous, dites-le-moi et je lui arracherai les yeux.

– Pour commencer, espérons qu'elle en a bien deux.

Ils éclatèrent de rire.

– Mangeons vite ces framboises, si nous ne tenons pas à les partager, remarqua Stephen. Car, si je ne me trompe, voilà mon vieux frère qui arrive.

– Ne puis-je vous trouver en d'autre compagnie

que celle des hommes ? demanda Gavin en fronçant les sourcils.

– Ne pouvez-vous m'adresser autre chose que des critiques ? rétorqua-t-elle du tac au tac.

Stephen rit de bon cœur et se pencha pour embrasser le front de Judith.

– Je crois qu'il est temps que je retourne au camp. Si vous avez besoin d'aide, petite sœur, je peux moi aussi me charger de certains yeux...

Gavin saisit le bras de son frère.

– Es-tu toi aussi tombé sous son charme ?

Stephen regarda sa belle-sœur. Ses jolies lèvres étaient teintées du rouge sombre des framboises.

– Oui, répondit-il sans hésiter. Si tu ne veux pas d'elle...

– Raine me l'a déjà demandée, l'interrompit Gavin d'un air dégoûté.

Stephen éclata de rire et s'éloigna.

– Pourquoi avez-vous quitté le camp ? interrogea Gavin en s'asseyant à côté d'elle et en prenant une poignée de framboises.

– Nous arriverons demain à Londres ?

– Oui. Vous n'avez pas peur du roi et de la reine, n'est-ce pas ?

– Non, pas d'eux.

– Alors de qui ?

– Des... dames de la cour.

– Êtes-vous jalouse ? dit-il en riant.

– Je ne sais pas.

– Comment pourrais-je avoir du temps pour d'autres femmes quand vous êtes là ? Vous m'épuisez au point que je tiens à peine à cheval.

Judith garda son sérieux.

– Je ne redoute qu'une seule femme. Elle nous a déjà séparés une fois. Ne la laissez pas...

Le visage de Gavin se durcit.

– Ne parlez pas d'elle. Je vous ai bien traitée et je ne me suis pas mêlé de ce qui s'était passé au château Demari. Alors, respectez mes sentiments.

– Et vos sentiments se portent vers elle ? demanda-t-elle calmement.

Gavin regarda ses yeux dorés, sa peau blanche et parfumée. Le souvenir de leurs nuits d'amour enflamma son esprit.

– Ne me le demandez pas, murmura-t-il. Tout ce que je sais, c'est que mon âme ne m'appartient pas.

La première chose que Judith remarqua à Londres fut la puanteur. Les odeurs dégagées par la promiscuité dans les châteaux en plein été n'étaient rien comparées à celles qui emplissaient la capitale. Des déchets de toutes sortes flottaient dans les caniveaux des rues pavées – restes de poissons, de légumes et même le contenu des pots de chambre. Des cochons et des rats circulaient librement au milieu de ces ordures, s'en nourrissant et les répandant partout.

Les maisons de trois ou quatre étages étaient si étroites et proches les unes des autres que le soleil n'y pénétrait certainement jamais.

La stupéfaction horrifiée de Judith devait se lire sur son visage, car Gavin et Stephen éclatèrent de rire en la regardant.

– Bienvenue dans la cité des rois, dit Stephen.

Dans la cour du palais, l'agitation et la puanteur étaient moindres. Un homme vint s'occuper de leurs chevaux, et dès que Judith mit pied à terre, elle s'apprêta à se diriger vers ses servantes pour organiser le transport des bagages.

– Non, la retint Gavin. Je suis sûr que le roi a été averti de notre arrivée. Il n'appréciera pas d'attendre.

– Suis-je présentable ? s'inquiéta-t-elle.

Elle avait particulièrement pris soin de sa tenue, ce matin-là. Sur un fourreau de soie, elle avait revêtu une robe de velours d'un jaune lumineux, dont les manches bordées de zibeline retombaient souplement sur les côtés.

– Vous êtes parfaite, la rassura-t-il. Venez.

Judith avait le cœur battant à l'idée de rencontrer le roi d'Angleterre. Elle ne savait pas à quoi s'attendre, mais elle n'avait pas imaginé que la grande salle de son château serait si banale. Des hommes et des femmes étaient assis çà et là, disputant des parties d'échecs. Trois dames étaient installées sur des coussins, aux pieds d'un beau jeune homme jouant du psaltérion. Elle ne vit nulle part quelqu'un susceptible d'être le roi et fut étonnée quand Gavin s'arrêta devant un homme d'âge mûr aux petits yeux bleus et aux cheveux blancs. Il paraissait très fatigué.

Judith se ressaisit très vite et fit une révérence.

Le roi Henri lui prit la main.

– Venez à la lumière du jour et laissez-moi vous regarder. J'ai beaucoup entendu parler de votre beauté.

Il la conduisit un peu plus loin et baissa la tête vers elle – car il était très grand.

– On m'avait dit vrai, constata-t-il. Bess, appela-t-il. Je vous présente lady Judith, la nouvelle épouse de Gavin.

Judith se retourna et vit une dame de belle allure qui lui sourait. Contrairement à sa première impression du roi, elle ne s'étonna pas que cette femme fût la reine. Elle rayonnait d'une bonté mêlée d'assurance que seuls les gens de haute destinée possèdent.

– Votre Majesté, dit-elle en s'inclinant.

Élisabeth tendit la main.

– Je suis heureuse de vous avoir parmi nous, comtesse... Ai-je dit quelque chose de mal à propos ?

Judith sourit en reconnaissant là l'intuition féminine.

– C'est la première fois que l'on m'appelle « comtesse », répondit-elle avec franchise. Il y a si peu de temps que mon père est mort.

– Oui. Dans des circonstances tragiques, n'est-ce pas ? Et l'homme qui a commis cet acte ?

– Il est mort, déclara fermement Judith, ne se rappelant que trop bien ce qui s'était passé.

– Vous devez être épuisée après ce long voyage.

– Non, je ne le suis pas du tout.

Élisabeth lui sourit affectueusement.

– Alors peut-être aimeriez-vous m'accompagner dans mes appartements pour boire une coupe de vin.

– J'en serais très honorée, Majesté.

– M'excuserez-vous, Henri ?

Judith se rendit soudain compte qu'elle avait pendant tout ce temps tourné le dos au roi. Les joues en feu, elle fit précipitamment volte-face.

– Ne vous préoccupez pas de moi, mon enfant, déclara-t-il avec désinvolture. Inquiétez-vous plutôt de ce qui vous attend : je suis sûr que Bess vous mettra à contribution pour l'organisation du mariage d'Arthur, notre fils aîné.

Judith sourit, fit une révérence et suivit la reine.

24

Entourée d'un halo de couleurs éclatantes, Alice était assise devant un miroir, dans une chambre du dernier étage du palais. Satins verts et pourpres, taffetas rouges, brocarts orange. Chaque vêtement, chaque ornement avait été choisi pour attirer le regard de Gavin. Elle avait vu les robes de Judith Revedoune à son mariage et savait que les goûts de l'héritière penchaient vers des couleurs sobres et des tissus finement tissés. Gavin détournerait son attention de sa femme quand il verrait Alice dans ce flot d'étoffes chatoyantes.

Elle portait un fourreau de soie rose, aux manches brodées de tresses noires. Sa robe de velours rouge vif était coupée de larges pans sur le devant et brodée de fleurs sauvages aux mille teintes.

Une étole de brocart italien recouvrait ses épaules. Imprimée d'animaux verts, pourpres, orange et noirs, cette pièce d'étoffe était si lumineuse qu'Alice ne passerait certainement pas inaperçue.

Et c'était bien là son but. Car aujourd'hui, elle allait reconquérir Gavin. Elle sourit à sa propre image. L'amour de Gavin lui était nécessaire après les épreuves qu'elle venait de passer avec Edmund. À présent qu'elle était veuve, elle ressentait presque de la tendresse pour ce dernier. Le pauvre homme avait simplement été dévoré par la jalousie.

– Regarde cette coiffe ! lança-t-elle soudain à Ela, sa femme de chambre. Crois-tu que le bleu de ces pierres s'accorde à mes yeux ? Où est-il trop clair ?

Elle l'ôta d'un geste rageur.

– Damné orfèvre ! Il a dû utiliser ses pieds pour arriver à un tel résultat !

Ela prit la coiffe des mains de sa maîtresse.

– C'est l'orfèvre du roi, le meilleur d'Angleterre, et ce diadème est le plus beau qu'il ait jamais créé, dit-elle d'un ton apaisant. Mais le bleu est en effet assez clair – aucune pierre précieuse ne possède la riche couleur de vos yeux.

Alice se retourna vers le miroir et commença à se calmer.

– Le penses-tu vraiment ?

– Oui, répondit Ela en toute franchise. Aucune femme ne peut rivaliser en beauté avec vous.

– Pas même cette garce de Revedoune ?

Elle se refusait à la nommer par son nom de mariage.

– Certainement pas. Milady, vous n'envisagez pas de faire quelque chose... qui soit contraire à l'Église, n'est-ce pas ?

– Comment pourrais-je aller contre l'Église ? Gavin était à moi avant qu'elle le prenne, et il me reviendra !

– Oubliez-vous que vous portez le deuil de votre mari, comme elle porte celui de son père ?

Alice éclata de rire.

– J'imagine que nous ressentons la même chose envers ces deux hommes. J'ai entendu dire que son père était encore plus détestable que mon regretté mari.

– Ne parlez pas ainsi des morts.

– Et toi, ne me fais pas la leçon, où je te mets au service de quelqu'un d'autre.

C'était sa menace favorite. Priver les autres de sa compagnie était à ses yeux la pire des punitions. Ela ne prêta pas plus d'attention que d'habitude à son chantage.

Alice se leva et lissa sa robe flamboyante.

– Crois-tu qu'il me remarquera? demanda-t-elle dans un souffle.

– Qui ne le pourrait pas?

– Oui, acquiesça Alice. Qui ne le pourrait pas?

Judith se tenait silencieuse aux côtés de son mari, intimidée par les nombreux invités du roi. Gavin, parfaitement à l'aise, semblait être respecté et apprécié de tous. Judith en retirait une certaine fierté. En outre, malgré les orages qui les avaient si souvent séparés, il prenait soin d'elle et la protégeait. Sachant que la foule l'effrayait, il la gardait près de lui, ne l'obligeant pas à se mêler aux groupes de femmes qu'elle ne connaissait pas.

Les tables furent dressées pour le souper; les troubadours, jongleurs et acrobates vérifiaient leurs instruments en vue des spectacles qui accompagneraient le repas.

– Vous amusez-vous? demanda Gavin en souriant.

– Oui. Mais il y a tellement de bruit et d'agitation...

Il se mit à rire.

– Et cela ne fait que commencer. Prévenez-moi si vous vous sentez fatiguée; nous nous retirerons.

– Cela ne vous dérange pas que je reste près de vous?

– Le contraire me dérangerait. Je n'aimerais pas

vous voir circuler parmi tous ces hommes qui vous dévorent des yeux.

– Ils me regardent ? s'étonna Judith avec innocence. Je ne l'avais pas remarqué.

– Ne vous approchez pas trop d'eux. Les mœurs sont très libres à la cour et vous pourriez très vite vous retrouver piégée. Restez près de moi ou de Stephen, et ne vous éloignez jamais longtemps seule. À moins que... (ses yeux se durcirent au souvenir de Walter Demari) ...vous ne souhaitiez encourager l'un d'eux.

Elle s'apprêtait à lui dire ce qu'elle pensait de ses insinuations, mais un comte – dont elle ignorait même le nom – vint parler à Gavin.

– Je vais rejoindre Stephen, dit-elle en se dirigeant vers l'endroit où son beau-frère se tenait, appuyé contre un mur.

Ce dernier, tout comme Gavin, était vêtu d'un riche vêtement de laine sombre qui rehaussait la noblesse de sa stature. Un sentiment de fierté envahit Judith. Quelle autre femme pouvait se vanter d'être accompagnée par deux hommes aussi superbes ?

Elle remarqua une jolie jeune fille, au nez retroussé et aux taches de rousseur, qui jetait des regards furtifs en direction de Stephen, tout en se cachant derrière les larges épaules de son père.

– Vous semblez lui plaire, nota-t-elle.

Stephen ne leva même pas les yeux.

– Oui, dit-il d'un air abattu. Mais mes jours sont comptés. Plus que quelques semaines et j'aurai un laideron pendu à mon bras, qui me cassera les oreilles à longueur de temps.

– Stephen ! lança Judith en riant. Elle n'est certainement pas aussi mauvaise que vous l'imaginez. Prenez mon exemple. Gavin lui non plus ne m'avait pas vue avant le mariage. Ne croyez-vous pas qu'il s'était attendu au pire, comme vous le faites ?

Il la regarda.

– Vous ne savez pas à quel point j'envie mon

frère. Vous êtes non seulement belle, mais intelligente et pleine de bonté. Gavin est le plus chanceux des hommes.

Judith ne put s'empêcher de rougir.

– Vous me flattez, mais c'est agréable à entendre.

– Je ne vous flatte pas, affirma-t-il d'un ton brusque.

Soudain, l'atmosphère changea dans la salle. Regardant autour d'eux, Judith et Stephen se rendirent compte que la tension était directement dirigée vers eux. La plupart des invités observaient Judith – certains avec appréhension, d'autres avec un sourire affecté, d'autres encore d'un air dérouté.

– Judith, avez-vous visité le jardin ? demanda Stephen. Les rosiers de la reine Élisabeth sont splendides.

Judith le regarda, les sourcils froncés. Elle se rendait compte que, pour une raison inconnue, il voulait l'éloigner de la salle. Plusieurs invités s'écartèrent sur les côtés, et elle vit la cause de cette tension. Alice Chatworth avançait la tête haute, un chaud sourire aux lèvres – un sourire qui ne s'adressait qu'à une seule personne : Gavin.

Judith observa Alice. Sa tenue n'était qu'une superposition d'étoffes mal assorties. Ses joues pâles et ses cils artificiellement noirs n'avaient rien d'attirant.

La foule se fit plus silencieuse tandis que le « secret » de Gavin et Alice se transmettait de bouche à oreille. Le regard de Judith glissa vers Gavin. Il fixait Alice avec une intensité presque tangible, comme sous l'effet d'un charme souverain. Quand elle arriva à sa hauteur, elle tendit une main qu'il prit avant d'y déposer un baiser prolongé.

L'éclat de rire du roi déchira le silence.

– Vous semblez vous connaître, tous les deux.

– Nous nous sommes déjà rencontrés, dit Gavin sans quitter Alice des yeux.

Celle-ci lui adressa un timide sourire.

– Je crois que je préfère voir le jardin, déclara Judith en prenant le bras de Stephen.

– Judith, commença-t-il quand ils furent seuls.

– Ne me parlez pas d'elle. Rien de ce que vous pourrez dire ne me réconfortera. J'ai toujours su qu'elle existait. Je l'ai appris le jour même de notre mariage.

Elle baissa les yeux sur un buisson de roses.

– Il ne m'a jamais menti à son sujet. Il n'a pas caché qu'il l'aimait et n'a pas essayé de me faire croire qu'il tenait à moi d'une quelconque façon.

– Judith, arrêtez cette stupide résignation ! Vous ne devez pas accepter cette femme.

Elle se tourna vers lui.

– Ai-je le choix ? Gavin n'a aucun respect pour moi, car il me croit perverse. Quand je vais à lui parce qu'il est captif, il s'imagine que je rejoins mon amant. Quand je porte son enfant, il pense que c'est celui d'un autre.

– L'enfant est de lui ?

– Je vois qu'il vous a fait part de son opinion à ce sujet.

– Pourquoi ne lui dites-vous pas la vérité ?

– Pour qu'il me traite de menteuse ? Non merci. Ce bébé est à moi ; c'est tout ce qui m'importe.

– Judith, cela signifierait beaucoup pour Gavin s'il savait qu'il en est le père.

– Allez-vous courir le lui dire ? demanda-t-elle durement. Assommerez-vous sa maîtresse pour pouvoir l'approcher ? La nouvelle le rendra heureux, j'en suis sûre. Il a les terres Revedoune, un héritier à venir, et Alice pour l'amour. Pardonnez-moi si je suis égoïste en voulant garder, au moins une fois, quelque chose pour moi.

Stephen s'assit sur un banc de pierre et la regarda. Il était trop en colère contre son frère pour aller lui parler maintenant. Une femme comme Judith ne méritait pas qu'on la traite avec tant de négligence.

– Milady, appela Joan.

– Je suis ici, répondit Judith. Qu'y a-t-il ?

– Le souper va être servi.

– Je n'irai pas. Dis-leur que je ne me sens pas bien.

– Vous laisseriez cette garce l'accaparer ! s'exclama Joan. Vous *devez* participer à ce repas.

– Je le pense aussi, Judith, intervint Stephen.

Joan se tourna vivement vers lui, se rendant soudain compte de sa présence. Ses joues s'enflammèrent. Les superbes hommes de la nouvelle famille de sa maîtresse avaient un curieux pouvoir sur elle. Même leur façon de marcher la faisait trembler de désir.

– As-tu l'intention de te jeter sur lui ici même ? s'enquit Judith. Tu perds la tête, Joan.

– C'est lui qui me la fait perdre, murmura-t-elle. Lord Gavin vous demande.

– Je suis heureuse qu'il se rappelle mon existence, dit-elle d'un ton sarcastique.

– Oui, je me souviens de vous, lança Gavin depuis le seuil. Va-t'en, ordonna-t-il à Joan. Je veux parler à ma femme en privé.

Stephen se leva et adressa un regard noir à son frère.

– Je m'en vais aussi, dit-il sèchement.

– Je ne me sens pas bien, déclara Judith. Je dois me retirer dans ma chambre.

Gavin l'attrapa par le bras et l'attira contre lui. Elle le fixait froidement. Depuis combien de temps n'avait-il pas vu ce regard-là ?

– Judith, ne recommencez pas à me haïr.

Elle tenta de se dégager.

– Vous m'humiliez et vous vous attendez à ce que je ne sois pas en colère ? Je ne savais pas que vous me preniez pour une sainte. Peut-être devrais-je postuler pour la canonisation.

– Je n'ai fait que la regarder et lui baiser la main. Je ne l'avais pas vue depuis longtemps.

Judith ricana.

– La *regarder* ! jeta-t-elle. Le parquet a failli prendre feu !

– Êtes-vous jalouse ? demanda-t-il calmement.

– De cette blonde glacée qui se traîne aux pieds de mon mari ? Il faudrait une femme digne de ce nom pour me rendre jalouse.

Gavin faillit perdre son sang-froid. Il n'avait jamais permis à personne de dire un seul mot contre Alice.

– La colère vous égare.

– La colère ! s'emporta-t-elle avant de se calmer. Oui, je suis en colère. Parce que vous affichez votre passion pour une autre. Vous m'avez humiliée devant le roi. N'avez-vous pas vu comme tout le monde vous regardait ?

Elle avait envie de le blesser.

– Et à propos de la jalousie, ignorez-vous qu'il faut aimer pour l'éprouver ?

– Et vous ne m'aimez pas ? demanda-t-il froidement.

– L'ai-je jamais prétendu ?

Le visage de Gavin resta imperturbable. Elle ne pouvait pas savoir si oui ou non elle l'avait atteint ; mais sa propre cruauté ne lui procurait aucun plaisir.

– Venez, maintenant, dit-il en lui prenant le bras. Le roi vous attend pour souper. Et si tout ce qui vous intéresse est de sauver les apparences, vous vous devez de jouer le rôle de l'épouse aimante.

Judith le suivit avec docilité, sa rage aussi curieusement que soudainement évanouie.

En tant que nouveaux hôtes, Gavin et Judith bénéficièrent d'attentions particulières et furent installés près du couple royal ; Judith à la droite du roi, Gavin à la gauche de la reine... et à côté d'Alice.

– Vous semblez distraite, fit remarquer le roi à Judith.

Elle lui sourit.

– Non, c'est seulement l'enfant que je porte qui me fatigue un peu.

– Un enfant ? Déjà ! Lord Gavin doit être heureux.

Elle se contenta de sourire à nouveau.

– Gavin, dit doucement Alice pour que personne d'autre ne l'entende. Il y a si longtemps que je ne vous ai vu.

Elle prenait des précautions avec lui, car elle sentait bien que quelque chose avait changé. Il n'avait évidemment pas oublié son amour pour elle, sinon il ne l'aurait pas regardée comme il l'avait fait un peu plus tôt. Mais à peine avait-il fini de lui baiser la main que ses yeux s'étaient tournés vers la salle. Il s'était figé en voyant sa femme se retirer. Un moment plus tard, il l'avait quittée pour rejoindre Judith.

– Mes condoléances pour la mort prématurée de votre époux, déclara-t-il avec froideur.

– Vous pourriez penser que je le pleure, mais ce n'est pas le cas, murmura-t-elle tristement. Il était... peu courtois avec moi.

Il la regarda durement.

– N'était-ce pas votre choix ?

– Comment pouvez-vous dire cela ? J'ai été forcée de l'épouser. Oh, Gavin, si seulement vous aviez attendu, nous serions libres d'être ensemble maintenant. Mais je suis sûre que le roi nous permettra de nous marier.

Elle posa une main sur son bras. Il baissa les yeux sur ses doigts si fins et blancs, puis la regarda à nouveau.

– Oubliez-vous que j'ai une épouse ?

– Le roi est un homme sensible. Il nous écoutera et consentira à l'annulation.

Gavin se retourna vers son repas.

– Ne me parlez pas d'annulation. J'ai déjà assez entendu ce mot. Elle porte un enfant. Même le roi ne peut dissoudre ce mariage.

Gavin reporta son attention vers la reine, lui posant des questions sur la future union du prince Arthur et de Catherine d'Espagne.

Alice continua de manger tranquillement. Elle devait découvrir pourquoi Gavin avait tant d'aversion pour le mot « annulation » et pourquoi il avait parlé d'« un enfant » – presque comme s'il n'en était pas le père.

Une heure plus tard, les tables furent débarrassées et poussées sur les côtés pour permettre à ceux qui le désiraient de danser.

– M'accorderez-vous cette danse ? proposa Gavin à sa femme.

– Dois-je demander la permission ? rétorqua-t-elle en regardant Alice entourée de sa cour d'admirateurs.

Gavin lui empoigna durement le bras.

– Vous êtes injuste. Ce n'est pas moi qui ai disposé les invités à table. Je m'efforce de faire la paix avec vous, mais vous refusez de vous calmer.

« Peut-être ai-je exagéré », songea-t-elle.

– Je danserai volontiers, dit-elle.

– Et si nous allions plutôt nous promener dans le jardin ? suggéra-t-il en souriant. La nuit est douce.

Elle hésita.

– Venez, Judith.

Ils avaient à peine passé la porte qu'il la prenait dans ses bras et l'embrassait passionnément. Elle s'accrocha à lui avec fougue.

– Ma douce Judith, murmura-t-il. Ne soyez plus jamais froide avec moi. Vos regards de haine me font trop mal.

Elle se blottit contre lui. C'était la première fois qu'il était si près de lui déclarer son amour. Pouvait-elle le croire ?

– Allons au lit et oublions nos querelles.

– Me dites-vous des mots doux pour m'attirer plus facilement dans votre lit ? demanda-t-elle d'un ton soupçonneux.

– Je les dis parce que je les ressens. Et je n'apprécie pas que vous me les renvoyiez ainsi à la face.

– Je... m'excuse. J'ai été injuste.

Il reprit sa bouche.

– Je réfléchirai à un moyen de vous punir.

Judith eut un petit rire et il la dévisagea, les yeux brûlants de désir.

– Venez avec moi – ou je vous prendrai ici même.

Elle regarda le jardin obscur, considérant sérieusement la question.

– Non, dit-il en riant. Ne me tentez pas.

Il lui prit la main et la conduisit jusqu'au dernier étage du palais. L'immense salle avait été divisée en chambres séparées par des cloisons de bois.

– Milady, murmura Joan d'une voix ensommeillée quand elle les entendit approcher.

– Elle n'aura pas besoin de toi cette nuit, la congédia Gavin.

Joan s'empressa de disparaître, visiblement satisfaite de disposer de son temps.

– Elle a des vues sur votre frère, déclara Judith.

Gavin haussa un sourcil.

– Pourquoi m'inquiéterais-je de ce que Stephen fait de ses nuits ?

– Vous gâchez la nôtre en paroles inutiles, remarqua-t-elle. J'aurais besoin d'aide avec ces boutons.

Gavin commençait à être un expert dans l'art de déshabiller sa femme. Quand il s'apprêta à ôter ses propres vêtements, Judith murmura :

– Laissez-moi faire. Je serai votre écuyer, ce soir.

Elle détacha la ceinture qui serrait son pourpoint sur son ventre plat et musclé et fit passer le vêtement par-dessus sa tête. La tunique à manches longues suivit, laissant Gavin torse nu.

Judith le poussa sur le lit, examinant son corps à la lueur de la bougie. Jamais elle ne l'avait regardé ainsi. Elle fit courir un doigt le long de son bras, puis de son ventre.

– Est-ce que je vous plais ? demanda-t-il, les yeux assombris de désir.

Elle lui sourit. Parfois, il ressemblait à un petit garçon qui craignait de lui déplaire. Elle ne répondit pas, mais descendit plus bas pour dégrafer le haut-de-chausse et le faire glisser de ses jambes puissantes. Gavin restait immobile, comme par peur de briser le charme. Les mains de Judith remontèrent de ses pieds à ses hanches, lentement, sensuellement.

– Beaucoup, dit-elle en s'allongeant sur lui pour l'embrasser. Et moi, est-ce que je vous plais ?

Pour toute réponse, il la fit basculer sous lui et pénétra en elle. Il ne pouvait plus attendre, et Judith non plus ne voulait pas attendre. Ils s'aimèrent fougueusement, passionnément, jusqu'à ce que leurs deux corps se confondent en un seul.

Bien plus tard, Gavin garda Judith endormie dans ses bras. Quand était-il tombé amoureux d'elle ? Peut-être depuis le premier jour. Il sourit en se rappelant sa propre rage quand elle avait osé le défier. Déposant un baiser sur son joli front, il se dit que Judith le défierait jusqu'à la fin de ses jours.

Et Alice ? Quand avait-il cessé de l'aimer ? L'avait-il jamais aimée ou était-ce la fugace passion d'un jeune homme pour une belle femme ? Car elle était belle. Ce soir encore sa beauté l'avait figé d'émerveillement. Alice était aussi douce que Judith était aigre. Mais ces derniers temps, il s'était surpris à apprécier de plus en plus cette touche d'acidité dans sa vie.

Judith bougea et il la serra plus fort contre lui. Il l'avait accusée de malhonnêteté, sans vraiment y croire lui-même. Si elle portait l'enfant d'un autre, c'était parce qu'elle avait tenté de le sauver. Elle était certainement maladroite, mais possédait un cœur d'or et aurait donné sa vie pour épargner celle de sa mère, et même celle d'un époux qui la maltraitait.

Il la tenait si fermement qu'elle s'éveilla, manquant de souffle.

– Vous m'étouffez !

Il embrassa le bout de son nez.

– Vous ai-je déjà dit que j'adore les fruits acides ?

Elle le regarda sans comprendre.

– Quelle sorte d'épouse êtes-vous pour dormir alors que je n'arrive pas à trouver le sommeil ?

Il plaqua ses hanches contre les siennes.

– Vous ne me laisserez pas souffrir seul, n'est-ce pas ?

– Non, murmura-t-elle, les yeux mi-clos.

Gavin la caressa, rallumant aussitôt en elle la flamme du désir. Elle resta passive, perdue dans le tourbillon déchaîné de ses sens. Mais elle ne put bientôt plus supporter cette délicieuse torture et agrippa les épaules de Gavin pour l'attirer avec fougue dans les profondeurs de son corps.

Plus tard, épuisés et heureux, ils s'endormirent étroitement enlacés.

Quand Judith s'éveilla le lendemain matin, Gavin était parti et le lit lui parut vide et froid. Joan l'aida à enfiler une robe de velours marron au décolleté profond et aux manches bordées de fourrure de renard. La veille, il avait été question d'une journée de chasse au faucon et Judith souhaitait y participer.

Elle descendit et rencontra Gavin au pied des escaliers. Ses yeux brillaient du plaisir de la voir.

– J'espérais vous trouver au lit et peut-être vous y rejoindre, déclara-t-il.

Elle sourit d'un air espiègle.

– Dois-je y retourner ?

– Je ne crois pas que ce serait raisonnable. Et j'ai des nouvelles pour vous. J'ai parlé au roi : il a donné son accord pour le mariage de John Bassett et de votre mère.

Elle le regarda, interloquée.

– Cela ne vous fait pas plaisir ?

– Oh, Gavin ! s'écria-t-elle en s'élançant dans ses bras et en le couvrant de petits baisers. Merci, mille fois merci !

Il éclata de rire.

– Si j'avais su que vous alliez réagir ainsi, j'aurais parlé au roi hier soir.

– Vous n'auriez pas pu en assumer les conséquences, le taquina-t-elle.

Il rit à nouveau et la serra si fort qu'elle le supplia de la délivrer.

– Croyez-vous cela ? la défia-t-il. Venez avec moi dans la chambre et vous verrez qui criera grâce le premier. Je peux vous épuiser au point que vous ne soyez plus capable de marcher.

– Gavin ! s'indigna-t-elle, les joues rouges d'embarras.

Elle regarda autour d'eux pour s'assurer que personne n'avait entendu.

Il la relâcha et déposa un léger baiser sur ses lèvres.

– Ma mère est au courant pour son mariage ?

– Non. Je pensais que vous aimeriez lui apprendre la nouvelle.

– J'ai honte d'avouer que je ne sais même pas où elle est.

– J'ai envoyé John s'occuper du logement de mes hommes. Je suppose que vous la trouverez dans les parages.

– C'est vrai qu'elle ne le quitte jamais. Merci encore, Gavin, pour m'avoir accordé cette faveur.

– Je souhaiterais combler tous vos désirs, dit-il avec douceur.

Trop touchée pour parler, Judith se contenta de le regarder avec émerveillement.

– Allez voir votre mère, reprit-il en souriant. Je vous attendrai dans la cour pour la partie de chasse.

Il baissa les yeux sur son ventre.

– Vous sentez-vous assez bien pour chevaucher ? s'inquiéta-t-il.

C'était la première fois qu'il évoquait l'enfant sans colère.

– Oui, sourit-elle. Je suis en pleine forme. La reine Élisabeth m'a dit qu'un peu d'exercice me ferait le plus grand bien.

– Il faut quand même rester prudente, insista-t-il d'un ton prévenant.

Judith rayonnait de bonheur quand elle le quitta. Elle traversa la grande salle et sortit dans la cour remplie d'agitation. Des serviteurs s'affairaient de toutes parts, s'interpellant, se transmettant les consignes en hurlant. Judith se demanda comment ils pouvaient s'organiser au milieu d'un tel désordre.

– Tiens, tiens, n'est-ce pas miss Cheveux-Rouges ? lança une voix que Judith reconnut aussitôt. Où courez-vous ? Vers un amant, peut-être ?

Judith s'immobilisa et fit face à son ennemie – Alice Chatworth.

– Je suis sûre que vous vous souvenez de moi, reprit celle-ci d'un ton doucereux. Nous nous sommes vues à votre mariage.

– Je suis désolée de n'avoir pas assisté au vôtre, mais Gavin et moi avons apprécié votre message d'amour éternel, rétorqua-t-elle avec la même fausse courtoisie.

Alice se raidit, ses yeux bleus lançant des éclairs.

– Oui, il est dommage que tout se soit terminé si vite.

– Terminé ?

Alice sourit.

– Oh, vous ne savez pas ? Mon pauvre mari a été assassiné dans son sommeil. Je suis veuve et libre à présent. Très libre. Je croyais que Gavin vous l'avait dit. Il semblait particulièrement intéressé par mon… nouveau statut.

Judith tourna les talons et s'éloigna. Non, elle n'avait pas su qu'Alice n'était plus mariée. Maintenant, elle était le seul obstacle entre Alice et Gavin. Mais était-elle vraiment un obstacle ?

25

L'esprit troublé par ce qu'elle venait d'apprendre, Judith continua de marcher sans but.

– Judith.

Elle releva la tête et s'efforça de sourire à sa mère.

– Participeras-tu à la chasse, aujourd'hui ?
– Oui, répondit-elle sans enthousiasme.
– Que se passe-t-il ?
– J'ai perdu ma mère – c'est tout, répondit-elle en essayant de paraître plus gaie. Saviez-vous que Gavin a obtenu l'accord pour votre mariage avec John Bassett ?
Helen regarda sa fille d'un air effaré. Son visage perdit lentement toute couleur et elle s'effondra dans les bras de Judith.
– À l'aide ! appela Judith.
Un jeune homme vint aussitôt prendre Helen dans ses bras.
– Transportez-la à l'ombre, dans les écuries, le dirigea Judith.
Helen ne tarda pas à recouvrer ses esprits.
– Mère, vous sentez-vous bien ?
Helen tourna les yeux vers le jeune homme, qui comprit tout de suite le message.
– Je vous laisse, dit-il en s'éclipsant avant que Judith ait le temps de le remercier.
– Je... ne savais pas, commença Helen. Je veux dire... j'ignorais que lord Gavin était au courant pour John et moi.
Judith réprima un éclat de rire.
– Je lui avais demandé son accord depuis un moment, mais il voulait consulter le roi. Ce ne sera pas un mariage banal.
– Et qui viendra à point.
– Que... Mère !
Helen sourit comme une enfant prise en faute.
– C'est vrai. Je porte son enfant.
Judith s'assit sur une botte de foin.
– Accoucherons-nous à la même époque ? demanda-t-elle avec émerveillement.
– Presque.
– Judith !
Gavin venait d'entrer.
– On me dit que votre mère est malade ?
Elle se leva et l'entraîna à l'écart.

– Nous avons à parler, Gavin.

Un moment plus tard, Gavin secouait la tête d'un air abasourdi.

– Et dire que je prenais John Bassett pour un homme sensé !

– Il est amoureux. On est capable de toutes les folies quand on aime.

Gavin plongea son regard dans le sien.

– Je suis parfaitement conscient de cela.

– Pourquoi ne m'avez-vous pas dit qu'elle était veuve ? demanda-t-elle à brûle-pourpoint.

– Qui ?

– Alice ! Qui d'autre ?

Il haussa les épaules.

– Je n'y ai pas pensé. (Il sourit.) J'ai d'autres préoccupations quand je suis près de vous.

– Essayez-vous de détourner la conversation ?

Il l'attrapa par les épaules et la souleva du sol.

– Bon sang ! Ce n'est pas moi qui suis obsédé par cette femme, mais vous ! Si vous continuez à vous obstiner, je ferai entrer de force un peu de bon sens dans votre tête. Cela vous plairait-il d'être secouée en public ?

À son grand étonnement, elle lui adressa un doux sourire.

– Je préférerais me joindre à la partie de chasse. Peut-être m'aiderez-vous à monter en selle ?

Il poussa un soupir désespéré. Décidément, il ne comprendrait *jamais* rien aux femmes.

Judith était enchantée par cette journée de chasse. Son faucon avait ramené trois grues et elle adorait chevaucher.

Gavin n'eut pas autant de chance. Il avait à peine parcouru deux miles qu'une servante lui avait apporté un message confidentiel. Son frère Stephen demandait à le voir immédiatement et en secret, précisant bien que Gavin ne devait parler à personne de ce rendez-vous – pas même à sa femme. Gavin s'étonna du ton de la missive : cela ne ressemblait pas à Stephen. Mais il quitta néanmoins la chasse, tout en maudissant son frère de l'éloigner de Judith.

Par prudence, il laissa son cheval à distance de l'endroit indiqué et s'avança avec précaution, son épée à la main.

– Gavin ! s'écria Alice, une main sur sa poitrine. Vous m'avez fait peur.

– Où est Stephen ? demanda-t-il, encore sur ses gardes.

– Gavin, je vous en prie, écartez votre épée. Vous m'effrayez !

Elle souriait et ne paraissait pas du tout effrayée.

– C'est vous qui m'avez appelé, et non Stephen ?

– Oui. C'était le seul moyen de vous faire venir.

Elle baissa les yeux.

– J'ai pensé que vous ne seriez pas venu pour moi.

Gavin rangea son épée. Ils se trouvaient dans un endroit paisible et retiré, ressemblant étrangement à celui où ils se rencontraient jadis.

– Cela vous rappelle, à vous aussi, ce temps-là, nota-t-elle. Asseyez-vous près de moi. Nous avons tant de choses à nous dire.

Il la regarda et, sans le vouloir, la compara à Judith. Alice était belle, mais sa petite bouche – qu'elle gardait fermée même quand elle souriait – manquait de générosité. Ses yeux bleus lui rappelaient la couleur glacée du saphir. Et ses vêtements teintés de rouge, d'orange et de vert étaient plus criards qu'éclatants.

– Les choses ont-elles tellement changé pour que vous restiez si loin de moi ?

– Oui, dit Gavin sans remarquer le pli soucieux qui barra brièvement le front d'Alice.

– M'en voulez-vous toujours ? Je n'ai cessé de vous répéter que j'avais épousé Edmund contre mon gré. Mais à présent que je suis veuve, nous...

– Je vous prie de ne plus aborder ce sujet, l'interrompit-il.

Il lui devait la vérité et regrettait le mal qu'il allait lui faire. Elle était si sensible et si peu préparée aux épreuves de la vie...

– Je ne quitterai pas Judith, ni par une annulation ni par un divorce.

– Je... ne comprends pas. Une chance s'offre à nous, maintenant.

Il posa ses deux mains sur les siennes.

– Non, Alice, nous n'avons aucune chance.

– Gavin ! Que dites-vous ?

– Je l'aime, déclara-t-il simplement.

Alice mit un moment à accuser le choc.

– Le jour de votre mariage, vous aviez *promis* que cela n'arriverait pas, que vous ne l'aimeriez jamais.

Gavin sourit à ce souvenir. Ce jour-là deux serments avaient été faits. Judith avait juré de ne pas s'offrir à lui librement. Comme elle avait merveilleusement brisé son vœu ! Et lui aussi avait brisé le sien.

– Vous menaciez de vous ôter la vie, lui rappela-t-il. J'aurais dit ou fait n'importe quoi pour empêcher cela.

– À présent vous vous moquez bien de ce que je peux devenir.

– Non ! Ce n'est pas vrai. Vous aurez toujours une place dans mon cœur. Vous avez été mon premier amour et je ne vous oublierai jamais.

Elle leva vers lui un regard désespéré.

– Vous parlez comme si j'étais déjà morte. Lui avez-vous tant accordé qu'il ne me reste plus rien ?

– Je vous ai dit qu'une part de mon cœur vous était acquise, Alice. Ne gâchez pas les choses entre nous. Vous devez accepter la réalité.

Elle sourit, les yeux à présent pleins de larmes.

– Dois-je me montrer aussi courageuse qu'un homme ? Mais Gavin, je suis une femme – une faible et fragile femme. Mon cœur brûle encore quand je vous vois. Savez-vous ce qu'a été mon mariage avec Edmund ? Il me traitait comme une servante, me tenant enfermée dans ma chambre.

– Alice…

– Et savez-vous pourquoi il agissait ainsi ? Parce qu'il nous a surveillés le jour de votre mariage. Oui, il nous a vus dans le jardin. Il était aussi au courant quand nous étions seuls dans votre tente. Vous souvenez-vous avec quelle passion vous m'avez embrassée ce matin-là ?

Gavin hocha la tête, peu désireux d'entendre sa confession.

– Ensuite, il n'a pas perdu une occasion de me punir pour les moments que j'avais passés avec vous. Cependant, je ne regrettais rien – parce que j'étais sûre de votre amour. Chacune de mes nuits solitaires était emplie de votre image. Je pensais à vous, je…

– Arrêtez, Alice.

– Avez-vous une seule fois pensé à moi ?

– Oui, répondit-il honnêtement. Au début. Je n'aurais jamais cru que j'aimerais Judith. Ce n'était qu'un mariage de raison. Mais elle est une épouse tendre et aimante.

Alice poussa un soupir.

– Que vais-je faire, maintenant ? Mon cœur vous appartient – il vous a toujours appartenu.

– Tout ceci ne nous aidera pas, Alice. C'est fini entre nous. Je suis un homme marié et j'aime ma femme.

– Vous êtes si froid avec moi.

Elle toucha son bras, puis son épaule.

– Autrefois, vous ne l'étiez pas.

Gavin se souvenait parfaitement de cette époque. Il était alors aveuglé par sa passion, et acceptait tout d'Alice. Mais à présent, après avoir connu l'amour dans les bras de Judith, la seule idée de coucher avec Alice le dégoûtait presque. Avec elle, l'amour se résumait à une bestiale affaire de sexe.

Alice ne comprit pas le changement d'expression de son visage. Sa main glissa sur le cou de Gavin, qui se leva immédiatement. Elle se leva aussi, prenant son mouvement de recul pour un aveu d'impuissance à résister à la tentation. Elle se pressa contre lui, ses doigts courant sur sa nuque.

– Je vois que vous vous souvenez, souffla-t-elle en lui offrant ses lèvres.

Il se dégagea doucement de son étreinte.

– Non, Alice.

Elle le fixa, les poings serrés.

– Vous a-t-elle amolli au point que vous ayez peur d'elle ?

– Non, répondit-il simplement, à la fois surpris par son raisonnement et sa colère.

Alice était toujours si calme et douce.

Elle se rendit vite compte qu'elle n'aurait pas dû lui dévoiler ses vraies émotions. Des larmes coulèrent bientôt de ses yeux baissés.

– Nous allons donc nous dire adieu, murmura-t-elle. Me refuserez-vous un dernier baiser, après tout ce qui s'est passé entre nous ?

Elle était si fragile et il l'avait tant aimée autrefois. Il essuya une larme sur sa joue.

– Non, je ne vous refuserai pas un dernier baiser, dit-il en la prenant tendrement dans ses bras.

Mais Alice ne voulait pas de sa tendresse. Pressant sa bouche contre la sienne, elle força le barrage de ses lèvres, les mordillant à petits coups de dents. Mais cette ardente violence – qui éveillait jadis le désir de Gavin – ne réussit qu'à le dégoûter.

– Je dois partir, déclara-t-il en dissimulant sa répulsion.

Alice sentit qu'il se passait quelque chose d'anormal. Elle avait cru pouvoir le séduire par ce baiser, mais ce n'était pas le cas. Gavin avait vraiment changé. Refrénant son envie de lui cracher sa colère au visage, elle afficha une tristesse infinie tandis qu'il s'éloignait.

– Maudite garce ! rugit-elle entre ses dents.

Cette diablesse aux cheveux rouges lui avait pris son homme ! Ou du moins le croyait-elle, se rassura-t-elle en commençant à sourire. Judith pensait peut-être posséder Gavin parce qu'il lui obéissait au doigt et à l'œil. Mais elle se trompait ! Alice ne permettrait pas qu'on lui vole ce qui lui appartenait. Non, elle se battrait pour récupérer son bien.

Elle avait tout fait pour se trouver à la cour en même temps que Gavin, laissant même le meurtrier de son mari s'échapper. Elle surveillerait cette femme et découvrirait son point faible. Alors, Gavin lui reviendrait. Et si un jour ils se séparaient, ce serait elle et non lui qui le déciderait !

Gavin retourna rapidement sur le terrain de chasse. Il espérait que son absence n'avait pas été trop remarquée et remerciait surtout le ciel que Judith ne l'ait pas surpris dans les bras d'Alice. Dieu seul savait jusqu'à quelles extrémités sa colère l'aurait emportée ! Mais tout cela était fini à présent. Il avait dit la dure vérité à Alice et était à jamais libéré d'elle.

Quand il vit Judith, un violent désir le submergea. Éperonnant sa monture, il galopa pour arriver à sa hauteur et lui prit les rênes des mains.

– Gavin ! s'écria-t-elle en s'accrochant à sa selle.

Des éclats de rire fusèrent derrière eux.

– Sont-ils mariés depuis longtemps ? plaisanta quelqu'un.

– Pas assez longtemps, répondit un autre.

Gavin n'arrêta les chevaux que lorsqu'ils atteignirent une clairière retirée.

– Gavin ! Avez-vous perdu l'esprit ? demanda Judith.

Il mit pied à terre, l'emporta dans ses bras et s'empara de sa bouche avec ardeur.

– Je pensais à vous, murmura-t-il. Et plus je pensais à vous, plus mon désir... montait.

– Je m'en rends compte, le taquina-t-elle.

Elle regarda autour d'eux.

– C'est un endroit agréable, n'est-ce pas ?

– Il pourrait l'être encore plus.

– Oui, il pourrait l'être, dit-elle tandis qu'il reprenait ses lèvres.

La chaleur de l'été, ajoutée au léger piquant de l'interdit, décupla leur passion. Judith eut un petit rire quand Gavin fit un commentaire sur les nombreux enfants du roi. Il étouffa son rire de ses lèvres.

Ils firent l'amour comme s'ils ne s'étaient pas vus depuis des années. Puis ils restèrent enlacés sous le soleil, dans le parfum des fleurs sauvages.

26

Entourée de sa cour de soupirants, Alice glissa un regard en direction du jeune homme blond appuyé contre le mur. Son expression pensive indiquait qu'il était amoureux. Elle sourit machinalement à l'un des gentilshommes, mais ne l'écoutait même pas. Son esprit était entièrement tourné vers Gavin. Elle l'observa tandis qu'il entraînait Judith dans une danse endiablée. Que lui importait d'avoir tous ces hommes à ses pieds? Le refus de Gavin avait attisé son envie de le posséder. S'il lui avait déclaré son amour, peut-être aurait-elle considéré sérieusement ces nombreuses demandes en mariage. Mais il l'avait rejetée. Elle *devait* le reconquérir et écarter le seul obstacle qui se dressait maintenant entre eux...

Le jeune homme blond ne quittait pas Judith des yeux. Alice l'avait déjà remarqué au dîner : là aussi, il n'avait pas cessé de fixer Judith. Mais celle-ci, stupidement fascinée par Gavin, n'avait même pas noté la présence de son admirateur.

– Voulez-vous m'excuser? murmura-t-elle d'un air affecté en se frayant un chemin parmi le groupe d'hommes pour se diriger vers le jeune chevalier. Elle est jolie, n'est-ce pas? lui dit-elle.

– Oui, soupira-t-il, mettant toute son âme dans ce simple mot.

– C'est triste de voir une telle femme si malheureuse.

L'homme regarda Alice avec surprise.

– Elle ne paraît pas malheureuse.

– Parce qu'elle le cache bien.

– Vous êtes lady Chatworth ?

– Oui. Et vous ?

– Alan Fairfax, pour vous servir, dit-il en se penchant pour lui baiser la main.

Alice laissa échapper un petit rire.

– Ce n'est pas moi qui ai besoin de vos services, mais lady Judith.

Alan se retourna vers les danseurs.

– Elle est la plus belle femme que j'aie jamais vue, murmura-t-il.

Les yeux glacés d'Alice étincelèrent.

– Lui avez-vous déclaré votre amour ?

– Non ! répondit-il, presque choqué. L'honneur me l'interdit : elle est mariée.

– En effet, mais très mal mariée.

– Elle ne paraît pas malheureuse, répéta-t-il en regardant l'objet de sa convoitise lever des yeux pleins d'amour vers son mari.

– Je la connais depuis longtemps et puis vous assurer qu'elle souffre énormément. Pas plus tard qu'hier, elle pleurait en me confiant son manque d'amour et de tendresse. Elle a désespérément besoin de douceur et d'attentions.

– Son mari ne la traite pas bien ?

– Personne ne le sait, mais il la bat souvent, chuchota-t-elle sur le ton de la confidence.

Alan regarda à nouveau Judith.

– Je ne vous crois pas.

– Mon but n'est pas d'alimenter les ragots, déclara Alice en haussant les épaules. Judith est mon amie et j'espérais qu'elle pourrait connaître quelques moments de bonheur durant son séjour à la cour. Sa beauté le mérite.

Judith était en effet remarquablement belle. Ses cheveux flamboyants et sa robe argentée l'entouraient d'une auréole presque surnaturelle, mettant en valeur la pure blancheur de sa peau. Mais Alan était surtout fasciné par la vitalité mêlée de sérénité qui émanait d'elle. Elle considérait tout le monde, du roi jusqu'au plus banal serf, avec le même respect. Jamais il ne l'avait entendue pousser ces petits gloussements si coutumiers chez la gent féminine, ni vue parader coquettement devant les hommes. Il aurait donné beaucoup pour obtenir un seul regard d'elle.

– Aimeriez-vous lui parler en tête-à-tête ?

– Oh oui, répondit-il, les yeux brillants.

– Je peux arranger cela pour vous. Allez l'attendre dans le jardin ; je vous l'envoie.

Elle s'interrompit et posa une main sur le bras d'Alan.

– Elle va certainement craindre que son mari ne vous surprenne. Dites-lui qu'il est avec moi – ainsi elle sera rassurée.

Alan hocha la tête. Il n'y avait aucun mal à passer quelques instants en compagnie de lady Judith. En outre, l'occasion de lui parler seul à seule ne se représenterait pas de sitôt.

Judith se tenait près de Gavin, dégustant une coupe de cidre frais. Un homme vint communiquer un message à l'oreille de Gavin et ce dernier fronça les sourcils.

– De mauvaises nouvelles ? demanda-t-elle.

– Je l'ignore. Quelqu'un veut me voir.

– Vous ne savez pas qui ?

– Non. Peut-être est-ce simplement le marchand de chevaux à qui j'ai parlé tout à l'heure – une de ses juments m'intéressait.

Il lui caressa la joue.

– Je ne serai pas long. Restez près de Stephen.

– Si j'arrive à me frayer un chemin parmi les femmes qui l'entourent ! s'exclama-t-elle en riant.

– Faites ce que je dis.

– Très bien, Monseigneur, répondit-elle d'un ton faussement soumis.

Il lui sourit et s'éloigna.

Judith se dirigea vers son beau-frère qui était en train de jouer du luth et de chanter pour un groupe de jeunes filles adorables. Il s'était promis de profiter au maximum de ses derniers jours de liberté, et tenait visiblement parole.

– Lady Judith ?

– Oui, répondit-elle en se retournant vers une servante qu'elle ne connaissait pas.

– Un homme vous attend dans le jardin.

– Mon mari ?

– Je ne sais pas, milady.

Un sourire étira les lèvres de Judith. Nul doute que Gavin avait préparé un rendez-vous nocturne.

– Merci, dit-elle en quittant la salle.

Une agréable fraîcheur régnait dans le jardin obscur. Plusieurs couples devaient être enlacés sous le couvert de ses ombres propices.

– Lady Judith ?

Il était difficile de bien voir, mais elle distingua un homme grand, mince, aux yeux bleus brillants et aux lèvres un peu trop pleines.

– Permettez-moi de me présenter. Alan Fairfax, du Lincolnshire.

Elle lui sourit tandis qu'il prenait sa main pour la baiser.

– Cherchez-vous quelqu'un ?

– Je pensais que mon mari serait ici.

– Je ne l'ai pas vu.

– Vous le connaissez donc ?

Il sourit, dévoilant des dents éclatantes de blancheur.

– Il serait plus juste de dire que tout ce qui vous touche de près m'intéresse.

Elle le regarda avec surprise, tandis qu'il lui offrait son bras.

– Nous assoirons-nous un moment en attendant votre mari ?

Voyant l'hésitation de Judith, il ajouta :

– Comme vous pouvez le constater, ce banc est

exposé à la vue. Je vous demande seulement d'accorder un peu de votre temps à un chevalier esseulé.

À la lueur de la torche enchâssée dans le mur, Judith put mieux voir son compagnon. Ses lèvres étaient sensuelles, son nez droit et aristocratique, ses yeux bleus paraissaient presque noirs dans la semi-obscurité. Elle se méfiait de lui. La dernière fois qu'elle avait consenti à parler à un homme – Walter Demari –, elle avait couru à la catastrophe.

– Vous semblez mal à l'aise, milady.

– Je ne suis pas habituée à ce genre de rencontre. Les seuls hommes que j'ai connus sont ceux de mon entourage direct.

– Aimeriez-vous en connaître d'autres ?

– Je n'ai jamais pensé à cela. Je suppose que la compagnie de mon mari et de ses frères me suffit.

– Mais à la cour, une lady peut jouir d'une grande liberté et avoir beaucoup d'amis – aussi bien des hommes que des femmes.

Il lui prit la main.

– Je souhaiterais tant être votre ami.

Elle se dégagea vivement et se leva.

– Je dois retourner auprès de mon mari.

– Ne vous inquiétez pas, déclara-t-il en se levant aussi. Il ne pourra pas nous surprendre : il est avec votre amie Alice Chatworth.

– Vous m'offensez, monsieur !

– Je n'en avais pas l'intention, déclara-t-il, dérouté. Qu'ai-je dit de mal ?

Ainsi, Gavin était avec Alice ! Peut-être avait-il tout arrangé pour qu'elle se retrouve seule avec cet homme et soit trop occupée pour s'inquiéter de son absence. Mais elle n'avait aucune envie de rester avec un étranger.

– Je dois partir, dit-elle rapidement en tournant les talons.

Elle rencontra Gavin avant d'avoir atteint la salle.

– Où étiez-vous ? l'interrogea-t-il.

– Avec mon amant, répondit-elle calmement. Et vous ?

Il serra durement son bras.

– Est-ce une plaisanterie ?

– Qui sait ?

– Judith !

Elle plongea son regard dans le sien.

– Lady Alice était particulièrement ravissante, ce soir, n'est-ce pas ? L'étoffe dorée de sa robe s'accordait à ravir avec ses cheveux blonds et ses yeux. Qu'en pensez-vous ?

Gavin relâcha lentement sa prise et ébaucha un sourire.

– Je ne l'ai pas remarqué. Êtes-vous jalouse d'elle ?

– Ai-je une raison de l'être ?

– Non, Judith, vous n'en avez pas. Je vous ai dit qu'elle était sortie de ma vie.

– Et que me direz-vous ensuite ? Que vous m'aimez ? lança-t-elle d'un ton grinçant.

– Et si je le faisais ? déclara-t-il avec une intensité presque violente.

– Je ne sais pas si je vous croirais, répondit-elle sans montrer l'émotion qui venait de la submerger.

Elle avait peur. Peur qu'il lui déclare son amour et qu'elle ne puisse s'empêcher de lui dévoiler sa passion pour lui. Que se passerait-il alors ? Lui rirait-il au nez ? Alice et lui se moqueraient-ils ensemble de ce qu'ils appelleraient son « sentimentalisme » ?

– Rentrons, dit-il. Il est tard.

Qu'y avait-il dans sa voix qui donna envie à Judith de le réconforter ?

– Tu pars demain ? demanda Gavin en essuyant la sueur de son front.

Il s'entraînait depuis le lever du jour sur le terrain du roi. De nombreux chevaliers, venus des quatre coins de l'Angleterre, étaient présents.

– Oui, dit sombrement Stephen. J'ai l'impression d'aller au-devant de ma propre mort.

Gavin éclata de rire.

– Allons, ce ne sera pas aussi terrible. Prends l'exemple de mon mariage. Il n'a pas si mal tourné.

– Oui, mais Judith est unique.

Gavin sourit.

– Oui, et elle est à moi.

Stephen lui retourna son sourire.

– Tout va bien entre vous, maintenant ?

– Elle est jalouse d'Alice et me soupçonne de mille traîtrises, mais je saurai la ramener à la raison.

– Et avec Alice, que se passe-t-il ?

– Plus rien. Elle ne m'intéresse plus, et je le lui ai dit hier.

Stephen émit un long sifflement.

– Tu as dit à Alice que tu en préférais une autre ? Je craindrais pour ma vie, si j'étais toi.

– Je me méfierais plutôt de Judith. Alice est trop douce pour nuire à qui que ce soit.

– Alice Chatworth ? Douce ? Tu es vraiment aveugle, mon frère.

Gavin fut piqué au vif : il ne supportait toujours pas que l'on dise du mal d'Alice.

– Tu ne la connais pas aussi bien que moi. Elle a souffert quand je lui ai annoncé notre rupture, mais elle l'a acceptée calmement, comme je m'y attendais. Si Judith n'avait pas capturé mon cœur, je considérerais encore Alice comme l'épouse idéale.

Stephen préféra ne pas s'étendre sur ce sujet.

– J'ai prévu de boire toutes les réserves du palais, ce soir, déclara-t-il. Je serai ainsi plus à même d'affronter la vue de ma future épouse. Me feras-tu le plaisir de te joindre à moi ? J'aimerais que nous fêtions ensemble mes derniers moments de liberté.

Gavin sourit largement.

– Volontiers. D'autant plus que nous n'avons pas encore fêté notre victoire sur Demari. Je ne t'ai même pas remercié de nous avoir libérés.

Stephen lui donna une bourrade dans le dos.

– À charge de revanche, dit-il.

Gavin fronça les sourcils.

– Je dois trouver un remplaçant pour John Bassett.

– Prends Judith, suggéra Stephen, les yeux brillants de malice. Elle est peut-être aussi capable de diriger tes hommes.

– Ne va surtout pas lui mettre cette idée en tête. Elle se plaint déjà de n'avoir pas assez à faire ici.

– Tu es le seul fautif, Gavin. Ne la tiens-tu pas occupée ?

– Prends garde ! Je vais commencer à espérer que ton héritière écossaise soit aussi laide que tu l'imagines.

Judith se trouvait dans la grande salle, en compagnie d'un groupe de femmes. Chacune d'entre elles, y compris la reine, était en train de broder, maniant avec dextérité et grâce les fils de soie aux magnifiques couleurs. Quant à Judith, elle se contentait de regarder le canevas placé devant elle, ne sachant pas par quel bout le prendre.

– Je crois que la broderie est le plus féminin des arts, déclara Alice. Qu'en pensez-vous, Majesté ?

Élisabeth ne quitta pas son ouvrage des yeux.

– J'ai vu des femmes manier l'arbalète à la perfection sans pour autant perdre leur féminité, répondit-elle. J'en ai connu d'autres qui se consacraient exclusivement à des travaux féminins, mais dont l'âme était cruelle et insensible.

Un petit gloussement échappa à la jolie jeune femme assise près de Judith.

– N'êtes-vous pas d'accord, lady Isabelle ? lui demanda la reine.

– Plus qu'assurément, Votre Majesté.

Elles échangèrent un regard entendu.

Furieuse de se sentir écartée, Alice poursuivit :

– Je ne vois pas pourquoi une vraie lady souhaiterait manier l'arbalète. Les hommes sont là pour nous protéger.

– Une femme ne peut-elle pas aider son mari ? remarqua lady Isabelle. J'ai une fois reçu une flèche qui était destinée à John.

Un murmure d'horreur parcourut le groupe.

Alice regarda lady Isabelle d'un air dégoûté.

– Mais une vraie femme n'est pas capable de violence, n'est-ce pas, lady Judith ? Je veux dire qu'il lui est impossible, par exemple, de... commettre un meurtre.

Judith baissa les yeux sur le canevas vide.

– Lady Judith, insista Alice en se penchant vers elle. Vous ne pourriez pas tuer un homme, n'est-ce pas ?

– Lady Alice ! intervint sévèrement la reine. Il me semble que ce sujet ne vous concerne pas.

– Oh ! fit Alice, feignant la surprise. J'ignorais que l'habileté de lady Judith en matière d'armes était un secret. Je n'en reparlerai plus.

– Vous n'en aurez plus besoin, maintenant que vous avez tout dit ! lança lady Isabelle.

– Milady ! cria presque Joan. Lord Gavin vous prie de le rejoindre immédiatement.

– Quelque chose ne va pas ? s'inquiéta Judith.

– Il ne m'a pas donné de raison, répondit Joan, le visage dénué d'expression. Vous savez bien qu'il ne supporte pas que vous vous éloigniez trop longtemps.

Judith la regarda avec étonnement.

– Venez vite. Il va perdre patience.

Judith se retint de réprimander sa servante devant la reine. Elle se tourna vers ses compagnes, s'excusa auprès d'elles et fut satisfaite de voir la colère figer les traits d'Alice.

– Tu dépasses les bornes ! reprocha-t-elle à Joan quand elles furent seules.

– Non, je vous ai simplement sauvée d'un mauvais pas. Cette chatte enragée allait vous mettre en pièces. Vous n'êtes pas de taille à l'affronter.

– Elle ne me fait pas peur.

– Vous devriez vous méfier. Elle est le diable en personne.

– Je le sais, admit Judith. Et quoi qu'il en soit, je suis heureuse que tu m'aies tirée de là. Je préférerais même la compagnie d'Alice à la broderie, mais les deux à la fois... c'est beaucoup trop pour moi ! (Elle poussa un soupir.) Je suppose que Gavin ne m'a pas demandée.

– Pourquoi aurait-il à le faire ? Ne pensez-vous pas qu'il serait heureux de vous voir ?

Judith fronça les sourcils.

– Vous n'avez aucun bon sens, poursuivit Joan, au risque de déchaîner la colère de sa maîtresse. Cet homme vous veut, et vous ne vous en rendez même pas compte.

Une fois dehors, sous la clarté du soleil, Judith oublia aussitôt Alice et ses paroles venimeuses. Gavin, torse nu, se lavait devant un grand baquet d'eau. Judith s'approcha silencieusement de lui et déposa un baiser sur sa nuque. La seconde d'après, elle se retrouvait prise dans sa poigne de fer et basculée dans l'eau.

Ils se regardèrent, aussi étonnés l'un que l'autre.

– Judith ! Vous ai-je fait mal ? s'inquiéta-t-il en lui tendant la main pour la sortir de ce bain forcé.

Elle refusa son aide et s'essuya les yeux avant de constater les dégâts sur sa robe de velours. L'étoffe à présent irrécupérable lui collait à la peau.

– Non, dit-elle sèchement. Croyez-vous que je suis votre cheval, pour me traiter comme un animal ? Ou peut-être votre écuyer ?

S'appuyant sur les bords du baquet, elle tenta de s'extirper de l'eau, mais ses pieds glissèrent et elle replongea. Le souffle coupé, elle leva les yeux vers Gavin qui, les bras croisés, affichait un large sourire.

– Vous osez vous moquer de moi ! enragea-t-elle. Vous...

Il la saisit par les épaules et la hissa hors du baquet.

– Puis-je vous offrir mes excuses ? Je suis un peu nerveux ces temps-ci. Il fallait vous annoncer au lieu de me surprendre ainsi.

– Cela n'arrivera plus, je vous l'assure, dit-elle d'un air mécontent.

– Vous seule, ma petite femme, pouvez rester aussi insolente en toutes circonstances. Vous mériteriez que je vous remette à l'eau.

– Vous n'oseriez pas !

Il sourit, puis la souleva lentement jusqu'à ce que ses pieds touchent presque l'eau.

– Gavin ! s'écria-t-elle d'un ton à moitié suppliant.

Il l'attira à nouveau contre lui et frissonna au contact de son corps froid contre sa peau.

– Je suis vengée, lança-t-elle en riant. J'espère que vous êtes frigorifié.

– Pas quand vous êtes près de moi, dit-il en l'emportant dans ses bras. Allons dans notre chambre pour nous changer.

– Gavin, vous ne pensez pas...

– Quand vous êtes dans mes bras, penser est une perte de temps. Si vous ne tenez pas à attirer davantage l'attention des curieux, restez tranquille et obéissez-moi.

– Et si je refuse ?

Il frotta sa joue contre la sienne.

– Ces jolies joues s'enflammeront de honte.

– Alors je suis prisonnière ?

– Oui, répondit-il fermement en la portant dans les escaliers.

La reine Élisabeth marchait aux côtés de son mari. Ils s'immobilisèrent en voyant Gavin basculer Judith dans le bassin. La reine s'apprêta à porter secours à Judith, mais Henri l'arrêta.

– Regardez-les. J'ai plaisir à voir un couple si amoureux. Il est rare qu'un mariage de raison tourne à la romance.

Élisabeth soupira.

– Je suis aussi très heureuse de constater qu'ils s'aiment. Lady Alice semble penser que lady Judith ne convient pas à lord Gavin.

– Lady Alice ? C'est cette femme blonde, n'est-ce pas ?
– Oui. La veuve d'Edmund Chatworth.
Henri hocha la tête.
– Je souhaiterais la voir mariée. Je l'ai observée. Elle joue avec les hommes comme un chat avec des souris. Cela pourrait créer des troubles entre les chevaliers. Mais qu'a-t-elle à faire entre lord Gavin et sa jolie épouse ?
– On raconte que Gavin a été amoureux de lady Alice.
Henri pointa le menton en direction du jeune couple. Gavin était en train d'emporter Judith dans le palais.
– Il est visible que ce temps est révolu, nota-t-il.
– Peut-être pas pour tout le monde. Lady Alice provoque constamment lady Judith.
– Nous devons intervenir.
– Ce ne serait pas prudent, déclara la reine en posant une main apaisante sur le bras de son mari. Une réaction de notre part risquerait d'accroître la colère de lady Alice. En outre, elle n'est pas femme à tenir compte d'une réprimande. Non, je crois que votre idée de la marier est ce qu'il y a de plus sensé à faire. Pouvez-vous lui trouver un époux ?
Le roi regarda à nouveau Gavin et Judith qui se provoquaient et riaient comme des adolescents.
– Oui, je trouverai un époux pour lady Alice. Je ne voudrais pas que quoi que ce soit vienne s'immiscer entre ces deux-là.
– Vous êtes un homme bon, dit Élisabeth en lui souriant.
Il eut un petit rire.
– Ce n'est pas l'avis de tous. Vous devriez demander aux Français s'ils pensent que je suis un bon roi.
Élisabeth écarta ce problème d'un geste de la main.
– Vous êtes trop indulgent avec eux.
Il se pencha pour lui baiser le front.

– Si j'étais un roi français, je suis sûr que vous diriez la même chose des Anglais.

Elle leva vers lui des yeux pleins d'amour et il rit tout en serrant affectueusement son bras.

Quelqu'un d'autre était particulièrement intéressé par les jeux amoureux des Montgomery. Alan Fairfax avait failli intervenir, prêt à tirer l'épée, quand il avait vu Gavin jeter Judith dans le bassin. Mais il s'était retenu, honteux de lui-même. Un mari avait le droit de traiter son épouse comme il l'entendait, et Alan n'avait pas à s'en mêler.

Tandis qu'il observait, inquiet pour Judith, il remarqua comment Gavin la sortait de l'eau, la prenait dans ses bras et l'embrassait. Cela ne ressemblait pas à un homme qui bat sa femme ! Il fronça les sourcils, commençant à comprendre qu'on l'avait dupé.

Rentrant dans le palais, il croisa lady Alice qui traversait la grande salle.

– J'ai deux mots à vous dire, milady, déclara-t-il en s'emparant durement de son bras.

Elle grimaça de douleur, puis sourit.

– Bien sûr, sir Alan. Je suis toute à vous.

Il l'entraîna à l'écart.

– Vous m'avez utilisé, et je n'aime pas cela.

– Vous utiliser ? Et de quelle façon, je vous prie ?

– Ne jouez pas la vierge effarouchée avec moi. Nul n'ignore que les hommes défilent dans votre lit. Vous êtes rusée et vous m'avez manipulé.

– Lâchez-moi ou je crie !

Ses doigts s'enfoncèrent davantage dans sa chair.

– Cela ne vous fait-il pas plaisir ? Mes amis m'ont raconté que vous ne détestiez pas la douleur.

Alice le regarda droit dans les yeux.

– Que souhaitiez-vous me dire ?

– Vos mensonges auraient pu créer de sérieux problèmes à lady Judith, et j'en aurais été la cause.

– Ne m'avez-vous pas dit que vous souhaitiez lui parler en tête à tête ? J'ai exaucé votre vœu – c'est tout.

– En me dupant ! C'est une femme honnête, qui aime son mari ; et je ne suis pas vil au point d'avoir recours au viol.

– Vous la désirez donc ?

– Quel homme ne désirerait pas une telle beauté ?

– Foutaises ! jeta méchamment Alice. Elle n'est pas aussi belle que…

Elle s'interrompit, consciente d'approcher le ridicule.

– Que vous, lady Alice ? termina-t-il à sa place en souriant. Vous vous trompez lourdement. J'observe lady Judith depuis assez longtemps pour savoir qu'elle est non seulement belle, mais que son âme est pure. Ce qui n'est pas votre cas. Votre apparence est peut-être agréable, mais vous êtes noire à l'intérieur. Si votre beauté vous était retirée, il ne resterait qu'une femme immonde et diabolique.

– Je vous hais ! gronda Alice d'une voix sinistre.

– Un jour, toute la haine que vous cultivez en vous apparaîtra sur votre visage, remarqua calmement Alan. Quels que soient vos sentiments pour moi, ne vous imaginez pas pouvoir m'utiliser à nouveau.

Alice le suivit des yeux tandis qu'il s'éloignait, mais son désir de vengeance n'était pas dirigé contre lui. Non, c'était Judith qui devrait payer, car elle était la cause de tous ses problèmes. Rien n'avait plus été pareil depuis que Gavin avait épousé cette garce. Leur union serait détruite, coûte que coûte.

– Judith, ma douce, murmura Gavin contre sa joue. Restez au lit. Vous avez besoin de repos.

Elle ne répondit pas. Ils venaient de s'aimer passionnément et elle se laissait glisser avec langueur dans le sommeil.

Gavin se leva doucement et s'habilla sans la quitter des yeux. Une fois vêtu, il se pencha pour déposer un baiser sur son front et quitta la chambre.

Stephen l'attendait au bas des escaliers.

– Je ne peux pas passer dans une pièce sans entendre des ragots sur toi !

– Quoi encore ? demanda Gavin d'un air suspicieux.

– Il paraît que tu bats ta femme, que tu la noies et qu'ensuite tu l'embrasses devant tout le monde.

Gavin sourit.

– Ces ragots sont fondés.

– Nous commençons à nous comprendre, déclara Stephen en lui retournant son sourire. Je pensais que tu ne savais pas t'y prendre avec les femmes. S'est-elle endormie ?

– Oui. Elle ne se réveillera certainement pas avant demain.

Il haussa un sourcil.

– Ne devais-tu pas apporter un tonneau de vin ?

– Il nous attend. Je ne voulais pas commencer seul et te vexer en démontrant que je tiens mieux l'alcool que toi.

– Toi ! ironisa Gavin. Sais-tu que la première fois où j'ai été ivre tu n'étais même pas né ?

– Je ne te crois pas !

– C'est pourtant vrai. Je te raconterai cela, bien que ce soit une longue histoire.

Stephen lui donna une tape dans le dos.

– Nous avons toute la nuit devant nous. Nous ne nous repentirons qu'au matin.

Gavin eut un petit rire moqueur.

– Peut-être auras-tu de quoi te repentir, auprès de ton affreuse Écossaise. Quant à moi, je poserai la tête sur les genoux de ma délicieuse épouse et lui permettrai de me dorloter.

– Tu es un homme cruel ! grogna Stephen.

Pour les deux frères, cette nuit fut un moment privilégié de complicité. Ils fêtèrent leur victoire sur Demari, la chance de Gavin en amour, et s'apitoyèrent ensemble sur le futur mariage de Stephen à cette redoutable Écossaise.

– Je la renverrai à son peuple si elle me désobéit, dit Stephen.

Le vin qu'ils buvaient étaient si mauvais qu'ils devaient le filtrer entre leurs dents. Mais, au stade où ils en étaient, ce détail n'avait pas d'importance.

– Deux épouses désobéissantes ! bredouilla Gavin en levant sa chope. Si Judith se mettait à m'obéir, je penserais que le diable lui a volé son âme.

– Et laissé seulement son corps ? suggéra Stephen avec un regard polisson.

– Je te ferai ravaler ces mots, dit Gavin en tâtonnant à la recherche de son épée.

– De toute façon, elle ne voudrait pas de moi, remarqua Stephen en se resservant.

– Pourquoi pas ? Elle semblait prendre du plaisir avec Demari.

Gavin venait de passer instantanément de l'euphorie à l'abattement, comme seuls les hommes soûls peuvent le faire.

– Non, elle le haïssait.

– Mais elle porte son enfant ! se révolta Gavin d'un ton plaintif.

– Tu n'as aucun bon sens, frère ! Cet enfant est de toi, pas de Demari.

– Je ne te crois pas.

– C'est la vérité. Elle me l'a dit.

Gavin s'assit sur la table et resta un long moment silencieux. Puis il commença à se lever, mais sa tête tournait.

– En es-tu sûr ? Pourquoi me l'a-t-elle caché ?

– Elle a dit qu'elle voulait au moins garder quelque chose pour elle.

Gavin se rassit lourdement.

– Elle considère mon enfant comme une chose ?

– Non. Tu ne comprends rien aux femmes.

– Tu les comprends, peut-être ? ironisa Gavin.

Stephen remplit la chope de son frère.

– Certainement pas plus que toi. Même moins, si tant est que ce soit possible. Raine pourrait mieux t'expliquer. Mais elle a dit que tu possédais déjà les terres Revedoune et Alice, et que c'était largement suffisant.

Le visage de Gavin se durcit, puis se détendit soudain. Un léger sourire étira ses lèvres.

– C'est une sorcière, n'est-ce pas ? Elle remue des hanches devant moi jusqu'à me rendre aveugle de désir et me maudit quand j'ose seulement parler à une autre femme.

– Une femme que tu prétendais ouvertement aimer, lui rappela Stephen.

Gavin balaya l'objection d'un geste de la main.

– Pourtant, elle détient la clé de tous les secrets, celle qui pourrait nous libérer de la tension qui nous sépare.

– Cette perspective ne semble pas te répugner.

Gavin fut secoué d'un petit rire.

– Oh non ! J'ai seulement eu de la répugnance à... m'imposer à elle. Je croyais que Demari signifiait quelque chose à ses yeux.

– Il n'était qu'un moyen de sauver ta vilaine tête.

Gavin sourit.

– Passe-moi le vin. Nous avons beaucoup plus à célébrer ce soir qu'une banale princesse écossaise.

Stephen s'empara de la cruche avant qu'il puisse l'atteindre.

– Tu es insupportable, frère.

– J'ai appris cet art avec mon épouse, déclara Gavin en souriant.

27

– Je ne peux pas permettre cela ! s'écria Ela.

Rigide, elle se tenait debout à côté d'Alice, dans la petite chambre qu'elles occupaient au palais.

– Depuis quand as-tu le droit de permettre ou de ne pas permettre ? ricana Alice. Je mène ma vie comme je l'entends et ton rôle consiste seulement à me servir.

– Ce n'est pas juste que vous vous jetiez à la tête

de cet homme. Un jour ne se passe pas sans que vous ayez une demande en mariage. Ne pouvez-vous vous contenter de l'un de vos soupirants ?

Alice se retourna.

– Et *la* laisser l'avoir ? Plutôt mourir.

– Le voulez-vous vraiment pour vous seule ? persista Ela.

– Là n'est pas la question, déclara Alice en ajustant sa coiffe. Il est à moi et le restera.

L'escalier était obscur quand elle quitta la chambre. Alice avait vite découvert que le palais du roi Henri était l'endroit idéal pour ses projets. Nombreux étaient ceux qui, moyennant une récompense, étaient prêts à faire tout ce qu'elle demanderait. Ses espions lui avaient appris que Gavin se trouvait avec son frère, loin de sa femme. Alice savait qu'on pouvait tout obtenir d'un homme quand son esprit était embrumé par l'alcool, et elle comptait bien saisir cette opportunité inespérée. Gavin ne saurait pas lui résister.

Elle jura tout bas quand elle atteignit la grande salle et ne vit ni Gavin ni son frère.

– Où est lord Gavin ? demanda-t-elle à une servante ensommeillée.

– Il est parti – c'est tout ce que je sais.

Alice saisit le bras de la fille.

– Où ?

– Je n'en ai aucune idée.

Alice sortit une pièce d'or de sa poche et regarda les yeux brillants de la servante.

– Que ferais-tu pour l'avoir ? demanda-t-elle.

La fille se réveilla tout à fait.

– N'importe quoi.

– Bien, dit Alice en souriant. Alors écoute-moi attentivement.

Judith fut tirée du sommeil par un léger bruit à la porte. Elle tendit le bras, mais ne rencontra que du vide à la place de Gavin. S'asseyant, elle se frotta les yeux et se rappela qu'il avait murmuré quelque chose à propos d'une soirée d'adieux avec Stephen.

Le grattement à la porte continuait. Joan, qui d'habitude restait quand Gavin s'absentait, n'était pas là. À contrecœur, Judith repoussa les couvertures et enfila sa robe de chambre en velours vert émeraude.

– Qu'y a-t-il ? demanda-t-elle en ouvrant la porte.

Une jeune servante se tenait sur le seuil.

– Je ne sais pas, milady. On m'a dit de vous faire venir tout de suite.

– Qui te l'a demandé ? Mon mari ?

Pour toute réponse, la fille haussa les épaules.

Judith fronça les sourcils. La cour semblait regorger de messages anonymes, qui l'avaient jusqu'à présent amenée là où elle ne voulait pas être. Cependant, c'était peut-être sa mère qui avait besoin d'elle. Ou plus probablement Gavin, trop soûl pour monter seul les escaliers. Elle sourit à l'idée de le voir titubant et incapable d'aligner trois phrases cohérentes.

Elle suivit la servante dans l'escalier sombre, jusqu'à l'étage au-dessous. L'obscurité semblait plus dense que d'habitude ; certaines torches n'avaient pas été allumées. Les petites chambres sans attrait aménagées ici n'avaient pas la faveur des nobles. La servante s'arrêta devant l'une d'elles, qui donnait presque directement sur la cage d'escalier en colimaçon.

La fille lança un regard énigmatique à Judith, puis disparut dans l'ombre. Aussitôt après une voix féminine se fit entendre.

– Gavin, soupirait la femme.

C'était un soupir de passion. Judith se figea sur place et, à la lueur de la bougie qu'on venait d'allumer, put voir clairement ce qui se passait. Alice, dénudée jusqu'à la taille, était couchée contre Gavin. Celui-ci était allongé sur le ventre, une de ses jambes reposant sur le corps de sa maîtresse.

– Non ! murmura Judith, refoulant un hurlement d'horreur.

Elle avait l'impression d'être en plein cauchemar. Mais ce n'en était pas un. Gavin n'avait cessé de lui mentir, et elle avait été si près de le croire !

Elle recula. Gavin ne bougeait toujours pas. Alice la regardait en souriant.

– Non ! répéta-t-elle en continuant de reculer, inconsciente de l'escalier tout proche.

Soudain, ses pieds glissèrent et elle bascula dans le vide. Son cri d'effroi retentit tandis qu'elle chutait de marche en marche, incapable de trouver un point d'appui. Finalement, son corps s'affaissa à l'étage inférieur, arrêté par la paillasse d'un chevalier.

– Qu'est-ce que c'était ? demanda Gavin d'une voix pâteuse en levant la tête.

– Rien, chuchota Alice, le cœur battant de joie.

Si Judith s'était tuée, Gavin serait enfin tout à elle.

– Alice ! s'écria Gavin en se redressant sur un coude. Que faites-vous ici ?

La vue de son corps nu n'alluma aucun désir en lui. Il se rendit juste compte, comme s'il la voyait pour la première fois, à quel point elle était maigre.

La joie d'Alice s'évanouit devant le regard de Gavin.

– Vous ne... vous souvenez pas ? demanda-t-elle d'un ton décontenancé.

Sûre de son pouvoir de séduction, elle ne s'était pas attendue à une telle réaction.

Gavin fronça les sourcils. Il s'était soûlé, mais pas suffisamment pour avoir perdu toute conscience. Il savait très bien qu'il n'avait pas rejoint Alice cette nuit.

Il s'apprêtait à le lui dire, quand des bruits et de l'agitation à l'étage inférieur attirèrent son attention. Des hommes s'interpellaient en criant.

– Montgomery ! appela l'un d'eux.

Gavin sortit vivement du lit et enfila sa tunique à la hâte. Il dévala les marches quatre à quatre, mais se figea soudain : Judith gisait à terre, ses cheveux éparpillés autour d'elle. Il crut que son cœur allait cesser de battre.

– Ne la touchez pas! ordonna-t-il d'une voix grave en venant s'agenouiller près d'elle.

Il lui prit la main et palpa son pouls.

– Comment? murmura-t-il.

– Elle a chuté dans les escaliers, répondit Stephen en s'agenouillant aussi.

Levant les yeux, Gavin aperçut Alice en haut des marches. Un léger sourire étirait ses lèvres. Il comprit qu'un mystère restait à éclaircir, mais ne s'attarda pas sur cette énigme.

– On a envoyé chercher le médecin, déclara Stephen en tenant la main de Judith.

Elle n'avait toujours pas ouvert les yeux.

– Faites-moi de la place, dit le médecin, dès son arrivée. Je dois voir s'il n'y a pas de fracture.

Gavin s'écarta pour le laisser examiner Judith. Mille questions tournaient dans sa tête. Pourquoi? Comment? Que faisait-elle dans les escaliers, en pleine nuit? Ses yeux se tournèrent vers Alice. Elle paraissait calme et observait avec beaucoup d'intérêt les gestes du médecin. La chambre où Gavin s'était retrouvé avec elle était située en haut des marches. Il se sentit blêmir tandis qu'il regardait à nouveau sa femme. Judith l'avait vu au lit avec Alice! Elle avait reculé, probablement trop en colère pour voir où elle allait, et était tombée. Mais comment avait-elle su où il était? Quelqu'un avait dû le lui dire...

– Il ne semble pas y avoir de fracture, constata le médecin. Emmenez-la dans sa chambre et laissez-la se reposer.

Gavin remercia le ciel et emporta doucement Judith dans ses bras. Un murmure d'effroi parcourut alors l'assistance. La paillasse et la robe de Judith étaient couvertes de sang.

– Elle perd son enfant, dit la reine Élisabeth à Gavin. Emmenez-la en haut. Ma propre sage-femme l'examinera.

Gavin pouvait sentir la chaleur du sang de Judith sur son bras. Une main puissante se posa sur son épaule. Il n'eut pas besoin de se retourner pour savoir que c'était Stephen.

– Milady ! s'écria Joan avec angoisse quand Gavin pénétra dans la chambre. Je viens juste de revenir et je me suis aperçue qu'elle n'était plus là. Est-elle blessée ? Est-ce que c'est grave ?

– Nous ne savons pas, répondit Stephen.

Gavin posa délicatement sa femme sur le lit.

– Joan, apporte de l'eau chaude et des linges propres, ordonna la reine.

– Des linges, Votre Majesté ?

– Pour absorber le sang. Elle fait une fausse couche. Appelle aussi lady Helen. Je pense qu'elle voudra être près de sa fille.

– Ma pauvre lady, soupira Joan. Elle désirait tellement cet enfant.

Il y avait des larmes dans ses yeux quand elle quitta la chambre.

– Vous devez la laisser, maintenant, dit Élisabeth en se tournant vers les deux hommes. Ceci est une affaire de femmes.

Stephen posa un bras sur les épaules de son frère, mais celui-ci le repoussa.

– Non, Votre Majesté, je ne veux pas partir. Si j'avais été avec elle cette nuit, rien ne lui serait arrivé.

Stephen s'apprêta à le raisonner, mais la reine l'arrêta, consciente qu'il serait inutile d'argumenter.

– Vous pouvez rester, dit-elle tout en faisant signe à Stephen de s'éclipser.

Gavin toucha le front de Judith.

– Dites-moi ce que je dois faire, demanda-t-il à la reine.

– Enlevez-lui sa robe.

Il défit doucement les attaches du vêtement, puis fit glisser les manches, dénudant Judith jusqu'à la taille. La vue du sang sur ses cuisses le figea.

– Un accouchement n'est pas un beau spectacle, remarqua la reine.

– Ce n'est pas un accouchement, mais un...

– La grossesse était déjà bien avancée pour qu'elle perde autant de sang.

Ils regardèrent la sage-femme qui venait d'entrer en trombe dans la chambre.

– Voulez-vous la faire mourir de froid? s'écria-t-elle. Laissez-nous! ordonna-t-elle à Gavin. Nous n'avons pas besoin d'homme.

– Il restera, déclara fermement la reine.

La sage-femme observa un moment Gavin.

– Alors, allez aider la servante à transporter l'eau.

Gavin s'exécuta immédiatement.

– Son mari?

– Oui, et leur premier enfant.

La grosse femme ricana.

– Il aurait dû prendre soin d'elle et ne pas la laisser traîner la nuit dans les couloirs.

Quand Gavin revint avec l'eau, elle lui demanda de trouver des vêtements chauds pour son épouse. Joan, qui avait suivi Gavin de près, fouilla dans un coffre et en sortit une robe de laine. Tandis qu'il habillait Judith avec précaution, Gavin ne pouvait détacher ses yeux du sang qui s'écoulait d'elle.

– Est-ce qu'elle va aller mieux? murmura-t-il.

– Je ne le sais pas encore. Tout dépend de ce que nous arriverons à retirer et de l'ampleur de l'hémorragie.

Judith gémit et commença à s'agiter.

– Faites-la tenir tranquille, ou elle va nous compliquer la tâche.

– Doucement, Judith, murmura Gavin en prenant ses mains dans les siennes.

Elle ouvrit les yeux.

– Gavin?

– Oui. Ne parlez pas. Restez calme. Tout ira bien.

Elle ne semblait pas consciente de son état. Mais soudain une violente contraction la secoua. Ses doigts s'agrippèrent à ceux de Gavin.

– Que m'arrive-t-il ? demanda-t-elle d'un air dérouté.

La reine et Joan s'agenouillèrent près d'elle, tentant de la rassurer par leur présence. Un autre spasme tordit son corps.

– Venez, nous devons l'aider maintenant, dit la sage-femme.

– Gavin ! s'écria Judith, redoutant la prochaine douleur.

– Doucement, mon amour. Tout ira bien. Nous aurons d'autres enfants.

Les yeux de Judith s'agrandirent d'horreur.

– Enfant ? Mon bébé ? Je suis en train de perdre mon bébé ?

Elle était au bord de l'hystérie.

– Judith, je vous en prie, dit Gavin en lui caressant tendrement le front. D'autres enfants naîtront.

Une douleur différente la frappa comme un coup de fouet. Elle venait de se souvenir.

– Je suis tombée dans les escaliers, dit-elle d'une voix blanche. Je vous ai vu au lit avec votre maîtresse et je suis tombée...

– Judith, ce n'est pas le moment de...

– Ne me touchez pas !

– Judith, plaida-t-il.

– Êtes-vous déçu que je ne sois pas morte en même temps que mon enfant ? (Elle refoula ses larmes.) Allez la rejoindre. Vous la désirez tellement ; et elle vous accueillera à bras ouverts !

– Judith... commença Gavin.

Mais la reine lui prit le bras.

– Je crois qu'il vaut mieux que vous partiez.

– Oui, admit-il finalement.

Stephen l'attendait dehors.

– L'enfant est mort et je ne sais pas si Judith vivra, répondit Gavin à sa question muette.

– Elles ne te permettent pas de rester près d'elle ?

– C'est Judith qui ne le veut pas.

Stephen entraîna silencieusement son frère vers

la cour du palais. L'aube commençait à poindre sur un ciel gris. Ils s'assirent sur un banc.

– Que faisait-elle dans les couloirs en pleine nuit ? demanda Stephen.

– Je l'ignore. Quand je t'ai quitté, je me suis effondré sur un lit – le premier que j'ai trouvé en haut des escaliers.

– Peut-être s'est-elle réveillée et est-elle partie à ta recherche.

Gavin garda le silence.

– Il y a autre chose, n'est-ce pas ?

– Oui. Quand Judith m'a vu, j'étais dans les bras d'Alice.

Jamais Stephen ne s'était permis de juger Gavin. Mais cette fois, c'était trop !

– Tu aurais pu tuer Judith ! Et pour quoi ? Cette garce...

Il s'interrompit devant la mine effondrée de Gavin.

– Tu étais trop soûl pour vouloir une femme.

Gavin leva un regard perdu dans le vide.

– Je ne l'ai pas emmenée au lit, dit-il calmement. Je dormais et un bruit m'a réveillé. Alice était allongée près de moi. Je n'étais pas assez ivre pour lui avoir fait l'amour sans me le rappeler.

– Alors pourquoi était-elle avec toi ?

– Je n'en sais rien.

– Moi je le sais ! lança Stephen, les dents serrées. Tu es un homme sensé, sauf quand il s'agit de cette garce !

Pour la première fois, Gavin ne défendit pas Alice.

– Tu n'as jamais été capable de la voir telle qu'elle est, poursuivit Stephen. Ne sais-tu pas qu'elle couche avec la moitié des hommes de la cour ?

Gavin le regarda d'un air interloqué.

– Tu peux me regarder tant que tu voudras, cela ne changera rien à la vérité : Alice se donne à n'importe qui, pourvu qu'il soit assez bien monté pour la satisfaire.

– Si c'est vrai, c'est alors moi qui l'ai rendue ainsi. Elle était vierge quand je l'ai connue.

– Vierge ! Laisse-moi rire ! Le comte de Lancashire jure qu'il l'a prise alors qu'elle avait à peine douze ans.

Gavin n'arrivait pas à croire une telle horreur.

– Regarde ce qu'elle a fait de toi. Elle t'a utilisé – et tu le lui as permis. Tu en redemandais même davantage. Dis-moi, quelle méthode a-t-elle employée pour t'empêcher d'aimer Judith dès le premier jour ?

Les yeux dans le vague, Gavin se rappela la scène dans le jardin.

– Elle a menacé de se tuer si j'aimais mon épouse.

Stephen s'adossa contre le mur.

– Et tu l'as crue ? Cette femme commettrait des milliers de meurtres plutôt que de toucher à un seul de ses propres cheveux !

– Mais je l'avais demandée en mariage, persista Gavin. Avant même de connaître l'existence de Judith.

– Et elle a préféré choisir la fortune d'Edmund Chatworth.

– Mais son père...

– Gavin ! Es-tu aveugle à ce point ? Crois-tu vraiment que son ivrogne de père donne des ordres à quiconque ? Même ses serviteurs ne lui obéissent pas ! S'il avait tant d'autorité sur elle, penses-tu qu'elle aurait pu se rendre si facilement à vos rendez-vous nocturnes ?

Gavin avait du mal à croire cela d'Alice. Elle était si fragile, délicate et timide. Quand elle levait vers lui ses yeux pleins de larmes, son cœur était prêt à fondre pour elle. Il se souvenait de ce qu'il avait ressenti quand elle avait menacé de se tuer. Il aurait fait n'importe quoi pour elle. Cependant, son amour pour Judith avait pris le dessus.

– Tu n'es pas convaincu, remarqua Stephen.

– Il est difficile d'anéantir un rêve. Elle est si belle.

– Oui. Et c'est seulement sa beauté que tu as aimée. Tu ne t'es jamais posé de questions sur le reste. Tu dis que tu ne l'as pas amenée au lit. Alors comment y est-elle arrivée ?

Gavin ne répondit pas.

– Elle s'est déshabillée et s'est glissée à tes côtés. Ensuite, elle a envoyé quelqu'un chercher Judith.

Gavin se leva, incapable d'en entendre plus.

– Je dois aller voir si Judith va bien, murmura-t-il en se dirigeant vers le palais.

Depuis l'âge de seize ans, Gavin s'était consacré au domaine Montgomery. Contrairement à ses frères, il n'avait pas eu le loisir de courtiser les femmes et de comprendre leur nature. Il en avait aimé beaucoup, mais toujours pour le temps bref du plaisir, sans jamais approfondir la relation. Dans son ignorance, il s'imaginait que toutes les femmes ressemblaient au souvenir qu'il gardait de sa mère – jolie, douce et tendre. Dès le premier regard, Alice lui avait semblé réunir toutes ces qualités et il était aveuglément tombé amoureux d'elle.

Judith fut la première femme qu'il connut vraiment. Au début, elle l'avait rendu furieux. Elle manquait d'obéissance et s'obstinait à se mêler de ce qui ne la concernait pas. Très belle, elle était cependant inconsciente de sa beauté et ne passait pas son temps à choisir les tenues qui la mettraient en valeur. Joan s'en chargeait pour elle. Judith n'était pas l'image même de la féminité et de la douceur – pourtant, elle avait réussi à ravir le cœur de Gavin. Il aimait sa franchise, son courage, sa générosité – et en plus elle le faisait rire. Alice ne possédait pas l'ombre d'un sens de l'humour.

Gavin se tenait devant la chambre de Judith. Il n'aimait plus Alice, mais pouvait-elle être aussi perfide que Stephen l'affirmait ?

La porte s'ouvrit devant la sage-femme.

– Comment va-t-elle ? demanda-t-il en lui agrippant le bras.

– Elle dort. L'enfant était mort-né.

Gavin inspira profondément.
– Est-ce qu'elle s'en sortira ?
– Il est trop tôt pour le dire. Elle a perdu beaucoup de sang. Je ne sais pas si c'est seulement dû à la fausse couche ou s'il y a un autre problème.
Gavin devint livide, ne voulant pas croire que Judith pût souffrir d'autre chose.
– Depuis combien de temps êtes-vous mariés ?
– Près de quatre mois, répondit-il, surpris de cette question.
– Et elle était vierge quand vous l'avez épousée ?
– Oui, affirma-t-il, se rappelant la douleur qu'il lui avait causée.
– La grossesse était très avancée. L'enfant a sans doute été conçu la première nuit de votre mariage. C'est peut-être pourquoi elle a perdu tant de sang. Mais nous ne pouvons encore rien affirmer.
Elle se tourna pour partir, mais Gavin la retint.
– Comment le saurez-vous ?
– Quand l'hémorragie cessera et qu'elle sera encore en vie.
– Vous disiez qu'elle dormait. Puis-je aller la voir ?
La vieille femme fut secouée d'un rire ironique.
– Ah, les jeunes hommes ! La contradiction ne vous fait pas peur. Vous couchez avec une femme pendant qu'une autre vous attend. Puis vous retournez vers la deuxième. Vous devriez choisir l'une ou l'autre.
Gavin ravala sa réponse, mais son regard menaçant effaça le sourire du visage de la sage-femme.
– Oui, vous pouvez aller la voir, dit-elle avant de s'éloigner.

La pluie tombait à verse. Le vent hurlait dans les arbres, pliant leurs branches jusqu'à terre. Non loin, l'un d'eux se brisa et tomba dans un craquement sinistre. Mais les quatre personnes rassemblées devant le petit cercueil étaient indifférentes à l'eau qui pénétrait leurs vêtements et les glaçait jusqu'aux os.

Helen se tenait près de John, cherchant l'appui et le réconfort de ses bras solides. Ses yeux étaient secs et brûlants de douleur. Stephen restait à côté de Gavin, prêt à lui venir en aide.

Quand ils s'éloignèrent de la tombe, John prit gentiment le bras de Helen pour la soutenir. Stephen tenait Gavin par l'épaule. John et Stephen se regardèrent. Ils avaient l'impression de guider deux aveugles égarés dans ce cimetière bouleversé par l'orage. Ils les laissèrent dans un mausolée, le temps d'aller chercher les chevaux.

Gavin s'assit lourdement sur un banc de pierre. L'enfant était un garçon. Son premier fils. Et il était mort par sa faute. Il enfouit son visage dans ses mains.

– Gavin, murmura Helen en s'asseyant à ses côtés et en posant un bras sur ses épaules.

Ils s'étaient si peu parlé depuis qu'Helen avait prétendu qu'elle préférerait tuer sa fille plutôt que de la lui donner en mariage. Mais au fil des mois, bien des choses avaient changé. Helen avait compris ce qu'aimer signifiait, et elle reconnaissait à présent chez Gavin les signes d'un amour sincère. Elle avait vu sa douleur devant la mort de l'enfant, sa peur de perdre Judith.

Gavin regarda sa belle-mère. Il n'y avait aucune animosité en lui. Il se souvenait seulement qu'Helen était proche de la femme qu'il aimait. Il passa un bras autour d'elle, plus pour chercher refuge que pour la consoler. C'était Helen qui le soutenait, Helen qui sentit la chaleur de ses larmes. Et finalement, elle laissa elle aussi libre cours à ses pleurs.

Joan était assise près de sa maîtresse endormie. Le visage de Judith était livide, ses cheveux humides de sueur.

– Elle sera bientôt rétablie, répondit Joan à la question muette de Gavin.

– Je n'en suis pas sûr, dit-il en touchant la joue brûlante de sa femme.

– Elle a fait une très mauvaise chute, remarqua Joan en regardant attentivement Gavin.

Il se contenta de hocher la tête, plus absorbé par Judith que par la conversation.

– Qu'avez-vous l'intention de lui faire ?

– Lui faire ? répéta-t-il, surpris. J'espère seulement la revoir à nouveau en bonne santé.

– Je parlais de lady Alice, précisa Joan. Vous devez la punir pour sa fourberie ! Ma lady aurait pu mourir à cause d'elle.

– Ne dis pas cela, gronda Gavin.

– Je vous le redemande : quelle punition lui infligerez-vous ?

– Tiens ta langue, femme ! Je ne sais rien de cette fourberie dont tu parles.

– Non ? Alors, laissez-moi vous raconter quelque chose. Il y a une servante dans la cuisine qui pleure en ce moment même toutes les larmes de son corps. Il paraît que lady Alice lui a donné une pièce d'or pour qu'elle conduise ma lady à vous quand vous étiez au lit avec cette putain. La fille admet qu'elle aurait fait n'importe quoi pour avoir cette pièce, mais de là à commettre un meurtre... Elle dit que l'enfant est mort par sa faute, que lady Judith mourra peut-être aussi, et qu'elle ira en enfer pour cela.

Gavin comprit qu'il était temps d'affronter la vérité.

– Je veux parler à cette fille, déclara-t-il calmement.

Joan ne se le fit pas dire deux fois.

– Je vais la chercher, dit-elle en se levant.

Un moment plus tard, elle revenait, traînant derrière elle la servante tremblante de peur.

– Voilà cette souillon ! lança-t-elle en la poussant méchamment vers Gavin. Regarde ma maîtresse. C'est à cause de toi qu'elle en est là, elle qui n'a jamais fait de mal à personne et a toujours protégé les vermines de ton espèce.

– Du calme ! ordonna Gavin.

La fille avait vraiment l'air effrayée.

– Dis-moi ce que tu sais sur l'accident de mon épouse.

– Accident ! ricana Joan avant de s'interrompre devant le regard noir de Gavin.

La fille raconta son histoire d'une voix hésitante et hachée. Finalement, elle se jeta aux pieds de Gavin.

– Je vous en prie, Monseigneur, sauvez-moi. Lady Alice me tuera !

Le visage de Gavin resta de glace.

– Tu implores mon aide ? Quelle aide as-tu apportée à ma femme ? Ou à notre enfant ? Veux-tu que je te montre l'endroit où on l'a enterré ?

– Non ! sanglota-t-elle, la tête touchant terre.

– Lève-toi ! ordonna Joan. Tu souilles notre sol !

– Emmène-la, dit Gavin. Sa vue m'est insupportable.

Joan attrapa la fille par les cheveux et la sortit brutalement de la chambre.

– Joan, la rappela Gavin. Conduis-la à John Bassett et dis-lui d'assurer sa sécurité.

– Sa sécurité ! explosa Joan, les yeux brillants de fureur. Oui, Monseigneur, se reprit-elle aussitôt d'un ton soumis.

Elle ferma la porte tout en tenant fermement le bras de la fille.

– Elle tue le bébé de ma lady et j'assurerais sa sécurité ? marmonna-t-elle. Non, elle aura ce qu'elle mérite.

Elle s'apprêta à la jeter au bas des escaliers.

– Arrête ! gronda John Bassett.

Il ne s'était jamais beaucoup éloigné de la chambre de Judith, ces derniers jours.

– C'est la fille que lady Alice a payée ?

Tout le monde au château était au courant de sa forfaiture.

– Oh, je vous en prie, supplia la servante en tombant à genoux. Ne la laissez pas me tuer. Je jure de ne plus recommencer.

John lança un regard dégoûté à Joan et aida la fille à se relever. Joan resta un moment immobile à les suivre des yeux tandis qu'ils s'éloignaient.

– Dommage qu'il l'ait emmenée, dit une voix tranquille derrière elle. Tu m'aurais évité une corvée.

Joan se retourna pour faire face à Alice Chatworth.

– Je préférerais vous voir, vous, en bas des escaliers ! jeta-t-elle méchamment.

Les yeux bleus d'Alice étincelèrent.

– Tu me paieras cela de ta vie !

– Ici ? Maintenant ? ironisa Joan. Non, ce n'est pas votre genre. Vous payez les autres pour faire votre sale boulot – et ensuite vous minaudez comme une parfaite innocente.

Personne n'avait jamais osé s'adresser ainsi à Alice !

– Allons ! la provoqua Joan. Pourquoi hésiter ? Je suis bien placée pourtant : juste au-dessus des escaliers.

Alice fut bien tentée de la pousser, mais Joan lui semblait trop forte et elle ne voulait pas risquer de s'engager dans une lutte... et de perdre.

– Votre vie ne tient plus qu'à un fil, maintenant, menaça Alice.

– Je penserai à me méfier de ce qui se passe dans mon dos, rétorqua Joan d'un ton sarcastique. C'est bien ce que vous vouliez dire, n'est-ce pas ? conclut-elle en éclatant de rire.

Son rire continua de résonner tandis qu'elle regagnait la chambre de sa maîtresse.

La sage-femme et Gavin étaient penchés sur Judith.

– La fièvre a commencé, déclara la vieille femme. Il ne nous reste plus qu'à prier.

28

Judith rêvait. Son corps brûlant était douloureux et son esprit voguait au milieu de scènes incompréhensibles. Gavin était là et lui souriait, mais son sourire avait l'air faux. Alice Chatworth se tenait derrière lui, les yeux éclatants de triomphe.

– J'ai gagné, murmurait-elle. J'ai gagné !

Judith s'éveilla peu à peu de ce rêve qui lui parut réel, tant son corps la faisait souffrir. Elle tourna la tête et vit Gavin sur une chaise, à côté du lit. Même endormi, il paraissait tendu, comme sur ses gardes. Son visage était pâle, ses joues creusées, de larges cernes entouraient ses yeux.

Judith fut déroutée un moment, se demandant pourquoi Gavin semblait si épuisé et pourquoi elle-même avait si mal. Ses mains glissèrent sur son ventre. Il n'était plus rond, mais plat et vide. Oh, comme ce vide était horrible !

Tout lui revenait en mémoire, à présent. La traîtrise de Gavin, alors qu'elle commençait à croire à son amour et à envisager une vie heureuse avec leur enfant. Quelle naïve elle avait été !

– Judith ! dit Gavin d'une voix étrangement éraillée.

Il vint rapidement s'asseoir sur le lit et posa une main sur son front.

– La fièvre est tombée, constata-t-il, soulagé. Comment vous sentez-vous ?

– Ne me touchez pas. Éloignez-vous de moi.

Gavin hocha la tête, les lèvres serrées.

Avant que l'un ou l'autre pût parler à nouveau, la porte s'ouvrit devant Stephen. L'expression d'inquiétude sur son visage laissa place à un large sourire quand il vit que Judith était consciente. Il s'approcha d'elle en hâte.

– Douce petite sœur, murmura-t-il. Nous pensions vous avoir perdue.

L'émotion fut trop forte pour Judith, qui ne put réprimer ses larmes. Stephen fronça les sourcils et interrogea Gavin du regard. Celui-ci secoua la tête en signe d'impuissance.

– Allons, ma douce, dit gentiment Stephen en prenant Judith dans ses bras. Ne pleurez pas.

– C'était un garçon ? souffla-t-elle.

Stephen acquiesça silencieusement.

– Je l'ai perdu ! sanglota-t-elle avec désespoir. Oh, Stephen, je désirais tant cet enfant. Il aurait été doux, gentil et si beau !

– Oui, dit Stephen. Grand et brun, comme son père.

Judith redoubla de pleurs.

– Oui ! Au moins mon père ne s'était pas trompé en pensant avoir un petit-fils. Mais il est mort !

Stephen regarda son frère. Il ne savait pas qui, de Gavin ou Judith, était le plus blessé.

C'était la première fois que Gavin voyait pleurer Judith. Elle lui avait montré de l'hostilité, de la passion, de l'humour, mais jamais cette souffrance intolérable. Et le plus horrible était qu'elle le mettait à l'écart de sa douleur.

– Vous devez vous reposer, Judith, déclara Stephen. Vous avez été très malade.

– Combien de temps ?

– Trois jours. La fièvre a failli vous emporter.

Elle renifla, puis s'écarta soudain de lui.

– Stephen ! Vous deviez partir pour votre mariage !

Il sourit.

– Il avait lieu ce matin.

– Alors vous avez laissé votre future épouse seule à l'autel ?

– J'espère qu'elle a appris que je ne serais pas là et qu'elle n'aura pas été si loin.

– Lui avez-vous envoyé un message ?

Il secoua la tête.

– Pour tout vous dire, j'ai oublié. Nous étions tous très inquiets pour vous. Vous avez frôlé la mort, vous savez.

Elle voulait bien le croire : elle ne s'était jamais sentie aussi faible et épuisée.

– Maintenant, il faut vous rendormir.

– Et vous irez rejoindre votre promise ? demanda Judith tandis qu'il l'aidait à s'allonger.

– Je peux partir, à présent que vous êtes hors de danger.

– Promettez-moi, murmura-t-elle d'une voix lasse. Je ne voudrais pas que votre mariage commence comme le mien. Vous méritez le bonheur.

Stephen jeta un rapide coup d'œil à son frère.

– Je vous le promets, dit-il. Je prendrai la route dans l'heure qui suit.

Elle ferma les yeux.

– Merci, souffla-t-elle en glissant dans le sommeil.

Gavin se leva en même temps que son frère.

– J'avais moi aussi oublié ton mariage.

– Tu avais d'autres choses à penser. Est-elle toujours en colère contre toi ?

Gavin lui adressa un regard cynique.

– Plus qu'en colère, je dirais.

– Parle-lui de ce que tu ressens. Dis-lui la vérité sur Alice. Elle te croira.

Gavin tourna la tête vers son épouse endormie.

– Tu dois faire tes bagages, maintenant.

– Oui, si je ne veux pas m'attirer les foudres de cette Écossaise.

Ils quittèrent la chambre, fermant délicatement la porte derrière eux.

– Amène-nous ta femme à Noël, dit Gavin en souriant.

– Oui. Et tu parleras à Judith ?

Gavin hocha la tête.

– Quand elle ira mieux et que j'aurai pris un bain.

Stephen sourit. Gavin n'avait pas quitté le chevet de Judith depuis trois jours et trois nuits. Il serra affectueusement son frère dans ses bras et s'en alla.

La chambre était obscure quand Judith s'éveilla à nouveau. Joan dormait sur une paillasse, près de la porte. Judith se sentait mieux.

– Joan, murmura-t-elle.

La servante se leva instantanément.

– Milady ! s'exclama-t-elle, un grand sourire aux lèvres. Lord Gavin disait que vous étiez rétablie, mais je ne le croyais pas.

– Je voudrais un peu d'eau.

– Tout de suite, s'empressa Joan avec joie.

Elle lui présenta bientôt une coupe d'eau fraîche.

– Doucement, dit-elle tandis que Judith buvait à en perdre haleine.

La porte s'ouvrit et elles regardèrent toutes les deux Gavin qui entrait, un plateau à la main.

– Je ne veux pas le voir, déclara fermement Judith.

– Laisse-nous ! ordonna Gavin à Joan.

La servante s'éclipsa rapidement.

– Vous vous sentez mieux ? demanda Gavin en posant le plateau sur la table de nuit.

Elle le regarda sans répondre.

– Je vous ai apporté un potage et du pain. Vous devez être affamée.

– Je ne veux rien venant de vous.

– Judith, vous vous comportez comme une enfant. Nous reparlerons de tout cela quand vous serez guérie.

– Croyez-vous que le temps changera quelque chose ? Est-ce qu'il me rendra mon enfant ? Est-ce qu'il me laissera le bercer, l'aimer ou même voir la couleur de ses yeux ?

– C'était aussi mon enfant, et je l'ai aussi perdu.

– Ainsi, vous avez au moins appris cela ! Devrais-je compatir, alors que vous ne me croyiez pas quand je vous disais qu'il était de vous ? Ou était-ce encore un de vos mensonges ?

– Je ne vous ai pas menti, Judith. Si vous consentiez à m'écouter, je vous expliquerais tout.

– Écouter ? répéta-t-elle d'une voix sans timbre. M'avez-vous jamais écoutée ? J'ai essayé de vous plaire depuis le début, mais vous ne me renvoyiez que de la colère. J'ai toujours senti que vous me compariez à une autre.

– Judith, murmura-t-il en lui prenant la main.

– Ne me touchez pas !

Ses yeux gris s'assombrirent.

– J'ai quelque chose à dire, et rien ne pourra m'en empêcher. Vous avez raison pour une grande part. J'aimais Alice, ou du moins le pensais-je. Je suis tombé amoureux d'elle avant même de l'avoir entendue parler. J'ai créé à travers elle la femme idéale, et elle est devenue cette femme. Nous ne passions pas beaucoup de temps ensemble, juste quelques moments volés ici et là. Je n'ai jamais su qui elle était vraiment, mais seulement qui je voulais qu'elle fût.

Le visage de Judith ne trahissait aucune pensée, aucune émotion.

– J'ai lutté contre mon amour pour vous, poursuivit-il. Je pensais que mon cœur appartenait à Alice. Mais je sais maintenant que c'était faux. Judith, je vous aime depuis longtemps. Peut-être depuis la première minute. Je sais à présent que je vous aime de toute mon âme.

Il s'interrompit et la regarda, mais l'expression de Judith n'avait pas changé.

– Devrais-je me jeter dans vos bras et vous déclarer ma passion ? demanda-t-elle. Est-ce cela que vous attendez ?

Gavin se figea. Peut-être attendait-il cela...

– Votre goût de la débauche a tué mon enfant !

– Non ! s'écria-t-il avec ferveur. J'ai été pris dans un piège. Stephen et moi avions trop bu. Un léopard aurait pu se glisser dans mon lit sans que je m'en rende compte !

Elle eut un sourire glacé.

– Avez-vous apprécié ses griffes ? Vous les aimiez à une époque.

Gavin la regarda froidement.

– J'ai essayé de vous expliquer ce que je ressens et ce qui s'est passé, mais vous ne voulez pas écouter. Je vous ai déclaré mon amour – que puis-je faire d'autre ?

– Vous ne semblez pas comprendre. Que vous m'aimiez m'importe peu. Votre amour n'a aucune valeur, puisque vous l'offrez à n'importe qui. Il fut un temps où j'aurais tout donné pour entendre ces mots, mais ce temps est révolu. Il a fallu la mort de mon enfant pour me délivrer de mes illusions sur l'amour.

Gavin la dévisagea, ne sachant plus quoi dire.

– J'ai eu tort sur tous les plans. Vous avez raison d'être en colère.

– Non, sourit-elle. Je ne suis pas en colère. Je ne vous hais pas non plus. Il m'est simplement intolérable de vivre près de vous.

– Que voulez-vous dire ?

– Je prierai le roi d'intervenir auprès du pape pour obtenir le divorce. Je ne crois pas que le pape refusera, après ce qui s'est passé. Vous aurez la moitié de mes terres et...

Elle s'interrompit, car Gavin venait de se lever.

– Je vous enverrai Joan, dit-il en partant. Vous devez manger.

Judith se laissa aller contre les oreillers. Elle se sentait vidée. Comment pourrait-elle croire à l'amour de Gavin, alors qu'une seule image la hantait : Alice, nue, allongée près de lui ?

Pendant trois jours, Judith ne quitta pas le lit, dormant beaucoup et se nourrissant très peu. Elle refusait de voir qui que ce soit, et plus particulièrement son mari.

Joan, qui préférait garder ses opinions pour elle-même, lui parla à peine. Mais au matin du quatrième jour, elle décida d'intervenir :

– Vous ne resterez pas au lit, aujourd'hui, dit-elle en tirant les couvertures. Vous avez besoin d'exercice.

Elle lui présenta une robe de velours gris bordée de vison.

– Je ne veux pas me lever, déclara Judith en se tournant de l'autre côté.

– Il le faut !

Judith était encore trop faible pour résister. Peu de temps après, Joan l'installait sur un fauteuil près de la fenêtre. La brise d'été caressait agréablement son visage et la vue sur le jardin était splendide. Appuyant sa tête contre l'embrasure de la fenêtre, elle se mit à regarder les gens qui passaient en bas.

– Gavin ? dit une voix douce à ses côtés.

Il était assis dans le jardin, un endroit où il se rendait souvent ces derniers jours. Il se retourna pour faire face à Alice, radieuse dans la lumière du matin. Jusqu'ici, se méfiant de ses propres réactions, il s'était refusé à provoquer une explication avec elle.

– Comment osez-vous vous montrer à moi ?

– Je vous en prie, laissez-moi vous expliquer...

– Non. Rien ne peut justifier ce que vous avez fait.

Alice détourna la tête, et quand elle le regarda à nouveau ses yeux brillaient de larmes. Comment avait-il pu être un jour sensible à ses larmes ? Judith était si différente ! Lorsqu'elle pleurait, ses sanglots semblaient venir du tréfonds de son être et vous bouleversaient l'âme.

– Je l'ai fait pour vous, dit Alice. Mon amour pour vous est si fort que...

– Ne me parlez pas d'amour ! Je me demande si vous connaissez ce sentiment. Savez-vous que j'ai parlé à la fille que vous avez payée ? Votre plan était parfaitement au point, n'est-ce pas ?

– Gavin, je...

Il la saisit par les deux bras et la secoua violemment.

– Vous avez tué mon enfant ! Cela ne signifie-t-il rien pour vous ? Et vous avez presque tué mon épouse – la femme que j'aime.

Il la repoussa.

– Je pourrais vous traîner en justice pour cela, mais je suis aussi coupable que vous. J'ai été idiot de ne pas voir clair en vous.

Alice leva la main et le gifla. Il la laissa faire, car il pensait le mériter.

– Disparaissez de ma vue à jamais, dit-il d'une voix blanche.

Alice tourna les talons et quitta le jardin en courant presque.

Ela surgit de l'ombre.

– Je vous avais dit de ne pas aller vers lui. Il est encore trop en colère pour vous écouter.

Elle s'étonna de voir sa maîtresse se précipiter à travers la cuisine et se réfugier dans le petit passage qui y menait, à l'arrière du château. Elle la suivit et la trouva appuyée contre un mur, secouée de sanglots. Cette fois, ses pleurs étaient véritables.

– Il m'aimait, hoqueta-t-elle. Mais c'est fini, maintenant. Je n'ai plus personne.

Ela la prit tendrement dans ses bras.

– Tout doux, mon petit cœur. Je suis là. J'ai toujours été là.

Elle la berça, comme elle le faisait lorsque Alice était une enfant et pleurait parce que sa mère la délaissait.

– Lord Gavin n'est pas le seul homme sur terre. Vous êtes tellement belle. Il y en aura beaucoup d'autres pour vous aimer.

– Non ! s'écria Alice avec tant de violence que tout son corps trembla. Je le veux lui ! Je ne veux que Gavin !

Ela tenta de la calmer, mais n'y parvint pas.

– Alors, vous l'aurez, dit-elle finalement.

Alice leva la tête, les yeux gonflés de pleurs.

– Tu me le promets ?

Ela hocha la tête.

– Ne vous ai-je pas toujours donné ce que vous vouliez ?

– C'est vrai, acquiesça Alice. Et tu me donneras Gavin ?

– Je le jure.

Alice eut un faible sourire. Puis, dans un rare élan d'affection, posa un baiser sur la joue d'Ela.

Les yeux de la vieille servante s'emplirent d'émotion. Bien sûr qu'elle ferait n'importe quoi pour cette petite fille incomprise de tous.

– Venez, dit-elle. Nous devons vous confectionner une nouvelle robe.

– Oui, sourit Alice en reniflant. Un marchand a apporté de superbes laines, ce matin.

– Allons les voir.

Judith avait regardé par la fenêtre, juste le temps de voir Gavin parler à sa maîtresse.

– Joan, je voudrais voir le roi, déclara-t-elle en se détournant.

– Milady, vous ne pouvez pas demander au roi Henri de venir ici.

– Je n'en ai pas l'intention. Aide-moi à m'habiller et je lui rendrai visite.

– Mais...

– Ne discute pas mes ordres !

– Très bien, milady, se plia Joan à contrecœur.

Une heure plus tard, Judith pénétrait dans la grande salle, s'appuyant lourdement au bras de sa servante.

Un jeune homme accourut pour lui offrir son appui.

– Alan Fairfax, milady, si vous ne vous souvenez pas.

– Je me souviens très bien de vous, dit-elle en s'efforçant de sourire. C'est très gentil de m'aider.

– Tout le plaisir est pour moi. Vous désirez voir le roi ?

Elle hocha gravement la tête, et Alan la conduisit à la chambre du roi. C'était une pièce élégante, avec des tentures de lin, des meubles finement ciselés, un plancher de chêne couvert de tapis persans.

– Comtesse ! l'accueillit Henri avec un plaisir mêlé d'inquiétude. Vous n'auriez pas dû quitter votre chambre.

Il posa le manuscrit qu'il était en train de lire et alla au-devant d'elle. Alan et lui l'aidèrent à s'installer sur une chaise.

– Vous êtes très aimables, les remercia-t-elle. Je souhaiterais m'entretenir avec vous en privé, Votre Majesté.

Le roi fit un signe à Alan, qui se retira aussitôt.

– Eh bien, qu'avez-vous de si important à me dire ?

Judith baissa la tête.

– Je voudrais demander le divorce.

Le roi resta silencieux un moment.

– Un divorce est une grave entreprise. Avez-vous un bon motif ?

– Adultère, dit-elle d'un ton égal.

Henri considéra la question.

– Si une telle procédure est acceptée, vous n'aurez plus le droit de vous marier.

– Je ne le souhaite pas. J'entrerai dans un couvent.

– Et Gavin ? Lui refuserez-vous le droit de se remarier et d'assurer sa descendance ?

– Non, murmura-t-elle. Je ne lui dénierai aucun de ses droits.

Henri l'observait avec attention.

– Gavin s'était-il engagé avec quelqu'un d'autre ?

Judith releva le menton.

– Il avait demandé à une autre femme de l'épouser.

– Et cette femme est... ?

– Lady Alice Chatworth.

– Ah, soupira Henri en se radossant à son siège. Et maintenant qu'elle est veuve, il désire l'épouser ?

– Oui.

Il fronça les sourcils.

– Je n'aime pas les divorces, mais je n'aime pas non plus que mes sujets soient malheureux. Cela vous coûtera beaucoup. Je suis sûr que le pape exigera que vous rejoigniez un couvent.

– Je suis prête à le faire.

– J'ai besoin de réfléchir avant de prendre une décision, lady Judith. Alan, appela-t-il. Reconduisez la comtesse à sa chambre et veillez à ce qu'elle se repose.

Alan, un large sourire aux lèvres, offrit son bras à Judith.

– Lady Judith paraît bien triste, remarqua la reine qui venait de la croiser en entrant. Je comprends ce qu'elle ressent après avoir perdu son enfant.

Elle prit place près de son mari.

– Ce n'est pas cela, ou du moins pas seulement cela, déclara le roi. Elle demande le divorce.

– Ce n'est pas possible ! s'exclama Élisabeth. J'ai rarement vu un couple aussi amoureux. Ils se disputent, comme tous les jeunes mariés. Mais j'ai vu lord Gavin la prendre dans ses bras et l'embrasser.

– Il semble qu'elle ne soit pas la seule femme que lord Gavin embrasse.

Élisabeth garda le silence. La plupart des hommes étaient infidèles. Elle savait que même son mari...

– C'est pour cette raison qu'elle demande le divorce ?

– Oui. Gavin aurait proposé le mariage à lady Alice Chatworth avant d'épouser Judith. C'est un contrat verbal et une cause de divorce. À condition que lady Alice accepte Gavin.

– Elle l'acceptera ! dit Élisabeth avec colère. Elle a tellement manigancé pour l'avoir.

– De quoi parlez-vous ?

Élisabeth lui relata rapidement ce que l'on racontait sur l'accident de Judith.

– Je n'aime pas cela, déclara Henri, les sourcils froncés. Gavin aurait dû être plus discret.

– Il y a un doute sur sa culpabilité : on ne sait pas

s'il a demandé à Alice de le rejoindre ou si c'est elle qui s'est glissée dans son lit.

Un petit rire secoua Henri.

– Pauvre Gavin. Je ne voudrais pas être à sa place.

– Lui avez-vous parlé ? Je ne pense pas qu'il souhaite divorcer.

– Mais s'il s'était engagé avec lady Alice avant son mariage...

– Dans ce cas, pourquoi a-t-elle épousé Edmund Chatworth ?

– Je vois, dit Henri d'un ton grave. J'ai l'impression que cette affaire est plus compliquée qu'il n'y paraît. Je parlerai à Gavin et à lady Alice.

– J'espère que vos investigations dureront longtemps.

– Je ne comprends pas.

– Si Judith est autorisée à se séparer de son mari, leur mariage prendra fin ; mais s'ils sont forcés à rester ensemble encore un moment, l'amour sera peut-être gagnant.

Henri sourit tendrement à sa femme. L'intelligence d'Élisabeth l'avait toujours ravi.

– Je crois que du temps passera avant que j'envoie un message au pape. Où allez-vous ? demanda-t-il en la voyant se lever.

– Parler à sir Alan Fairfax. Je me demande s'il serait prêt à aider une lady en détresse.

Henri la regarda d'un air dérouté, puis reprit son manuscrit.

– Allez, ma chère. Je suis sûr que vous vous chargerez très bien de tout cela.

La porte de la chambre s'ouvrit à toute volée devant Gavin. Judith leva les yeux du livre posé sur ses genoux.

– Vous avez demandé le divorce au roi ! hurla Gavin, les yeux noirs de fureur.

– Oui, répondit-elle fermement.

– Avez-vous l'intention de clamer nos différends à la terre entière ?

– Si cela peut me permettre de me libérer de vous.

Il la dévisagea durement.

– Vous êtes une femme obstinée ! Ne voyez-vous jamais qu'un seul côté des choses ? N'êtes-vous pas capable d'entendre raison ?

– Votre conception de la raison est différente de la mienne. Vous voulez que je vous pardonne vos infidélités. Mais je trouve que j'ai déjà assez fermé les yeux. J'ai décidé de me séparer de vous et d'entrer au couvent, comme j'aurais dû le faire depuis longtemps.

– Au couvent ! répéta-t-il, incrédule.

Puis un sourire moqueur étira ses lèvres. Il s'avança et passa un bras autour de ses épaules pour l'attirer à lui et l'embrasser. Il n'y avait aucune tendresse dans ses gestes, mais même sa dureté allumait le désir en Judith. Instinctivement, elle enlaça son cou et se serra contre lui. Soudain, il la relâcha, la laissant retomber sur les oreillers.

– Mettez-vous bien dans la tête que vous ne serez jamais libérée de moi, déclara-t-il. Quand vous serez convaincue que je suis l'homme dont vous avez besoin, venez me voir. Peut-être consentirai-je alors à vous reprendre.

Il tourna les talons et s'en alla avant que Judith ait pu prononcer un mot.

Joan se tenait sur le seuil de la porte, l'air complètement fascinée.

– Comment ose-t-il... commença Judith.

Elle s'interrompit en remarquant le regard de Joan.

– Pourquoi me regardes-tu ainsi ?

– Parce que vous avez tort. Cet homme vous aime, vous l'a dit, et vous ne voulez pas l'écouter. J'ai toujours été de votre côté depuis votre mariage, mais plus maintenant.

– Mais cette femme... plaida faiblement Judith.

– Ne pouvez-vous lui pardonner ? Il croyait l'aimer. Auriez-vous préféré qu'il soit assez indigne pour passer d'un amour à un autre sans aucune hésitation ni aucun remords ? Vous lui demandez l'impossible.

– Mais mon bébé ! s'écria Judith d'une voix brisée par les larmes.

– Je vous ai raconté la ruse d'Alice. Pourquoi encore tenir lord Gavin responsable de ce qu'il n'a pas fait ?

Judith garda le silence un moment. La perte de son enfant la blessait si durement. Peut-être avait-elle besoin d'en imputer la faute à quelqu'un, et Gavin était la victime toute trouvée. Elle savait que Joan avait raison à propos d'Alice. Cette nuit-là, tout s'était passé si vite ; mais maintenant, avec le recul, Judith se rendait compte que Gavin n'était pas coupable.

– Il dit qu'il vous aime, reprit Joan d'une voix plus calme.

– Ne fais-tu donc rien d'autre qu'écouter aux portes ? jeta Judith.

Joan sourit.

– J'aime savoir ce qui arrive aux personnes qui me sont chères. Il vous aime. Que ressentez-vous pour lui ?

– Je... je ne sais pas.

Joan poussa un juron qui fit presque sursauter Judith.

– Votre mère aurait dû vous apprendre autre chose que ce qui se passe dans les livres. Je crois n'avoir jamais vu une femme aimer un homme comme vous aimez lord Gavin. Vos yeux ne l'ont pas quitté depuis qu'il vous a enlevée de votre cheval, le jour du mariage. Cependant vous n'avez cessé de vous battre contre lui, sous n'importe quel prétexte... tout comme lui, ajouta-t-elle avant que Judith l'interrompe. Si vous arrêtiez de vous déchirer et faisiez quelques bébés, tous les deux ? Cela ne me déplairait pas d'élever vos petits.

Judith sourit à travers ses larmes.
– Mais il ne m'aime pas ; pas vraiment. Et même si c'est vrai, il est furieux contre moi. Devrais-je aller à lui et lui dire que je ne veux pas divorcer, que je... je...?
Joan éclata de rire.
– Vous ne pouvez même pas le dire. Vous l'aimez, n'est-ce pas ?
– Oui, répondit gravement Judith.
– Alors, nous avons du pain sur la planche. Il faut être stratégique. Vous n'irez pas à lui, sinon il s'en vantera pendant des années. Vous devriez être froide et logique au lieu de soupirer et de pleurer à chaudes larmes.
– Pleurer à chaudes larmes ! se révolta Judith.
– Vous voyez ce que je veux dire ? Un jour vous m'avez reproché de faire trop cas des apparences, et je vous ai répondu que vous ne vous en occupiez pas assez. Pour une fois, vous utiliserez votre beauté pour parvenir à vos fins.
– Mais comment ? Gavin me connaît trop maintenant. Mon apparence n'aura aucun effet sur lui.
– Vous croyez cela ? s'exclama Joan en riant. Suivez mes conseils et dans quelques jours lord Gavin se traînera à vos pieds.
– Je suis prête à tout pour voir cela, dit Judith en souriant.
– Alors laissez-moi faire. Il y a un marchand de vêtements d'Italie en bas...
– J'ai suffisamment de vêtements !
Joan lui adressa un sourire énigmatique.
– Ne vous inquiétez de rien et reposez-vous. Vous aurez bientôt besoin de toutes vos forces.

La nouvelle de la décision de Judith se répandit à la cour comme une traînée de poudre. Les divorces n'étaient pas chose rare, mais pas au sein d'un couple si nouvellement marié. La réaction des courtisans fut donc inhabituelle. Les femmes – héritières orphelines ou jeunes veuves – convoitaient

Gavin. Elles sentaient que son histoire d'amour avec Alice était finie et, puisque sa belle épouse n'avait pas su le retenir, elles voyaient en lui le parti idéal. Il serait bientôt libre et aurait à choisir une femme.

Mais les hommes ne couraient pas après Judith. Ils voyaient bien que la reine l'avait prise sous sa protection et qu'ils n'avaient pas intérêt à agir impulsivement. Ils savaient aussi que le roi, peu favorable aux divorces, éloignait habituellement de la cour les couples en instance de séparation. Or, ce n'était pas le cas pour Gavin et Judith, qui bénéficiaient d'un régime de faveur et étaient par conséquent intouchables. En outre, Gavin gardait toujours un œil jaloux sur son épouse aux yeux d'or. Gare à celui qui l'approcherait de trop près !

– Milady ?

Judith leva les yeux de son livre et sourit à Alan Fairfax. La nouvelle robe qu'elle portait était extrêmement simple, avec un décolleté carré et des manches longues et serrées. Mais sa couleur la rendait spéciale. Elle était noire, avec pour seul ornement un filigrane d'or et de rubis à l'encolure. Les cheveux de Judith étaient lâchés et retombaient en vagues flamboyantes sur l'étoffe sombre. Telle une perle dans un écrin de velours noir, la jeune femme resplendissait.

Alan resta un moment sans voix devant tant de beauté.

– Vous restez enfermée par une si magnifique journée ? réussit-il finalement à dire.

– Il semble que oui, sourit-elle. À dire vrai, je n'ai pas quitté ces murs depuis plusieurs jours.

– Alors, peut-être voudrez-vous m'accompagner pour une promenade ? proposa-t-il en lui offrant son bras.

– Avec plaisir, dit-elle en se levant et en lui prenant le bras.

Elle était heureuse de parler à un homme à nouveau. Depuis quelque temps, ils paraissaient tous curieusement timides et l'évitaient. Cette idée lui arracha un petit rire.

– Quelque chose vous amuse ? s'enquit Alan.

– Je pensais que vous étiez un homme courageux. Ces derniers jours, j'ai commencé à me demander si je n'avais pas la lèpre – ou même pire. Les hommes me fuient comme si j'étais la mort incarnée.

Ce fut au tour d'Alan d'éclater de rire.

– Ce n'est pas vous mais votre mari qu'ils craignent.

– Mais il ne sera peut-être... bientôt plus mon mari.

– Peut-être ? répéta-t-il en haussant un sourcil. Aurais-je entendu une note d'incertitude ?

Judith ne répondit pas tout de suite.

– J'ai bien peur d'être transparente, dit-elle finalement.

Il posa une main sur la sienne.

– Vous étiez très en colère, et vous aviez des raisons de l'être. Lady Alice...

Il s'interrompit en la sentant se raidir.

– Excusez-moi. J'ai manqué de tact en mentionnant son nom. Vous avez donc pardonné à votre mari ?

Judith sourit.

– L'amour existe-t-il sans le pardon ?

– Pourquoi n'allez-vous pas lui parler ?

– Vous ne connaissez pas Gavin ! Il serait trop heureux de son triomphe et en profiterait pour me faire la leçon.

Alan se mit à rire.

– Alors vous devez faire en sorte que ce soit lui qui vienne à vous.

– C'est exactement ce que ma servante a conclu, bien qu'elle ne m'ait donné aucune recette pour y parvenir.

– Il n'y a qu'un seul moyen. Gavin est un homme jaloux. Passez du temps avec un autre, et il comprendra vite son erreur.

– Mais avec qui ? demanda-t-elle.
Elle ne connaissait presque personne à la cour.
– Vous me blessez terriblement, déclara Alan d'un air comiquement désespéré.
– Vous ? Mais cette cause n'est pas la vôtre.
– Je crois pouvoir me forcer à passer du temps en votre compagnie. Ce sera une tâche difficile, mais je vous dois une faveur.
– Vous ne me devez rien.
– J'ai été l'instrument involontaire d'une duperie dirigée contre vous, et je tiens à m'amender.
– Une duperie ? Je ne comprends pas.
– C'est mon secret. Et puis, cette journée est trop belle pour la gâcher avec des choses sérieuses.
– Vous avez raison, approuva-t-elle. Nous nous connaissons si peu. Parlez-moi de vous.
Il lui adressa un sourire plein de malice.
– J'ai eu une vie très intéressante. Il me faudrait au moins une journée pour vous la raconter.
– Commençons tout de suite, alors, déclara Judith en riant.

29

Alan et Judith s'éloignèrent de l'agitation du château pour pénétrer dans le grand parc boisé situé à l'extérieur des murs. C'était une longue marche, mais tous deux appréciaient cette promenade.
Judith était ravie de la compagnie d'Alan. Il était très agréable et le temps passait à toute allure avec lui. De son côté, Alan était fasciné par la personnalité de Judith et l'éducation qu'elle avait reçue. Une enfance passée au milieu de manuscrits et de registres n'était pas chose courante – surtout pour une fille. Ce ne fut que tard dans l'après-midi que Judith évoqua son mariage. Elle parla de la part active qu'elle avait prise dans la gestion du domaine

Montgomery, faisant allusion à son entretien avec l'armurier. Alan commença à comprendre les sautes d'humeur de Gavin. Ce devait être difficile pour un homme de voir sa parole supplantée par celle de son épouse.

Ils continuèrent à parler gaiement jusqu'à ce que le soleil soit près de se coucher.

– Il faut rentrer, dit Alan. Mais je regrette que cette journée soit finie.

– Moi aussi, déclara Judith en souriant. J'ai passé un excellent moment. Et cela m'a fait du bien de quitter un peu la cour. Trop de ragots y circulent.

– Ce n'est pas un endroit désagréable – sauf si on est l'objet de ces bavardages.

– Comme moi en ce moment ?

– Oui. Jamais personne n'a fait autant jaser que vous.

– Sir Alan, lui reprocha-t-elle en riant. Vous êtes cruel avec moi.

Elle glissa amicalement la main sous son bras et lui sourit.

– C'est donc ici que vous vous cachiez ! siffla une voix tout près d'eux.

Judith se retourna pour se retrouver face à Alice.

– Il sera bientôt à moi ! ricana celle-ci en s'approchant un peu plus. Quand il sera libéré de vous, il me reviendra.

Judith recula. La lueur dans les yeux d'Alice semblait surnaturelle. Un rictus tordait ses lèvres, dévoilant la denture imparfaite qu'elle prenait tant de soin à cacher habituellement.

Alan vint se placer entre elle et Judith.

– Allez-vous-en ! dit-il d'une voix menaçante.

– Vous cachez-vous derrière votre amant ? grinça Alice, ignorant totalement Alan. Ne pouvez-vous attendre le divorce pour chercher d'autres hommes ?

Alan l'agrippa par les épaules.

– Partez et qu'on ne vous revoie pas. Si vous osez encore approcher lady Judith, vous aurez affaire à moi.

Alice s'apprêtait à parler, mais la pression des mains d'Alan lui fit changer d'avis. Elle tourna les talons et s'éloigna.

Alan regarda Judith qui suivait des yeux la silhouette d'Alice.

– Vous paraissez effrayée.

– Je le suis. Cette femme me donne des frissons. Il fut un temps où je la considérais comme une ennemie, mais je ressens presque de la pitié pour elle, maintenant.

– Vous avez un cœur d'or. D'autres l'auraient haïe pour ce qu'elle vous a fait.

– Je l'ai haïe. Peut-être en suis-je encore capable. Mais je ne peux pas lui imputer tous mes problèmes. Beaucoup ont été causés par moi-même et…

Elle s'interrompit et baissa la tête.

– ... et votre mari ?

– Oui, murmura-t-elle. Gavin.

Alan se tenait tout près d'elle. La nuit tombait et les derniers rayons du soleil entouraient Judith d'une auréole à la fois douce et flamboyante. Il comprit qu'il ne pourrait pas s'empêcher de l'embrasser. Prenant son menton d'une main, il souleva son joli visage.

– Merveilleuse Judith, murmura-t-il. Vous vous préoccupez trop des autres et pas assez de vous-même.

Il se pencha pour s'emparer de ses lèvres. Judith fut surprise, mais n'essaya pas de se dérober. Le baiser d'Alan était trop plein de tendresse pour qu'elle se sente agressée. Elle ne le trouva pas non plus particulièrement excitant. La douceur des lèvres d'Alan n'allumait aucun désir en elle.

Soudain, ce fut comme si un ouragan s'abattait sur eux. Judith fut violemment séparée d'Alan et projetée contre un arbre. Le souffle coupé, étourdie, elle regarda autour d'elle. Alan était au sol ; du sang coulait au coin de sa bouche et il massait sa joue meurtrie. Gavin le surplombait de toute sa hauteur. Il se pencha pour l'atteindre à nouveau.

– Gavin ! s'écria Judith en s'élançant sur lui.
Il la repoussa brutalement.
– Vous osez toucher ce qui m'appartient ? gronda-t-il. Vous me paierez cela de votre vie !
Alan se leva instantanément, prêt à tirer son épée. Ils s'affrontèrent du regard, chacun de leurs muscles tendu à l'extrême.
Judith vint se placer entre eux, face à Gavin.
– Vous voulez vous battre pour moi, après m'avoir volontairement écartée de vous ?
Gavin ne parut tout d'abord ni l'entendre ni s'apercevoir de sa présence. Puis, lentement, ses yeux quittèrent Alan pour glisser vers elle.
– Ce n'est pas moi qui vous ai écartée, dit-il calmement. C'est vous-même.
– C'est vous qui m'avez donné une raison de le faire ! explosa-t-elle. Vous avez fait de notre mariage une guerre, alors que j'essayais de vous offrir mon amour.
– Vous ne m'avez jamais offert votre amour.
Judith le dévisagea, sa colère commençant à s'évanouir.
– Gavin, je n'ai rien fait d'autre depuis que je vous ai épousé. Mais vous vouliez l'impossible. Vous vouliez que je sois… elle ! Je ne peux pas être autre chose que moi-même.
Elle baissa la tête pour cacher ses larmes.
Gavin fit un pas vers elle, puis regarda Alan avec haine.
Sentant la tension, Judith releva la tête.
– Si vous touchez un seul de ses cheveux, vous le regretterez, l'avertit-elle.
Gavin fronça les sourcils et s'apprêta à parler, mais un sourire étira lentement ses lèvres.
– J'avais cru que ma Judith n'existait plus, murmura-t-il. Elle se cachait seulement derrière un voile de douceur.
Alan s'efforça de réprimer un éclat de rire.
Judith redressa les épaules et commença à s'éloi-

gner des deux hommes. Elle était révoltée qu'ils se moquent tous deux d'elle.

Gavin la suivit des yeux, déchiré entre sa volonté de combattre Fairfax et le désir qu'il avait de sa femme. Judith l'emporta aisément. La rattrapant en quelques enjambées, il la souleva dans ses bras. Alan s'éclipsa.

– Si vous n'arrêtez pas de vous agiter, je vous pose sur la branche d'un arbre pour vous empêcher de bouger.

La terrible menace la calma. Gavin s'assit dans l'herbe avec elle et la serra contre lui.

– C'est mieux ainsi, dit-il. Maintenant, vous allez m'écouter. Vous m'avez humilié publiquement. Non ! s'interrompit-il lui-même. Ne parlez pas tant que je n'ai pas fini. Je peux supporter le ridicule dans mon propre château, mais pas devant le roi. Maintenant, toute l'Angleterre rit de moi.

– J'aurai au moins eu ce plaisir, dit Judith d'un air satisfait.

– Vraiment, Judith ? Avez-vous vraiment pris plaisir à tout cela ?

– Non. Mais ce n'était pas ma faute.

– C'est vrai. Vous étiez innocente pour la plus grande part. Mais je vous ai dit que je vous aimais et demandé votre pardon.

– Et je vous ai répondu...

Il posa un doigt sur ses lèvres.

– Je suis fatigué de me battre avec vous. Vous êtes ma femme et ma propriété ; je compte bien vous traiter en tant que telle. Il n'y aura pas de divorce.

Ses yeux s'assombrirent.

– Il n'y aura plus non plus d'après-midi passées en compagnie de jeunes chevaliers. Demain, nous quitterons ce royaume de ragots et rentrerons chez nous. Là, s'il est besoin, je vous enfermerai dans une tour dont moi seul aurai la clé. Je mettrai du temps à étouffer les rires de l'Angleterre, mais j'y arriverai.

Il s'arrêta, mais elle ne dit rien.

– Je suis désolé de ce qu'a fait Alice et je pleure comme vous notre fils. Cependant, un divorce ne changera rien au passé. Je peux seulement espérer que vous porterez bientôt un autre enfant et que cela atténuera votre douleur. Et si vous n'êtes pas d'accord, cela n'a aucune importance, car j'ai bien l'intention d'agir comme je l'entends.

Son ton autoritaire ne provoqua aucune réaction chez Judith. Silencieuse, elle restait tranquillement dans ses bras.

– N'avez-vous rien à dire ? demanda-t-il.

– Que pourrais-je dire ? Je ne crois pas avoir droit à une opinion.

Le regard de Gavin se perdit loin devant lui.

– L'idée vous répugne-t-elle tant ?

Judith ne put se contenir plus longtemps. Elle éclata de rire et il la dévisagea avec étonnement.

– Vous dites que vous m'aimez, que vous m'enfermerez pour vous seul dans une chambre où nous passerons des nuits de passion. Vous admettez que la femme à qui vous aviez juré votre amour vous a dupé. Vous me dites toutes ces choses et vous croyez que cela me répugne, alors que vous venez de me donner ce que j'attends depuis le premier jour.

Il ne la quittait pas des yeux.

– Judith… commença-t-il, hésitant.

– Je vous aime, Gavin, sourit-elle. Est-ce si difficile à comprendre ?

– Mais il y a trois jours… le divorce…

Ce fut elle cette fois qui posa un doigt sur ses lèvres.

– Vous m'avez demandé de vous pardonner. N'êtes-vous pas capable vous aussi de pardon ?

– Oui, murmura-t-il en se penchant pour l'embrasser.

Puis il se redressa brusquement.

– Et cet homme qui vous embrassait ? Je le tuerai !

– Non, c'était juste un baiser amical.

– Cela n'en avait pas l'air !

– Allez-vous encore vous mettre en colère ? demanda-t-elle, ses yeux lançant des éclairs. Cela fait plusieurs jours que je vois des femmes se pavaner devant vous ; et je ne dis rien.

Il eut un petit rire.

– J'aurais dû l'apprécier, mais cela n'a pas été le cas. Vous m'avez gâché à jamais.

– Je ne comprends pas.

– Ces femmes ne se préoccupent que de chiffons et... (ses yeux étincelèrent de malice) ...de crèmes de beauté. J'avais de bien plus sérieux problèmes avec mes registres, mais aucune d'entre elles n'aurait pu m'aider !

Judith s'inquiéta aussitôt.

– Avez-vous encore permis à un boulanger de nous voler ? s'exclama-t-elle en faisant mine de se lever. Venez. Je dois vérifier cela tout de suite.

Gavin la serra plus fort contre lui.

– Vous n'allez pas me quitter maintenant ! Au diable les registres ! Ne pensez-vous jamais à faire autre chose que parler avec cette jolie bouche ?

Elle lui sourit d'un air innocent.

– J'avais pensé que j'étais seulement votre propriété et vous mon maître.

Il ignora sa tentative de se dérober.

– Alors venez, esclave. Trouvons un nid secret dans cette forêt obscure.

– Bien, maître.

Ils s'éloignèrent main dans la main.

Mais ils n'étaient pas seuls. Alice les espionnait depuis un moment, ses yeux bleus emplis de haine. Elle avait entendu chacun de leurs mots d'amour, vu à quel point ils étaient complices et proches.

– Allons-nous-en, dit doucement Ela en la forçant à se détourner de la vision du couple enlacé.

Ces démons jouaient avec Alice ! songea la vieille servante. Ils se moquaient d'elle et riaient jusqu'à rendre presque folle sa douce et jolie enfant. Mais ils paieraient, se jura-t-elle.

– Bonjour, murmura Judith en se blottissant contre son mari.

Il l'embrassa sur le front, mais resta silencieux.

– Nous partons aujourd'hui ?

– Si vous le souhaitez.

– Oh oui, je le souhaite. Je ne supporte plus cette ambiance de commérages...

Elle s'assit brusquement.

– Il faut que je dise au roi que je ne veux plus divorcer ! Peut-être est-il encore temps d'intercepter le message.

Gavin la reprit dans ses bras et parcourut son cou de petits baisers. Il lui avait fait l'amour toute la nuit, mais n'était pas rassasié d'elle.

– Il n'y a pas d'urgence, dit-il. Aucun message ne parviendra au pape.

– Pas de message ? répéta-t-elle en s'écartant de lui. Que racontez-vous ? Cela fait plusieurs jours que j'ai parlé au roi.

– Mais aucun message n'a été envoyé.

– Gavin ! Cessez vos énigmes !

– Le roi Henri m'a demandé si je désirais divorcer. Je lui ai répondu que cette idée absurde vous était venue dans un accès de colère, et que vous vous repentiriez très vite.

Les yeux de Judith s'agrandirent d'incrédulité.

– Comment avez-vous osé ? explosa-t-elle. J'avais toutes les raisons de...

– Judith, l'interrompit-il. On n'accorde pas le divorce à une femme simplement parce qu'elle est en colère contre son mari. Sinon, il n'y aurait plus beaucoup de couples mariés.

– Mais vous n'aviez pas le droit de...

– J'ai tous les droits ! Je suis votre époux et je vous aime. Maintenant, venez dans mes bras et arrêtons de parler.

– Ne me touchez pas ! Je ne pourrai plus faire face au roi, après ce que vous lui avez dit.

– Vous lui avez fait face plusieurs jours, et vous

ne semblez pas vous en porter mal, déclara-t-il en laissant glisser son regard sur ses seins nus.

Elle coinça les couvertures sous ses bras.

– Vous vous êtes moqué de moi !

– Judith ! lança-t-il d'une voix menaçante. Pour essayer de vous apaiser, j'ai enduré mille vexations. On a ri de moi, j'ai été ridiculisé. Mais j'entends que tout cela cesse, maintenant. Si vous ne vous calmez pas, je donnerai une fessée à votre joli derrière. Alors, venez ici !

Tout d'abord tentée de le défier, Judith sourit finalement et se blottit au creux de son épaule.

– Comment étiez-vous si sûr que je ne voulais pas divorcer ?

– Je savais que je vous aimais assez pour vous en empêcher. De toute façon, je vous aurais vraiment enfermée dans une tour plutôt que de laisser un autre homme vous avoir.

– Pourtant, vous avez supporté les moqueries de la cour.

– Je n'en avais pas l'intention ! Mais j'avais oublié que l'on ne peut rien faire dans ce palais sans que tout le monde le sache.

– Qui a répandu la nouvelle ?

Gavin haussa les épaules.

– Une servante, je suppose. Comment croyez-vous que la fourberie d'Alice a été rendue publique ?

– Ne prononcez pas son nom devant moi ! réagit aussitôt Judith en redressant le menton.

Il l'attira à nouveau contre lui.

– N'êtes-vous donc pas capable de pardon ? Cette femme m'aime, comme je croyais moi aussi l'aimer. Elle a fait tout cela par amour.

Judith poussa un soupir exaspéré.

– Vous ne voyez toujours rien de mauvais en elle, n'est-ce pas ?

– Êtes-vous encore jalouse ? demanda-t-il en souriant.

Elle leva les yeux vers lui.

– En un sens, oui, dit-elle avec gravité. Elle est pour vous l'image de la perfection et de la pureté, et le restera toujours, quoi qu'elle fasse. Alors que moi je suis...

– Vous êtes quoi ? l'interrompit-il d'un air taquin.

– Je suis trop réelle. Vous m'avez et pouvez me posséder quand vous voulez, tandis qu'Alice représente à vos yeux l'amour idéal, désincarné.

Gavin fronça les sourcils.

– Vous dites que j'ai tort de l'excuser, mais pour quelle autre raison que l'amour aurait-elle fait cela ?

Judith secoua la tête.

– L'avidité. Elle pense que vous lui appartenez et que je vous ai volé à elle. Elle ne vous aime pas plus qu'elle ne m'aime – la seule différence est que vous êtes censé lui donner du plaisir... aussi bref soit-il.

– Est-ce une insulte ? demanda-t-il en haussant un sourcil.

– Non, mais j'ai moi aussi eu vent de certains ragots. Les hommes se plaignent de son penchant pour la violence.

– Ne parlons plus de cela, dit sèchement Gavin. Vous êtes mon épouse, je vous aime, mais je ne vous écouterai plus calomnier une si malheureuse créature. Elle a perdu et vous avez gagné ; cela devrait vous suffire.

Judith refoula ses larmes

– Je vous aime, Gavin. Mais j'ai peur de ne pas vous avoir tout à moi, tant que la maladie de cette femme vous rongera le cœur.

Gavin la serra plus fort dans ses bras.

– Vous n'avez aucune raison d'être jalouse d'elle.

Judith garda le silence. À quoi auraient servi les mots ? Elle savait bien que l'amour de Gavin ne lui appartiendrait jamais entièrement. Aucune parole ne pouvait changer cela.

Judith eut du mal à quitter les gens qu'elle avait appréciés à la cour. La reine en particulier était à présent une amie pour elle. Tandis qu'elle s'inclinait devant le roi, elle sentit ses joues s'enflammer de honte. Que devait-il penser d'elle après cette histoire de divorce ?

– Votre joli visage nous manquera, dit le roi en souriant. J'espère que vous reviendrez nous voir bientôt.

Gavin posa un bras possessif sur les épaules de sa femme.

– Est-ce son visage ou l'animation qu'elle crée que vous regretterez ?

– Gavin ! s'exclama Judith d'un ton scandalisé.

Le roi renversa la tête en arrière et éclata de rire.

– Vous avez raison, Gavin, déclara-t-il finalement. Je crois que je ne m'étais pas autant amusé depuis longtemps. Je suis sûr qu'aucun autre mariage n'est aussi fascinant que le vôtre.

Gavin lui rendit son sourire.

– Alors, vous devriez suivre Stephen de près. J'ai entendu dire que son épouse écossaise l'a menacé d'un couteau pendant leur nuit de noces.

– A-t-il été blessé ? s'inquiéta Henri.

– Non. Mais j'imagine qu'il n'a pas dû avaler cela facilement. Cependant, elle avait des raisons d'être en colère : Stephen est arrivé trois jours en retard à son mariage.

Henri secoua la tête d'un air incrédule.

– Je n'envie pas cet homme. (Il sourit à nouveau.) Mais tout va parfaitement bien pour au moins un des frères Montgomery.

– Oui, dit Gavin en prenant la main de Judith. Tout va vraiment bien.

Après avoir terminé leurs adieux, Judith et Gavin quittèrent la grande salle. Les bagages avaient été rapidement préparés – un peu trop dans l'affolement, peut-être, mais les jeunes mariés avaient vraiment hâte de retrouver leur foyer, après une si longue absence.

Tandis qu'ils montaient à cheval et disaient au revoir aux courtisans venus les saluer, quelqu'un les observait avec une attention soucieuse. Alan Fairfax n'avait pu parler à Judith seul à seule, comme il l'avait espéré. Tôt dans la matinée, Alice Chatworth avait quitté le château avec sa suite et tout le monde croyait qu'elle avait finalement accepté sa défaite. Mais pas Alan. Il sentait que cette femme n'abdiquerait pas si facilement. Elle avait été humiliée et chercherait à se venger.

Quand les Montgomery eurent passé l'enceinte du château, Alan monta à cheval et les suivit à distance. La prudence s'imposait – jusqu'à ce que Judith soit en sécurité dans sa propre demeure. Alan sourit en touchant sa joue meurtrie. S'il avait dit à Gavin qu'il les surveillerait de loin pour parer à un éventuel traquenard d'Alice, ce dernier l'aurait certainement accusé de porter à sa femme un intérêt rien moins que chevaleresque. Peut-être était-ce vrai, songea-t-il. Du moins au début ; puis il avait appris à la connaître et la considérait à présent comme une petite sœur. Il soupira, puis faillit éclater de rire. De toute façon, il n'avait pas le choix. À la façon dont Judith regardait Gavin, il savait bien qu'il n'avait aucune chance.

30

L'eau chaude était un vrai ravissement sur la peau nue de Judith. Mais elle goûtait surtout le plaisir de la liberté. Ici, il n'y avait ni commérages ni commentaires sur leur comportement indigne. Car Gavin et elle ne s'étaient effectivement pas conduits comme un comte et une comtesse se devaient de le faire.

Au bout de trois jours de voyage, ils avaient découvert ce joli lac bleu, coin de paradis caché dans un écrin de verdure.

Gavin la souleva au-dessus de l'eau puis la fit replonger. Cela faisait bientôt une heure qu'ils jouaient dans l'eau comme des enfants, se poursuivant en riant et se volant des baisers. Leurs vêtements gisaient en tas sur la berge.

– Judith, murmura Gavin en la serrant contre lui. Vous me faites oublier mes devoirs. Mes hommes ne sont pas habitués à une telle négligence.

– Et moi je ne suis pas habituée à tant d'attentions, déclara-t-elle en parcourant ses épaules de petits baisers.

– Non, ne recommencez pas. Je dois retourner au camp.

Elle arrêta à contrecœur, mais savait qu'il avait raison. Ils regagnèrent la rive, où Gavin s'habilla rapidement, attendant impatiemment que Judith soit prête.

– Gavin, comment pourrais-je me vêtir quand vous trépignez ainsi ? demanda-t-elle en souriant. Rentrez au camp et je vous rejoindrai.

– Je ne veux pas vous laisser seule.

– Je suis à portée de voix du camp. Il ne peut rien m'arriver.

– Pardonnez-moi si je suis trop protecteur. J'ai été trop près de vous perdre après l'enfant.

– Ce n'est pas à cause de cela que vous avez failli me perdre, rétorqua-t-elle.

Il éclata de rire et lui donna une petite tape sur les fesses.

– Habillez-vous, jolie sirène, et rentrez vite.

Judith prit tout son temps pour se vêtir, profitant de ce moment de solitude pour penser à ces derniers jours. Ils avaient été tout simplement merveilleux, car Gavin et elle ne se cachaient plus leur amour. Une fois habillée, elle s'assit au pied d'un arbre, savourant encore un peu la tranquillité de cet endroit.

Cependant, Judith n'était pas seule. Alan Fairfax se tenait non loin de là, mais à une distance suffisante pour préserver l'intimité du couple. Depuis qu'il les suivait, son inquiétude avait peu à peu diminué. Il s'était même demandé à plusieurs reprises ce qu'il faisait là, étant donné que Gavin ne quittait pratiquement jamais sa femme.

Se maudissant pour sa stupidité, Alan n'entendit pas les bruits de pas derrière lui. Une épée s'abattit violemment sur le côté de son crâne et il s'effondra.

Presque immédiatement après, une cagoule enserra la tête de Judith et ses bras furent attachés derrière son dos. Ses cris étaient étouffés par l'étoffe étroitement plaquée contre son visage. Elle suffoquait, mais continua de se débattre.

L'homme la souleva sans ménagement et la jeta sur son épaule. Il passa devant le corps inerte d'Alan et lança un regard interrogatif à la femme à cheval.

– Laisse-le. Il avertira Gavin. Alors Gavin viendra à moi, et nous verrons qui il choisira.

Le visage de l'homme resta impassible. Il était payé pour obéir. Mettant son fardeau en travers de sa monture, il suivit Alice Chatworth.

Alan reprit conscience un moment plus tard, ne comprenant pas encore ce qui était arrivé. Il s'appuya contre un arbre pour se relever et quand ses yeux lui permirent de voir clair à nouveau, il se souvint de tout. Gavin devait être averti ! se dit-il en se précipitant en direction du camp.

Il rencontra Gavin à mi-chemin.

– Que faites-vous ici ? l'interrogea durement celui-ci. Tenez-vous vraiment à perdre la vie ?

– Judith a été enlevée !

Gavin l'attrapa par le col et le souleva de terre.

– Si vous l'avez seulement touchée, je...

– C'est vous qui avez mis sa vie en danger ! explosa Alan. Vous l'avez laissée sans protection, parce que vous refusiez de croire que lady Alice était dangereuse.

– De quoi parlez-vous ?

– Vous êtes vraiment un homme obtus ! Alice Chatworth a enlevé votre femme et vous restez là à parler.

Gavin le dévisagea d'un air incrédule.

– Alice... mon épouse... Je ne vous crois pas !

– Croyez-moi ou non, mais je ne perdrai pas plus de temps à discuter.

Gavin regagna rapidement le camp. Quelques minutes plus tard, lui et plusieurs de ses hommes étaient en selle et rejoignaient Alan.

– Le château Chatworth ?

– Oui, répondit gravement Alan.

Ce furent les seuls et derniers mots qu'ils échangèrent.

– Bienvenue en mon domaine, dit Alice quand on ôta la cagoule de Judith.

Elle regarda la jeune femme hoqueter pour reprendre son souffle.

– Vous n'avez pas apprécié la promenade ? J'en suis désolée. Une femme telle que vous est habituée au meilleur, j'en suis sûre.

– Que voulez-vous de moi ?

– De vous, rien. Vous détenez ce qui m'appartient et je souhaite que cela me revienne.

– Vous parlez de Gavin ?

– Oui, sourit Alice. Je parle de Gavin. Mon Gavin. Il a toujours été à moi.

– Alors pourquoi ne l'avez-vous pas épousé quand il vous l'a demandé ? s'enquit calmement Judith.

Les yeux d'Alice s'agrandirent. Puis ses lèvres se tordirent en un mauvais rictus et ses mains crispées comme des griffes se jetèrent sur le visage de Judith. Celle-ci tourna la tête juste à temps pour les éviter.

– Doucement, milady, intervint Ela en lui attrapant les bras. Elle ne vaut pas la peine que vous vous énerviez.

Alice parut se calmer.

– Pourquoi n'allez-vous pas vous reposer ? reprit doucement Ela. Il faut vous préparer à la visite de lord Gavin.

– Oui, acquiesça Alice. Je dois être belle quand il me verra.

Ela s'installa sur une chaise, près de celle où Judith se tenait, les mains toujours attachées, et prit son tricot.

– À qui appartient cette maison ? demanda Judith.

– Elle fait partie du domaine Chatworth et est la propriété de ma lady, répondit-elle fièrement.

– Pourquoi suis-je ici ?

Ela s'arrêta de tricoter, juste le temps de résumer :

– Ma maîtresse désire revoir lord Gavin.

– Croyez-vous cela ? lança-t-elle, perdant contenance. Croyez-vous vraiment que cette insensée veut seulement voir mon mari ?

Ela laissa tomber l'ouvrage sur ses genoux.

– Ne traitez pas ma lady d'insensée ! Vous ne la connaissez pas comme je la connais. Elle n'a pas eu une vie facile. Il y a des raisons...

– Vous savez, n'est-ce pas ? dit calmement Judith. Elle est malade. Le rejet de Gavin l'a rendue folle.

– Non ! s'écria Ela avant de s'apaiser. Lord Gavin ne repousserait pas mon Alice. Quel homme le pourrait ? Elle est belle, elle l'a toujours été. Toute petite, elle était déjà si jolie...

– Et vous êtes avec elle depuis ce temps-là ?

– Oui. Je suis toujours restée près d'elle. Quand elle est née, j'avais passé l'âge d'avoir des enfants. J'ai été heureuse de m'en occuper. Pour moi, elle était un cadeau du ciel.

– Existe-t-il quelque chose que vous ne feriez pas pour elle ?

– Non, répondit fermement Ela. Je suis prête à tout pour elle.

– Même à me tuer pour qu'elle puisse prendre mon mari ?

– Vous ne serez pas tuée. C'est juste que lady Alice a besoin de passer du temps avec lord Gavin et que vous ne le lui auriez pas permis. Vous êtes une femme égoïste. Vous lui avez volé son bien, et pourtant vous n'avez ni pitié ni sympathie pour sa douleur.

– Elle m'a menti, dupée, a fait tout ce qu'elle a pu pour me voler mon mari. L'une de ses fourberies a coûté la vie à mon enfant.

– Un enfant ! siffla Ela. Ma jolie lady ne peut pas en avoir. Savez-vous combien elle a désiré un enfant de lord Gavin ? Ce n'est que justice si vous avez perdu le vôtre, car il aurait dû être le sien.

Judith s'apprêta à répondre, puis se ravisa. La servante était aussi folle que sa maîtresse. Aucun argument ne l'empêcherait de défendre Alice.

– Qu'allez-vous faire de moi ?

– Vous serez notre... invitée pendant quelques jours. Lord Gavin viendra et pourra être en compagnie de lady Alice. Quand ils seront à nouveau ensemble, il comprendra à quel point il l'aime. Il ne lui faudra pas beaucoup de temps pour vous oublier. Car il l'aimait avant même de vous avoir rencontrée. C'est un *véritable* amour, pas une union de raison, comme votre mariage. Maintenant, ma lady est une riche veuve. Elle peut elle aussi unir de vastes terres au domaine Montgomery.

Ela parlait tout en tricotant. Son visage respirait la satisfaction. Tandis qu'elle l'observait, plusieurs questions brûlaient les lèvres de Judith. Par exemple, comment Alice prévoyait-elle de libérer Gavin pour pouvoir l'épouser ? Mais elle se garda de les poser. Elle savait que ce serait inutile.

Pendant tout le chemin jusqu'au château Chatworth, Gavin garda le silence. Il n'arrivait pas à croire qu'il trouverait Judith prisonnière d'Alice. Comment admettre que la douce Alice pouvait se montrer si calculatrice et cruelle ?

La porte principale était grande ouverte. Gavin adressa un regard de triomphe à Alan. Nulle captive n'était visiblement gardée ici.

– Gavin ! s'écria Alice en traversant la cour pour le rejoindre. J'espérais que vous viendriez me voir.

Elle paraissait particulièrement pâle dans cette robe de soie bleue assortie à ses yeux.

– Ma femme est-elle ici ? demanda froidement Gavin en mettant pied à terre.

Alice ouvrit de grands yeux innocents.

– Votre femme ?

Alan lui saisit durement le bras.

– Où est-elle, espèce de garce ? Je n'ai pas le temps de jouer à ce petit jeu !

Gavin repoussa le jeune homme contre son cheval.

– Ne vous avisez plus de la toucher ! l'avertit-il. (Il se retourna vers Alice.) Je veux une réponse.

– Venez à l'intérieur, commença Alice avant de s'interrompre en voyant l'expression de Gavin. Elle ne m'a pas rendu visite.

– Alors nous devons partir. Elle a été enlevée et nous la retrouverons.

Il se détourna pour remonter à cheval.

– Non, Gavin ! implora-t-elle en s'agrippant à lui. Ne me quittez pas !

Il se dégagea vivement.

– Votre femme est ici.

Gavin se tourna pour voir Ela au seuil de la demeure.

– Elle est sauve, mais ne le sera plus si vous rejetez ma lady.

– Me menaces-tu, vieille sorcière ? (Il se retourna vers Alice.) Où est-elle ?

Les yeux d'Alice brillaient de grosses et touchantes larmes. Elle ne répondit pas.

– Vous perdez du temps ! intervint Alan. Nous la trouverons sans leur aide, même s'il faut mettre cet endroit à feu et à sang.

Gavin avança pour entrer.

– Vous ne la trouverez pas ! Là où elle est, ni vous ni aucun homme ne la trouvera, poursuivit Alice, abandonnant pour la première fois devant Gavin son masque de douceur. Croyez-vous que j'aurais donné ma meilleure chambre à cette putain ? Elle mérite seulement le fond d'un cachot !

Gavin s'avança vers elle, pouvant à peine croire

cette métamorphose. Alice n'avait plus rien à voir avec la femme qu'il avait autrefois aimée.

– Vous ignoriez qu'elle couchait avec n'importe quel homme, n'est-ce pas ? Saviez-vous que l'enfant qu'elle portait n'était pas le vôtre mais celui de Demari ? Je pourrai vous donner des fils, ajouta-t-elle en le regardant par en dessous, son visage et sa voix semblant appartenir à une caricature de femme.

– C'est pour ce monstre que vous avez négligé Judith, remarqua froidement Alan. Pouvez-vous voir à présent ce que tout le monde voit ?

– Oui, répondit Gavin avec dégoût.

Alice recula, les yeux brillant d'une lueur folle. Puis elle fit brusquement volte-face et courut à l'intérieur de la maison. Ela la suivit aussitôt.

Gavin arrêta Alan qui s'apprêtait à la rattraper.

– Laissez-la. Je préfère retrouver ma femme que perdre mon temps à punir Alice.

Alice traversa une série de pièces en regardant furtivement de tous côtés. Gavin l'avait regardée comme si elle lui répugnait. Quelque part dans sa tête, elle savait qu'Ela la suivait, mais ses pensées ne semblaient pas pouvoir se fixer sur deux choses à la fois. Et à cette seconde même, son esprit était tout tourné vers Judith, cette femme qui lui avait volé son amour. Elle monta rapidement l'escalier de la tour, s'assurant que personne n'était derrière elle.

Judith leva les yeux vers Alice qui se tenait sur le seuil, échevelée, furieuse.

– Ainsi, vous croyez pouvoir le récupérer ! jeta-t-elle sauvagement.

Alice traversa la pièce et s'empara du petit récipient d'huile posé sur la chaufferette. Une mèche flottait à la surface, prête à être allumée.

– Je ne pense pas que vous serez jolie à voir quand ceci aura dévoré la moitié de votre visage, dit-elle en montrant le récipient à Judith.

– Non ! murmura celle-ci en s'écartant le plus possible.

– Est-ce que je vous fais peur ? Est-ce que je transforme votre vie en enfer, comme vous l'avez fait de la mienne ? Rien n'a plus été pareil depuis le premier jour où j'ai entendu votre nom. J'avais un père qui m'aimait. Gavin me désirait. Un comte m'a demandée en mariage. Et vous les avez tous éloignés de moi. Mon père me reconnaît à peine. Gavin me hait. Mon riche mari est mort. Tout cela à cause de vous.

Elle se détourna de Judith et enfonça le récipient dans les braises.

– Ce doit être chaud, très chaud. Que pensez-vous qu'il arrivera quand votre beauté se sera envolée ?

Judith savait qu'il était impossible de la raisonner, mais fit tout de même une tentative.

– Ce que vous me faites ne ramènera pas votre mari, et je ne connais même pas votre père.

– Mon mari ! ricana Alice. Croyez-vous que je veuille son retour ? C'était un vrai porc. Cependant, il m'a aimée... jusqu'au jour de votre mariage. À cause de vous, il a pensé que je n'étais pas digne de lui.

Les yeux rivés sur l'huile bouillante, Judith s'apprêta au pire.

– Monseigneur, dit nerveusement Ela. Vous devez venir. Je suis inquiète.

– Qu'y a-t-il, vieille sorcière ?

– Ma lady. J'ai peur pour elle.

– De quoi parles-tu ? explosa-t-il en serrant durement le bras de la servante. J'en ai assez de ce jeu de cache-cache. Où est ma femme ?

– Je n'avais pas l'intention de faire du mal, murmura Ela. J'ai seulement tenté de vous ramener à ma lady. Elle le désirait tant. J'ai toujours essayé de lui donner ce qu'elle voulait. Mais maintenant, j'ai peur. Je ne voudrais pas qu'il arrive malheur à lady Judith.

– Où est-elle ?

– Elle a fermé la porte et...

– Allons-y ! ordonna Gavin en poussant la vieille femme devant lui.

Au premier coup donné à la porte, Alice sursauta. Elle savait que le verrou ne résisterait pas longtemps. Sortant son poignard, elle en menaça Judith tout en détachant les liens qui retenaient ses poignets.

– Venez, dit-elle en s'emparant du récipient d'huile.

Judith sentait la lame du couteau sur sa gorge et la chaleur du récipient près de sa joue. Le moindre mouvement pouvait lui être fatal.

– Là-haut ! ordonna Alice en la poussant vers un étroit escalier conduisant aux toits.

Elle se tenait derrière Judith, la serrant fermement par la taille et gardant le couteau pointé sur son cou. Gavin, Ela et Alan déboulèrent dans la chambre quelques instants plus tard. Voyant que la pièce était vide, Ela les conduisit aussitôt vers les toits. Ils se figèrent devant le spectacle qui les y attendait. Alice, les yeux étincelants d'une lueur folle, tenait Judith en respect.

– Ma douce lady... commença Ela.

– Ne me parle pas ! ordonna Alice en réassurant sa prise sur Judith. Tu avais promis de me le ramener. Mais il me hait !

– Non, dit Ela en avançant d'un pas. Lord Gavin ne vous hait pas. Il protège sa femme parce qu'elle est sa propriété. C'est tout. Maintenant, venez et discutons. Je suis sûre que lord Gavin comprendra pourquoi tout ceci est arrivé.

– Non ! Regarde-le. Il me méprise ! Je peux le voir dans ses yeux. Et tout cela à cause d'une garce aux cheveux rouges !

– Ne lui faites pas de mal ! l'avertit Gavin.

Alice ricana.

– Je lui ferai bien plus que cela ! Vous voyez ce récipient ? Il est plein d'huile bouillante. Que direz-vous quand son visage ne sera plus aussi joli ?

Gavin fit un pas en avant.

– Non ! hurla Alice. Allez là-bas ! ordonna-t-elle à Judith en lui désignant le bord du toit.

– Non ! murmura Judith.

Elle avait très peur d'Alice, mais sa terreur du vide était encore plus grande.

– Faites ce qu'elle dit, intervint Gavin, se rendant compte qu'Alice était folle.

Judith hocha la tête et avança jusqu'au chapeau de cheminée qu'elle agrippa désespérément. À quelques centimètres d'elle, c'était le vide.

Alice éclata de rire.

– Elle a peur comme une enfant ! Et vous l'avez préférée à moi, qui suis une vraie femme.

Ela empêcha Gavin d'avancer. Les deux femmes se trouvaient dans une position précaire et la moindre imprudence pouvait leur coûter la vie.

– Oui, vous êtes une vraie femme, intervint Ela. Si vous descendez, lord Gavin s'en rendra compte.

– Essaies-tu de me duper ?

– L'ai-je jamais fait ?

– Non, admit Alice en souriant à sa vieille servante. Tu es la seule à avoir toujours été bonne avec moi.

Cet instant d'inattention la fit trébucher. Ela s'élança aussitôt pour la retenir. Mais Alice s'accrocha si fort à la vieille femme que celle-ci perdit l'équilibre et tomba du toit. On entendit le bruit sinistre de son corps s'écrasant dans la cour. Alice continua de glisser, se retenant frénétiquement tout en tenant toujours le récipient dans une main. Elle stoppa bientôt sa chute, mais dans le même mouvement l'huile bouillante se déversa sur son visage. Elle poussa un horrible hurlement.

Gavin rejoignit Judith en deux enjambées et la força à lâcher prise. Ses doigts étaient tellement serrés contre la cheminée qu'ils semblaient ne plus pouvoir s'en détacher. Et c'était cela qui l'avait sauvée. Il la prit dans ses bras et sentit les battements affolés de son cœur.

– Regardez ce que vous m'avez fait ! hurla Alice.

Et Ela – vous avez tué mon Ela ! Elle était la seule à m'aimer vraiment.

– Non, répondit Gavin en regardant avec pitié le visage mutilé d'Alice. Vous êtes seule responsable de ce qui vous arrive. (Il se tourna vers Alan.) Occupez-vous d'elle.

Gavin redescendit Judith dans la chambre.

– C'est fini, mon amour, murmura-t-il. Vous êtes en sécurité maintenant. Elle ne vous fera plus de mal.

Il la berçait tendrement dans ses bras.

Les gémissements d'Alice se rapprochèrent. Alan la conduisait. Elle s'arrêta sur le seuil, lança un dernier mauvais regard à Judith, puis tourna les talons quand elle ne vit que compassion dans les yeux de son ennemie.

– Que va-t-elle devenir, maintenant ? demanda Judith.

– Je l'ignore. Je pourrais la mener en justice, mais je crois qu'elle est déjà suffisamment punie. Sa beauté ne piégera plus aucun homme.

Judith le dévisagea avec surprise.

– Vous me regardez comme si vous me voyiez pour la première fois, remarqua-t-il.

– C'est peut-être le cas. Vous êtes libéré d'elle.

– Je vous avais dit que je ne l'aimais plus.

– Oui, mais une part de vous lui appartenait encore – une part que je ne pouvais pas atteindre. Mais maintenant, elle ne vous possède plus. Vous êtes à moi – tout à moi.

– Et cela vous plaît ?

– Oui, murmura-t-elle. Énormément.

2927

Achevé d'imprimer en Europe (France)
par Maury-Eurolivres – 45300 Manchecourt
le 16 mars 2001.
Dépôt légal mars 2001. ISBN 2-290-31133-2
1er dépot légal dans la collection : décembre 1990

Éditions J'ai lu
84, rue de Grenelle, 75007 Paris
Diffusion France et étranger : Flammarion